ullstein

POLLY SAMSON, geboren, 1962, ist eine englische Autorin, die Romane und Songtexte verfasst. *Sommer der Träumer* ist ihr dritter Roman. Zudem hat sie zwei Erzählbände veröffentlicht und Songtexte für vier Nummer-eins-Alben geschrieben, darunter Pink Floyds THE DIVISON BELL und David Gilmours ON AN ISLAND. 2018 wurde sie zum Mitglied der Royal Society of Literature ernannt.

BERNHARD ROBBEN, geb. 1955, übersetzt aus dem Englischen u. a.: Ian McEwan, John Burnside, Salman Rushdie, John Steinbeck, John Williams, Patricia Highsmith und Philip Roth. 2003 erhielt er den Übersetzerpreis der Stiftung Kunst und Kultur des Landes Nordrhein-Westfalen, 2013 wurde er für sein Lebenswerk mit dem Ledig-Rowohlt-Preis geehrt.

Von Polly Samson ist in unserem Hause
außerdem erschienen:

Aus Freundlichkeit

Polly Samson

Sommer der Träumer

Aus dem Englischen
von Bernhard Robben

Ullstein

Besuchen Sie uns im Internet:
www.ullstein.de

Wir verpflichten uns zu Nachhaltigkeit
- Klimaneutrales Produkt
- Papiere aus nachhaltiger Waldwirtschaft und anderen kontrollierten Quellen
- ullstein.de/nachhaltigkeit

MIX
Papier
FSC FSC® C083411

Ungekürzte Ausgabe im Ullstein Taschenbuch
1. Auflage Juni 2022

Die englische Originalausgabe erschien 2020 unter dem Titel
A Theatre for Dreamers (Bloomsbury Circus, London)
Umschlaggestaltung: zero-media.net, München,
nach einer Vorlage von Bloomsbury Circus, London
Titelabbildung: © villorejo / Alamy Stock Photo (Hintergrund);
© gettyimages / Studio MPM (Frau)
Gesetzt aus Granjon LT Std
Satz: LVD GmbH, Berlin
Druck und Bindearbeiten: CPI books GmbH, Leck
ISBN 978-3-548-06597-7

Für Romany

»Wir alle sind zu unseren Reisen aufgebrochen … ziehen mit der Strömung dahin, fort und hinaus ins weite Blau, in die angstvolle Einsamkeit der Freiheit, durch die ein jeder selbst steuern muss. Doch – ein tröstlicher Gedanke – es gibt Inseln.«

Charmian Clift

»Ich lebe. Leben ist meine Kunst.«

Marianne Ihlen

Vom Hafen geht es bergauf, und langsam laufe ich die Stufen der Eselschissgasse hoch, in meiner Tasche ein herzförmiger Stein. Ich gehe allein, und obwohl mich niemand sieht, widerstehe ich dem Drang, nach dem steilsten Stück anzuhalten und mich am Pfosten auszuruhen. Ich gehe vorsichtig, Stolpern wird rasch zu einem Sturz, ein Gedanke, der die Gazelle empört, die noch in meinem steif werdenden Körper steckt.

Über Jahrhunderte abgetretene Marmorplatten schimmern im hellen Licht. Die weiß gekalkten Gassen funkeln selbst an einem trüben Vormittag wie heute, an dem sich Wolken in den Hafen drängen, der Himmel so tief, dass er das Festland verhängt.

Die Stufen hinab hüpfen Arm in Arm zwei Jungen auf mich zu. In Dinos' alter Tweedjacke mit den ausgebeulten Taschen und mit meinen bequem geschnürten Schuhen bin ich für sie so unsichtbar wie ein Schafhirte oder ein Maultiertreiber. Die Jahre in der Sonne haben tiefe Falten in mein Gesicht gegraben, das ewig nicht mehr gefärbte Haar hat ebenso lang keinen Friseur mehr gesehen, aber was macht das schon? Wie immer zu einem lockeren Pferdeschwanz gebunden, hängt es mir nicht ins Gesicht. Es gibt mich noch, ein wenig angeschlagen, ein wenig mitgenommen; und mich verblüfft, dass jene junge Frau noch in mir steckt, die vor fast sechzig Jahren zum ersten Mal einen Fuß auf diese Insel setzte. Nur fürchte ich, dass mich unter der wachsenden Patina nur die noch sehen können, die mich schon damals kannten; und es bricht mir das Herz, wie schnell die Schar dieser Sehenden abnimmt.

Der Anruf wegen Leonard kam gestern Abend. Eine Weile saß ich still da, hörte den Eulen zu. Dann holte ich meine alten Notizbücher hervor, die Drei-Penny-Kladden, die ich 1960 mit auf die Insel gebracht hatte, und ich fand ihn in meinem hoffnungsfrohen, schnörkeligen Gekritzel. Ein Krampf im Nacken; die Hähne krähten die ganze Nacht. Ich schlief schlecht und erwachte zu einem traumbedrängten Morgen.

Die Sommergäste sind längst fort; in Athen herrschen Unruhen, die Einschränkungen greifen, Flüchtlinge, verirrte Kinder, Feuer auf den Straßen. Schiffe legen ab, fischen Menschen aus dem Wasser. So vieles, worüber sich grübeln ließe, da sollte man meinen, wir könnten die Wahl in Amerika einfach an uns vorbeiziehen lassen, doch heute früh am Hafen, während ich mir Zeit mit dem guten bitteren Espresso ließ, dem einen, den ich mir am Tag gönne, und dabei den Eseln zusah, wie sie voll beladen von den Booten fortgeführt wurden, fanden mich die Nachrichten über den Präsidenten. Mit den Morgenzeitungen glitten sie übers Wasser und verbreiteten sich auf der Agora rasch wie ein Gestank. Entsetztes Stöhnen, sogar von den Eseln, ungläubiges Prusten von allen Tischen, Passanten, Booten. Einen Moment lang war es ein Trost, dass Leonard wenigstens dies erspart geblieben ist.

Ich bleibe am Four Corners stehen, vor Marias Laden, und lausche den Stimmen. Wie eine Närrin käme ich mir vor, sähe mich jemand mit meinem herzförmigen Stein auf seine Haustür zulaufen, also stelle ich mich darauf ein, ohne zu zögern daran vorbeizugehen, als ich aus der Irren Straße um die Ecke biege. Die Straße heißt nicht so, aber so ähnlich, jedenfalls hatten wir das verstanden, als Leonard direkt vom Notar zu uns kam, seine billige Schirmmütze abnahm und sie mit der Besitzurkunde für das Haus auf den Tisch warf, sein Grinsen leicht verschämt, verlegen, als fürchtete er, wir könnten ihn großspurig finden.

Stunden später rückten wir mit Eimern und langstieligen Bürsten an, um die Wände zu weißen, und Leonard hatte neue Batterien für den Plattenspieler mitgebracht, den er mitten auf den Steinboden stellte. Einige Platten, verformt wie Dalis Uhren, ließen sich nicht mehr abspielen, aber es gab Ray Charles und Muddy Waters und eine Sängerin, die mir gefiel, an deren Namen ich mich aber nicht erinnere. Später dann ein Feuer unter den Zitronenbäumen auf der Terrasse, Krüge mit Retsina, Tanzen, ein bisschen Hasch. Farbfleckige Shorts, gebräunte Haut, nackte Füße. Kriegskinder, die meisten von uns, jünger als Leonard, dabei war er selbst kaum erwachsen. Mit einem Heißhunger, der so viel mehr wollte als die schmalen, kriegsversehrten Schatten unserer Eltern, saugten wir die Freiheit auf, für die sie gekämpft hatten.

Machten Drogen und die Pille Veränderung möglich? War es eine bewusste Revolution? Oder waren wir einfach Kinder, die sich nach einem entspannten Leben sehnten, nach Sex und Bewusstseinserweiterung, um die in unsere DNA geätzte Angst zu mildern, die in unseren jungen Hirnen explodierte, ein je ureigenes Hiroshima?

Herrgott, für meinen alten Herrn war ich ein verdammter Beatnik!

Wir erhofften uns wenig von dieser Insel, nur Tage, so lang und sonnig, dass wir den Kalten Krieg kaum mehr spürten, dazu eine *galloni* Wein für sechs Drachmen sowie ein solides weißes Haus für zwei Pfund und zehn Shilling im Monat. Ihr Name für uns nur ein Lippenbekenntnis: Hydra. Das bedeutet »Wasser«, dabei hatte ein Erdbeben schon vor langer Zeit alle Quellen verschüttet, weshalb es auf der Insel nur aus wenigen kostbaren Brunnen Trinkwasser gab.

In der griechischen Mythologie ist Hydra ein Ungeheuer am Eingang zur Unterwelt.

»Eine vielköpfige Schlange mit so schlimmem Mundgeruch, dass schon der leiseste Atemhauch tödlich ist«, sage ich, als ich an der Reihe bin, ein Rätsel aufzugeben.

Leonard lacht. Irgendwer spielt Bouzouki, ein anderer Gitarre. Es gibt Ouzo, Sterne, eine Mondsichel, dünn wie ein Löffelrand. Altes Gestrüpp verbrennt mit harzigem Prasseln; eine Funkenexplosion bringt unsere Augen zum Leuchten. Wir werden wilder, zerschmettern unsere Gläser an der Wand von Leonards neuem Haus. Alles Gute!

Marianne aber holt einen Besen und fragt: »Was ist das denn für ein blöder Brauch?« Und keiner von uns – weder Amerikaner noch Kanadier, weder Grieche, Engländer, Franzose, Schwede noch Tscheche, nicht mal George Johnston, dieses australische Superhirn – findet eine Entschuldigung für diesen Splitterregen, es sei denn die, dass Marianne als Erste ihr Glas geworfen hat.

Ich drücke das Steinherz in meiner Tasche und will mir ins Gedächtnis rufen, warum sie, so bald nachdem er das Haus gekauft hatte, abgereist sind. Nur gut einen Monat später, und Marianne huscht durch meine Erinnerung und lässt den Stein aus ihrer Hand in meine gleiten. November, denke ich.

Ein russischer Wind bringt einen eisigen Hauch, Wellen jagen über die Felsen im Hafen, wie alte Strumpfhosen hängen Tintenfische an einem Bootsseil über der Mole. Leonard im Regenmantel (ja – blau, aber längst noch nicht berühmt), reicht dem Schiffer seinen Lederkoffer, und da kommt Marianne in Matrosenhose und regenfleckiger, zerknitterter Bluse, wuchtet gelenkig und flink wie ein Junge mehrere große Bündel an Bord. Sie dreht sich um, ruft mich; der Wind streift ihr Haar übers Gesicht.

Zum ersten Mal seit Wochen schaut sie mich unmittelbar an. »Nein, nein. Ich ertrag es nicht, wenn du weinst.« Sie verstaut das Gepäck und läuft zurück, der Regen hübsch auf ihrer Haut. Ich kann nicht aufhören, sie zu umarmen, so sehr erleichtert es mich, dass wir nicht im Schlechten auseinandergehen.

»Bitte, guck nicht so einsam«, sagt sie, rückt von mir ab und schließt meine Finger um den Stein. Sie sagt, er sei das Erste, was Leonard ihr je geschenkt habe. Der Stein, fleischfarben, weiß und grauviolett marmoriert, fügt sich in meine Hand. Er ist tatsächlich herzförmig, und so wie Marianne mich ansieht, weiß ich, dass mir jetzt, da Leonard und sie zusammen fortfahren, vergeben wurde.

Ihr Lächeln ist so lieb, so voller Hoffnung. »Er gab ihn mir, gleich nachdem Axel das Herz in meiner Brust in Stücke riss. Ich könnte, sagte er, vielleicht einen Ersatz gebrauchen.«

Mariannes Augen sind blau wie ein Sommerhimmel, das Haar von verblüffendem Blond. Kaum zu glauben, dass sie in mir je eine Rivalin sah.

»So viel hat sich verändert. Bitte sei glücklich, mir zuliebe. In Oslo wartet mein kleiner Junge, aber mein Herz bleibt bis zu unserer Rückkehr auf der Insel … Ach, liebe Erica, du darfst nicht weinen.«

Leonard bietet mir sein Taschentuch an und lenkt meinen Blick vom regennassen Hafen zu den dampfenden grauen und purpurfarbenen Bergen. Dieser Ort hat ihm gutgetan. Diese Insel. Diese Frau. Er zeigt den Weg zurück, den sie gekommen sind. »Hier ist mein schönes Haus – und Sonne, meine madenweiße Seele zu bräunen …« Er zerzaust mein Haar, wie man es bei kleinen Mädchen tut, und sagt dann, dass er nicht vorhabe, lange fortzubleiben.

Leonard schaut nicht zurück, nicht ein einziges Mal, Marianne aber winkt und winkt, bis das Boot in der aufgewühlten Gischt verschwindet. Denke ich daran, war es erst gestern und ist doch zugleich lang vergangene Geschichte. Einsamkeit brandet auf. Zu viele Abschiede.

An einem höher als die Mauer gewachsenen Zitronenbaum hängen Fliegenfänger. Ich rede mir ein, sie sei noch da, gleich auf der anderen Seite, pflücke Tomaten auf der Terrasse, wie auch Leonard und Mariannes kleiner Junge. Sie war am glücklichsten, wenn sie es ihm heimelig machen konnte, wenn sie ihm Blumen auf den Tisch stellen, den Sturm in ihm besänftigen, Vorhänge nähen und Wein einschenken konnte, Baby Axel vom Klimpern seiner Gitarre in den Schlaf gelullt … Ich denke an Axel Joachim oder Locke, so hat Leonard ihn genannt, wie er im Schlaf am Daumen nuckelte, das sonnenbleiche Haar weiß wie das Kissen.

Leonard bringt die Gitarre nach draußen auf die Terrasse und schaut uns beim Tanzen zu. Unter den Zitronenbäumen gleich hinter dieser Mauer die glosende Glut, dann aber holt mich das Blaffen eines Arbeiters schlagartig zurück auf die Erde, die ebenso gut der Mars sein könnte. Wir waren wie berauscht von unseren Idealen, tänzelten verträumt und hoffnungstrunken einer Zukunft entgegen, die aus ihrer Vergangenheit gelernt hatte. Als ich die Tür von Leonards Haus erreiche, ist mir ein wenig schwindelig, und ein Stöhnen entweicht mir bei dem Gedanken an den Mann im Weißen Haus, an diese Welt, die sich rückwärts dreht.

Die Albträume finden dich immer, selbst wenn du auf einem Felsen lebst.

Es ist niemand in der Nähe, der mein Gemurmel hören könnte, doch wurden schon Blumen auf die Schwelle gelegt. Ausdruckslos ragen die weißen Wände von Leonards Haus vor mir auf, die grauen Läden geschlossen. Irgendwer hat Fatimas Messinghand offenbar erst kürzlich geputzt. Ich hoffe, jemand hat die Spiegel verhängt. Ich beuge mich zur

Schwelle hinab und lege den Stein zwischen die Gedenkgaben: verwelkende Nelken, Teebeutel, Orangen und eine einzelne Witwenblume. Kurz überlege ich, ihn wieder an mich zu nehmen, aber er gehört ihm und Marianne, war nie wirklich meiner.

»Ein Talisman«, sagt Marianne und setzt kichernd hinzu: »Vielleicht das versteinerte Herz von Orpheus.«

Ich knie vor der Schwelle. Der Spiegel im Flur hinter dieser Tür bewahrt seine Geheimnisse über dem polierten, mit einem Spitzentuch bedeckten Tisch, auf dem sie immer ihre Schätze ausbreiteten.

Marianne und Leonard erfanden Geschichten; außer Orpheus' Herz gehörten ihnen noch ein versteinertes Ziegenhorn, aus dem einst Dionysos trank, goldene und blaue Fragmente aus Epidauros, eine eiserne Klosterglocke, die Marianne einmal halb vergraben in einem Kiefernwald auf Santorini fand, und eine große verrostete Blechbüchse mit dem Relief einer Frau, die mit verbundenen Augen eine Harfe ohne Saiten spielte. Der geschnitzte Spiegel war ihr Orakel. Mit goldener Tinte hatte Leonard auf den Rand geschrieben: *Ich verändere mich. Ich bleibe gleich. Ich verändere mich. Ich bleibe gleich. Ich verändere mich. Ich bleibe gleich*. Einmal forderte er mich auf, davor stehen zu bleiben und hineinzusehen. Er zündete Kerzen an und sprach eine Art Gebet, dann bat er mich, so lange in den Spiegel zu schauen, bis ich wisse, wer ich sei.

Ich verändere mich. Ich bleibe gleich. Ich schätze, er meinte es gut, auch wenn er es manchmal übertrieb, und eine Zeit lang hat Marianne mich gehasst. Nun ja, so war es eben.

Es war das letzte Jahr ohne Strom hier oben. Manchmal finde ich das schade. Ein, zwei Stunden nach Sonnenuntergang verstummten die Generatoren in der Stadt, und nur Flamme und Mond leuchteten uns. Laternen, Kohlenpfannen, Ikonen flackerten über Ölschalen, in denen kleine Flammen auf Kork schwammen. Jeder ist schön im Kerzenlicht. Herd und Kühlschrank halte ich heute für selbstverständlich, meine Erinnerungen aber sind golden. Ich verändere mich. Ich bleibe gleich.

Ich war an einem Sabbat hier. Das Anzünden der Kerzen, die kleinen Teller mit Salz und Öl, Oliven und frischen Anchovis. Marianne war es irgendwie gelungen, aus dem launischen Herd ein Challah-Brot hervorzuzaubern. Leonards Segensspruch schien mir nicht unangebracht. Das handgestickte Tischtuch, Wasser aus dem Brunnen, das funkelnde Glas der Petroleumlampe, die weißen Anemonen im irdenen Krug, die graziös ihre Köpfe senkten; um sie schien selbst die Luft zu leuchten.

Ich denke an jene Abende im Licht der Laternen, an Musik und Tanz, an Magdas traurige russische Lieder, an über Wände huschende Schatten, an Gitarre, Bouzouki und Akkordeon, an Michail mit seiner Fiedel, an jüdische Lieder, die beide kannten, Magda und Leonard, und daran, wie er manchmal, wenn er auf seiner Gitarre spielte, zögerlich einige wenige eigene Zeilen sang, die ihn anschlichen wie Katzen eine Schale Milch.

Ich glaube, er war seit fast zwanzig Jahren nicht mehr hier, weshalb es mich überrascht, dass ich so weinen muss. Dabei habe ich nicht mal ein Taschentuch. Doch anders als Leonard, der sich mit diesem Haus und der Frau und dem Kind eines anderen Mannes gleich Hals über Kopf darauf einließ, hatte ich nicht damit gerechnet, dass dies hier mein Zuhause werden könnte.

Eins

So manch einer unterhält beim Abendessen gern mit abgedroschenen Anekdoten darüber, wie er jene kurvenreiche, staubige Route gen Osten trampte, die als Hippie Trail bekannt werden sollte. Du hast kaum seinen Namen verstanden, da erzählt dir der Mann gegenüber von seinem Sommer der Liebe, und während er Wein einschenkt, wechselst du in Gedanken den grauen Anzug gegen geflickte Shorts aus, siehst ihn barfuß, braun gebrannt und um den Hals eine Gitarre an einem geknoteten Strick. Aber wir sind nicht nach Griechenland getrampt, haben nie an Indien gedacht, nicht mal an Istanbul oder Beirut, und wir waren auch keine Hippies, zumindest nicht als wir aufbrachen. Ich bin mir nicht mal sicher, ob es 1960 schon Hippies gab.

Meine Reise an jenem Ostertag war geplant von einem Gemüt, das nur von Jungen träumte, insbesondere von Jimmy Jones mit seinem Gesicht wie ein Gedicht, dazu dieser natürlich anmutige, muskulöse Körper, der sprang und rannte, balancierte und wirbelte und unweigerlich jeden Liegestützwettkampf mit meinem Bruder gewann. Die erste Liebe kam mit einem Aufflammen strahlender Lust, einem aus schmuddeliger Flasche entwichenen Geist, der mein Leben erhellte und mir die Welt öffnete.

Jimmy Jones war einundzwanzig, vier Jahre älter als ich, und er wollte mehr als nur meine Wünsche erfüllen. Er hatte vor, in diesem Sommer zu verreisen, und der Rucksack am Fuße seines klapprigen Bettes bebte vor Ungeduld. Ich dagegen war liebesbedürftig und orientierungslos, seit die Pflege meiner sterbenden Mutter so abrupt ihr Ende gefunden hatte, weshalb ich nichts weiter wollte als Jimmy Jones' weiche Haut, seine sanften Küsse und einen eigenen Rucksack.

Wieso Mum mir die Mittel zu meiner Flucht hinterließ, war ein Rätsel, für das es keine Auflösung gab, nur die Überraschung von tausend unerklärten Pfund auf einem Sparkonto der Post und damit zusammenhängend der glückliche Zufall eines Buchs zur rechten Zeit. Die Autorin war Charmian Clift, eine australische Schriftstellerin, die hier auf Hydra wohnte und in London mehrere Jahre lang die engste Freundin meiner Mutter gewesen war. Ich suchte nach einem Weg, irgendeinem Ziel, und dachte, Charmian könnte ein wenig Licht in jene Geheimnisse bringen, die meine Mutter mit ins Grab genommen hatte.

Das Schreibbüro, in dem ich arbeitete, war eine Folterkammer in dreifacher Ausfertigung: Tastengeklapper, Schreibmaschinengeklingel und Pokneifer. Das Aufregendste, was einem da passieren konnte, war eine Torte zum Geburtstag. Nicht gerade das Leben, das meine sterbende Mutter sich für mich gewünscht hatte. Ich träumte von Sonne und glitzerndem Meer, von einem hübschen Jüngling, der von hohen Felsen ins Wasser sprang, auftauchte, überlebte. Ich träumte von Licht, das durch Fensterläden aufs Bett fiel, und auch wenn ich mir sicher bin, dass ich damals so manches über Freiheit und über eine Flucht aus dem Hamsterrad zu sagen gehabt hätte, träumte ich doch vor allem vom Träumen.

Als meine Mutter krank wurde, verlief meine Ausbildung im Nichts, und ich hatte keine Vorstellung davon, wie meine Zukunft aussehen würde. In London hielt mich nur wenig, denn wäre es das Mittelalter gewesen, hätte mein Vater mir zweifellos einen gusseisernen Keuschheitsgürtel verpasst. Im trostlosen Londoner Winter, der auf den Tod meiner Mutter folgte, wusste er nur, dass etwas mich fröhlich stimmte, weshalb er beschloss, dem ein Ende zu setzen. Dieser Junge – dieser Gammler – kam ihm nicht mehr ins Haus.

Die Tage wurden zu Wochen voll halb garer Fluchtpläne. Es war gnadenlos kalt und verregnet; jegliche Freiluftaktivität in den verschwiegenen Senken und waldigen Winkeln von Londons königlichen Parks wurde zu einer klatschnassen Angelegenheit. Da mein Vater mich nur selten aus dem Haus ließ, wartete Jimmy meist im Billiglokal gegenüber von meinem Büro, um mich unter tropfenden Bäumen und durch feuchtes Gras nach Bayswater zu begleiten. Wir nutzten jede Gelegenheit im Pavillon des italienischen Gartens oder im beschämend vertrauten Schutz gewisser Bäume im St. James Park. Erstaunlich, dass wir nie verhaftet wurden! Ich drängte mich an ihn, während wir unsere Flucht planten, sein Regenmantel ein Baldachin über unseren Köpfen.

Mums Tod war so ordentlich verlaufen wie ihr Leben. Sie hinterließ keine losen Enden, die wir verknüpfen mussten. Zu Hause litten wir unter einer ständigen seltsamen Anspannung, die wie ein Sirren auf kaum hörbarer Frequenz die Trauer untermalte. Bloß gut, dass Bobby schon ausgezogen war.

Mums Leben war parfümiert vom frischen, guten Geruch heißer Bügelwäsche und gebackener Kuchen, dazu ein Tupfer Ma Griffe, wenn Vater nach Hause kam, manchmal war da aber auch ein Hauch Sherry und die Andeutung von Tränen. Dabei hatte unser Vater Tränen grundsätzlich verboten. Als Mum im Sterben lag, weinte Bobby auf dem Stuhl an ihrem Bett nur, wenn er nicht zugegen war.

In den letzten Stadien ihrer Krankheit blieb ich an Mums Seite. Eine meiner Lehrerinnen kam mit dem Zug aus Ascot, um mit mir zu reden, doch fuhr sie wieder, ohne dass ich ihr versprochen hätte, zur Schule zurückzukehren. Sogar Mums

Krankenpflegerinnen gaben mir guten Rat, sagten, aus mir könne nichts werden, wenn ich meine Mittlere Reife nicht abschlösse. Alle nahmen an, ich fürchtete, sie würde sterben, sobald ich aus dem Zimmer ging, dabei hatte ich größere Angst davor, sie geschwächt und allein der Gnade meines Vaters ausgeliefert zu wissen, als davor, dass sie sterben könnte.

Bettlaken, Nachthemden, sauber, frisch gebügelt. Lesen und Dösen, später noch die vielen Handreichungen, die zuvor von der Gemeindeschwester erledigt worden waren. Die Monate vergingen, und Mum schlief mehr und mehr, lächelte, wenn sie mich beim Aufwachen sah. Ich saß da und schrieb in meine Drei-Penny-Kladden, schrieb wilde Geschichten über Mädchen, Wölfe und Häuser mit verborgenen Zimmern. War sie bei klarem Bewusstsein, legten wir in den Kladden Listen an, und sie brachte mir bei, den Haushalt so zu führen, wie es meinem Vater gefiel. Unser Zuhause waren zwei Stockwerke im Palace Court, acht hohe Räume, die soldatisch aufgeräumt und makellos sauber zu halten waren. Sein Schloss, ihr Gefängnis. Eigentlich unglaublich, wie viel sie für ein Leben gab, in dem sich für sie kein Platz fand.

Bald schien es niemanden mehr zu kümmern, dass ich nicht länger zur Schule ging, mich am allerwenigsten. Mein Bruder war auf der Hornsey Art School, sorgte sich wegen verpasster Seminare und knabberte auf dem Stuhl neben ihrem Bett an den Fingernägeln.

»Es macht mir nichts aus, wenn du mich zeichnest, während ich sterbe«, sagte sie ihm, als sie noch stark genug war, uns, die wir wie Babys heulten, zu trösten.

Ihre letzten Tage flimmern hinter meinen Lidern wie ein Film im Kino. Die Farben verwaschen, das Licht flackert, Bilder ruckeln, bleiben stehen. Sie wurde wach, als Bobby ins Zimmer kam. Er war ewig nicht da gewesen und segelte auf einer Flut von Entschuldigungen durch die Tür. Ich sagte nichts, schüttelte Kissen auf, rückte sie zurecht, half Mum, sich aufzurichten, kämmte das verbliebene Haar. Wegen der Medikamente klang ihre Stimme angestrengt, der Arm zitterte, als sie auf den Rollschreibtisch zeigte. »Heute müsst ihr mir helfen, letzte Dinge zu ordnen.«

In einer verschlossenen Schublade lagen zwei kleine rechteckige Päckchen, das eine an mich, das andere an meinen Bruder adressiert.

»Die sind für später. Macht sie jetzt bitte nicht auf«, sagte Mum, als sie mir mein Päckchen in die Hand drückte. »Gönn dir ein paar Abenteuer«, sagte sie. »Wage zu träumen.«

Es geschah in jener Nacht. Ein schlafender Engel, Hände über der Brust gekreuzt. Irgendwie wurde eine amtliche Feststellung der Todesursache vermieden, obwohl ich keinen Moment daran zweifelte, dass sie und der werte Doktor ihr Ende beschleunigt hatten.

In Bobbys Päckchen lagen die Schlüssel für ein Auto, porzellangrün, ein Cabrio, das auf dem Platz hinterm Palace Court stand. Das eigentlich Interessante aber ist: Bis zu ihrem Tod hat niemand gewusst, dass sie ein Auto besaß. Wir wussten nur, dass sie fahren konnte, da Vater sie manchmal ans Steuer seines Austin ließ, er auf dem Beifahrersitz, ihr aber kein einziges Mal erlaubte, selbst zu entscheiden, wann sie blinken oder den Gang wechseln sollte.

Es war gut, Vater nicht auf dieses Auto aufmerksam zu machen, weshalb Bobby darauf achtete, nie mit den Schlüsseln zu klimpern, wenn er nach Hause kam, oder den Preis für Benzin zu erwähnen.

An dem Tag, an dem Charmian Clifts Buch eintraf, ging eine wahre Sintflut nieder – wie gesagt, in jenem London, wie ich es von damals in Erinnerung habe, hat es ständig geregnet. Bobby kam und schüttelte Tropfen aus seinem Haar. Er sah geradezu unanständig gesund aus, eher Erster im Rugby-Gedränge als hungernder Künstler, die Wangen rot vom Lauf durch den Regen, das Haar ein nasser Heuhaufen. Er ging die Post auf dem Flurtisch durch und steckte einen an ihn adressierten Brief ein, das Päckchen für Mum ließ er liegen.

»Wir hätten eine Traueranzeige verschicken sollen, damit die Leute Bescheid wissen ...« Er verstummte mit einem schweren Seufzer. »Ach, na ja.«

Da mein Dad es nicht einmal ertrug, wenn man ihren Namen nannte, blieb Mums Post im Flur liegen, bis ich sie an mich nahm und wieder und wieder die traurige Nachricht schrieb.

»Du weißt doch, er will mit alldem nichts zu tun haben«, sagte ich, aber Bobby warf mir einen warnenden Blick zu, da Vater im selben Moment aus dem Bad kam, sich die Hände abtrocknete und mir das Handtuch gab, als wäre ich irgendein Garderobenfräulein. »Das hier ist seit Wochen nicht mehr gewaschen worden«, sagte er und tat dann, als wollte er uns fortscheuchen. »Was lümmelt ihr beide euch hier vor der Tür herum?«

Er streckte eine Hand aus, griff Bobby ans Kinn, drehte sein Gesicht ins Licht.

»Um Himmels willen, Robert. Habe ich dir nicht beigebracht, wie man sich ordentlich rasiert? Was soll denn dieser Milchbart? Und das hier, sollen das Koteletten werden?«

»Lass mich«, sagte Bobby, aber Vater verstärkte nur den Griff.

»Ich will doch nicht hoffen, unser Robert hat als Nächstes vor, ein Teddyboy zu werden, oder?«, sagte er, während er Bobbys Wange halb tätschelte, halb schlug.

Bitte, bitte, keinen Streit. Ich presste die Hände auf die Ohren. Wenn meinem Vater danach war, musste ich zu Hause bleiben. Dabei hatte ich nur Jimmy Jones im Kopf, der, wie ich wusste, in Bobbys Bude auf mich wartete. Mein neuer primelgelber Pulli hatte einen Reißverschluss.

Endlich ließ er uns in Ruhe, und es fühlte sich jedes Mal an, als wäre uns die Flucht geglückt, auch wenn wir nur in den Pub gingen. Wir rannten durch den Nieselregen, konnten nicht anders, als uns an den Händen zu halten, und jauchzten, als wir Mums kleinen grünen Wagen erreichten.

»War die ganze Woche so schlimm?«, fragte Bobby, als wir es uns auf unseren Sitzen bequem machten, wartete meine Antwort aber nicht ab. »Bald sind wir hier weg, Puppe, ich versprech's.« Der Hundegeruch seiner nassen Seemannsjacke verbreitete sich im Auto, das nicht länger nach Mums Parfüm roch. Und ja, mir gefiel, dass er mich »Puppe« nannte.

Auf Zehenspitzen kehrte ich im Morgengrauen heim, schlich mich wie eine Katze ins Haus. Ich war, was mein Vater, sollte er mich je erwischen, ein »Flittchen« genannt hätte, eine »elende Schlampe«. Mums in braunes Packpapier geschlagenes Päckchen lag noch im Flur, mit einem Bindfaden zugebunden. Die Briefmarken waren wunderschön: ein großer Olivenbaum, eine Eule, das primitive Bild eines Heiligen. Ich fragte mich, wer ihr aus Griechenland schrieb, nahm das Buch und verkroch mich auf mein Zimmer. Mit einem solchen Vater war es riskant, erst morgens um fünf nach Hause zu kommen. Mein Herz raste, als ich mich am Becken wusch. Noch feucht saß ich dann vor der Frisierkommode und öffnete das Päckchen, das in kräftigen Großbuchstaben an Constance Hart adressiert war und nicht, wie es in jenen patrizischen Tagen korrekt gewesen wäre, an Mrs Ronald Hart.

Ein Buch, das auf dem Cover weiße Häuser rund um einen kleinen Hafen zeigte, *Peel Me a Lotus*, so der Titel. Ich betrachtete das Bild und fand keine Spur von der schicken Nachbarin, die über uns gewohnt hatte und von der ich wusste, dass sie die Freundin meiner Mutter gewesen war. Ich rief sie mir ins Gedächtnis, diese andere Charmian Clift: elegant, groß gewachsen mit eng gegürtetem Kamelhaarmantel, in der Armbeuge eine Handtasche aus Krokodilleder, leuchtender Lippenstift und ein breites Lächeln. Ich war ihr mehrere Male begegnet, vor Jahren, musste allerdings oft an unser erstes Treffen denken und fragte mich, was sie damals zum Weinen gebracht hatte. Sie fand mich im Flur, auf den Mum mich sicherheitshalber geschickt hatte, weil Bobby von unserem Vater eine Tracht Prügel erhielt. Ich kauerte da, Rotz und Tränen liefen, als ich das Scheppern der Haustür hörte, einen Windstoß spürte. Ich drückte mich in den Schatten, schämte mich für die Geräusche, die aus unserer Wohnung drangen. Charmian führte mich an der Hand nach oben, fragte nach meinem Namen, auf welche Schule ich ging, was ich gern las. Irgendwann saßen wir dann auf der obersten Treppenstufe. Sie hatte ihren Arm um mich gelegt, und obwohl ich Fremden gegenüber meist misstrauisch war, fühlte es sich mit Charmian richtig an. Sie fragte nach meinem Alter. Acht, sagte ich, und mich überraschte, dass sie plötzlich verstummte und eine Träne über ihre Wange lief. Sie hatte meinen Namen falsch verstanden, nannte mich Jennifer, aber ich hatte nichts dagegen, da ich Jennifer schöner fand als meinen richtigen Namen.

Das Autorenbild im Buch verriet, dass ihre Schönheit wilder geworden war, geradezu ungestüm. Zwischen Stirn und vorspringenden Wangenknochen tief liegende, schwermütig blickende Augen, fast wie blaue Flecken.

Im Klappentext war die Rede von einer griechischen Insel, vom Leben im Ausland, aber da warf mein Vater seinen Schatten über jede Andeutung von Sonnenschein. Er hatte die Daumen unter die Hosenträger geklemmt, und weil ich meinen Morgenrock trug, war er unfähig, mich direkt anzusehen.

»Bist ja früh auf«, sagte er, spannte die Hosenträger und ließ sie zurückschnellen. »Ich dachte mir, ich sehe besser mal nach dir, da ich gestern Abend nicht mehr gehört habe, wie du nach Hause gekommen bist.«

»Dein Hemd ist ruck, zuck gebügelt. Hab mir extra den Wecker gestellt«, log ich, gähnte und wies auf mein sorgsam zerwühltes Bett. Er räusperte sich, ich aber war schneller. »Ach übrigens, ich habe das hier aufgemacht. Kam für Mum. Aus Griechenland. Erinnerst du dich an Charmian Clift, die oben mit ihren beiden kleinen Kindern gewohnt hat? Ist von ihr, das Buch …« Ich schwatzte drauflos, um das Thema zu wechseln, genauso verschlagen, wie meine Mum es offenbar gewesen war.

Er schnaubte unwirsch. »Ach, hat sie schon wieder ein Buch verfasst, die feine Dame, ja? *Liebes, wie wär's mit noch einem Cocktail?* Sind Australier, die beiden, weißt du …« Und er spuckte das Wort »Australier« aus, als wäre es ein Stück Knorpel, um dann mit einem letzten Schnappen der Hosenträger aus meinem Zimmer zu stolzieren, damit ich mich »anständig anziehen« konnte.

Ich las Charmians Buch im Bus. Ich las es in meiner Büroecke, während meterweise Lochstreifen durchs Telex rasselten und ratterten. Ich las von einem Leben voller Risiken und Abenteuer, von einer Familie, die zwischen Felsen in glasklarem Wasser badete, von Bergblumen, bewunderten Künstlern und von Möchtegernkünstlern, über die Charmian sich verhalten lustig machte, über George, ihren Mann (der witzig klang und klug, auch wenn ich mich nicht erinnerte, ihn je gesehen zu haben), las von Armut und irgendwie über die Runden kommen, von Sonderlingen im Ort und Heiligen und vom Wettlauf mit der Zeit, um das Haus rechtzeitig für die Ankunft des dritten Kindes herzurichten, von Touristeninvasionen und Quallen, Erdbeben und einem Leben wie im Flug und immer nahe der Sonne. Es kann folglich kaum verwundern, dass ich mich bis weit über die Mittagszeit hinaus in diesen Seiten verlor und Betty mich anschnauzte, die Leiterin des Schreibbüros. Im Buch lag eine gefaltete schlichte Karte von Charmian.

»Meine liebe Connie, ich habe dieses Buch über das erste Jahr meiner Familie hier auf der Insel geschrieben, und endlich ist es auch in England erschienen. Verbreite die Kunde bitte auf jede nur erdenkliche Weise, aber wichtiger noch, lass Dich von keinem meiner Worte abhalten, mich zu besuchen. Du wirst hier stets herzlich willkommen geheißen werden von einer, die fest daran glaubt, dass Du eine zweite Chance verdient hast. Charmian.«

Als ich das las, spürte ich eine flirrende Sehnsucht, ein intensives Verlangen nach jenem herzlichen Willkommen und einer Chance für mich selbst. Ich konnte es kaum erwarten, Jimmy Charmians Buch in die Hand zu drücken.

Jimmy Jones hatte mit allen Familienbanden gebrochen, als er das Jurastudium schmiss und sich zu etwas Lichterem, Bunterem mauserte, zu jemandem, der eher von Jack Kerouac, Sartre und Rilke als von den Mühen der Rechtsverdrehung angetan war. Seine Flügel trugen ihn in eine Holzhütte, ein Atelier unten im Garten von Mrs Singh, und ein paar Gelegenheitsarbeiten gaben ihm die Freiheit zu malen, Gedichte zu schreiben und bis mittags im Bett zu bleiben.

Meine Träume von der Insel waren viel zu aufregend fürs Telefon oder für Vaters allzu gespitzte Ohren. Er blieb schlecht gelaunt und deckte mich mit Hausarbeiten ein. Ich durfte nicht mal Socken wegwerfen, deren Hacke schon völlig durchgescheuert war, eine meiner bleibenden Erinnerungen an jene grauen Monate nach Mums Tod. Wie er mir befahl, mich auf den Platz zu setzen, der ihrer gewesen war, ein hübscher Sessel, geknöpfte Rückenlehne, überzogen mit erbsengrünem Samt, der Nähkasten zu meinen Füßen, während er Tee schlürfte, sich in seinem Ohrensessel rekelte und im Fernsehen *Dixon of Dock Green* lief.

Ich kam beim Abendtisch noch einmal auf Charmian Clift und ihr Buch zu sprechen. Es war Dienstag, Würstchen im Teigmantel, sein Lieblingsessen, dazu Bratensoße und Kartoffelbrei, also bestand Hoffnung, dass er jetzt besserer Laune war.

Ich irrte mich. Seiner Miene nach zu urteilen, hätte man glauben können, er hätte was Ranziges im Mund. »Erica, müssen wir beim Essen wirklich über die Freundinnen deiner Mutter sprechen?«

Mums Geschichten über Dad vorm Krieg, sein gewinnendes Lächeln, seine Tanzbeine, ich konnte sie kaum glauben. Die Schlagfertigkeit, für die er bekannt war, hatte bei Dünkirchen einen Volltreffer abgekriegt; seine Packen-wir's-an-Laune war restlos verschwunden. Früher stieg er aus Spaß auf Berge, machte meiner Mum auf einem Gipfel der Brecon Beacons einen Antrag. Als er in Kairo stationiert war, sorgte er dafür, dass sie während seiner Abwesenheit jede Woche Blumen bekam. Und er meckerte nicht, wenn er die Rechnung der Schneiderin, ihre Shampoos oder ihr Make-up bezahlen musste. Sie zog sich immer noch jeden Abend um, ehe er aus dem Büro heimkam, obwohl ich mich nicht daran erinnern kann, dass er sie je in ein Restaurant oder ins Theater ausgeführt hätte. Routine war das Einzige, was ihn bei Verstand hielt: sein Whisky auf dem Tablett, Eiswürfel und die silberne Zange daneben, die gefaltete Zeitung, Abendessen, dann sein Sessel und der Fernseher, während sie hin und her huschte, Tee einschenkte und nähte.

Als wir so alt waren, dass sie uns auch mal allein lassen konnten, flüchtete Mum dann und wann übers Wochenende – zu Großtante Vera nach Hampshire, nach Wales zu

Kusine Penny mit »ihrem Problem« –, aber nach jeder Rückkehr wurde sie bestraft. Einmal kippte er den Inhalt eines Schmortopfes quer über den Küchenboden und zwang uns, ihn liegen zu lassen, bis sie zwei Abende später zurückkam. Wortlos stand er über sie gebeugt und sah zu, wie sie auf den Knien mit Handfeger und Kehrblech den geronnenen Brei beseitigte. Sie ihm zu Füßen, verschreckt auf dem Boden – ich mochte nicht daran denken. Und ich beschloss, ihn zu bestrafen, und hörte nicht auf, über Charmian zu reden.

»Sie hatten es wirklich nicht einfach. Offenbar fuhren sie für ein Jahr noch auf eine andere griechische Insel, und Charmian hat darüber auch ein Buch geschrieben. Ob Mum das je gelesen hat?« Aber jetzt riss er sich die Serviette vom Hals, der Stuhl schabte über den Boden.

»Brauchst gar nicht erst im Regal nachzusehen, da findest du nichts von ihr. Die kennen einfach keine Scham, diese dekadenten Typen, schleppen ihre Blagen von Pontius zu Pilatus, haben nichts für normale Leute übrig und zechen die ganze Nacht mit ihren überkandidelten Künstlern und Schwuchteln.« Er wischte sich brutal den Mund ab und warf die Serviette neben den leeren Teller.

Ich ging auf mein Zimmer und ergänzte meinen Brief an Charmian Clift um ein PS: Ob sie ein Haus kenne, das ich mieten könne? Und wie viel würde das kosten?

*

Hier kommt endlich Jimmy, steht da in einem Streifen Licht, als wäre er direkt von der Leinwand herabgestiegen, in meinen Augen schöner als jeder Filmstar. Mit einem durchtriebenen Lächeln öffnet er die Tür. Bis heute kenne ich kein Gesicht, das ein Lächeln derart verändert. Normalerweise wirkt Jimmy eher gehetzt, aber wenn er lächelt, ist es, als ginge die Sonne auf, und genau wie ich es mir erhofft habe, greift er nach dem Reißverschluss meines neuen, flauschigen, primelgelben Pullis.

»Fährst du mit mir auf eine griechische Insel?« Er war hinter mir, als ich die Leiter zu seinem Bett hochstieg, und statt einer Antwort biss er mir in den Po.

Wir rechneten es durch. Als wir zu Bobby und den anderen im Gatehouse stießen, gaben wir uns ein Jahr. Die Band machte gerade Schluss. Ich war froh, den alten Saxofonisten zu sehen, diesen schwermütigen Veteranen im abgetragenen Regenmantel, der so herzerweichend spielen konnte. *Say, it's only a paper moon sailing over a cardboard sea*. Ich sah uns, Jimmy Jones und mich, auf Charmians Insel, im Wechsel der Jahreszeiten, eine Extradecke fürs Bett, glühende Kohle in einer Feuerschale. Der Kontrabass plonkte, die Saxofonmelodie trieb noch einige kummervolle Atemzüge lang dem Horizont entgegen. Von einem Freund von Bobby nahm ich mir eine Zigarette und hockte mich auf den Tischrand, voll mit Plänen. Jimmy reihte sich in die Warteschlange vorm Tresen.

Bobbys neue Freundin ging auf die Kunsthochschule: ganz sein Typ, schlank, vogelknochig, angezogen wie eine Ballettänzerin nach ihrem Auftritt, Pullover mit Zopfmuster, enge schwarze Caprihose. Ihre Kleider stets nur von einer Farbe, das Gesicht zu schmal für die düster umrandeten Augen, das Rabenhaar gab den zarten Nacken frei, ihr Hals wie der eines Schwans. Sie saß mitten in der Gruppe auf einem Barhocker, schlug die langen Beine übereinander, sagte »cool« und »super« und wirkte dabei kein bisschen verlegen.

»Edie Carson, das hier ist meine Schwester Erica, Gefangene im Palace Court, Bayswater; Erica, das hier ist Edie, die Queen von Wood Green.« Bobby gestikulierte mit einem randvollen Glas, und das Bier schwappte zwischen Edie und mir auf den Tisch. Als wir es beide zugleich aufwischen wollten, stießen wir mit dem Kopf zusammen, und Bobby sagte: »Freut mich, dass ihr euch schlagartig so gut versteht.« Wir beide stöhnten.

Bald waren wir wieder in Jimmys Atelier, und da es so kalt war, dass wir unseren Atem sehen konnten, hielten wir einander warm. Jimmy hatte ein Hochbett gleich unter der Dachluke, Bobbys Bett war ein Diwan hinter einigen Staffeleien und einem Vorhang aus purpurfarbenem Samt. Edie schämte sich nicht, ihre Lust laut hinauszuschreien.

Bobby erzählte einige Abende später Edie Carson von unseren Reiseplänen, denn als es für Jimmy und mich ernst wurde, wusste Bobby, er wollte nicht allein zurückbleiben. Edie hatte eigene Pläne; sie und ihre beste Freundin Janey mochten nicht bis zum Frühjahr warten. Also machten wir mit Edie und Janey aus, uns eine Woche vor Ostern am Hafen von Piräus zu treffen.

Zwei

Mums Geld sorgte für Sprit und Essen, auf der Fahrt von London nach Frankreich und Italien drohten folglich keine Gefahren und kein Hunger. Die Jungen erholten sich rasch vom abscheulichen Schrecken unseres ersten Hockklos. Ich weiß nicht, ob mir das je gelungen ist.

In der ersten Nacht hatten wir es fast bis nach Paris geschafft, und wir hielten nur an, um zu tanken und Baguettes, Pâté und Orangenlimo zu kaufen. In einer Pension in Chantilly fielen wir erschöpft in ein riesiges quietschendes Bett mit überraschend frischen Laken. Die Krönung war ein unvergessliches Frühstück: gelbes Sonnenlicht vom Fenster, kariertes Tischtuch, eine große Schale Milchkaffee und mein erstes Croissant, so flockig und buttrig, wie es seither kein Croissant je wieder war. Mums Auto hielt sich wunderbar, ganz ohne einen Aussetzer. Ich wünschte, ich könnte Gleiches über Bobby sagen.

Wir hatten London gute drei Wochen später als geplant verlassen – allein meine Schuld, wie Bobby nicht müde wurde, mir unter die Nase zu reiben. Es fand sich mit Dad einfach nie der richtige Moment, das Thema anzuschneiden, hatte er doch ein Stadium der Trauer erreicht, in dem er Mums Bücher aus den Regalen riss und mich ihren Schrank ausräumen ließ. Mums Duft stieg aus den Kleiderfalten auf. Er ertappte mich, wie ich mein Gesicht in ihren rosigen Seidenunterrock presste. »Kannst mit dem Zeug doch nichts anfangen«, sagte er. »Hast nicht ihre Figur.«

Während wir die Pension verließen und Paris umfuhren, sorgte Bobbys Ärger für düstere Stimmung. »Wäre ja schön gewesen, uns den Louvre anzusehen, aber nein …«, sagte er zu Jimmy gewandt, der sich wünschte, Bobby gäbe endlich das verrückte Rennen auf, Edie rechtzeitig in Piräus zu treffen. »Und das Crazy Horse kannst du auch vergessen, Mann. Ich will nur hoffen, so lange auf die Kleine zu warten war es dir wert. Und sag nicht, ich hätte dich nicht gewarnt: Wir haben nichts weiter vor uns als die N7.«

Ich hasste es, die »Kleine« genannt zu werden, und trotzdem sehnte ich mich danach, meinen Bruder in den Arm zu nehmen. Wenn einer von uns wegen Mum weinen musste, dann taten wir das in den Armen des jeweils anderen. Vielleicht war ich wirklich ein kleines feiges Mädchen, genau wie er sagte, aber fand meine Strafe denn nie ein Ende, gab es keine Vergebung? Bobby war gestählt worden im wutsiedenden Heim unseres Vaters, also vermutlich nicht.

Sein Leben lang hatte Bobby Vater gefürchtet. Wie wir alle. Nie werde ich Mums Gesicht vergessen, als sie die Gürtelstriemen entdeckte. Gekochtes Ei zum Abendessen und ich im Hochstuhl, also musste Bobby fünf oder sechs gewesen sein. »Jetzt setz dich endlich.« Mum war genervt, weil wir beide uns triezten, bis Bobby sich schließlich zögerlich auf den Stuhl niederließ und stöhnte. Bobby wand sich und schrie, als sie ihm die Hose runterzog und sah, dass sein Po, sonst weiß wie ihre Schürze, wie von grellroten Brandwunden entstellt war.

Vater kannte keine Scham, so wie er hereinstolzierte und das Eis in seinem Drink schwenkte. »Tja, junger Mann, in Zukunft tust du hoffentlich, was man dir sagt.«

Ich sah, wie Bobby sich duckte, damals und auch später immer wieder, bis er lernte, auf seinem Zimmer zu bleiben. Und Mum schluchzte vornübergebeugt ins Geschirrtuch, während ich versuchte, nicht zurückzuzucken, als Vaters großes Gesicht auf mich zukam. Am liebsten wäre ich weggelaufen und hätte mich versteckt, aber ich saß festgezurrt auf meinem Stuhl. Noch heute packt mich die Panik, wenn ich daran denke. Der Brei aus Ei und zerquetschten Schalen, als Mum die Faust öffnete.

Bobby blieb die ganze Fahrt über angespannt. Ich hatte nicht damit gerechnet, dass der Platz des gemeinsamen Feindes, den wir eben erst hinter uns gelassen hatten, so rasch wieder besetzt werden würde. Nichts von dem, was ich sagte, konnte Bobby ein Lächeln entlocken. In Grenoble trank ich aus der Leitung und krümmte mich am nächsten Morgen derart, dass Jimmy darauf bestand, anzuhalten und das Zelt aufzuschlagen, lang ehe wir die Küste, Bobbys Etappenziel, erreicht hatten. Wegen meiner Übelkeit verloren wir noch einen Tag, und während ich zitternd und elend dahockte, fürchtete ich, auch die Liebe meines Bruders für immer verloren zu haben.

An der Tankstelle unweit von San Remo sprach ich ihn an. Ich dachte, er würde weinen, aber er zog ein finsteres Gesicht und meinte, er sei erschöpft von der vierzehnstündigen Fahrt zur Grenze ohne Zwischenhalt.

Seine Tränen hatten Spuren hinterlassen, das Gesicht staubig von der Straße. Ich ließ nicht locker, wollte mit ihm über Mum reden, über Dad, aber Bobby stieß mich beiseite, ziemlich heftig, und sagte, mit den beiden sei er endgültig fertig.

»Glaub mir, Familie ist ein überschätztes Konzept; je eher du das kapierst, desto besser für dich.«

Wir fuhren weiter, ließen Pisa links liegen und sahen den Turm nur von Weitem, als wir in Richtung Landesinneres abbogen. Selbst in meinen Ohren klang ich quengelig, wenn ich immer wieder bettelte, doch anzuhalten und die Aussicht zu genießen oder uns auch nur die Beine zu vertreten. Meine erste Reise ins Ausland war alles andere als eine Traumreise. Kuppeln und Türme huschten vorüber, Zypressen warfen lange Schatten, römische Ruinen lockten mit Schirmkiefern, doch ihr Schatten war nicht für uns. Ich fing an, Edie Carson zu hassen. Ihr blieb dieser schier endlose Weg des Unmuts schließlich erspart. Bobby sagte, er hätte den Wagen in England verkaufen und mit dem Zug fahren sollen, statt auf Jimmy und mich zu warten. Hättest du nur, sagte ich. Edie hatte eine spanische Freundin in einem französischen Zirkus, war mit einem Bildhauer in Rom zu einer etwas fragwürdigen Sitzung verabredet, und Janeys Tante hatte die beiden auf ihr *castello* unweit von Siena eingeladen. Ich wunderte mich, warum ihr Bobby und eine griechische Insel so wichtig waren.

Er trommelte mit den Daumen aufs Lenkrad. »Alles deine Schuld«, sagte er.

Stumm kauerte Jimmy neben ihm, die Karte auf dem Schoß. Wie das schmollende Kind, zu dem ich geworden war, saß ich zwischen Campingausrüstung und Gepäck. Manchmal tastete Jimmys Hand nach mir, im Rückspiegel manchmal auch Bobbys Blick.

Ich hätte alles regeln sollen, ließ sie aber warten und versprach, ich würde mich drum kümmern. Letzten Endes mussten wir bis zu meinem achtzehnten Geburtstag ausharren, an dem Bobby schließlich kam, um meinem Vater den Reisepass aus den Händen zu reißen. Eine Szene, so hässlich, wie es hässlicher nicht geht. Wieder einmal läuft sie hinter meinen Augen ab, ein ruckelnder Amateurfilm oder der Beginn einer Migräne: Klagen über Bobbys schlimmen Einfluss, Vaters vor Wut kochendes Gesicht, Bobby, der ihm an den Kopf wirft, er wolle mich doch nur als Dienstmädchen behalten, jetzt, da Mum fort war.

Dads irrsinnig verzerrter Mund, der bellt: »Jedenfalls besser, als wenn du sie zu einem Flittchen für deine Freunde machst.«

Bobby, plötzlich groß und sehr kalt: »Sei froh, dass Mum dich nicht mehr hören kann, alter Mann.«

Und Dad brüllt, ein Stuhl kippt um: »Verflucht, Robert, du bist nicht besser als irgendein Zuhälter. Deine Mutter dreht sich im Grab um.«

Bobby überraschend furchtlos: »Sie musste sterben, um von dir freizukommen ... Alles hat sie vor lauter Angst vor dir verheimlicht ... hat sich so gefürchtet, dass sie dir nicht mal von dem Auto erzählen konnte, kein Wunder, dass sie ...«, und unser Vater ging mit der Schere auf ihn los, mit der ich gerade noch Coupons aus einer Zeitschrift ausgeschnitten hatte, bis meine Hände zu sehr zitterten. Durch Bobbys Tritt verlor er das Gleichgewicht. Vater lag am Boden, rang nach Luft, und Bobby stand breitbeinig über ihm. Nachbarn trommelten an die Tür. Vaters Porträt war von der Wand gefallen, das Glas gesprungen. Unterm gesprungenen Glas ein junger Soldat mit schmuckem schwarzem Schnäuzer, am Ärmel prangten zwei neue Streifen. Der gebrochene Mann, der brüllend auf uns zustürzte, besaß nur wenig Ähnlichkeit mit diesem stolzen Verteidiger seines Vaterlandes. Er kam mit meinem Reisepass in der Hand, zwängte ihn Bobby auf und ballte die Hand zur Faust, ließ sie dann aber sinken. »Nimm das. Nimm sie. Und wagt es beide ja nicht, je wieder über diese Schwelle zu treten.«

*

»Nur wegen Erica können wir all das hier nicht genießen«, sagte Bobby und zeigte auf die mittelalterliche Stadt, die hinter uns zurückblieb.

Als wir in Brindisi die Nachtfähre erreichten, redete er kein Wort mehr mit mir. Missmutig hing er überm Lenkrad und war davon überzeugt, Edie verloren zu haben. Wir fuhren direkt von der Fähre runter, auch wenn wir uns nach sechzehn Stunden Überfahrt etwas mulmig fühlten, fuhren die Küste entlang nach Korinth durch Dörfer mit Kuppelkirchen, vorbei an Tavernen, Olivenbäumen, Kiefernwäldern, an der steten Einladung des milchblauen Meers. Nein, nichts davon für uns, nicht einmal ein griechischer Kaffee.

Kurz vor Sonnenuntergang an jenem Tag berührten unsere Füße zum ersten Mal griechischen Boden. Um sich zu orientieren, griff Bobby nach der Karte. Das in staubiges, goldenes Licht gebadete Dorf wirkte verlassen. Nur ein alter Mann war da, der aussah wie der Bibel entstiegen: bärtig, langes Gewand und in der Hand einen Stock, mit dem er ein paar sehnige Ziegen einen Pfad hinauftrieb. Jimmy sprang aus dem Auto, reckte und streckte sich und hüpfte mit einem Satz auf eine Mauer, blickte sich um und half mir nach oben. Ich lief ihm nach, schniefte und heulte, bis Jimmy es endlich merkte, mit dem Herumalbern aufhörte und mir mit dem Daumen die Tränen fortwischte.

»So behandelt er mich schon seit dem Streit mit Dad«, schluchzte ich, als hinter uns plötzlich ein Schwall griechischer Worte zu hören war. Der Bärtige fuchtelte mit dem Stock. Hatte er Bobby wirklich gerade angespuckt?

Jimmy drehte sich zu mir um. »Was zum Teufel …?«

Bobby hielt die Hände vors Gesicht, während der Mann sich mit bimmelnden Ziegenglocken verzog.

»Ich bin kein verdammter Hunne«, schrie Bobby ihm nach.

»*Germanos, Germanos*, mehr habe ich nicht verstanden«, sagte Bobby. »Das und ›Nazi‹, aber als ich lachen musste, ist er ohne Warnung auf mich los und hat mir den Arm verdreht.«

*

Wir erreichten Piräus nur einen Tag später als geplant. Edie war nicht da, und noch zwei höllische Tage lang konnte Bobby sie nicht finden. Er lief überall rum, suchte nach ihr, das T-Shirt fleckig von Schweiß. Sie und Janey saßen an einem Tisch am Straßenrand unweit der Jugendherberge und lachten mit Leuten, die sie unterwegs aufgegabelt hatten: eine hübsche junge Frau mit orangerotem Haar und zwei muskulöse Skandinavier, die aussahen wie Zwillinge. Edie und Janey trugen beide Baskenmützen.

Zum ersten Mal seit unserer Abreise aus London sah ich meinen Bruder grinsen, als er sich von hinten anschlich und sich vorbeugte, um Edie zu küssen oder ihr sogar über den unschuldigen Nacken zu lecken. Einer ihrer Begleiter sprang auf. »Hey!«, aber Edie lachte und griff nach Bobbys Hand, ehe sie sich auch nur umdrehte. »Ich wusste doch, dass du irgendwann hier aufkreuzt«, sagte sie.

Drei

Der Hafen von Hydra gleitet so plötzlich, so dramatisch in Sicht, als würde zwischen Bergen ein Vorhang hochgezogen. Die Symmetrie der Steinmauern und Gebäude fügt sich zu einem perfekten Hufeisen rund ums Wasser, von dem aus Reihen weißer Häuser wie Sitze eines Amphitheaters aufsteigen.

Ein magischer Trick auf nacktem Fels, ein Theater für Träumer, die Bühne beleuchtet von Sonne und See. Ich umklammere die Reling, und Jimmy umschlingt meine Taille, als fürchtete er, ich könnte über Bord springen, kaum dass Hafen und Spielzeugstadt aus dem Blau auftauchen. Mein Blick wandert von den Bergen zum Zikkurat der Häuser und zurück zu den farbenfrohen Booten im Hafen; zum ersten Mal seit unserer Abreise aus London bin ich glücklich. Ich male mir aus, wie ich vor dem Inselhintergrund grün verwischter Hänge zu mir selbst finde, meinen Weg suche zwischen den Terrassen und Piniengehölzen, im Gesicht salzige Gischt und Mums Worte in den Ohren: Hätte ich Flügel, ich würde mich in den Himmel aufschwingen. Pfeffergraue Felsen, Gestrüpp, Büsche, ginstergelb, Kräuter. Orangerote Spitzdächer und salzweiße Häuser, die zu den Göttern emporsteigen, und alle Augen auf den Hafen gerichtet.

Zur Ankunft strömen die Leute an Deck, zeigen auf Windmühlen und mögliche Badestellen, entlang der Festungsmauern schwarze Kanonen in Reih und Glied. Jimmy hat Henry Miller gelesen und flüstert mir ins Ohr: »Hier ist sie, die wilde, nackte Perfektion.« Ich mache mich von Jimmy frei und schlinge, am Bug stehend, die Arme um mich, während Hydra immer näher rückt.

Vom Dieselqualm muss man husten, aber ich sitze bereits hier oben, seit Bobby aller Welt verkündet hat, dass er lieber Mums Wagen verkauft hätte, als sich mit mir zu belasten. Mein Vergehen war es wohl auch, Mums alte Wildledertasche mit den Reiseschecks aus den Augen verloren zu haben. Ich fand sie gleich wieder, reparierte den Riemen, kam hier hoch und dachte ans Aufgeben, daran, zurück nach Hause zu fahren. Jimmy machte den lahmen Versuch, mir zu folgen, verschwand aber wieder, als ich ihm sagte, ich sei es leid, dass er sich nie für mich einsetze.

Ich habe es gleich darauf bedauert, war aber froh, Bobbys ewiger Nörgelei zu entkommen und den prüfenden Blick der Kopftuch tragenden, schwarz gewandeten Frauen unter Deck mit ihren fehlenden Zähnen und verschnürten Hühnern nicht länger ertragen zu müssen. Alleingelassen wuchsen sich meine Probleme mit Bobby zu einem überwältigenden Heimweh nach meiner Mum aus, und ich stieß einen mächtigen, ägäisgroßen Schrei aus. Mum hätte sicher rasch herausgefunden, was Bobby bedrückte, und mir fehlte der beruhigende Griff ihrer Hand. Ich erlaubte mir sogar den Gedanken, dass mein Bruder eine ordentliche Tracht Prügel von meinem Vater verdient hätte.

Zweimal orgelt es lang aus den Signalhörnern der Fähre. Am Anlegeplatz sammeln sich Mensch und Esel, und unsere Ankunft lässt die bunten Kaiks im Orchestergraben schaukeln. In einem Anfall von Aberglaube und Aufregung dränge ich mich an den Passagieren vorbei, um die Erste zu sein, die ihren Fuß auf die Insel setzt.

Ich verlasse die Gangway, bleibe stehen, atme. Die abgetretenen Steinplatten sind aus rosigem Marmor. Männer mit

Holzkarren laden Säcke aus, Vieh rutscht über Planken, Krüge aus Steingut wandern von Schulter zu Schulter, Kisten mit Mispeln und Mandarinen, lautes Geschrei. Mit Fahnen und Fähnchen, blau-weiß wie Himmel und Meer, ist der Hafen festlich geschmückt. Mein Blick wandert über die wartende Menge, sucht nach einem Gesicht, das Charmians Gesicht sein könnte. Es gibt Frauen mit Marktkörben und schwarze Roben tragende Priester mit dunkler Sonnenbrille, Geschäfte, Cafés, Bars, gestreifte Markisen, mit Perlen geschmückte und unglaublichen Lasten beladene Esel, Petroleumtonnen, die ans Ufer gerollt werden, das Krachen, mit dem Weinfässer gestapelt werden.

Ich überlasse es Jimmy, sich mit unserem Gepäck abzuplagen, und renne los, um sie zu finden. Sollte ich sie nicht bei der Uhr treffen? Das Klopf, Klopf, Klopf der Werkzeuge hämmert und hallt über den Platz. Ich kann Eselsdung riechen, Diesel und Fisch, als ich am Wasser entlang zu dem weißen Marmorturm laufe, der mitten im Hafen aufragt. Ich ignoriere Bobby, der rein gar nichts auf Verabredungen gibt, die seine jüngere Schwester getroffen hat. Er ruft mir etwas nach, und ich drehe mich um, werfe ihm ein Victory-Zeichen zu, während Edie und Janey eine Schar junger, blendend weißer Matrosen mit Schirmmützen mustern.

Eine hölzerne Plattform oben am Campanile mit angeseilten Steinmetzen, und mir gegenüber steht auf einem Podest die weiße Marmorstatue eines Helden mit Löwen; stolz flattert die griechische Flagge, an der Ecke der Lebensmittelladen Katsikas, auf dem Kopfsteinpflaster Van-Gogh-Stühle und Tische, genau wie sie es beschrieben hat.

Ich laufe zum Eingang; hier draußen sehe ich sie nicht; nur ein Tisch ist besetzt, und das mit zwei Männern. Ein Blick durch die Tür, meine Augen gewöhnen sich ans Dämmerlicht: Ölkannen, Blechwannen und Schaufeln an den

Wänden, Bündel Putzwolle. Klick, klick, klick. Würfel, Fliesen, Schachfiguren, *komboloi*. Ein starker Geruch nach Anissamen und Bratfisch. Nur Männer an den Marmortischen, und in mir wächst die grässliche Befürchtung, dass Charmian Clift nicht hier ist und ich zurück zu Bobby muss, quer durchs Ostergedränge von Leuten, die alle nach einem Zimmer suchen, um ihm zu sagen, dass wir keine Bleibe haben.

Am Tisch draußen schiebt einer der Männer seinen Stuhl zurück und erhebt sich, klappt auf wie ein Springmesser, hochgewachsen, grobknochig, mit wirrem braunem Haar und einer umgehängten Jacke, die mindestens drei Nummern zu groß für ihn ist.

»Du suchst Charm?« Seine Gesichtshaut scheint auch drei Nummern zu groß für ihn zu sein. »Ich nehme an, du bist die kleine Erica aus der Bayswater Road?« Er räuspert sich, die Kehle schroff vom Tabak. »Bist jetzt groß genug, auf eigenen Beinen zu stehen, wie?«, dann legt er die Zigarette auf den Unterteller und hält mir seine ledrige Hand hin, ein fester Griff.

»George Johnston«, sagt er. »Charms Mann.«

Erleichterung überkommt mich, aber auch Scheu. Er hat einen irgendwie fremden Blick, der wie ein Gummiband zwischen Schalk, Sarkasmus und Besorgnis hin und her flitscht. »Ich glaube nicht, dass wir im Palace Court schon das Vergnügen hatten.« Ein Gesicht voller Widersprüche. Die Augen betteln um Brosamen, die hängende Unterlippe aber ist zu ätzendem Spott bereit. Sicher beißt er jede Hand, die ihn füttert.

»Stimmt, ich bin Erica …«

Mit einem Kopfnicken weist er auf seinen Trinkkumpan, einen trübsinnig dreinblickenden Mann mit krummem Rücken und struppigem Bart. »Und das da ist Pat Greer.« Der

Mann zieht eine müde Grimasse. »Ich meine Patrick, niemals Pat«, sagt George und grinst.

»Nein, und um Himmels willen auch nicht Paddy«, sagt Patrick mit betont irischem Akzent.

Ich lächle Patrick an und wende mich wieder George zu.

»Ich sollte nach meiner Ankunft hier Ihre Frau treffen. Sie schrieb, sie kenne ein Haus, das wir mieten können?«

Ich werfe einen Blick zum Hafen hinüber auf die bunte Meute, die sich ihren Weg zu uns bahnt. »Die anderen kommen auch gleich«, sage ich und versuche, mir meine Panik nicht anmerken zu lassen.

In Piräus und auf dem Schiff haben wir einen ziemlich gemischten Haufen um uns gesammelt, alle mit Schlafsack, Gitarre oder Staffelei und Rucksack. Bobbys Gesicht ist beschämend rot angelaufen, weil er ständig meinen Namen ruft, und da ist auch Jimmy, der nicht nur sein, sondern auch mein Gepäck schleppt.

»Pflanz dich hin, Ricky«, sagt George, »sie ist nicht da«, und ehe ich entscheiden kann, ob mir der neue Spitzname gefällt, ruft er ins Haus: »Hey, Nikos, bring der müden Frau einen Drink, und wenn du schon dabei bist: Ich nehme noch einen Metaxa.«

Er tippt ans leere Glas. »Wenn Charm nicht da ist, fange ich an zu trinken.« Dann stellt er mir den lachenden Besitzer vor, Nikos Katsikas, »der einzige Mann auf dieser Insel, mit dem du es dir nicht verscherzen darfst ... falls du nicht verhungern willst. Und, zum Glück für uns alle, einer der wenigen, die Englisch sprechen.«

»Aber wo ist sie? Wo ist Charmian?« Meine Stimme klingt piepsig. Bobby sieht mich; er führt die Schar durch den Hafen auf uns zu.

George folgt meinem Blick und sagt zu Patrick: »Da kommen sie, noch mehr Tagediebe, angelockt von unserem herrlich blauen Wasser und den billigen Mieten, um fern von neugierigen städtischen Blicken ihre sorglose Unmoral auszuleben. Gott steh uns bei.«

Ich piepse noch was vor mich hin, während George mich über den Rand seines leeren Glases mustert, höre mich an wie eine Sechsjährige, aber ich kann nicht anders, ich verschlucke immer meine R, wenn ich aufgeregt bin, und laufe bestimmt auch rot an.

Die Anspannung löst sich, als Patrick sagt: »Charmian ist auf Poros. Sie hatte einen Termin bei der Bank.«

George knabbert mürrisch an einem Fingernagel. »Sie wollte heute Vormittag zurückkommen.« Es ist ungewöhnlich, dass ein erwachsener Mann seine Nägel bis aufs Fleisch abkaut. »Aber wo Charm ist und wo sie zu sein behauptet, das ist nicht immer ein und dasselbe«, sagt er, als Bobby mit den anderen heranrückt.

»Du lieber Himmel!« George wirft sich auf dem Stuhl nach hinten, hebt die Hände in gespieltem Entsetzen. »Ricky … wie viele seid ihr?«

Keuchend bleibt Bobby neben mir stehen. »So blöd von dir, Erica, einfach abzuhauen.«

Ein bunter Haufen Leute und Gepäck sammelt sich um die Tische; Rufe nach Getränken und der Toilette werden laut.

»Ach du dickes Ei«, murmelt George mir zu. »Und Charmian soll sich um die ganze Meute kümmern?«

»Nur fünf von uns suchen ein Haus«, versichere ich ihm, während er erneut an einem Fingernagel knabbert. »Die Schweden haben eine Bleibe. Und ich glaub, die meisten Amerikaner wohnen in der Kunstschule.«

Ich winke die anderen heran. »Das Letzte, was diese Insel braucht, ist ein Haufen Möchtegernmaler und Schwuchtelpoeten«, knurrt George.

»Bobby hier, der malt, genau wie Edie und Janey«, sage ich und versuche, nicht zu grinsen. »Der da ist Jimmy, ein Poet, aber nicht schwul. Er wurde in *Ambit* veröffentlicht.« Ich muss einfach mit dem Gedicht meines Freundes angeben, auch weil Jimmy gern so tut, als wäre es nichts Besonderes. George nimmt einen Zug von seiner Zigarette, zieht eine Grimasse.

»Sind nie arme Kids, die hier auftauchen, oder? Warum bloß?«, sagt er und beäugt uns durch den Zigarettenqualm. »So viele Orpheusjünger, die was zu malen, zu singen und zu schreiben haben. Kommen immer nur welche, auf die zu Hause ein hübsch elastisches Sicherheitsnetz wartet.«

Ich will schon protestieren, aber jetzt erinnert sich George, dass Bobby ja aus London kommt, und er stürzt sich auf ihn.

Die Schweden, Albin und Ivar, diskutieren angeregt darüber, wie viele Zimmer das Haus hat, das sie gemietet haben, während Edie und Janey Stühle an ihren Tisch ziehen. George wiehert vor Lachen und unterhält Bobby mit irgendeiner unwahrscheinlichen Geschichte über die Treppe im Palace Court.

»Du bist das Geländer runtergerutscht, hast meinen Kumpel Peter Finch glatt umgehauen und dann die Chuzpe gehabt, zu ihm zurückzulaufen und ihn um ein Autogramm zu bitten.«

Bobby ist unschlüssig, ob er vor George sein jüngeres Ich verteidigen oder zu Edie gehen soll, deren Körpersprache andeutet, dass sie daran denkt, bei den Schweden einzuziehen. Er entschuldigt sich, um sie wieder für sich zu gewinnen.

»Natürlich hatte Mr Finch nichts dagegen, dass meine Frau die blauen Flecken anschließend mit Eisbeuteln kühlte«, sagt George. »Ich denke, er steht auf sie.«

»Tun wir doch alle«, stimmt Patrick zu, und sein Blick wandert zu einem Mann mit rotem Hemd und zerschlissenen

Shorts, der aus einer Seitengasse herbeischlendert. Der Mann, klein und muskulös, sieht aus wie eine in die Jahre gekommene Putte, das Haar dicht und blond, und unter dem fast zur Gänze aufgeknöpften Hemd quillt eine dichte Matte goldener Locken hervor. Er zieht einen Stuhl an den Tisch der jungen Frauen und kaut dabei auf dem Stängel einer weißen Blume.

»Heilige Scheiße. Der Tag wird ja immer besser. Warum kommt der bloß ständig wieder her?«, fragt George und knallt sein Glas auf den Tisch. »Wie ein Köter, der sich im Kreis dreht, um am eigenen Arschloch zu schnuppern.«

Der Mann stellt sich Edie und Janey vor, ein starker französischer Akzent, ein träges, helles Lächeln.

Patrick sammelt seine Papiere ein. »Ein Schiff, das Jean-Claude Maurice bringt, bringt eine Schiffsladung Ärger«, stöhnt er wie unterm Gewicht der Welt. »Egal, meine Schreibmaschine wartet. Nancy sagt, wenn Charm nicht zurückkommt und ihr Hunger kriegt, hat sie genug Eier für ein Omelett für dich und die Kids …«

Die amerikanischen Studenten drängen heran, wollen eine Wegbeschreibung zur Kunstschule, und George zeigt in die Berge, woraufhin sie mitsamt ihren Gepäckrollen und Staffeleien zur Villa Tombazi schlurfen, die Frauen mit schwingenden Pferdeschwänzen, die jungen Männer in Bluejeans, einer mit Gitarre auf dem Rücken.

»Ich hoffe, die wissen, was sie für ein Glück haben«, sagt George und sieht ihnen nach. »Weißt du, manchmal stelle ich mir vor, wie sich der gute alte Admiral Tombazi im Grab umdrehen würde, wenn er wüsste, was unter seinem klassischen Portikus so alles geschieht. Und dann das ganze Affengekleckse, das als Kunst durchgeht …« George hustet ins Taschentuch. »Ausnahmslos die reinsten Pollocks und Twomblys.«

Die Getränke kommen; von meinem ersten Schluck Retsina wird mir fast übel.

»Ihr seid aus London, aber ich fürchte, ihr habt keine Zeitungen mitgebracht, oder?« George blickt uns der Reihe nach an, hat aber kein Glück. »Wenn Charm gewusst hat, dass ihr kommt, hätte sie euch ja bitten können, wenigstens die *TLS* mitzubringen.«

Jimmy springt auf und durchwühlt seinen Rucksack, da er sich sicher ist, die neueste Ausgabe des *London Magazine* dabeizuhaben. Georges Glas ist schon wieder leer. Er fängt an, ein Streichholz zu zerschreddern, während Jimmy nach dem Hauptgewinn sucht.

»Mit bislang unveröffentlichten Gedichten von Wyatt«, sagt Jimmy, als er triumphierend wieder aus dem Rucksack auftaucht, George aber hat inzwischen die etwas abgetakelte französische Putte entdeckt. Er tappt noch eine Zigarette aus der Packung.

»Um noch mal auf das Haus zurück-«, fange ich an, aber er hört mir schon nicht mehr zu, da der Franzose seinen Blick erwidert und ihn anstarrt, zwischen den Lippen die weiße Blüte.

»Ich dachte, du bist auf Poros«, sagt George.

»Warum sollte ich auf Poros sein wollen, wenn ich auf 'ydra von Leuten wie dir schikaniert und beleidigt werden kann?«, erwidert Jean-Claude. Alle hören und sehen zu, Gläser halb an die Lippen gehoben, Löffel reglos in Kaffeetassen.

»Nach dem, was beim letzten Mal passiert ist, überrascht mich einfach, dass du es wagst, dein mieses Gesicht hier zu zeigen«, sagt George, wird aber von einem Hustenanfall gepackt und kann nicht weiterreden.

Ehe er das Taschentuch fortsteckt, wirft er einen Blick hinein, zuckt übertrieben mit den Achseln und verzieht die

Lippen, während Jean-Claude sich wieder den jungen Frauen widmet.

Männer flicken Netze, eine schwarze Katze schmiegt sich an Jimmys Beine, Kisten mit frischem Fisch werden aus Booten ausgeladen, das Klopf, Klopf, Klopf der Steinmetze über unseren Köpfen geht weiter. George reckt eine Faust gen Himmel.

»Verdammt, dieser Uhrenturm wird jetzt schon seit Jahren repariert. Warum hören die nicht endlich damit auf? Die meisten von uns wollen nun wirklich nicht ständig an dieses verdammte Erdbeben erinnert werden.«

»Ich habe in Charmians Buch davon gelesen. Ich würde ja vor Angst erstarren, wenn der Kai unter meinen Füßen wie Wackelpudding bebt«, sage ich. »Es wird doch nicht noch eines geben, George, oder?«

George nimmt einen tiefen Zug von seiner Zigarette und wirft mir ein schiefes Grinsen zu. »Ach, zerbrich dir darüber nicht deinen hübschen Kopf, Ricky; nur um Touristen abzuschrecken, hat sie maßlos übertrieben. Unsere Charm hat noch nie gezögert, ein kleines Zittern in ein ausgewachsenes Erdbeben zu verwandeln.« Er dreht sich zu den anderen um. »Ihr wollt also alle in diesem herrlichen Licht malen?« Sie nicken.

»Ich nicht«, sage ich.

George zieht eine Braue hoch. »Aha, und warum bist du dann hier, kleine Ricky aus Bayswater?« Ich spüre, wie mir das Blut ins Gesicht steigt, während er, die Zigarette noch zwischen den Lippen, auf meine Antwort wartet. Mum hat immer gesagt, ich sei eine Perle und die Welt meine Auster.

»Ach, Erica ist Stripteasekünstlerin.« Der Alkohol scheint Jimmy direkt in den Kopf gestiegen zu sein. George ignoriert ihn, mustert mich weiter mit seinem verunsichernden Blick.

Als Mum mir das Geld gab, sagte sie, ich solle meinen Träumen folgen. Wie aus dem Nichts platzt da aus mir heraus, was ich noch niemals laut gesagt habe: »Ich will Bücher schreiben …«

George schnaubt. »Als Stripperin würdest du mehr verdienen. Ich arbeite fünfzehn Stunden am Tag, sieben Tage die Woche, und muss meine Lebensmittel immer noch beim großen heiligen Nikos anschreiben lassen. Der da macht dasselbe …« Er zeigt auf den sich entfernenden Patrick. »Und Paddy ist verdammt gut, aber er kriegt einfach nichts veröffentlicht. Geh, kauf dir eine Straußenfeder, ehe es zu spät ist.«

Ich tue, als würde ich mir die Ohren zuhalten, höre aber trotzdem, wie Edie eingeschnappt zu Bobby sagt: »Hey, mein Bester, ich habe nicht vor, heute Nacht am Strand zu schlafen.« Bobby sieht herüber, gibt mir die Schuld. Jimmys Augen wandern zu einer schlanken Frau mit roten Shorts, die an Bord eines Kaiks steigt; geistesabwesend streichelt er die schwarze Katze.

Ich versuche es noch einmal mit George. »Hat Charmian eigentlich gesagt, dass sie ein Haus für uns hat? Ich meine, in ihrem Brief stand das jedenfalls …«

Aber ich habe ihn verloren. Er ist für einen weiteren Schlagabtausch mit Jean-Claude bereit, dreht sich um und spricht Janey und Edie an. »Hat euch der Franzmann hier von seinem Kumpel Jean-Paul Sartre erzählt? Macht er meist gleich in der ersten Minute …«

Janey und Edie sehen ihn an wie verschreckte Rehe, während er sich warmredet und dabei mit der Zigarette wedelt.

»Da saß der arme alte Sartre und wollte nichts weiter als still seinen Café au Lait schlürfen und einigen wichtigen Fragen über Existenzialismus und Phänomenologie nachhängen, aber nein, kommt doch unser Goldlöckchen daher …« George richtet sich jetzt an die ganze Agora und steht auf, damit man ihn besser hören kann.

»'ast du nicht langsam genug davon?« Jean-Claude wirbelt

herum und zischt ihn an, will ihn zum Schweigen bringen. In dem Moment fällt mir sein goldener Ohrring auf, und ich hätte fast laut losgeprustet. Mir wird nämlich klar, dass ich diesen kleinen Franzosen aus Charmians Buch kenne. Darin ist er eine Witzfigur mit einem Stringtanga aus zusammengeknoteten Paisley-Taschentüchern, ein skandalträchtiger Don Juan, der rohe Eier isst und auf einem Ziegenfell schläft. »Ein kleiner, lockiger, läufiger Köter«, so hat sie ihn beschrieben. Und falls ich mich nicht irre, sind seine blendend weißen Zähne Implantate. Ich kann kaum erwarten, dass er mal lächelt.

Aber Jean-Claude lässt seinen Widersacher nicht aus den Augen, und er lächelt auch nicht. Es folgt eine lange Stille. Das Publikum hält den Atem an. Man könnte meinen, selbst die Steinmetze hätten ihr Werkzeug beiseitegelegt.

»*Ferme ta gueule*, George; du bist es doch, der alle Welt mit deinen Kriegsreportagen à la 'emmingway langweilt. Zum 'understen Mal. Wie viele Länder? Wie viele Stempel im Reisepass? Dreiundsechzig, stimmt's? Aber wann bist du das letzte Mal über Athen rausgekommen, 'a? *Alors!*« Und mit einem verächtlichen Pfiff kehrt er ihm den Rücken zu. Edie und Janey beugen sich vor, als er für alle hörbar flüstert: »So ein Terz, nur weil ich seine Frau gevögelt 'ab …«

Vier

Charmian Clift linst aus einer sonnenhellen Luke ins abgedunkelte Zimmer, das Gesicht umkränzt von einer Wolke Zigarettenrauch.

»Jetzt nicht! Verschwinde, wer immer du auch bist …« Ein großer braun-weißer Hund am Fuße der Leiter bellt mich an und wedelt zugleich mit dem Schwanz. »Max, Schluss jetzt!«, ruft sie.

Ich trete aus dem Schatten des langen abgedunkelten Zimmers. Sie schreit auf, und eine Hand fliegt an den Mund, als ich ihr meine zerfledderten alten Lehrbücher und ein Glas Erdnussbutter wie religiöse Opfergaben hinhalte.

»Oh, Mist, ja, natürlich. Du bist Erica, oder?«, sagt sie, während der Hund neben mir zu Boden plumpst, mich aber weiter mit hungrigen Augen beobachtet. »Tut mir schrecklich leid, ich habe ganz vergessen, dass du kommst. Bin selbst erst seit heute Morgen zurück.« Die Stimme ist klar und hell, die Haut aber sieht weich gescheuert aus, als wäre sie zu oft mit Tränen gespült worden.

»Entschuldige, aber hier herrscht gerade ziemlicher Stress«, sagt sie. »Bitte verzeih, dass ich dich nicht abgeholt habe.« Sie schwingt sich durch die Luke, verharrt auf der ersten Leiterstufe und sieht mich an. Ein verwaschener blau-weißer Baumwollrock reicht ihr bis zu den Knien, die Füße sind nackt.

»Der Bankmanager in Poros wurde durch eine Beerdigung aufgehalten, weshalb ich meine Fähre verpasst habe …«, sie wirft einen theatralischen Blick ins Zimmer hinter sich, »… und seitdem ist hier die Hölle los!«

Sie umschlingt Rock und Knie. Die Füße sind lang und schmal, die Hände groß wie die eines Mannes, aber grazil, und die Lippen so voll, wie ich sie in Erinnerung habe. »Jetzt schau sich einer dich an, ganz erwachsen! Du meine Güte, wie die Zeit verfliegt«, sagt sie, aber ein fehlender oder brauner Zahn trübt den Glanz ihres Lächelns. Als sie sieht, dass es mir auffällt, streicht sie sich ihr Haar ins Gesicht, um die Lücke zu verbergen.

»Connies Mädchen. Ich habe dich als kleines schüchternes, lispelndes Ding in Erinnerung. Lispelst du immer noch? Ach Liebe, ich kann dir gar nicht sagen, wie traurig mich das mit deiner Mutter macht.« In den flaschengrünen Augen schwimmen Tränen.

Sie duftet nach Warmem, nach Zimt und Toast, Lagerfeuer, Eichenpolitur, Nivea und Tabak. Sie wiegt mich wie bei unserem ersten Treffen, und einen Moment lang bin ich wieder auf der Treppe in Bayswater, ein verängstigtes kleines Mädchen, das Trost in den Armen einer Fremden findet. Damals wie heute möchte ich nichts weiter als in der warmen Umarmung bleiben, nur atmen, aber allzu früh gibt sie mich wieder frei.

»Herrje, Erica! Jetzt sieh dich einer an! Du bist ihr wie aus dem Gesicht geschnitten.«

Ein breiter Ledergürtel hält den Rock, der ihr bei jeder Bewegung um die Hüften schwingt. Charmian reißt einige Fensterläden auf. An den Balken hängen Kräuterbündel und geglättete Aluminiumstreifen, eine Anrichte quillt über von blau-weißem Porzellan. Das Licht, gebrochen von den Reben und vom Laub der Bäume, fällt auf schmutzige Töpfe im Spülbecken und einen Familientisch mit den Überresten eines kargen Frühstücks. Eine dreibeinige Katze frisst aus einer Bratpfanne. Fliegen umschwirren einen Marmeladenklecks.

Mit den Händen wedelt Charmian die Katze fort. »Runter da, Tripodi!« Sie zieht den Schuhriemen aus ihrem dunklen Haar.

Sie wirkt nervös, ganz anders als die Charmian, die ich aus Palace Court kenne, weshalb ich anfange, an meiner Erinnerung zu zweifeln. Rasch kämmt sie sich mit den Fingern durchs Haar.

»Heute sind alle früh aus dem Haus. Zoe ist mit den Kindern an den Strand von Limnioniza gegangen, damit George und ich endlich ein bisschen weiterkommen mit seinem Albtraum von Buch«, sagt sie, während ihr Tripodi um die Beine streicht.

»Ich habe alles mitgebracht, was ich auftreiben konnte«, sage ich, löse die Schnur um die Bücher und sonne mich in ihrem Lächeln. In ihrem Brief war es vor allem um Shanes und Martins mangelhafte Leistungen in der Schule gegangen. Offenbar macht sich Martin in den Naturwissenschaften nicht besonders, und auch wenn sie ihren Homer rauf und runter kennen, findet Charmian doch, dass sie mehr Shakespeare lesen sollten.

Beim Anblick der Bücher vergisst sie, keine Zeit zu haben. Sie räumt einen Platz im Chaos für meine Mitbringsel frei.

»Du bist wirklich die Allerbeste«, sagt sie und greift nach meiner Lateinfibel.

Sie erinnert mich an einen Panther, wie sie mich umschleicht und umschnurrt, stolze Haltung, breite, hohe Wangenknochen, die Augen schräg und stark betont. Ich habe Fleisch für ihre Jungen rangeschafft.

»Sind auch ein paar von Bobbys Büchern dabei. Hier ein Physikbuch für die Mittlere Reife; und ich muss mich für all die dummen Kritzeleien am Rand von Shakespeares *Sturm* entschuldigen.«

Charmian wischt sich mit dem Ärmel über die Augen. Zu sehen, dass die Erziehung ihrer Kinder sie zu Tränen rühren kann, tut mir in der Seele weh. Dabei haben ihre Kleinen nicht mal das Frühstücksgeschirr weggeräumt.

»Ach, ich bin einfach zu dicht am Wasser gebaut«, sagt sie. »Jede Kleinigkeit bringt mich zum Heulen.«

»Charmian«, sage ich. »Gibt es ein Haus für uns?«

Sie entdeckt ein anderes Buch und scheint mich gar nicht gehört zu haben. »Ach, der Hoetzinger. Martin liest ja so gern übers Mittelalter. Unterscheidet sich nicht sonderlich von dem Leben, das wir hier führen, auch wenn ich noch keinen Kopf auf einer Lanze gesehen habe … Und Bradley über die Shakespeare'sche Tragödie; du hast wirklich eine Oase in eine Wüste gebracht, Erica!«

Oben ist George zu hören, der hustet und mit den Füßen aufstampft.

»O je, und ich kann dir nicht mal einen Kaffee anbieten. Ich muss wirklich zurück an die Arbeit. George fällt das neue Buch unglaublich schwer, und jetzt kommst du, wo er gerade einen Durchbruch hat.« Sie haucht mir den allerflüchtigsten Kuss auf die Wange.

»Was ist mit dem Haus?«, bedränge ich sie in wachsender Panik.

»Ist verdammt hart für ihn, weil er für dieses Buch seinen ersten Nervenzusammenbruch aufarbeiten muss, und es tut mir so schrecklich leid, dass hier alles von seinem Arbeitsablauf bestimmt wird.«

»Aber das Haus?« Ist es unhöflich, sie zu unterbrechen, wenn sie mir von Georges Buch erzählt? Vermutlich.

»Hintergrund ist der Albtraum einer Reise, die George als Kriegsberichterstatter in China gemacht hat. Jetzt steckt er fest, und ich muss dafür sorgen, dass er alles aufs Neue durchlebt, jeden zermürbenden Kilometer seines Leidenswegs nach Liuchow, muss ihn zwingen, sich wieder unter die vielen Hunderttausend Flüchtenden einzureihen, die alle am Verhungern sind oder sterben und dort verfaulen, wo sie zu Boden sinken. Kannst du dir vorstellen, wie das ist, so was wieder ans Licht zu fördern?«

»Muss ziemlich deprimierend sein.«

»Du hast ja keine Ahnung. Während er leidet, scharre ich mit den Füßen, weil ich mit der eigenen Arbeit nicht weiterkomme, meine Worte aber trotzdem aus mir rausdrängen. An einem Tag wie heute scheint mir mein eigenes Buch im Vergleich ganz unwichtig zu sein. Ein guter Roman von George wäre unsere Rettung. Also sitze ich jeden Tag an seiner Seite auf dem Hocker und presse schmerzlich aus ihm heraus, was herausgepresst werden muss, damit er es zu Papier bringen kann. Und das geschieht am besten, bevor er den ersten Grog trinkt, also verzeih mir bitte, wenn ich mich spute.«

Dieses Lächeln, das Haus, der Hund, das kreative Chaos, all das bringt mich ins Schwärmen. Ich sehe Bilder, Ikonen, über der Tür ein Messer mit Knochengriff. Ikarus fliegt; Admiräle reihen sich entlang der Wand.

An einem Nagel über dem Geschirrberg im Spülbecken entdecke ich einen vertrauten Kupferstich. »Das ist von Rembrandt«, sage ich. »Mum hatte das gleiche Bild, ein dicker orientalischer Kaufmann. Einmal hat sie mir auch so einen Hut mit Feder und Juwel gemacht …«

Charmian bleibt abrupt stehen. »O ja, das ist schön, nicht? Freut mich, dass Connie ihres behalten hat. Joel war so lieb, auch eins für mich zu kaufen, nachdem er ihr das Bild geschenkt hatte …«

Wieder fliegt ihre Hand an den Mund. Die Luft zwischen

uns vibriert. Ich suche Halt an der Rückenlehne eines Stuhls. »Wer ist Joel?«

Sie droht dem dicken Kaufmann mit dem Finger.

»Ich rede mich hier um Kopf und Kragen, weil ich in Gedanken oben bei George und seinem Buch bin. Natürlich wollte ich sagen, dass ich es für Connie gekauft hab, in einem Geschäft irgendwo beim British Museum. Habe eines für jede meiner Freundinnen gekauft; die Druckplatte für diese Serie hatte eine Delle, weshalb die Bilder für jeden Sammler wertlos sind.« Farbe schießt ihr in die Wangen. »Aber weißt du, was? Wenn eine Frau schon in der Küche festsitzt, dann doch am besten mit einem Rembrandt an der Wand.«

Sie dreht sich um, und ich folge ihr über die Fliesen, über bunte Webteppiche. Sie wirft noch ein paar Fensterläden auf. In einer Ecke hängt ein vergoldeter, sich drehender Vogelkäfig von der Decke, darunter ein abgedeckter Brunnen. Charmian hockt sich auf den Deckel. Der Käfig ist mit Glassteinen bespickt.

»Keine Vögel, nur der Käfig«, erklärt sie, und ich merke ihr an, dass sie ihre Gedanken sammelt, während sie sich an ihren aufgekrempelten Ärmeln zu schaffen macht. Das Hemd ist ausgewaschen, weiße Baumwolle, womöglich eins von Georges. Sie strafft die Schultern, eine stolze Haltung, und vielleicht gehört sie deshalb zu den Frauen, die man unwillkürlich mit den Blicken aufsaugt. Eine wie Mum.

»War Joel ihr Liebhaber?« Ich versuche, beiläufig zu klingen, aber sie fällt nicht darauf herein, schüttelt nur den Kopf. Oben läuft George auf und ab. Ich erzähle ihr von dem Geld, das Mum mir hinterlassen hat, von dem Auto, aber Charmian wölbt nur die Brauen und sagt: »Wie interessant.«

»George hat gesagt, für letzte Nacht hätte er im Poseidon Zimmer für euch organisiert«, sagt sie.

Ich nicke, blinzle Tränen fort, finde es schrecklich, wie sehr ich mir wünsche, sie nähme mich in den Arm.

Der Vogelkäfig wirft bunte Tupfer an die Wand, Pflanzen strecken sich uns aus den Töpfen entgegen, ihr Rock raschelt, als ich Charmian zurück in die Küche folge.

»Heute ist Karfreitag, wie du weißt, hier eine ziemlich große Sache ... Es tut mir leid, aber ich bekomme die Schlüssel wohl erst nach Christi Wiederauferstehung. Dafür ist es ein schönes Haus und nicht allzu viele Stufen bis zum Hafen.«

Ich sage ihr, warten ginge in Ordnung, dabei fürchte ich mich jetzt schon vor Bobbys Reaktion. Er hat bereits damit gedroht, dass ich für all unsere Zimmer im Poseidon aufkommen müsse.

Charmian sagt: »Das Fest wird euch gefallen«, aber George brüllt, und sie springt erneut zur Leiter. »Tut mir leid. Die Inspiration ist eine launische Geliebte.«

Mit einem Fuß auf der untersten Sprosse dreht sie sich noch einmal um, legt eine Hand aufs Herz und sagt: »Wirklich, Erica, ganz herzlichen Dank für die Bücher.«

Ich zucke mit den Achseln, hilflos überwältigt von dem plötzlichen Verlangen, das dreckige Geschirr abzuwaschen. Ein lautes Krachen. Sie fliegt auf mich zu, wirft mir die Arme um den Hals und tätschelt meine Schulter, während ich schniefend meine Tränen unterdrücke. Sagt: »Verdammt, was bist du noch jung. Connies kleine Perle. Weißt du, dass sie dich so nennen wollte? Sie meinte aber, dein Dad hätte auf Erica bestanden ...«

Mir fehlen die Worte, und ich versuche vergeblich, nicht zu weinen, kann nur losplärren, wie gemein Bobby zu mir ist. Ihr Hemd wird feucht von meinen Tränen. Sie reicht mir ein weiches Tuch und gießt mir aus einem irdenen Krug ein Glas Wasser ein, aber noch während ich mir das Gesicht trockne und einen Schluck Wasser nehme, ruft George erneut ihren Namen.

»Uns bleibt zum Arbeiten nur das Tageslicht, bis Zoe mit den Kindern zurückkommt, aber heute Abend feiern wir Epitaphios, also sehen wir uns in Kamini. Ist eine hübsche Bucht, und wir können mit der Prozession vom Dorf aus hinlaufen. Das wird zauberhaft, versprochen. Bringt Kerzen mit und kommt anschließend zum Essen«, sagt sie, einen Fuß wieder auf der Leiter. »Aber jetzt muss ich aus diesem armen Wicht da oben noch ein paar Worte herauspressen.«

Ich höre sie reden, drehe mich um und will gehen, als sie von oben runterruft: »Hör mal, George meint, ihr sollt kein Geld mehr fürs Hotel verschwenden. Ein paar Nächte könntet ihr hier schlafen.«

»Wir sind aber zu fünft«, rufe ich zurück.

»Geht schon klar. Gibt aber nur Bohnen und Salat, und wenn ich das ein bisschen strecke, reicht es für alle. Falls ihr Schlafsäcke habt, könnt ihr euch einfach auf die Terrasse legen, kuschelig wie Raupenpuppen. Wäre nicht das erste Mal.«

»Nein, auch nicht das letzte Mal«, bellt George. »Geht hier zu wie in einer verdammten Jugendherberge.«

»Und solltet ihr vorher was brauchen, bedient euch einfach in der Küche«, sagt sie.

Irgendwas kracht zu Boden, und sie schreit auf. Ich kremple die Ärmel hoch und suche nach Spülmittel für den Abwasch.

Fünf

Die Kinder von George und Charmian leben wie Freiwild, wieseln rein und raus mit Brotkanten, die sie von den Tischen in der Taverne stibitzen. Ich ging zur Schule damals und habe sie kaum gesehen, als sie, Knirpse noch, in London waren; heute ist Martin ein schlaksiger Zwölfjähriger, der die nervöse Angewohnheit hat, beim Reden mit den Augen zu zwinkern, während man bei dem für Shane charakteristischen Gesichtsausdruck glauben könnte, sie denke hinter ihrem flachsblonden Pony nur das Schlimmste über einen. Shane ist erst zehn, aber schon ganz die Mutter mitsamt Hüftschwung und Gürtel um die Taille. Sie und Charmian streiten sich, weil Shane sich weigert, etwas anderes als Griechisch zu sprechen, während sie zugleich den Jüngsten, den vier Jahre alten Jason, allgemein nur »Booli« genannt, immer wieder ermuntern, Englisch zu lernen. Shane strotzt vor Übermut, und beim Kochen vermittelt Charmian bei den Streitigkeiten der beiden Älteren, die schnell in Handgreiflichkeiten ausarten, während Booli, der kleine Engel, sich das Gesicht an ihrem Rock abwischt und dabei auf Griechisch vor sich hinplappert. Töpfe kochen über, Gasflaschen sind mit einem Mal leer, die dreibeinige Katze Tripodi schleppt eine noch nicht ganz tote Ratte in die Küche, und wir alle füllen unsere Teller aus den Schüsseln, die Charmian auf den Tisch stellt.

Nur wenige Inselbewohner sprechen etwas anderes als ihre Muttersprache, ein Schock, ebenso dass Fasswein billiger als Limonade ist oder das allabendliche dreimalige Warnleuchten der Scheinwerfer im Hafen, ehe die Insel in Dunkelheit versinkt. Es gibt keine Autos, nicht mal Fahrräder, die Inselstraßen sind für Räder zu steil.

»Am Tag Epitaphios ist das Meer auf dieser Insel der Friedhof, denn dort fanden ihre Männer die letzte Ruhestätte«, erklärt Charmian, als wir uns am Karfreitagabend zur Kerzen tragenden Menge im Hafen von Kamini gesellen. Die Priester kommen psalmodierend den Berg herab, und der mit Ikonen prunkende Katafalk wird auf den Schultern von attraktiven Sargträgern ins Wasser gebracht. Frauen und Kinder treten vor und stellen für ihre ertrunkenen Lieben einsame Kerzen ans Ufer. Im Laden liegen leuchtend rote Eier, Palmzweige sind zu sehen und Lilien aus Athen. Am nächsten Abend gibt es zur Ostermesse so reichlich Weihrauch, dass die Priester immerzu husten müssen, was Edie und Janey kichern lässt. Ich rücke von ihnen ab, finde mich an Charmians Seite wieder. Sie greift nach meiner Hand, drückt sie. Die Hitze der Kerzen und Weihrauchschwenker ist ungeheuerlich, die Priester singen, die Gemeinde schwankt wie in Trance. Ich bin so hingerissen, dass ich am liebsten eine Ikone küssen würde.

»*Christos Anesti, Christos Anesti.*« Als Christus aufersteht, ist George so sternhagelvoll, dass Jimmy und Bobby ihn die Treppe rauf ins Bett bringen müssen.

Ein festlicher Duft liegt in der Luft, als wir George allein lassen, damit er seinen Rausch ausschlafen kann. In den Gassen laufen wir an Lämmern oder Ziegen vorbei, die sich auf Spießen drehen, und nehmen, vom Läuten der Glocken untermalt, ein Haus auf dem Hügel in Besitz, ein Haus ohne Strom oder fließend Wasser. Die Freiheit, tun zu dürfen, was immer wir wollen, wird anstrengender sein, als wir es erwartet haben. Den ganzen Weg hinauf von ihrem Haus hat Charmian die Flamme der Osterkerze nicht ausgehen lassen und malt nun mit ihrer Hilfe ein Aschekreuz auf unsere Tür.

»Wenn ihr wie Bauern leben wollt, werdet ihr jeden nur erdenklichen Segen brauchen können«, sagt sie, während wir uns in der Küche um sie drängen, die weißen Wände so dick, dass es hier kühl ist wie in einem Grab. Der Boden ist mit regionalen Dokos-Fliesen ausgelegt, leuchtend rot, marmoriert wie ein blutiges Steak. Es gibt nur ein Fenster, überm Waschbecken, tief in die Mauer eingelassen. Aus einem Spalt zwischen den Fensterläden fällt staubiges Licht auf Kohleofen, Kupferbecher, Steingut und Holzregale. Jimmys Augen leuchten. »Das ist, als würde man ein Bild von Brueghel betreten«, sagt er.

In den Sparren hängt ein Korb aus Holz und Draht, darin lassen sich Lebensmittel sicher vor Fliegen und Ungeziefer lagern. Es gibt einen Eisschrank aus Zink, mehrere Qupi aus geriffeltem Steingut zur Aufbewahrung von Brunnenwasser und eine Zisterne, aus der man Regenwasser pumpen kann.

Jeder hat seine Pflichten, auch wenn die anderen sich kaum an ihre halten. Ich aber bin diejenige, die Zeit hat, während meine Mitbewohner sich auf der Terrasse hinter ihrer Leinwand verstecken. Das Licht ist noch schöner, als sie es für möglich gehalten haben, und vom ständigen Rauf-und-runter-Laufen unserer hundertzweiundneunzig Stufen bin ich so rank und schlank wie ein Hirtenjunge geworden.

Ich habe Eis vom Eismann und Trinkwasser vom Brunnen bestellt, weiß, wo ich Petroleum kaufen kann, und kenne einen Mann, der mit seinem Esel unseren Müll abholt und einen anderen, der uns aus den Bergen Schafsmilch bringt. Seit wir Kohle für den Ofen haben, sind unsere Matratzen nicht mehr so feucht, und Bobby und ich haben uns um die verstopfte Jauchegrube gekümmert, ohne uns in die Haare zu kriegen. Am Petroleumherd, der immer mal wieder spinnt, hat Edie sich die Wimpern versengt, und Janey hat in ihrem Zimmer einen Geist gesehen, weshalb sie auf einer Matratze bei Bobby und Edie schläft, natürlich im besten Zimmer mit Blick auf den Hafen. Jimmy und ich sind weitab von allen in einem kühlen, in den Berg gehauenen Zimmer. Durch die Terrassentür weht uns nachts der Wind vom Meer den berauschenden Duft der Zitronenblüten herüber. Die meiste Zeit in unserem rostigen Sprungfederbett verbringen wir nicht mit Schlafen.

*

Es ist Mittwoch, und ich bin mit Kochen dran; Charmian hat für mich schon unten am Gemüseboot gefeilscht, hat jede Bohne und Zwiebel mit rührender Sorgfalt mit der Hand verlesen, an den Tomaten geschnuppert und mit kindlichem Vergnügen Orangenschnitze von den Bootsleuten angenommen. Kein Mensch spricht Englisch. Sie bringt mir »*Signomi kýrie*« bei und »*Poso kani afto?*« – »Entschuldigen Sie bitte« und »Wie teuer?«.

In meinem Korb liegen acht glänzende Auberginen, Gemüse, das ich nie zuvor gesehen habe. Charmian hat versprochen, mir beizubringen, wie man Moussaka macht. Ich will versuchen, einen festen Termin mit ihr auszumachen, vorzugsweise eine Zeit, in der ich allein mit ihr über Mum reden kann. Sonst platzen ständig Leute dazwischen. Wenn sie nicht für George schuftet oder mit uns einen trinkt, nehmen ihre Kinder sie in Beschlag.

Es ist Mittag. Die Gruppe der Ausländer sammelt sich vor dem Laden um Charmian und George und hofft auf ein sonniges Lächeln der Glücksgöttin. Die Post trifft mit demselben Boot ein, das auch die Urlauber bringt, und heute ist genau die Sorte Tag, an dem ein Scheck herbeigesegelt kommen könnte.

Der Anblick so vieler Schriftsteller ermuntert nicht gerade dazu, sich zu ihrer Schar zu gesellen. »Ungepflegt« und »erbärmlich« sind die beiden ersten Wörter, die einem bei ihrem Anblick in den Sinn kommen. Der amerikanische Autor Gordon Merrick hat aus den Bergen ein blaues Auge mitgebracht. »Er und Chuck haben eine Vorliebe für junge Matrosen«, flüstert Charmian. »Und das geht nicht immer gut.« George zerknickt Streichhölzer und versucht, daraus mit seinen nikotingelben Fingern eine Pyramide auf dem Tisch zu bauen; der Norweger Axel Jensen hat einen Herpes an der Lippe, und seine Hose ist so durchgescheuert, dass es geradezu unanständig aussieht, wenn er die Beine spreizt; Patrick Greer wackelt belehrend mit dem Zeigefinger, um schulmeisterlich dem ein oder anderen Punkt Nachdruck zu verleihen.

»Irgendwann fällt ihm der Finger noch ab«, murmelt Charmian, und Nancy, seine Frau, eine Wuchtbrumme für ihren Spargel-Patrick, hört das und lacht.

Jean-Claude Maurice, glitzernde Sonne im Haar, sitzt auf der anderen Gangseite, dreht allen den Rücken zu und hat nur Augen für Trudy, die hübsche rothaarige Kunststudentin, die wir in Athen kennengelernt haben und die immer noch darauf hofft, mit ihrem verloren gegangenen Gepäck wiedervereint zu werden.

Axel Jensen kippt nervös einen Kaffee. Die junge Frau in roten Shorts beugt sich über ihren Skizzenblock, einen Fuß auf dem Knie. Ihr Haar fällt wie ein seidig glänzender Vorhang herab, die Arme schlank wie Flöten. Sie ist eifrig damit beschäftigt, alle zu ignorieren, schattiert mit einem Bleistift, hält einen zweiten zwischen den Zähnen. Axel Jensen beobachtet sie. Jimmy auch.

Katzen sonnen sich auf warmen Felsen, das Wasser im Hafen liegt flach wie ein Spiegel. Der Osterschmuck wurde fortgezaubert, Fischernetze werden zum Flicken ausgelegt,

Esel tragen Ballen getrockneter Schwämme aus der Fabrik zum Kai, der Schlachter läuft mit blutbefleckter Schürze vorbei. Obwohl seit meiner Ankunft erst vierzehn Tage vergangen sind, findet die junge Frau mit den glänzenden Auberginen im Korb, sie gehöre zum Willkommenskomitee der Insel, als der kanadische Dichter von Bord geht.

Er tritt auf weichen Sohlen gelassen an Land, schaut sich um, und als kehrte er von einer langen Reise zurück, belächelt er alles, worauf sein Blick fällt. Er sieht leger aus mit Schirmmütze und Sonnenbrille, trägt eine grüne Schreibmaschine und einen eleganten Lederkoffer, auf dem Rücken eine Gitarre. In engen Caprihosen und gestreiften Matrosenblusen hüpfen Janey und Edie neben ihm her, offensichtlich begeistert darüber, auf der Fähre von Athen einen so interessanten neuen Freund kennengelernt zu haben.

Mit zusammengekniffenen Augen sehe ich zu, wie sie versuchen, sich bei dem Fremden einzuschmeicheln. Was die Insel angeht, bin ich so besitzergreifend geworden wie die Alten, die sich abends hier auf dem Kopfsteinpflaster sammeln, unser Urteil so bitter wie Nikos Katsikas' Kaffee trotz Zucker.

George gibt vor, sich für meine Pläne zu interessieren, und stichelt: »Na, worüber will die kleine Ricky aus dem gesegneten Bayswater denn schreiben? Hast du schon einen Plot?«

»Ich denke an einen Krimi über meine Mutter«, sage ich und sorge dafür, dass Charmian mich hört.

Sie wirkt abgelenkt, wirft mir aber ein Lächeln zu. »Hört sich gut an«, sagt sie.

»Habt ihr in ihrem Cabrio eigentlich je eine Spritztour zusammen gemacht?«

»Pssst«, sagt sie und lenkt unseren Blick mit einem herrischen Kopfnicken auf den Neuankömmling.

Janey und Edie führen ihn an unseren Tisch, zwei Sirenen, die überglücklich mit ihrem Fang sind.

Leonard ist höflich, zieht die Mütze, das Haar dicht und lockig, die Brauen dunkel, die Miene ernst. Er setzt ein schiefes Grinsen auf, und die gekrümmten Schultern wirken irgendwie charmant, ein Panzer vielleicht aus lauter Schüchternheit, doch als er Hallo in die Runde sagt, klingt seine Stimme so tief und selbstgewiss wie die eines Dorfältesten. Charmian heißt ihn mit der ganzen Kraft ihres Lächelns willkommen und lässt Patrick davonhuschen, damit er Leonard einen Stuhl besorgt.

Axel Jensen steht auf, um zu gehen, die Rothaarige klappt ihren Skizzenblock zu. Jimmy starrt sie so unverwandt an, dass ich ihm am liebsten einen Tritt verpassen würde.

Nicht nur die Stimme des Neuankömmlings weckt Interesse. Dunkle Bartstoppeln und gute Manieren lassen ihn älter wirken als seine fünfundzwanzig Jahre. Er zündet sich eine Zigarette an und reicht sie Charmian, als wäre sie eine langjährige Freundin, steckt eine weitere für sich an. Er lehnt sich zurück, fährt sich mit der Hand über Wangen und Kinn, sagt, er habe sich zuletzt in seiner Bleibe in Hampstead rasiert. Die Schriftsteller merken auf, als sie hören, dass er ein veröffentlichter Dichter ist. Lauschen mit teuflischem Vergnügen jeder Neuigkeit, jedem Gerücht und rücken näher heran, als er von einem kleinen Zimmer redet, in dem er hofft, einen Roman zu Papier zu bringen. »Stoff gibt es ja genug, wohin man auch blickt. Und nichts beleidigt das Auge«, sagt er, während Edie und Janey ihm nicht von der Seite weichen.

»Tja, junge Schriftsteller haben wir hier zur Genüge. Das da ist die kleine Ricky, frisch aus der Wiege und aus dem guten alten Albion«, sagt George und übernimmt damit die Vorstellung, wobei er laut wiehert, bis, ihrem Blick nach zu urteilen, Charmian ihm ebenso gern einen Tritt verpassen würde wie ich. Leonard greift nach meiner Hand, als ich darum kämpfe, kein falsches Wort zu sagen.

Edie drapiert sich um einen Pfosten der Markise, dramatisch schön, die versengten Wimpern versteckt hinter einer Jackie-Kennedy-Sonnenbrille, für die sie extra nach Athen gefahren ist. Ich frage mich, warum Bobby nicht zur Fähre gekommen ist, um sie abzuholen. Er wird von Tag zu Tag launischer.

Leonard hält weiter meine Hand. Als sich unsere Blicke begegnen, entdecke ich heiteren Humor unter ernsten Brauen. Er sagt, er finde mich toll. Janey zupft an seinem Ärmel.

»Erica ist unser durchgebrannter Teenager, von dem ich schon auf dem Schiff erzählt habe. Du weißt, die mit der geheimnisvollen Erbschaft ihrer Mutter …«, sagt sie, und Leonard nickt und drückt meine Hand, ehe er sich wieder Charmian zuwendet.

Janey schaut von mir rasch zu Edie hinüber, und Edie nickt ihre lebhafte Zustimmung zu einer Frage, die ich noch nicht ganz verstanden habe.

»Wir haben ein Bett frei, falls du noch eines brauchst«, sagt Janey, woraufhin er so schwer schlucken muss, dass ich seinen Adamsapfel auf und ab wandern sehe.

Charmian kommt zu seiner Rettung, scheucht Janey beiseite. »Hier geht es zu wie in einer Irrenanstalt, überall nur laute englische Kids, die irgendwas malen. Kein Mensch kriegt da einen anständigen Satz geschrieben.« Sie rückt ihren Stuhl so dicht an Leonard heran, dass sie sich berühren. »Wenn du magst, kann ich dir oben in unserem Haus einen sehr bequemen Diwan anbieten«, sagt sie. »Ist gar nicht weit, gleich hinter der Kirche des heiligen Konstantinos beim Stadtbrunnen. Hier kennen uns alle. Frag einfach nach dem Haus der Australier, und man zeigt dir den Weg. Und von jetzt an dürfte es warm bleiben, du kannst also auf der Terrasse schreiben, bis du was Eigenes gefunden hast.«

Janey schlägt die Wimpern auf und zieht einen Schmollmund. »Du könntest aber auch, du weißt schon, bei uns pennen …«

Janeys kleine Quengelei trifft bei Leonard auf taube Ohren. Nachdem er Charmian für ihren Rettungsanker gedankt hat, fragt er George nach dem Weg zum Haus des Malers Nikos Ghikas, von dem er eine Einladung hat, seine einzige auf Hydra. Patrick bestellt einen Esel, und George begleitet ihn die ersten Schritte über die Agora auf dem Weg zu den Hügeln oberhalb von Kamini. Leonard schlendert neben dem Esel her, legt für uns, die wir ihn beobachten, ein paar kleine Tanzschritte ein und wirkt ganz wie ein von schwerer Last befreiter Mann.

Charmian seufzt. »Ein Glückspilz, wenn er Ghikas' Haus kriegt, worauf er offensichtlich aus ist«, sagt sie. »Vierzig Zimmer. Das schönste Haus auf der Insel, findest du nicht, George?«

George, der an seinen Tisch zurückgekehrt ist, knabbert versunken an einem Niednagel und gibt keine Antwort.

»Ich stand mal vor dem Haus.« Jimmy sieht immer noch der Frau in roten Shorts nach. »Ich war da, um mir anzusehen, wo Henry Miller *Der Koloß von Maroussi* geschrieben hat«, sagt er; und ich bin pikiert, weil er ohne mich auf Erkundungstour gegangen ist.

»Ach ja, so viele gute Schriftsteller«, sagt Charmian. »Larry Durrell, George Seferis, Paddy Leigh Fermor, Cyril Connolly – und auch jede Menge Maler haben hier Herausragendes geschaffen. Vor einigen Jahren hat Sidney Nolan, ein guter Freund, auf der Insel gewohnt, und wir haben uns oft in seinem Haus getroffen. Ist ein Stück bergauf, liegt aber ungeheuer romantisch.« Sie schaut zu den Hügeln. »Auf der anderen Seite der Insel ist das Land fruchtbarer, die Gerste sieht ganz himmlisch aus. George und ich sind oft zum Sonnenuntergang hin, aber jetzt macht seine Lunge nicht mehr mit.«

Patrick zupft bekümmert an seinem Bart. »Na ja, Mr Ghikas hat es in letzter Zeit eher auf aristokratische Engländer abgesehen. Unser kanadischer Freund muss ziemlich gute Verbindungen haben.«

George hört für einen Moment auf, an seinen Nägeln zu knabbern. »Wir werden hier von Leuten überlaufen, die einen verdammten Roman schreiben wollen.«

»Tja, und dazu gehören wir auch, Darling.« Charmian tut, als würde sie ihn mit einer Peitsche schlagen. »Und jetzt los, George, zurück ins Joch.«

»Das mit der Moussaka ...«, sage ich, eine Hand auf ihrem Arm.

»Vielleicht sollte Jimmy auch Kochen lernen«, sagt Charmian, aber Jimmy beobachtet etwas und runzelt die Stirn. Wir folgen seinem Blick am Ufer entlang zur schwindenden Gestalt der Frau in roten Shorts, die auf dem Weg nach Mandraki gerade den langsam laufenden Axel Jensen einholt.

Axel packt sie am Arm, sie schüttelt ihn ab, dreht sich um, stößt ihn zurück. Das geschieht wieder und wieder. Als sie um die Ecke biegen, hat er ihren Widerstand schließlich gebrochen und steckt eine Hand in die Gesäßtasche ihrer Shorts. Charmian verdreht die Augen. »Axel ist von der Kleinen wie besessen, und er macht kein Hehl daraus.«

Nancy legt eine Hand an die Brust. »Arme Marianne, ich mag mir gar nicht vorstellen, was passiert, wenn sie mit dem Baby zurückkommt.«

Sechs

Charmian weiß bestimmt, wie sehr ich sie anhimmle, trotzdem scheint sie sich jedes Mal zu freuen, wenn sie mich sieht. Ich gehe ihr mit den Kleinen zur Hand, gebe ein gutes Beispiel, indem ich mein Geschirr abräume oder den Tisch decke, und ich ermuntere den kleinen Booli, ein paar Worte Englisch zu reden. Jetzt, da er sich daran gewöhnt, mein Gesicht zu sehen, ist George nicht mehr ganz so grantig und scheint es manchmal sogar zu genießen, eine neue Zuhörerin für seine Geschichten zu haben. Ich finde ihn inzwischen fast genauso anziehend wie Charmian und merke, weil ich mir so verzweifelt wünsche, dass er mich mag, dass ich versuche, mich in seiner Nähe stets von meiner besten Seite zu zeigen.

Er ist oben an seinem Arbeitsplatz; für ihn läuft es gerade ganz gut, sagt Charmian. Sie lauscht auf das Rattern und Klingeln seiner Schreibmaschine und hält mir den hochgereckten Daumen hin, während ich meinen Korb auspacke. Ich bin noch ein bisschen liebestrunken und wackelig auf den Beinen von meiner Siesta mit Jimmy, leicht zittrig von unseren Ausschweifungen. Als ich ging, schlief er noch, nackt, auf zerwühlten Laken.

Charmian nimmt den fettigen Packen mit dem Lammnacken, den sie beim Schlachter für mich ausgesucht hat, hackt ihn gekonnt in kleine Stücke und zeigt mir, wie man sie durch eine Maschine dreht, die am Küchentisch festgeschraubt ist.

Ich drehe die rote Kurbel, während sie uns ein Glas Retsina einschenkt, dabei ist es gerade erst kurz nach vier.

»Ach gut, bin ich froh, dass wir allein sind«, sagt sie und lehnt sich mit ihrem Glas an den Rahmen der Terrassentür. »Die letzten Abende konnte ich gar nicht aufhören, an deine Mum zu denken – weißt du, wenn es in London zwischen mir und George schlecht lief, war Connie immer so lieb zu uns ... und ich habe an unsere Freundschaft gedacht und daran, dass Connie nicht mehr ist und dass du jetzt hier bist. Ich meine, deine Mutter hat sich für dich immer nur das Beste gewünscht. Es gibt Dinge, die ich dir sagen sollte.« Ich zwinge mich, weiter die Kurbel zu drehen, während sie schweigt, an ihrem Haar herumfummelt, es rafft und mit einem Schuhriemen zusammenbindet. »Nach dem, was ich so gesehen habe, muss ich allerdings schon sagen, dass dein großer Bruder nicht besonders gut zu dir ist. Du musst es mir sagen, wenn ich zu aufdringlich bin ...«

Jetzt komm schon, denke ich. Das ist doch alles egal, erzähl mir mehr von Joel.

Sie schüttelt sich eine Zigarette aus der Packung, hantiert mit den Streichhölzern. Rosige Fleischwürmer schlängeln sich in die Schüssel.

Sie nimmt einen tiefen Zug, bläst das Streichholz aus. »Und was ist mit deinem Jimmy? Warum musst du dich immer allein ums Kochen kümmern?«

»Jimmy kann am besten arbeiten, wenn alle anderen schlafen. Und er braucht mehr als nur Käse und Brot ...«

Wütend fällt sie mir ins Wort. »Ich sehe nur, wie du machst und tust, während alle anderen auf der faulen Haut liegen«, sagt sie. »Weißt du mit deinem Leben denn nichts Besseres anzufangen? Denk dran, wie gefesselt und gelähmt deine Mutter war. Zwei Kinder, dazu euer Dad, allein schon eure Wohnung hat sie völlig überfordert. Und du siehst, wie es für mich ist; wenn ich Glück habe, schaffe ich in der Woche *eine* eigene Seite bei all dem, was geputzt werden muss, bevor es wieder dreckig wird …«

Max, der Hund, ist auf den Beinen, wedelt mit dem Schwanz, kratzt an der Tür zur Straße. Ihr Ton wird drängender.

»Jetzt hör mir zu, Erica. Ich versuche dir Folgendes zu sagen: Falls du in deinem Leben was erreichen willst, dann fang damit an. Es genügt nicht, nur dafür zu sorgen, dass irgendein Blödmann seine Sache durchziehen kann. Lass dir von diesen Dreckskerlen nicht die Flügel stutzen, ehe du das Fliegen gelernt hast.«

Max aber tanzt jetzt regelrechte Pirouetten, und Nancy kommt auf uns zu gerauscht wie ein leibhaftiges Erntefest, geblümtes Kleid und überbordender Marktkorb.

Charmian fasst mich am Arm. »Weißt du, dieser charmante junge kanadische Dichter von heute Vormittag, als der mich gefragt hat, ob ich ein Zimmer wisse, ein hübsches einfaches Zimmer, vielleicht mit einem Bett, einem Schreibtisch und einem Stuhl, da war ich eifersüchtig, so eifersüchtig, dass ich ihn einen Moment lang wirklich gehasst habe. Stell dir vor, was ich geschafft bekäme, dachte ich, an einem Tisch in diesem kleinen weißen Zimmer allein mit meiner Schreibmaschine.«

»Stell dir vor, was du schaffen könntest, wenn du eine nette Frau hättest und nicht diesen hilfsbedürftigen alten Halunken da oben«, sagt Nancy schnaufend und außer Atem.

»Hoffentlich hast du Sicherheitsnadeln.« Nancy platzt so sehr vor Neuigkeiten, dass sich ihr Kleid an den Nähten auftrennt. »Ach, liebste Charm, ich muss dir was erzählen. Gerade habe ich sie gesehen – Axel und diese junge Frau. Irgendwer muss Marianne schreiben, damit sie nicht zurückkommt …«

»Dieser dämliche Axel.« Charmian zeigt in Richtung Nähkorb, während Max sich auf den Rücken wirft und darum bettelt, gestreichelt zu werden. Charmian wendet sich wieder mir zu, will ihr Argument zu Ende führen. »Denk doch mal nach. Was hätte sich Connie für dich gewünscht?« Sie berührt meine Wange, zwingt mich, sie anzusehen. »Du bist zu jung, um dich nur treiben zu lassen …«

Wieder packt mich dieses Gefühl; ich kann ihren Duft riechen, ihre Wärme spüren, muss mich zurückhalten, ihm nicht einfach nachzugeben. Ich recke das Kinn, deute auf den Stich von Rembrandt. »Gab es einen Joel?«

Charmian legt die Hand an die Stirn.

»Ich weiß nicht, was du von mir hören willst, Erica; ich meine, ich habe keine Ahnung.« Sie wechselt das Thema. »Als Connies Freundin fände ich es allerdings unverantwortlich, mit dir nicht über Verhütung zu reden.« Ein Brennen steigt in meine Wangen, während Nancy einen Krebs aus ihrem Korb zieht und Charmian sich einen Eimer schnappt, um damit zum Brunnen zu laufen.

Nancy folgt ihr, den Krebs in der ausgestreckten Hand, der wie ein aufgezogenes Spielzeug klappert.

»Axel sagt, der Junge hätte die Diphtherie überstanden, und Marianne will zu ihrem Geburtstag wieder hier sein. Ach, die arme Kleine«, sagt Nancy und lässt den Krebs in den Eimer fallen.

»Hast du Axel Jensen schon kennengelernt, Erica? Du weißt, wer das ist? Dieser junge norwegische Schriftsteller, der hinter dem Brunnen wohnt?«

Ich zucke mit den Achseln. »Ich weiß, wer er ist.« Wenn Charmian und Nancy unbedingt tratschen wollen, laufe ich lieber zurück zu Jimmy und beeile mich mit der Moussaka.

»Axel kann sehr charmant sein«, sagt Charmian. »Und er ist ziemlich erfolgreich …«

»Ja, er hat mir gesagt, sein letzter Roman würde gerade verfilmt«, unterbricht sie Nancy, woraufhin Charmian nickt und Nancy fortfährt.

»Er hat gefährliche Ideen, was ihn zu einem interessanten Mann macht, aber immer wenn er mir in den letzten Jahren sympathischer wurde, habe ich diese kleinen Narben auf seinem Handrücken gesehen, und die sagen mir mehr über Axel als alle schönen Worte aus seinem Mund. Er kann von Glück reden, dass er sich nicht die Sehnen durchtrennt hat. Mit einer Klinge rumalbern, du weißt schon, an der Bar, sich zwischen die Finger stechen, den harter Kerl markieren. Er war besoffen, hat die arme Marianne angeschrien und das Messer dann durch die ganze Tischplatte gehauen.« Charmian tut, als würde sie sich mit einem Messer in die eigene Hand stechen. »Und wie es aussieht, hat er das mehr als einmal gemacht«, sagt sie.

Nancy, die ihr Kleid mit Nadeln zusammensteckt, blickt schaudernd auf. »Und dann diese Sache, dass er sich zur Geburt seines Sohnes selbst ein Boot geschenkt hat, also das sagt uns doch so manches über ihn. Was für ein mieser Vogel.«

»Nicht bloß ein Boot. Auch einen Sportwagen, habe ich jedenfalls gehört. Magda – sie ist hier, um beim Einrichten der Lagoudera-Bar zu helfen – bekam von Marianne einen Brief, weil sie sich offenbar davor fürchtet, mit so einem winzigen Baby die ganze Strecke von Norwegen herzufahren. Keine Ahnung, warum Axel dieses bescheuerte Auto nicht selbst fährt.«

»Alkohol am Steuer, in Oslo, in der Nacht, in der sein Kind geboren wurde«, sagt Nancy. »Ihm wurde der Führerschein entzogen. Ach, das arme Mädchen.«

Nancy schenkt sich aus dem Krug Retsina ein, füllt auch Charmians Glas auf und macht es sich bequem. »Ich hatte mit Christos vereinbart, ihn in Mandraki zu treffen, bei der

Werft, um die Krebse abzuholen. Egal, jedenfalls kam ich zu früh und bin ein bisschen rumgelaufen. Und da habe ich sie gesehen, die beiden ...«

»Wen denn?« Charmian sieht von der Käsereibe auf.

»Axel und diese Amerikanerin – jetzt hör doch mal zu, Charm. Sie haben die Freibordmarke rot gestrichen und den Namen des Bootes aufgemalt. Es heißt übrigens *Ikarus*.«

»Wie originell ...«, schnaubt Charmian. »Erzähl weiter.«

»Man könnte sagen, ich habe sie auf frischer Tat ertappt, jedenfalls drückte er sich von hinten an sie, während sie sich damit abmühte, die Buchstaben zu pinseln. Was hätte ich machen sollen? Ich konnte ja nicht einfach wieder gehen, weil ich doch mit Christos verabredet war. Axels Hände steckten in der Bluse der jungen Frau, und als ich ihm zurief, drehte er sich um und nickte, ließ die Hände aber, wo sie waren, obwohl es der jungen Frau sichtlich peinlich war und sie versuchte, sich von ihm loszumachen.«

Nancy fächelt sich mit der Hand zu. »Ich war stinksauer. ›Axel, was machst du denn da?‹, habe ich unwillkürlich gerufen.«

»Ach, die arme Marianne.«

Während ich die Arbeit an der Käsereibe übernehme, klärt Charmian mich auf. »Marianne ist Axels Frau, sicher die liebenswürdigste junge Frau, die je gelebt hat. Sie und Axel sind aus Norwegen hergekommen, vor, ach, mittlerweile sicher vor über zwei Jahren; außer uns sind sie die einzigen Ausländer, die ihr Haus gekauft haben. Er ist in mehrere Sprachen übersetzt worden, für meinen Geschmack aber ein bisschen zu viel Kerouac ...«

Nancy unterbricht Charmians Literaturkritik, will ihre Geschichte zu Ende erzählen. »Marianne war in Oslo, um dort ihr Kind zur Welt zu bringen, und könnte jetzt jeden Tag zurück nach Hydra kommen ... Egal, jedenfalls stand

Axel da bei seinem aufgebockten Boot, und ich habe ihn angeschrien. Die Frau hat sich nicht umgedreht, hielt den Pinsel noch in der Hand, aber ich habe nicht klein beigegeben, habe gerufen: ›Machst du dein Boot hübsch für deine Frau und deinen Sohn, Axel?‹ Die Frau zuckte zusammen. ›Hör auf, mich zu begrabschen‹, sagte sie. Axel reagierte überhaupt nicht. Ich habe dann noch was gesagt, irgendwas über den Jungen und seinen Husten, aber Axel hat die Frau an den Schultern herumgedreht; auf ihrer Bluse überall rote Farbe. Sie hielt sich die Hände vors Gesicht, während er sie vorstellte. ›Das hier ist Patricia‹, sagte er. ›Wir sind verliebt. Was sollen wir da tun, Nancy?‹«

Charmian schüttelt den Kopf. »Ich glaube, die Insel verkraftet nicht noch mehr Drama«, sagt sie.

Als Nächstes kommt Zoe ins Haus, die junge Witwe, mit Booli auf den Fersen. Charmian gibt Zoe einige Zwiebeln, die sie klein schneiden, und eine alte Henne, die sie ausnehmen soll; der kleine Junge folgt Charmian in den Hof, um Kräuter zu holen. Zoe und ich können nur wenige Worte miteinander reden, lächeln aber viel. Ihr Englisch ist fast so gut wie mein Griechisch.

»*Kartopoulo*«, ruft Booli und leckt sich die Lippen, als er sieht, was es zum Abendessen gibt.

»Hühnchen«, korrigiere ich ihn und bücke mich, um eine Faustvoll Oregano entgegenzunehmen. »Danke, bist ein guter Junge, Boo«, und ich bringe ihn dazu, »Hühnchen« zu wiederholen, während Charmian mit dem schärfsten Messer die glänzenden Sicheln meiner Auberginen anschneidet, ein fahler Hauch Gold unter ihrer königlichen Haut.

Martin kommt aus der Schule, schusselt mit einem toten Grashüpfer in der Tasche ins Haus. Die Shorts lassen seine Beine lachhaft lang wirken, hager, mit knubbeligen Gelenken, weshalb er selbst wie ein Insekt aussieht. Er versteckt den klugen Blick seiner Augen hinter einem Mopp strähniger Haare und bleibt nur lang genug, um seine Bücher in eine Ecke zu werfen und sich ein Stück Brot abzureißen. Er besitzt dieselbe Angewohnheit wie sein Vater; auf plötzliche Anfälle von Konversation folgt selbstversunkene Stille.

Beim Anrühren der Fleischsoße erzählt Charmian die Geschichte von Kostas, der beim Schwammtauchen vor der Küste von Bengasi ertrank. Als Zoe den Namen ihres Mannes hört, kreuzt sie die Hände vor ihrer Latzschürze.

»Schrecklich, sie mussten sein Tauchseil kappen, weil sie ihn aus dem Schlick nicht mehr rausziehen konnten. Er war kaum älter als dein Bruder. Und die Taucherkrankheit hat im selben Sommer zwei weitere Männer der Bootsmannschaft zu Krüppeln gemacht – dieser Kapitän wird jedenfalls nicht sobald wieder in See stechen.«

»Scheiße, Scheiße, Scheiße!« George kommt die Leiter runtergetrampelt und rollt dabei einen Ärmel bis zum Ellbogen auf. »Scheiße, hab die Spritze vergessen. Warum hast du mich nicht dran erinnert, Charm?« Er nimmt sich ihre Schachtel Zigaretten vom Tisch, während sie einen Topf Wasser auf den Primus setzt, sich aber weiterhin mit mir unterhält.

»Schwämme waren hier der wichtigste Industriezweig, eine harte Arbeit, die langsam ausstirbt.«

George kratzt sich die Arme. Charmian fischt eine gläserne Spritze aus einer Blechdose, zieht eine Nadel auf und lässt sie ins Wasser fallen. Er steckt sich eine Zigarette an.

»Schwämme. Wohin man sieht. Sind der Tod von allem«, sagt er und kneift gegen den Qualm die Augen zusammen. »Riecht man überall in den Gassen, diesen Gestank von der Fabrik. Keine Bleiche wischt den weg; und sicher ist dir aufgefallen, wie viele Krüppel es hier gibt?«

Charmian packt seinen Arm, zieht eine Grimasse. »Ach

George, deine Ellenbeuge sieht aus wie ein Pfefferstreuer. Ich glaube, die hier verpasse ich dir direkt in den Hintern.« Ich weiß nicht, wohin mit den Blicken. Jetzt sollte ich doch bestimmt nicht hier sein, oder? Ist George drogenabhängig?

Booli und der Hund rennen mit einem Papierdrachen herum, den Charmian aus ein wenig Schnur und einer Papiertüte gebastelt hat.

»Hier geht's zu wie in einem verdammten Zirkus«, beklagt sich George, woraufhin Zoe in die Hände klatscht und Booli zum Spielen auf die Straße scheucht.

»Hier, unsere liebe Zoe, mit zweiundzwanzig Witwe, kinderlos und ohne große Hoffnung, je wieder einen Mann abzukriegen, weil die Hälfte der Kerle zur See fährt. Ein Jungmatrose, der Geld nach Hause schickt, so überleben heutzutage die meisten Familien«, erzählt George. »Ihr komischen Käuze, die ihr wegen der Sonne herkommt, ihr habt ja keine Ahnung, wie hart es für die Leute ist, die hier leben. Diese tägliche Plackerei, Essbares auftreiben, Wasser holen, verdammt, das ist für diese Leute keine Frage des Lebensstils«, sagt er, nimmt sich Charmians Glas und leert es mit einem Schluck.

»Hör auf, George«, sagt sie und fischt die Spritze mit einer Zange aus dem verbeulten Topf mit kochendem Wasser. »Lass die Kleine in Ruhe.«

Er echauffiert sich immer noch, als Martin hereinstürzt. »He, wie läuft's denn so, Professor?«, ruft George, und Charmian zischt: »Jetzt nenn ihn nicht so«, während Martin uns drängt, nach oben auf sein Zimmer zu gehen und uns das Auge des Grashüpfers unterm Mikroskop anzusehen.

Charmian nimmt ein Fläschchen aus der Kühlbox. »Sobald ich Dad verarztet habe«, sagt sie und zieht die Spritze auf.

George dröhnt mich immer noch an. »Was mich angeht,

so danke ich den Jachten und Filmcrews! Wenn du bleibst, wirst du es ja selbst sehen: Hier ist den ganzen Sommer über die Hölle los! Ist aber eine verdammt gute Sache, dass immer mehr Leute zur Insel kommen, denn die braucht die Touristen jetzt, wo synthetische Schwämme der heimischen Industrie den Gar aus machen …« Er öffnet den Gürtel. »Da sag ich doch: Ein Hurra auf Sophia Loren!«, und er lässt die Hose fallen; ich schreie erschrocken auf.

»Erica, ach du liebes bisschen! Du wunderst dich sicher, was zum Teufel hier vorgeht.« Ich habe den Verdacht, dass Charmian meine Verwirrung genießt. »Streptomycin gegen Georges Tb.« Sie hält die Spritze hoch. »Seit er aus dem Krankenhaus in Athen zurück ist, bin ich eine ziemliche Expertin geworden.«

George beugt sich vor, die Hände auf dem Tisch. Zum Glück ist sein Hemd so lang, dass es mir erspart bleibt, rot werden zu müssen. Seine Beine sind schlaksig wie die eines Schuljungen – eigentlich genau wie die von Martin. »Ja, besser hier als in Athen«, knurrt er, als Charmian auf ihn zukommt. »Ich muss auf der Insel bleiben, um meine Frau im Auge zu behalten.«

Sie zieht die Augenbrauen hoch, macht auf teuflisch sexy und tippt an die Spritze. »Darling, ich fürchte, das hier könnte wehtun.«

Martin rollt mit den Augen, als seine Mutter anfängt, ihrem Mann Nancys Geschichte über Axel und die Amerikanerin zu erzählen. »Jetzt kommt schon«, sagt er und zupft an meinem Shirt. »Der hat Facettenaugen.«

*

Der Tag verglüht, als ich nach Hause laufe. Die schwarze See quillt um die Mastleuchten, sternenversilbert, von den Hafenbaken grün-rot betupft. Ein heller Dreiviertelmond steigt über den Bergen auf, die Zikaden geigen ihre Liebeslieder von den Bäumen. Der Anstieg vom Hafen durch die Voulgaris-Gasse bringt mich nicht länger außer Atem. Als ich nach Hause komme, ist die Moussaka noch warm von Charmians Herd.

Niemand hat die Petroleumlampen angezündet, dabei kann ich von oben Stimmen und Schritte hören. Ich stelle die Schüssel auf den Tisch, rufe, mache eine Lampe an. Der Raum ist noch genauso, wie er von mir verlassen wurde. Schatten springen von den Blumen, die Jimmy und ich in den Bergen gepflückt haben: gelbe Tausendschönchen und Mohnblumen in einem grün glasierten Glas. Auf dem Tisch Steingutteller, eine Schale mit Öl, auf einem Brett ein halber Ring Brot, dazu zwei Krüge mit Kokineli und unsere Kupferbecher, ausgespült, bereit, wieder mit Wein gefüllt zu werden.

Jimmy schleicht sich an, als ich aus dem Qupi Wasser in einen Krug schenke. Nackter Oberkörper, glatte Brust; er riecht nach Bett. Das hektische Kommen und Gehen bei Charmian kommt mir vor wie aus einer anderen Zeit, als er sich meine Lampe schnappt und mich zu den noch warmen Laken führt.

Sieben

Tagelang rumort im Kreis von uns Ausländern die Frage, was in Bezug auf Marianne zu tun ist. Axel und Patricia wurden wieder zusammen gesehen und jede Begegnung wird bei Katsikas gemeldet und breit diskutiert. Freunde kommen an Charmians Tisch und schenken ihre Sorgen in ein Glas, begießen ihre unheilvollen Vorahnungen mit einem Ouzo. Nancy will ihr nach Oslo schreiben; Charmian ist dafür, sich nicht einzumischen.

Der kanadische Dichter sitzt oben auf der Terrasse und tippt auf seiner grünen Olivetti.

»Diese Haushälterin hält treu und ergeben zur ersten Mrs Ghikas, weshalb es, gelinde gesagt, ziemlich bedauernswert war, dass Leonard den Namen von Nikos' neuer Verlobten erwähnte, als er sich bei ihr vorstellte.« Charmian erwärmt sich für den jüngsten Inselskandal, bei dem es um das Haus für den neu eingetroffenen Poeten geht. »Wenn Barbara Rothschild ihn heiratet, sollte sie lieber ein Auge auf Mrs Danvers haben.«

Die Nachricht, dass man Leonard die Villa des großen Malers verweigert, verbreitet sich in Windeseile von Krethi zu Plethi. George schreibt Nikos Ghikas einen Brief. Dem jungen Mann wurde eine Tür vor der Nase zugeschlagen, schlimmer als unverschämt aber war, was die Haushälterin gesagt hat: »Wir wollen hier keine Juden.« Lebt ein Nazi auf der Insel? George tobt; von seinem Monolog aber schaffen es nur wenige Worte auf das Briefpapier.

Als ich Leonard treffe, hat er es sich an seiner Schreibmaschine gemütlich gemacht, die Ärmel aufgerollt, zwischen den Fingern brennt eine griechische Zigarette.

Man hat mich mit einigen Scheiben Wassermelone zu ihm geschickt. Er sitzt mit dem Gesicht zum Meer und hört auf zu tippen, als er mich sieht, hebt sich als Silhouette vor dem leuchtend blauen Himmel ab.

Rücken und Schultern noch gekrümmt vom Sitzen am Arbeitstisch. »Bitte, ich wollte nicht stören«, sage ich. Es ist mir unangenehm, mit ihm allein zu sein. Er nimmt die Sonnenbrille ab. Ich finde, er sieht mich an, als überbrächte ich mit der Obstschale eine Einladung; und ich bin jung genug, es peinlich zu finden, wenn ich so etwas bei einem erwachsenen Mann mit Stoppelkinn und haarigen Armen vermute. Ich spüre, dass ich rot wie die Wassermelone werde, die ich ihm hinhalte, und weil ich nicht weiß, was ich sonst sagen soll, sage ich, wie sehr mich schockiert, was in Ghikas' Haus passiert ist. Die Sonne brennt ihm in die Augen, die so grün sind wie sein Kakihemd.

»Ach weißt du, ich habe einen Fluch über ihr Haus verhängt«, und obwohl er bei diesen Worten feixt, verdüstert sich sein Gesicht.

Er hat alles, was er braucht. Einen Diwan, einen Stuhl, seine Schreibmaschine und einen Tisch mit Blick auf den Hafen. Die Sonne leuchtet so grell, dass er die Augen zusammenkneifen muss, als er die Schale mit den Melonenscheiben entgegennimmt und sie in Reichweite auf eine kleine Mauer stellt.

Topfpelargonien und Basilikum würzen die Luft. Die Ränder beschriebener Blätter flattern im Wind; eine Schlaufe bernsteinfarbener *komboloi*-Perlen und ein Keramikgranatapfel verhindern, dass sie davonfliegen. Leonard setzt die Sonnenbrille wieder auf, tippt sich grüßend an die Stirn und wendet sich erneut der Schreibmaschine zu. Er scheint eine Menge Seiten zu schaffen, jedenfalls deutlich mehr als Charmian oder George.

*

Die Tage werden länger, die Sonne scheint stärker, so stark, dass Janey sich böse verbrennt, als sie sich auf der Terrasse sonnt. Nackt, natürlich. Jetzt ist sie überall so rosig rot wie ein Erdbeereis, ein jammerndes, mit Zinksalbe einbalsamiertes Gespenst. Ich kaufe in der Drogerie mehrere Tuben Sonnencreme, und als Jimmy mich einreibt, schmelze ich unter seinen Händen hilflos dahin. Er selbst ist schon so gebräunt, dass ihm Olivenöl genügt. Wir breiten einige Schaumstoffmatratzen und Kissen hinter den Staffeleien und Maltischen aus, dort, wo unsere Terrasse zum rotgoldenen Fels ausläuft. Über einigen tiefen Olivenzweigen hängen unsere Kleider, blühender Thymian und die weißen Sterne von Bethlehem wuchern aus Steinspalten. Jimmy skizziert die Felsen und Wurzeln, füllt Seite um Seite in seinem Block. Ein linder, fast koketter Windhauch trägt den Duft von Ginster, Eselsdung und blühenden Kräutern herüber. Ich liege da, auf die Ellbogen gestützt, die Sonne im Rücken, und Henry Miller beschwert meine Augenlider. Jimmy langt über mich hinweg nach einem Glas Wein. Der Berg schimmert, Mohnblüten erröten. Wie eine fleischfressende Pflanze, die seine Finger streifen, würde ich mich am liebsten in Gänze um ihn winden.

*

Jimmy und ich bilden zu Anfang ein gutes Team. Wir bekommen das meiste bereits vor dem Mittagessen geschafft, weshalb viele Tage so verlaufen wie dieser, träge und frei; unter unserem Nest in den Hügeln schaukeln sanft die Boote im Wasser. Dreimal sind wir schon die Stufen rauf und runter gelaufen, zum Gemüseboot und zum Markt, zur Bäckerei und zum Schlachter. Wir haben uns unsere Siesta verdient.

Ich komme morgens als Erste aus den Federn, stehe zum Geläut der Orthos-Glocken auf; meist gehe ich abends aber auch als Erste schlafen. Jimmy, mein Bruder und die Mädchen bleiben noch lange auf, um mit Trudy und einigen Studenten auf der Terrasse zu trinken und Poker zu spielen. Nach allem, was man so hört, ist der Pedell der Kunstschule ein echter Drache, der die Studenten regelmäßig aussperrt, wenn sie es nicht rechtzeitig bis zur Sperrstunde zurückschaffen, weshalb sie dann bei uns pennen müssen.

Es gibt im Haus keinen Strom, also auch keinen Kühlschrank. Jeden zweiten Morgen hole ich einen Block Eis von unten, wo Spiros mit seinen Eseln ihn am Fuß des Aufstiegs für mich abgelegt hat. Die anderen verschlafen die Glocken, die Esel und die hämmernden Arbeiter; wollten die sich um unser Eis kümmern, fänden sie bloß noch eine Pfütze vor. Nur gut also, dass ich eine Frühaufsteherin bin.

Mit zusammengekniffenen Augen blicke ich über den Golf zu den Bergen von Troizen. Schönes breitet sich vor mir aus. Das Meer liegt wartend da, der Hafen verspricht Drama, der Fels hallt von den Glocken der vielen Inselkirchen wider. Ich stehe am oberen Ende der Stufen und sauge all das in mich auf. Die Hügel von gelben Blüten entflammt, die Berggipfel mit Rotgold überzogen, Quarz funkelt in den geweißten Mauern. Weinlaub ziert den weiß übertunnelten Anstieg. Reife Aprikosen zieren einen gewölbten Eingang, Wildblumen sprießen aus den Ritzen eingefallener Mauern und Ruinen. In einer Tür schüttelt eine Frau einen Teppich aus; selbst der Staub glitzert.

Ich karre unseren Eisblock zurück zum Haus, bleibe unterwegs nur stehen, um eine bimmelnde Eselskarawane vorbeizulassen und mit den Katzen zu reden, die sich in der gewundenen Gasse auf vertrauten Sonnenflecken aalen. Meine schwarze Lieblingskatze versteckt ihre Kleinen unter einem Rosmarinbusch auf der halb verfallenen Terrasse am Hang vor unserem Haus. Ich schiebe die Zweige beiseite und rede ihr gut zu, während die Kleinen an ihr nuckeln und die Katze mich mit ihren schimmernden Halbedelsteinaugen mustert.

Der frühe Vormittag gehört mir, und darüber bin ich froh. Wieder im Haus, werkle ich in Shorts und Unterhemd vor mich hin, kippe Wasser aus der Eiskiste in einen Eimer, um damit den Boden aufzuwischen, und schiebe den Eisblock an seinen Platz. Ich koche Kaffee auf dem Primus, singe leise und fange an, das Geschirr vom Abendessen abzuräumen, wobei ich sorgsam darauf achte, unser System zum Wassersparen einzuhalten.

Wie schon gesagt, gibt es Wasser auf Hydra nur aus einer Handvoll Brunnen, doch ist es gar nicht schwierig, die ganze Küche mit nur einer einzigen Schüssel Wasser zu putzen, wenn man dabei in der richtigen Reihenfolge vorgeht, was zudem sehr befriedigend sein kann. Ich fange mit den Lampenschirmen an, wickle, wie Charmian es mir gezeigt hat, eine Zitrone in ein feuchtes Tuch, bringe sie zum Glänzen und beschneide, da ich schon einmal dabei bin, auch gleich die Dochte. Jimmy ist mit Kochen dran, also suche ich trockene Bohnen raus und weiche sie ein. Wenn wir es rechtzeitig auf den Markt schaffen, gibt es frisches Gemüse, und wir könnten alle vermutlich auch ein bisschen Fleisch vertragen.

Die schwarze Mutterkatze kommt an die Tür, um zu betteln. Aus einer Dose NouNou-Büchsenmilch gönne ich uns beiden einen cremigen Löffel voll, meinen im ersten Kaffee des Tages, ihren auf einer Untertasse, dann lehne ich mich an den Türrahmen, um den Kaffee zu trinken. Über den Hügelkamm kommt Fotis, der Schafhirte, mit seinem Esel, auf dessen Rücken die Milchkannen in der Sonne blitzen. Der Esel, der auf dem Weg hinab bedächtig seine kleinen Hufe setzt, sieht lustig aus, die Zügel geschmückt mit blauen Perlen und an der Stirn ein Amulett gegen den bösen Blick, von dem eine Quaste herabbaumelt. Fotis schlendert hinterdrein, Sack und Schaufel wie immer griffbereit, doch zeigt sein Wams ausnahmsweise keine Flicken, und im Knopfloch prangt ein Sträußchen Berghyazinthen. Heute muss ein Festtag sein; das also haben die Glocken mir zu sagen versucht. Außer Reichweite eines Fußtritts umschleichen Fotis mehrere Katzen, als er Milch in meinen Krug gießt. In seinen Kiepen hat er Terrakottatöpfe mit Schafsjoghurt dabei, weshalb es mich besonders freut, ihn abgepasst zu haben, ehe er den Markt erreicht.

Die Haut gibt unter dem Löffelrand leicht nach, der Joghurt selbst ist dick und köstlich, dazu von Mikhailis Christopolous' Bienen einen Klecks Honig. Auf unserem Fensterbrett steckt eine ganze Wabe in einem großen Glas und signalisiert mit ihrem bernsteinfarbenem Glanz das Wohlwollen eines Ortsansässigen.

Jimmys Tag beginnt später als meiner, aber nicht minder malerisch. Er kommt aus unserem Zimmer, reckt sich und gähnt und trägt nur ein kleines gelbes, um die Hüften geschlungenes Handtuch. Da er weiß, dass ich ihm zusehe, macht er einen auf Mister Universum, ehe er zum Pumpenschwengel greift. Es dauert fast eine halbe Stunde, den Tagesbedarf aus der Zisterne hochzuholen, aber das Wasser läuft mit einem befriedigenden Schwappen und Platschen in den Tank. Jimmys Arme bewegen sich wie Kolben, stolz stehen die Schulterblätter vom sanft gekrümmten Rücken ab. Es ist genau diese Harmonie der Proportionen, die ihm die

Geschmeidigkeit eines Akrobaten und eine überraschende Kraft verleihen. Er hält einen Moment inne, fährt sich mit der Hand durchs Haar und fängt mit der Zungenspitze einen Schweißtropfen auf. Ehe er sich wieder an die Pumpe macht, lüpft er für mich kurz das Handtuch.

Nur wenig später quillt Bratgeruch aus unserer Küche. Ein Dutzend Eier brutzeln in der Eisenpfanne, die Bobby auf die glühenden Kohlen stellt. Seit Edie sich die Brauen verbrannt hat, haben wir alle aufgehört, den Petroleumherd zu benutzen. Janey quiekt auf dem Klo. Der Abfluss ist schon wieder verstopft. Edie flattert in einem von Bobbys gestreiften Hemden herum und setzt eine Kanne Tee mit Kräutern aus den Bergen auf. Alle reden über das Pokerspiel von gestern Abend, über die amerikanischen Jungs, die entweder unglaubliches Glück gehabt oder geschummelt haben, dabei halten sie sich den Kopf und verfluchen den Mastika, den sie getrunken haben, als ich schon schlief.

Edie ist so schlank, dass sicher drei von ihr in Bobbys Hemd passen. Ehrlich gesagt, neben Bobby wirken wir alle knabenhaft. Manchmal denke ich, dass er wie ein Exemplar einer anderen Spezies aussieht. Auf Hydra bringen uns seine breiten Schultern das Trinkwasser aus dem Brunnen, und er braucht ein ordentliches Frühstück, um sich für die Stufen zu stärken. Ich schätze, er könnte allein zwölf Eier verputzen.

Trudy ist über Nacht geblieben. Sie hockt am Fenster und blinzelt in den Tag, das Haar kupferne Locken, ihr Gesicht mit Sommersprossen übersät. Sie trägt dieselbe blassblaue Bluse und Hose wie bei ihrer Ankunft und hat die Hoffnung aufgegeben, ihr Gepäck je wiederzusehen.

»Vergesst meine Party nicht«, erinnert sie uns. »Wir lassen keinen rein, der sich nicht an die Kleidervorschrift hält.« Trudy fehlt ständig irgendwas. Sie hat keinen Badeanzug, keine Bücher, nicht die richtigen Schuhe zum Wandern. Und sie kann auch, teilt sie uns jetzt mit, nicht wie geplant zu ihrem einundzwanzigsten Geburtstag das Dior-Kleid ihrer Bostoner Oma tragen. Deshalb hat sie beschlossen, dass wir auf ihrer Party alle nur tragen dürfen, was wir auf der Insel gefunden haben.

Edie in Bobbys Hemd schlingt die Arme um sich, als ihr plötzlich eine clevere Idee kommt. »Komm schon«, sagt Janey, Hände in den Hüften. »Raus damit.« Edie und Janey sind im Vorteil, sie haben beide in London Mode studiert. »Hey, Baby J.«, sagt Edie. »Wie wär's, wenn wir für Trudy ein tolles Geburtstagskleid entwerfen?« Als Janey einverstanden ist, springt Trudy auf und umarmt sie beide.

Bobby knurrt, er werde sich was von Tzimmy besorgen, dem behinderten Schwammtaucher, der unten am Hafen die Kleider der Toten verhökert. Janey rümpft die Nase. Jimmys Idee finde ich am besten. »Wir könnten doch Säcke anmalen«, sagt er, als Trudy durchs Fenster etwas leuchtend Blaues bemerkt, das ihr das Lächeln aus dem Gesicht wischt.

»Woher zum Teufel weiß der, dass ich hier bin?«

In einem aufgeknöpften Hemd aus kobaltblauer Seide steht Jean-Claude Maurice in der offenen Tür. »Ist doch Quatsch, in der Villa Tombazi Unterricht zu geben, wenn du nicht kommst«, sagt er zu Trudy missmutig und schmollt. Während er wartet, fummelt er an seinem Ohrring. Seine Bräune wirkt so porentief wie das alte, oft gewienerte Leder einer Handtasche. Er *ist* aber auch alt. Mindestens fünfunddreißig. Mich überläuft ein Schauder, als er Trudys Hand nimmt und sie nach hinten aus dem Haus führt; jeder Schritt ganz der Satyr mit goldenem Haar und flinken braunen Beinen.

Es gibt frisches Brot aus der Bäckerei, zwei Ringe, sesambestreut. Bobby lässt die Spiegeleier aus der Pfanne gleiten, und wir reißen uns jeder ein Stück Brot ab, tunken es ein und löffeln Ei und Tomaten auf. Das Fenster umrahmt Trudy und Jean-Claude, die über den Hügel zur Kunstschule laufen, er mit seinen winzigen Shorts und dem explosiven Lachen, sie mit dem venezianischen Flammenhaar.

»Hat der perverse alte französische Maler also unsere Tizian-Maid aufgespürt«, sagt Bobby. »Und natürlich will er sie nackt malen.«

»Klar, und wie ich Jean-Claude kenne, wird sie einwilligen …«, sage ich. Als Bobby mich fragend ansieht, erinnere ich ihn an Charmians Buch. »Beweist nur, was für eine gute Schriftstellerin sie ist. Findest du nicht, dass sie ihn ziemlich genau getroffen hat?«

Bobby hat keine Ahnung, wovon ich rede. Jimmy sitzt zusammengekauert in der Fensternische mit einem ziemlich zerlesenen Mervyn Peake, der bei uns die Runde macht. Er sieht herüber, als Bobby sich noch drei Eier in die Pfanne schlägt.

»In ihrem Buch ist mit Jacques ganz offensichtlich Jean-Claude gemeint«, sagt Jimmy. »Du weißt schon, dieser französische Existenzialist, der auf die Insel kommt und alle Frauen verführt …?«

Das Fett spritzt, und Bobby springt einen Schritt zurück. »Ich habe ihr Buch nie gelesen«, sagt er. Jimmy und ich sehen uns erstaunt an.

»Wie spektakulär unneugierig von dir«, sage ich.

Wütend redet Bobby auf die Bratpfanne ein. »Sind eben nicht alle von unserer abgetakelten Nachbarin so fasziniert, wie ihr es offenbar seid. Ich verstehe nicht, wie ihr es aushaltet, dermaßen viel Zeit mit diesen Methusalems zu verbringen, die sich den ganzen Tag nur ankeifen und dabei so volllaufen lassen, dass sie kaum noch nach Hause torkeln können.« Aus mir unerfindlichen Gründen mustert mich

Bobby mit zusammengekniffenem Mund und wird rot. Mit dem Spatel sticht er die Eier an, zerstößt das Eigelb. Jimmy flüchtet sich in die Lektüre von *Gormenghast*.

»Also, das nenn ich Dankbarkeit. Würden wir die ›abgetakelte Nachbarin‹ nicht kennen, wären wir jetzt nicht hier«, erwidere ich. »Außerdem mag ich sie und habe gern eine richtige Familie um mich …« Ich spüre, dass ich nicht weiterreden kann. Das Wort »Familie« war zu viel; der Raum beginnt vor meinen Augen zu verschwimmen. Ich gehe zur Tür, tanke Sonne, und mein Blick wandert über kiefernbestandene Hänge und halb verfallene Terrassen zu den braun gebrannten Gipfeln hinauf in den Himmel. Ich will nicht mehr weinen.

Dies ist eine Insel, die einen sicher in ihrem Schoß verwahrt, die Berge solide wie Schultern. Ich kauere mich hin, halte mich an ihr fest, während Bobby in meinem Rücken weiterschimpft. Unterhalb der Schule kann ich die Ecke von Charmians und Georges Terrasse ausmachen, sie haben Hydras Flagge gehisst. »Ich verstehe nicht, was so toll an denen sein soll. Dieser George labert, als wäre er Hemingway höchstpersönlich. Und wer zum Teufel sind überhaupt diese Kuomintang? Und dann diese neunmalklugen Bälger …«

Ich mag nichts weiter hören und drehe mich um, will ihm das sagen. »Ich möchte jedenfalls rausfinden, was Charmian weiß. Interessiert dich unsere Mutter denn überhaupt nicht, Bobby?«

»Ach Erica, hör schon auf!« Er scheucht mich mit seinem Spatel beiseite. »Wie eine Mücke nervst du diese Frau mit deinen Fragen. Ich merke doch, wie du ihr damit auf den Wecker gehst. Und was wäre denn schon dabei, wenn unsere Mutter einen heimlichen Bewunderer gehabt hätte? Vielleicht war sie ja sogar eine Edelnutte, und wir haben nichts davon mitgekriegt. Aber weißt du, was? Mir ist das völlig egal. Ich habe dir schon oft gesagt: Die Familie ist ein überschätztes Konzept. Ohne sie wären wir alle besser dran.«

Jimmy lässt das Buch fallen und drängt sich zwischen uns, zerrt an Bobbys Arm. »Jetzt hör schon auf, du alter Griesgram. Zwäng deine breiten Schultern ins Joch, und sobald du das Wasser raufgeschleppt hast, sollten wir mal den Weg hoch nach Episkopi ausprobieren«, sagt er und klopft ihm auf den Rücken.

Ich laufe mit Edie und Janey um die Wette die Stufen runter. Wir halten unsere Strohhüte fest, und die Strandtaschen klatschen uns an die Hüften. Diese Trudy macht zu viel Aufhebens um ihr verlorenes Gepäck. Wir haben doch alle kaum was an. Edies Kleid ist ein weißer Baumwollfetzen, dünn und vorn zerschlissen, weshalb es ihr jeden Moment von den Schultern zu rutschen droht.

Wir rennen an alten Frauen vorbei, die vor ihren Haustüren hocken.

»*Yassu*, Kyria Katerina, *yassu*, Kyria Maria«, rufen wir.

»Ts, ts«, antworten sie, ohne den Blick von ihrer Stickerei zu heben. Das Licht schimmert durch Edies Kleid. Sie hüpft die Stufen nach unten, und die Fischer, die uns entgegenkommen, werden gleich sehen, dass sie darunter nackt ist.

Auf ihrer Suche nach Stoff für ausgefallene Kostüme biegen Edie und Janey am Uhrenturm ab, weshalb es mir überlassen bleibt, die Fischer nach Säcken zu fragen, was nicht ganz leicht ist, wenn man das griechische Wort dafür nicht kennt.

»*Efcharisto*, Nikos!« Nikos Katsikas verweist mich an seinen Bruder Andonis hinten im Laden. Dort liegt ein Haufen alter Kornsäcke, die ich haben kann. Charmian sitzt an ihrem üblichen Tisch und winkt mir zu, in der Hand schon ein Glas und eine Zigarette. Leonard zieht seine Mütze. Er sitzt so nahe neben Charmian, dass der breite Rand ihres Strohhuts manchmal einen Schatten über sein Gesicht wirft. Überall sind Touristen. Jeden Tag kommen mehr, Tagestouristen aus Athen, aber auch Leute wie wir, die ein ganzes Jahr in der Sonne leben können von dem, was sie zu Hause in einem Monat für ein schäbiges Zimmer zahlen würden.

In Georges und Charmians Gruppe gibt es einen Neuen, dem Aussehen nach Skandinavier, traurige Augen, ein sanftlippiges Lächeln.

»Darf ich vorstellen? Göran Tunström«, ruft Charmian und deutet mit einer Handbewegung auf ihn. Sie ist bereits voll in Fahrt, die anderen hängen an ihren Lippen, trotzdem gibt sie sich so aufrecht und königlich, dass ich versucht bin, vor ihr einen Knicks zu machen. Göran und Leonard tauschen Bücher mit ihrem Namen auf dem Einband aus. Jeder versucht, den anderen an Zurückhaltung zu überbieten, bis Charmian in die Hände klatscht, weil sie damit aufhören sollen. Leonard sagt: »Immer wenn mir jemand sagt, dass er Gedichte schreibt, fühle ich mich ihm nahe. Weißt du, diesen speziellen Wahn verstehe ich nämlich.«

Am liebsten würde ich mich zu ihnen setzen, aber Bobbys Worte hallen noch in mir nach. Bin ich für sie wirklich eine nervige Mücke?

Acht

Morgen ist der Erste Mai, und Axel Jensen wird die *Ikarus* mit Marianne und ihrem Baby an Bord in den Hafen segeln. Leonard wird an Georges und Charmians Tisch sitzen und Kaffee trinken. Die kleine Schaluppe wird fesch aussehen vor den vielen dickbäuchigen Kaiks, und Marianne wird den Kopf senken und ein weißes Tuch zurechtzupfen, um ihr Kind vor der Sonne zu schützen. Alle werden zusehen, aber wohl keiner so aufmerksam wie Leonard. »Was für eine schöne Dreieinigkeit«, wird er sagen. Und Charmian wird George mit hochgezogenen Brauen mustern und ihn auffordern: »Lasset uns beten!«

Heute Abend wird die Bühne für ein älteres, tief in der griechischen Tradition verwurzeltes Drama bereitet. Den ganzen Tag lang haben die Mädchen und jungen Frauen des Dorfes in den Bergen Blumen gepflückt. Paarweise gehen sie nun an uns vorbei mit ihren schwarzen Röcken und schwingenden Körben, die Schuhe klappern übers Kopfsteinpflaster. Die Arme der jungen Frauen sind bedeckt, die Mädchen tragen Hängekleider mit schwarzen Knöpfen, Kopftücher rahmen hübsche dunkle Gesichter, die adretten Blusen ein deutlicher Kontrast zu unserer legeren Zurschaustellung von verbrannter Haut und meersalzigem Haar.

Der heutige Abend wurde aus einem dieser raunenden Sonnenuntergänge geboren, unsere Leiber miteinander verschmolzen, als Meer und Himmel sich honiggold verfärbten. Den ganzen Nachmittag sind wir getaucht, geschwommen, haben uns in der Sonne getrocknet. Der abendduftige Jasmin so besänftigend wie ein Wiegenlied.

Wir drapieren uns um einige Tische vor Katsikas' Laden. Edie und Janey tragen bedruckte, an der Schulter geknotete Sarongs aus Indien, die Jungs offene Hemden. Ich selbst habe Shorts an und meinen Gingan-Badeanzug, der Pferdeschwanz ist salzverkrustet. Wir laufen ausnahmslos barfuß und können uns nicht einmal daran erinnern, wer heute mit dem Kochen dran ist, aber alle sind sie da, rund um die Tische, denn heute Abend ist ein ganzer Schwarm roter *barbounia* auf Sofias Kohlegrill hinten im Laden gelandet.

Einige Bouzouki-Spieler sitzen bei den Weinfässern und langen schon kräftig zu. Junge Fischer tragen saubere weiße Hemden.

»Später wird noch getanzt«, sagt Charmian, und ihre Augen leuchten. »Behaltet Panayiotis im Auge, trinkt der ein Gläschen Grog zu viel, tanzt er mit der Anmut eines Nijinsky«, setzt sie hinzu und deutet dabei auf einen der Fischer. Dann winkt sie Ntoylis Skordaras zu, der am Fenster sitzt, ein geschlossenes Akkordeon zu Füßen. Morgen ist Feiertag, und die Dorffrauen bleiben wie immer im Haus. Nur die Männer werden am nächsten Morgen einen Kater haben.

Wir sind hungrig wie kleine Kinder nach einem langen Nickerchen. Wir essen Tintenfisch und Oktopus und entgräten Fische, als wären wir es von klein auf gewohnt, wischen die Teller mit Brot sauber.

Kyria Anastasia aus der Bäckerei eilt mit ihren Zwillingstöchtern vorbei. Charmian springt auf, drängt mich, ihr zu folgen. Die Mädchen starren meine nackten, salzigen Beine an. Kyria Anastasia schwatzt auf Griechisch und zeigt Charmian dabei die Sträuße blühender Kräuter, die sie gesammelt haben. Eines der Mädchen reicht Charmian schüchtern ein paar blaue Bergblumen, das andere einige blassgrüne Weizenhalme.

»Mit Kyria Anastasia solltest du dich gut stellen«, sagt Charmian, als wir zurück zu den Tischen gehen. »Ich habe ihr gesagt, dass du mein Patenkind bist. Wenn du es schaffst, dein Essen in ihren Backofen zu stellen, darfst du dich glücklich schätzen. Etwas Fleisch, sogar ein zähes altes Huhn und dazu ein wenig Gemüse schmecken fantastisch, wenn das Essen langsam gegart wird, da fehlen dann bloß noch ein paar Gewürze und ein Schluck Wein. Komm einfach frühmorgens mit einem Topf, auf dem dein Name steht und bitte sie nett.« Der Klumpen in meinem Hals ist kaum auszuhalten. »Besser geht es nicht, einfach und schmackhaft«, sagt sie, und ich muss schwer schlucken, ehe ich ihr danken kann.

George zieht einen Stuhl heran. Charmian stellt die Blumen in ein Wasserglas, sieht dabei aber so traurig aus, als würde sie ein Grab schmücken.

»So feiert man hier den Sieg des Sommers über den Winter«, erklärt sie. »Heute Abend bleiben die Frauen und Mädchen daheim und flechten Kränze, denn morgen, am Ersten Mai, feiern sie mit dem ganzen Dorf das Erblühen der Natur und die Wiedergeburt des Sommers.«

»Während sich die Kerle in den Tavernen hackevoll zusaufen«, sagt George und schenkt Wein nach. »Übrigens sind das vorchristliche Traditionen, und außerdem ist morgen der Tag der Arbeit und Arbeiter.« Er hebt das Glas: »Ich bin für die Arbeiter, also auf ihr Wohl!«, und leert es in einem Zug.

»Maia ist die Göttin der Fruchtbarkeit«, sagt Charmian, während sie die grünen Halme zwischen die stacheligen blauen Blumen steckt.

George füllt sein Glas auf, um einen weiteren Toast auszubringen. »Und mit Maia feiern wir den Sieg des Lebens über den Tod.«

Charmian schwenkt den Wein in ihrem Glas. »Ja, darauf trinke ich«, und sie stößt mit ihm an. »Und auf dich, George.« Sie hebt das Glas und schweigt einen Moment, ihre Blicke begegnen sich. »Mögen bessere Zeiten für uns kommen.« Als sie den Blick wieder abwendet, glitzern Tränen in ihren Augen. »Diesen Winter haben wir manchmal nicht geglaubt, dass wir es schaffen, also bin ich sehr dafür, mich zu bedanken«, sagt sie und legt ihre Hand über seine. Er zieht ihren Kopf an seine Schulter und legt die Wange an ihre Stirn.

Jimmy und die anderen haben ihre Stühle an Görans Tisch gezogen, und ich kann schnaubendes Gelächter hören. »*Skål, yamas, cheers*.«

Gebannt beobachte ich Charmian und George, wie sich ihr Kopf an seine Schulter schmiegt, er sich mit dem Gesicht an sie lehnt. Ich stelle mir vor, dass sie so schlafen, Hirn an Hirn, Herz an Herz, zwei Seelen aus demselben warmen Ton geformt.

Ich muss sie angestarrt haben, denn mit einem Blinzeln und nervösem Lachen kehrt Charmian zu unserem Gespräch zurück und erzählt, dass die jungen Frauen der Insel morgen vor Sonnenaufgang mit ihren Blumen zu den Brunnen gehen.

»In anderen Gegenden Griechenlands läuft die Zeremonie ein wenig anders ab, aber hier füllt man die Blumenvasen am Brunnen mit dem ›Wasser des Schweigens‹ und kehrt dann ohne ein Wort nach Hause zurück«, sagt sie.

Jimmy und Bobby machen aus mir unerfindlichen Gründen Handstand auf den Pflastersteinen; die Zuschauer johlen und klatschen Beifall. »Irgendwer sollte *deren* Vasen mit dem Wasser des Schweigens füllen«, sage ich. Jimmy läuft auf Händen und krümmt sich dabei wie ein Skorpion, der gleich zustechen will. Der Jubel treibt ihn immer näher an den Hafenrand.

George zieht eine Grimasse. »Dein Dichter sollte im verdammten Zirkus auftreten.«

Charmian seufzt und fährt fort: »Später waschen sie sich mit dem Wasser aus den Vasen und flechten aus den Blumen einen Kranz, der bis zum Mittsommertag über der Haustür hängt. Der Erste Mai ist einer der wenigen nichtchristlichen Festtage.«

»Wahnsinn, das ist so schön ...« Ich sehe mich selbst als stumme Schlafwandlerin in einem wallenden weißen Gewand, die Arme überladen mit jungfräulichen Blumen. »Vielleicht sollte ich ja vor dem Morgengrauen zu den Brunnen aufsteigen«, sage ich. »Der Gedanke gefällt mir.« Charmian sieht mit einem zärtlichen Lächeln zu mir herüber, als wollte sie sagen: »Genau das hatte ich mir von dir erhofft«, und George ruft nach mehr Wein.

Charmian redet wieder über Kalymnos, redet so voller Sehnsucht, als erinnerte sie sich an ein anderes Leben, dabei haben sie vor fünf Jahren noch dort gewohnt. Leise und verträumt erzählt sie von Dörflern, die im Nebel zum Inselgipfel aufsteigen. Wie stumme Pilger gehen sie bergan mit ihren Krügen voller Wasser und warten auf die Sonne. »Kannst du dir das vorstellen, Erica? Hirten, Schwammtaucher, Fischer, sie alle, versammelt oben auf dem Berg, halten ihre Handvoll Affodill in die Höhe, um Apollo zu ehren ...«

Dreimal flackern im Hafen die Lichter, gehen an und aus. Noch fünfzehn Minuten, bis die Generatoren abgestellt werden. Frauen rufen ihre Kinder aus den Gassen, Männer schieben eilig hochbeladene Holzkarren am Wasser entlang, Fischkisten werden an der Mole noch rasch für das Nachtboot bereitgestellt. Im Westen hängt der Mond, eine hauchdünne Silbersichel, und die Kunststudenten machen sich auf den Weg zur Villa Tombazi, ehe die Insel im Dunkel versinkt.

George sieht sie an. »Ach ja, Darling, es war wunderbar. Wäre meine Lunge nicht so völlig verratzt, würde ich heute Abend gern mit dir auf den Mount Eros kraxeln«, und wieder sieht Charmian aus, als müsste sie jeden Moment weinen.

Wir verziehen uns ins Innere, weil es dort noch Licht gibt, sammeln uns an den sechs Tischen mit Blick auf die Spieler im Hinterzimmer.

Charmian hängt ihrem Traum nach. »Und kaum war Apollo aus dem Meer aufgestiegen, folgte der stille Abstieg. Für ein ganzes Jahr war danach das Haus gesegnet dank der Blumen, die man vom Berg mitbrachte, um einen Kranz daraus zu flechten … Ach, wie lebendig unsere Vorfahren doch waren. In den ersten Jahren hier haben wir die Tradition noch gewahrt.« Wieder schaut sie ganz niedergeschlagen drein und zieht ein paar Haarsträhnen übers Gesicht. »In einer großen Gruppe sind wir rauf, aber heute haben selbst meine Kinder keine Lust mehr dazu.«

Die Lampen werden angezündet und brennen mit kleiner blauer Flamme. Einer der Bouzouki-Spieler beginnt zu klimpern. Ich nutze die Gelegenheit. »Ich komme mit«, sage ich, obwohl es mich vor dem langen Aufstieg graust. »Bitte sag ja, ich würde wirklich gern mitkommen.«

»Erica, du meine Güte, was bist du doch für eine kleine Heidin«, sagt Charmian.

»Prima Idee«, sagt George und reibt sich die Hände.

»Ich schätze, ich habe den Göttern wirklich für so manches zu danken, und es ist immer schön, Gesellschaft zu haben …« Mit lächelnden Augen mustert Charmian ihren Mann. »Ach, warum denn nicht«, sagt sie schließlich und bringt damit die Schmetterlinge in meinem Bauch zum Tanzen.

Ich trinke noch ein wenig Wein. Die Luft ist schwer vom Rauch und dem Geruch nach Anis, Knoblauch und gebratenem Fisch. Einige von uns stimmen ein, als die Männer aus dem Dorf im Takt zur Bouzouki mit den Fingerknöcheln auf den Tisch schlagen. Der Kellner läuft hin und her, und Andonis steigt immer wieder auf die Leiter, um unsere Krüge aus den Fässern aufzufüllen. Jimmy tanzt mit den Fischern *tsambikas*; an jedem Ende der Tänzerkette flattert ein weißes Taschentuch. Als die Musik schneller wird und er sich müht, mit ihren flinken Füßen Schritt zu halten, sieht er so konzentriert aus, dass ich vor Lachen wiehere.

Edie und Janey zerren Bobby auf die Tanzfläche, und Charmian ruft: »Hey, hat irgendwer von euch Faultieren Lust, heute Abend auf den Mount Eros zu steigen?«

»Machst du Witze? Das sind mehrere Kilometer«, sagt Bobby.

Janey zieht eine Grimasse. »Ich hab einen Splitter im Fuß, der einfach nicht wieder rauswill.«

»Ach, wie schade«, sagt Charmian, um dann mit plötzlich aufflammender Niedertracht fortzufahren. »Unser kanadischer Freund wird ja so enttäuscht sein.«

*

Es ist vier Uhr früh, eine mondlose Nacht. Wir treffen uns am Brunnen mit unseren Dufflecoats und Feldflaschen. Leonard bringt Brot und Wein in Strohflaschen. Von den dunklen Häusern dringt die Musik der Ziegenglocken herüber. Charmian hat sich eine Tartandecke über die Schulter geworfen. Nur sie und Leonard tragen richtige Wanderschuhe.

Janey scheint den Splitter in ihrem Fuß vergessen zu haben und tanzt mit Edie um die Maulbeerbäume. Sie tragen beide einen weißen Rollkragenpulli, dazu ein schwarzes Kopftuch, was sie so unschuldig wie Nonnen aussehen lässt. Jimmy hockt auf einem niedrigen Mäuerchen und schält eine

Orange, die er sich von einem Baum auf dem Platz gepflückt hat.

»Gut gemacht, ihr alle. Freut mich, dass ihr Decken mitgebracht habt. Frühmorgens kann es auf dem Gipfel nämlich ziemlich kalt werden«, sagt Charmian.

Leonard schlägt den Kragen seiner Jacke hoch und bibbert. Lächelnd zeigt sie ihm die zusätzliche Decke im Rucksack. Leonard greift nach dem Schwengel und pumpt; sie beugt sich vor, um im Eimer zwei Blechflaschen mit Wasser zu füllen, nimmt dann meine Flasche und füllt sie auch auf, während sie über die Schulter gewandt weiter mit ihm redet.

»Ich fürchte, in deinem Haus fehlt es an allen Ecken und Enden. Tut mir leid, dass es primitiver ist, als Kyria Pepika mich glauben ließ«, sagt sie, und als sie sich aufrichtet, sehe ich, dass sie ihm ihr Gesicht zukehrt, als wartete sie auf einen Kuss.

Sein Grinsen kommt mir wölfisch vor, sein Charisma gnadenlos. »Weißt du, ich finde das einfache Leben geradezu sinnlich«, sagt er. »Ich mag einen guten Tisch, einen guten Stuhl …«

»Und natürlich ein gutes Bett«, wirft Janey ein.

Charmian wirft ihr einen Blick zu, ehe sie fortfährt. »Das eine oder andere kann ich bestimmt noch besorgen, und wenn es im Laufe des Tages zu heiß wird, solltest du auf dem kleinen Balkon arbeiten können«, sagt sie. Bei der Vorstellung, dass die Tage jetzt länger werden und noch sonniger, wird ein allgemeiner Seufzer laut, und Jimmy steckt mir einen süßen Schnitz Orange in den Mund.

Danach dreht sich das Gespräch um Arbeit. Charmian und Leonard sind sich einig, dass sich der Vormittag am besten eignet, nur klagt Charmian, Georges Buch sei wie eine schmerzhafte Geburt, egal zu welcher Tages- oder Nachtzeit. »Ehrlich gesagt, wenn wir das Geld nicht brauchen würden, wäre ich mir nicht sicher, ob er weitermachen soll«, sagt sie. »Ich finde es so sadistisch, ihn zwingen zu müssen, sich an die Schrecken der Hungersnot zu erinnern.« Leonard ist voller Mitgefühl, sagt, wie schade er es finde, dass George sich uns nicht angeschlossen hat.

Charmian spielt mit den Fransen der Tartandecke. »Wie lieb von dir, vor allem, da wir uns beim letzten Mal doch so fürchterlich gestritten haben.« Sie senkt den Blick und zieht die Decke vor den Mund, spricht durch sie hindurch. »Ich fürchte, unsere Ehescharmützel geraten langsam außer Kontrolle. Und für diese wirklich scheußlichen Sachen, die er zu dir gesagt hat, möchte ich mich ganz besonders entschuldigen.«

Leonard lacht leise und streicht ihr übers Haar. »Ehrlich gesagt, eine Mann-Frau-Beziehung ist so ein verdammtes Biest. Ich finde sie total verwirrend. Niemand kennt sich richtig damit aus, und wir alle haben damit unsere Probleme.« Er schiebt die Decke beiseite, und sie lächelt ihn auf eine Weise an, die dankbar sein könnte oder kokett, schwer zu sagen. Auf der Insel ist es still, nur irgendwo weit entfernt schreit ein Esel, und hin und wieder hört man Ziegenglocken. Der schwarze Himmel ist sternenübersät.

»Dies ist das Wasser, das wir unserem großen Gott Apollo darbieten, wenn er aus dem Meer aufsteigt«, sagt Charmian, reißt sich von Leonards Blick los und hebt ihre Flasche verehrungsvoll der unfassbar fernen, schwarz gezackten Silhouette des Mount Eros entgegen. »Und wenn wir schon den weiten Weg hinaufsteigen, sollten wir unser Ritual auch ernst nehmen«, fügt sie hinzu. »Also dürfen wir nichts verschütten. Schließlich wollen wir nicht, dass die Götter uns für geizig halten.«

Leonard beugt sich vor, um seine Blechflasche zu füllen, wobei er beschwörend vor sich hinmurmelt – auf Hebräisch, glaube ich –, ehe er den Korken in die Flasche drückt. Wir geben uns feierlich, Leonard wirkt vielleicht ein bisschen überheblich, wie er da leicht gebeugt neben Charmian steht, die, so aufrecht, wie sie sich hält mit ihrem breiten Ledergürtel und der Tartandecke, die Aura einer schottischen Königin umgibt.

Dann ein Ruf. Ihr Gesicht leuchtet auf, doch als sie sich umdreht, keucht Patrick Greer um die Ecke. »Ach verdammt. Wie öde«, sagt sie halblaut vor sich hin. »Das Letzte, was wir jetzt gebrauchen können, ist eine Greer-förmige schwarze Wolke, die uns die Sonne verdeckt.«

Wir warten, während Greer sich schnaufend sein Wasser pumpt. Jimmy und Leonard stehen an eine Mauer gelehnt, rauchen und reden über die Literaturszene in London. »Weißt du, immer wenn ich höre, dass jemand Gedichte schreibt, fühle ich mich ihm nahe. Diesen Wahn verstehe ich nämlich«, sagt Leonard, und obwohl er dies schon einmal mit genau denselben Worten gesagt hat, gefällt mir, wie Jimmy vor Freude schnurrt.

Patrick steht so dicht neben Charmian, als versuchte er, sie einzuatmen. Ein Knopf seiner Jacke hängt bloß noch an einem Faden, der Tweed riecht nach altem Holzrauch und Enttäuschung. »George hat mir verraten, dass du hier bist. Ich denke mal, er wollte nicht, dass du nur in Begleitung dieses charmanten Kanadiers den Berg hochkraxelst«, sagt er, die Stimme noch brandyschwerer als gewöhnlich, »aber wie ich sehe, hast du bereits deine ganze Entourage um dich versammelt.«

Charmian gibt sich Mühe, seine Anspielungen zu ignorieren, prüft noch einmal, dass wir alle unser Opferwasser haben, und ermahnt uns, nichts davon auf dem Weg zum Gipfel zu trinken. Edie und Janey haben keine eigene Taschenlampe, also laufen sie mit Jimmy und Leonard voraus, die sich beide neue Batterien für ihre Lampen besorgt haben, während ich auf Charmian und den so unwillkommenen Patrick warte.

»Mich überrascht, dass Jean-Claude Maurice euch nicht dicht auf den Fersen ist«, sagt Patrick. »Ich meine«, und er schaut demonstrativ von Charmian zu mir, »mit nur einer bekannten Ausnahme bevorzugt er sein *filet* doch stets überaus *mignon*.«

Mit einem Satz rückt Charmian von ihm ab. »Ehrlich, du bist ja so was von gehässig.«

Patrick faselt weiter und klingt weder nüchtern noch zerknirscht.

»Oh Mann, Jean-Claude hat wirklich keinen Schimmer, was für eine böse Überraschung George ihm in seinem abscheulichen Buch auftischen wird?«, fragt er, und sie schubst ihn genervt beiseite.

»Also wirklich, Patrick, ich bin jetzt überhaupt nicht in der Stimmung, darüber zu reden.« Sie stürmt den kurvenreichen Pfad hoch und zieht mich hinter sich her.

Der Weg wird enger. Ich halte mich an ihrer Hand fest. »Was meint er mit Georges abscheulichem Buch?«, frage ich, und sie fordert alle auf stehen zu bleiben.

Mit ihrer Taschenlampe leuchtet sie jedem von uns ins Gesicht. »Pssst!«, sagt sie. »Und das gilt ohne Ausnahme. Vergesst nicht, das hier ist eine ›stille Wallfahrt‹, und wir wollen das doch richtig machen.«

Ich stapfe den Berg nach oben, achte kaum mehr darauf, wohin ich die Füße setze. Erbarmungslos führt der Pfad im Zickzack an verfallenen Katen vorbei, immer weiter hinauf durch den dichtschattigen Kiefernwald. Nur unsere Tritte über den Schiefer und unsere Atemgeräusche sind zu hören, Licht kommt allein von den Taschenlampen. Ich habe keine Sekunde lang bedacht, dass Charmians Zeremonie in aller

Stille abgehalten werden muss. Wieder sehe ich dieses Lachen zwischen ihr und George aufflackern.

Charmian geht voran, dunkel die Stille zwischen uns. Sie ist mir immer voraus, ich immer hinterdrein. Ich weiß, sie verschweigt mir Geheimnisse, denn wenn ich ihr nahe komme, kann ich sie hinter ihren Augen tanzen sehen. Warum sagt sie nicht, was sie weiß? Alles, was sie mir anvertrauen könnte, kann nicht halb so schlimm sein wie das, was ich mir ausmale. Ich habe ihr gesagt, es sei die Geheimniskrämerei, die mich umbringe. Und dieser Berg wird ständig steiler. Insekten steigen im Schein unserer Taschenlampen auf, und Edie kreischt, als der schuppige Schwanz von irgendwas vorüberwischt.

Kein Wunder, dass George uns unbedingt hier raufschicken wollte; und so wie Charmian Leonard anhimmelt, kann ich George auch nicht verdenken, dass er eifersüchtig wird. Was hat Leonard nur an sich, dass alle weich in den Knien werden? Er ist nicht mal besonders groß, aber vor ihm wird Charmian zum Kätzchen, sie – aber offenbar auch alle anderen Frauen und Mädchen, sogar Kyria Soula vom Fischstand auf dem Markt – ist ihm verfallen.

Charmians Taschenlampe leuchtet mir ins Gesicht. Sie hebt die Tartandecke an, bedeutet mir darunterzuschlüpfen, und eine Weile gehen wir Arm in Arm durch die samtige Nacht, und meine bitteren Gedanken werden umlullt vom Duft nach Kiefer und Wacholder, von Decke und Sehnsucht.

Früher haben wir uns einmal im Wald verirrt. Flüchtig sehe ich meine Mutter vor mir. Wir stehen auf einer Lichtung, aschweiße Panik in ihrem Gesicht. Das Laub ist dicht, die Erde unter unseren Schuhen wurzelknorrig, der Tag dunkelt, eine Ahnung von Gefahr hängt in der Luft. Wir sind nur zu dritt, Bobby und ich bereit, Mum mit unseren Astgewehren zu schützen, ihr Gesicht so nackt über dem Fuchsfellkragen. Ich denke, das muss an einem dieser Tage gewesen sein, als mein Vater im Krankenhaus lag. Es gab Wälder in der Gegend, aber ich weiß nicht, was ihr solche Angst gemacht hat, erinnere mich nur an dieses Gefühl, irgendwas stünde auf der Kippe. Wir fanden einen Pfad, der zu einer unbekannten Pflasterstraße mit warmem Laternenlicht führte, und in einem Café machten wir Rast, und ich fing an zu weinen und verbarg mich in den Falten von Mums Mantel, da ich ahnte, dass mein Zweiggewehr nicht genügt hätte, uns zu retten; ihre Hand zitterte, als sie aus der Teekanne einschenkte.

Charmian lässt mich vorangehen, als es steiler wird und wir uns unter tief hängenden Ästen vortasten. Kiefern weichen Gestrüpp, und das Geröll wird mit jedem Schritt tückischer. Wir machen kurz Rast, nehmen einen Schluck Wasser und schauen über die sternenhelle Bucht.

Bobby fehlt mir, auch wenn, was ich sogar im Dunkeln merke, Edie es offenbar nicht das Mindeste ausmacht, dass er sich uns nicht anschließen wollte. Ich kann sehen, wie sie Leonard anlächelt, als der ihr galant die Hand reicht. Jetzt wartet er, während sie zu Atem kommt und sich dabei ihr schwarzes Tuch theatralisch um die Schultern schlingt. Edie scheint sich immer wie für einen Auftritt anzuziehen, und mich überrascht nur, dass sie sich nicht gleich für einen Schleier entschieden hat. Für derlei fehlt mir einfach das Talent. Ich musste den Gürtel ein Loch enger schnallen, damit meine Hose nicht rutscht. Meinen Babyspeck habe ich verloren, und wenn ich flach auf dem Rücken liege, staune ich, wie spitz die dreieckigen Hüftknochen vorragen und wie fest die Muskelballen an meinen Schenkeln geworden sind. Ich bin jetzt so schlank, dass ich Mums Sachen tragen könnte, ein Gedanke, der eine unangenehme Erinnerung an meinen Vater heraufbeschwört, eine Erinnerung wie aus einem anderen

Leben, die mich aber trotzdem zusammenzucken lässt. Mit einem einzigen Blick hat er meine Figur abgetan, als wir ihre Sachen für die Altkleidersammlung zusammengepackt haben.

Dass wir das Unterkleid aus rosafarbener Seide weggegeben haben, bedaure ich. Solange ich mich erinnern kann, sehe ich sie darin vor mir, in diesem oder einem ähnlichen, mit Rüschen dunklerer Spitze an den Trägern und auch da, wo es vorn etwas ausgeschnitten war. Sie sitzt an ihrer Frisierkommode und betupft sich das Schlüsselbein und zwischen den Brüsten mit einer dieser verblüffend rosigen, flauschigen Puderquasten, bei denen man an Boudoirs und Kurtisanen denken muss. Sie hat nicht gemerkt, dass ich ins Zimmer geschlüpft bin. Das Talkumpuder glitzert im warmen Licht der Tischlampe. Sie sieht mich im Spiegel und dreht sich auf ihrem Stuhl herum, der Mund ein lippenstiftgeschminktes O. Ein wenig Puder bestäubt die dunkle Spitze, die Träger hängen locker über ihre Schultern. Sie beugt sich vor, schlingt ihre Arme um mich, bedeckt meine Augen mit den Händen und wirbelt mit mir aus dem Zimmer. An der Tür nimmt sie mich in die Arme, trägt mich über den Flur in mein Bett und tröstet mich, als hätte ich einen schlechten Traum gehabt. Ich schlafe wieder ein, in ihre duftenden Falten wie eine Nuss in ihre Schale geschmiegt.

Ist der Pfad breit genug, lässt Charmian mich unter ihre Decke. Inzwischen haben wir das Gestrüpp hinter uns gelassen, und an manchen Stellen ist der Weg nicht ganz ungefährlich. Auf einem Plateau halten wir an, hocken uns hin, wie Glühwürmchen glimmen die Kohlenpfannen auf der anderen Seite der vertrauten Bucht. Einzig der Berg ist zwischen den Sternen und dem Meer, und in diesem Bad der Stille entwickelt sich das Bild. Mum sitzt an der Frisierkommode, die Träger des Unterrocks verrutscht. Ich rieche ihr

Parfüm, stolpere ihrer warmen Haut entgegen. Und zum ersten Mal sehe ich ihn, den Mann im Zimmer. Ich renne auf sie zu. Er sieht mich zuerst, und im Spiegel bemerkt sie seine Panik. Die Puderquaste fällt ihr aus der Hand. Es ist das Letzte, was ich sehe, ehe sie mir die Augen zuhält.

Die Sterne verblassen, als wir den Gipfel erreichen. Irgendwo weiter unten bellt ein Hund. Das Kloster Profitis Elias glüht zuckerweiß vor der Silhouette von Fels und Land, die sich in Riefen und Höckern und kräutersatten Schluchten vor uns abzeichnet. Heute Nacht sind wir dem Himmel so nahe wie nur irgendwer. Auf einem Felsen steht eine kleine Eisenglocke, die wir nicht zu läuten wagen, ehe Apollo nicht seinen großen Auftritt gehabt hat.

Mein Haar fühlt sich klamm an. Ein feiner Tröpfchenschleier liegt über den Falten der Decke, die ich mir mit Jimmy teile. Charmian hat für uns eine Senke im Fels gefunden, die ein Teppich daunenweicher Blätter mit Inseln winziger weißer und babyrosiger Blüten bedeckt. »Puppenblumen« nennt Charmian sie. Wie aufgereiht sitzen wir da, Gesicht gen Osten, nur Leonard steht, streckt sich, lehnt sich an einen Stein und starrt allein ins Weite. Frühe aubergine- und pflaumenfarbene Striemen zieren den Horizont, künden die ersten Streifen Bernsteinfeuer an. Für unseren Segen haben wir Blumen gepflückt. Um Affodill schneiden zu können, hat Charmian ein Messer mitgebracht, auch für die vielen anderen Blumen, für Mohn und Iris, für die winzigen schlangenköpfigen Schachblumen und all jene, deren Namen ich nicht kenne. Wir stehen auf dem Bergrücken mit unserem Wasser, unseren Blumen, bis die große Sonnenscheibe das Meer in Brand setzt und ihre orangeroten Satinballen entrollt.

Die Hähne krähen, wir hören Vogelgesang, und jetzt kläffen mehrere Hunde. Wir machen es Charmian nach, spritzen uns das Brunnenwasser ins Gesicht. Leonard kippt die Blechflasche über seinem Kopf aus, grinst und schüttelt sich wie ein Hund die Tropfen aus dem Haar. Edie und Janey sitzen mit übergeschlagenen Beinen da und flechten sich Blumen in die Locken. Jimmy macht Morgengymnastik und springt von Fels zu Fels, die Arme anmutig ausgestreckt, als hielte er eine unsichtbare Seiltänzerstange.

Leonard geht in die Hocke, bricht das Brot. Wir tunken es in süßen Lipsi-Wein, während erste Sonnenstrahlen leichte Dunstwolken von der Insel aufsteigen lassen und Charmian die Eisenglocke schlägt, uns von der Stille befreit.

Neun

Wir sind über der Höhle von Spilia, und Marianne hat sich zu uns gesellt. Ihre gekreuzten Arme ruhen auf sittsam verschränkten Beinen, was den bleichen schlanken Leib vor zu neugierigen Blicken schützt. Seit ihrer Rückkehr hatte sie noch keine Zeit, braun zu werden, nur Wangen und Nasenspitze sind rosig verfärbt. Wie ein zierlicher weißer Vogel hockt sie da, mit perlgrau gefärbten Zehennägeln und ihrem goldenen, im Nacken zu einer Rolle gedrehten Haar. Zum ersten Mal habe ich Gelegenheit, sie genauer zu betrachten. Eine seltsame Stille geht von ihr aus. Sie hat sich eine der Betonstufen gleich unterhalb von Charmian ausgesucht, die Hof hält auf ihrem Stammplatz, einer steinernen Senke. Neben Marianne wirkt sie breitschultrig, braun, muskulös und auch etwas gewöhnlich. Der ehemals schwarze Badeanzug umschlabbert sie wenig schmeichelhaft dort, wo der Gummizug schlaff geworden ist. Sie redet mit lebhafter Mimik, aber die gegen den Stein platschenden Wellen machen es schwer, sie zu verstehen. Im Grunde geht es wohl darum, dass Marianne sich wegen Axel nicht aufregen und lieber die Zeit mit ihrem Baby genießen soll. Mit einem leichten Lächeln hört Marianne zu, eine Wange an die Schulter gepresst. Ihr Nackenträger-Bikini ist blau mit weißen Punkten, was in mir gleich den Wunsch weckt, genauso einen auch haben zu wollen.

Noch hat der sommerliche Touristenansturm nicht eingesetzt, weshalb jeder an seinem Lieblingsplatz auf dem sonnenwarmen Stein liegt. Unserer ist zwischen zwei Felsen, die

Lücke mit Beton zu einer flachen Plattform aufgefüllt. Ich fürchte, die arme Marianne kommt nicht umhin, unsere neugierigen Blicke zu bemerken. Ein breiter Streifen Sonnenlicht fällt über ihre verhaltene Pose, zickzackt über die Origami-Falten ihrer Glieder. Sie hat das Lächeln einer Sphinx und ist so erstaunlich schön, dass ich es Jimmy nicht übel nehme, als er sein Buch ablegt und sich auf den Bauch dreht, um sie besser betrachten zu können.

Und ich glaube auch nicht, ich bilde mir ein, dass Göran, Albin und Ivar sich seltsam benehmen, seit Marianne aufgekreuzt ist. Es vergeht kein Augenblick, da nicht einer von ihnen zum Rand der Klippe läuft und auf die eine oder andere athletische, geradezu tollkühne Weise ins Wasser springt. Jetzt hockt sich Göran neben sie, tropft auf den Stein. Er erinnert sie daran, dass sie ihm letzten Sommer jeden Abend Kakao gemacht hat. Seit er zurück ist, träumt er davon. Man könnte meinen, zwischen den beiden sei etwas, so wie sie rot wird und lacht, aber dann sammeln wir uns alle am Höhleneingang, als Jimmy dort balanciert, seine Zehen den Felsrand umklammern. Er ist so schön, dass es mir fast in den Augen wehtut, als er herumwirbelt und mit gefalteten Armen in einem rückwärtigen Bogen hoch aufspringt, am Scheitelpunkt kurz zu verharren scheint, ehe er nahezu lautlos ins Wasser eintaucht.

Lautes Kreischen. Charmian zieht Marianne hinter sich her. »Jetzt komm schon, nutzen wir die Zeit, solange Axel das Baby hat.« Sie rennen vorbei und springen ins Wasser, landen mit wildem Schrei neben Jimmy. Da hält es keinen mehr, wir springen alle, schubsen uns immer wieder ins Nass, treten im Kreis Wasser, schwatzen, wogen auf und ab.

Charmian wirkt geradezu verwegen vor lauter Energie. Sie ist so viel lebhafter, wenn sie George und die Kinder nicht um sich hat. Und im glitzernden Ozean kämpft etwas Wildes in ihr darum, aus ihr auszubrechen. »Uns bleibt mindestens noch eine Stunde bis Sonnenuntergang – wie wär's mit einem Wettschwimmen zum Avlaki-Strand und zurück?« Charmian hat eine Siegerfigur, lange Beine, breite Schultern und einen mächtigen Kraulzug, mit dem nicht einmal Bobby mithalten kann. Marianne und mir bleibt nur übrig, ihnen nachzuwinken.

Um sich zu trocknen, streckt Marianne sich neben mir aus. Über ihrer Bikinilinie verläuft eine Narbe, die wie ein kleiner pinkfarbener Tausendfüßler aussieht, ansonsten ist ihre Haut makellos und glatt wie ein leeres Blatt Papier. Ihr Bauch ist so flach, dass ich kaum glauben kann, dass sie gerade erst ein Kind zur Welt gebracht hat. Als ich ihr das sage, sieht sie mich leicht verwundert an.

»Pfft, in Norwegen hält man nicht viel von Bettruhe für Frauen. Momo, meine Großmutter, hat immer rigoros darauf geachtet, fit zu bleiben. Und auf einer Insel voller Stufen bleibt einem auch gar nichts anderes übrig; wer hier nicht stark ist, der verhungert.« Sie hat einen charmanten Akzent, und ihrer Stimme haftet etwas Zwingendes, Atemloses an, das Geheimnisse und Bekenntnisse zu versprechen scheint. Wir legen eine Hand über die Augen, um den Schwimmern nachzusehen. Charmian ist nur noch ein winziger Fleck, die anderen schwimmen ihr wie Gänseküken hinterher. »Charm ist eine starke Frau«, sagt Marianne.

Sie dreht sich auf den Bauch, stützt sich auf ihre Ellbogen, scheint aber den Blickkontakt mit mir zu meiden. Ich stimme ihr zu, sage, dass ich Charmian ganz erstaunlich finde.

»Axel ist der Einzige auf Hydra, der so schnell wie sie schwimmen kann«, sagt Marianne, dabei hatte ich eigentlich gar nicht ans Schwimmen gedacht. Sie hat eines dieser Gesichter, denen ein nettes Lächeln geradezu angeboren zu sein scheint. Ihre Zähne funkeln, ihre Augen auch, und dies auf eine Weise, die zu besagen scheint, dass sie sich gern amüsiert. Noch nie habe ich so reine Haut gesehen. Sie redet weiter, ohne mich anzusehen. »Charmian hat erzählt, dass du seit Ostern hier bist. Also nehme ich an, du hast meinen verrückten Mann schon kennengelernt?« Das leichte Lächeln wirkt wie erstarrt, und ich spüre, dass ich rot anlaufe, obwohl ich doch gar keinen Grund für ein schlechtes Gewissen habe.

Sie hebt den Blick, um mich anzusehen, kneift die Augen zusammen und wartet auf meine Worte, wartet auf den Schmerz.

»Ich habe ihn mal gesehen, als er seine Post abholte, glaube aber nicht, dass ich ihm schon vorgestellt wurde.« Mein Herz rast, als ich das Thema wechsle. »Weißt du irgendwas über Georges Buch, das bald rauskommt? Ich würde zu gern wissen, wovon es handelt. Patrick Greer meinte, es gehe um irgendwas Indiskretes. ›Abscheulich‹ hat er es genannt, und Charmian scheint deshalb ziemlich aufgebracht zu sein.«

Marianne schüttelt den Kopf. »Ja, ich weiß. Ich glaube, das ist das, was er letztes Jahr voller Wut geschrieben hat, als er wegen seiner Tb in Athen behandelt wurde und über Charms Lover alles andere als begeistert war. Schätze, er hat ordentlich Dampf abgelassen …« Sie hält inne und beißt sich auf die Lippen.

»Wie hat er denn herausgefunden, dass sie eine Affäre hatte …?«

»George war damals impotent, hat sie mir jedenfalls erzählt. Eine Nebenwirkung der Medikamente. Charm ist immer sehr vorsichtig gewesen, aber auf einer Insel wie dieser haben die Vögel den ganzen Tag lang nichts Besseres zu tun, als zu zwitschern.«

Ich blicke über die Bucht. Die Schwimmer sind hinter der Landzunge verschwunden. »Kein Wunder, dass es ihr peinlich ist. Wer war denn ihr Liebhaber?«

Marianne holt eine Flasche Orangensaft aus dem Korb. »Ach, ist doch egal. Jedenfalls war es eine ziemlich schlimme Zeit, auch wenn George ihr damals kaum eine andere Wahl gelassen hat. Es wurde viel Porzellan zerschlagen, und wir haben alle geglaubt, es sei mit ihnen vorbei«, sagt sie und hält mir die Flasche hin.

Der Saft ist süß und warm. Ich versuche, mich zurückzuhalten, aber sie fordert mich auf, ruhig noch einen Schluck zu trinken. »Das ist ja das Problem mit so hypersensiblen Leuten«, sagt sie. »Wenn wir alle gelangweilt sind und derart auf einem Haufen hocken, wird so etwas zu jedermanns Sache. Aber lass uns lieber über Jimmy reden. Was hat euch beide hergeführt?«

Und ich erzähle, dass Jimmy sein Jurastudium geschmissen hat, von meiner Mum, von ihrem Sparbuch und vom Auto und auch davon, dass Charmian sicher mehr über meine geheimnisvolle Mutter weiß, als sie durchblicken lässt.

»Manchmal ist es besser, schlafende Hunde nicht zu wecken«, sagt sie, und ich gestehe, dass mein Bruder ihr da sicher recht geben würde. Man kann gut mit Marianne reden, und sie ist auch eine gute Zuhörerin. Ich merke, dass ich ihr meine ganzen Sorgen wegen Bobby anvertraue, wegen seiner Launenhaftigkeit, seiner kaum gezügelten Aggression.

»Seit wir aus London fort sind, ist er nicht mehr ganz richtig im Kopf«, sage ich, was ich gleich bereue, da es so illoyal klingt.

Marianne meint, dass er deprimiert sein könnte, und verspricht, mich zu Kyria Stefania in den Bergen oberhalb von Vlychos mitzunehmen, einer Frau, die medizinische Kräuter sammelt für heilsame Tees, die wahre Wunder bewirken, wenn Axel den Blues hat.

Weil sie nicht danach fragt, erwähne ich nicht, dass ich Schriftstellerin werden möchte. Sie interessiert sich nur für

Jimmy, also erzähle ich, dass er hergekommen ist, weil er sehen will, ob es mit seinem Buch was wird, und ich prahle mit dem Gedicht, das er in der Zeitschrift *Ambit* veröffentlicht hat.

»Ach, was für ein Pech, dass er Schriftsteller ist«, sagt sie und lacht kurz auf.

»Wie meinst du das?«, frage ich und will ihr erklären, dass Jimmy auch noch anderes macht, dass er malt und zu diesen nervigen Menschen gehört, die in allem brillieren, aber sie fährt fort.

»Axel sagt, das liegt am Job: Die Frau endet immer im Buch. Denk an Charmian, die fürchtet, von dem bloßgestellt zu werden, was George geschrieben hat. Und Axels letzter Roman dreht sich nur um mich; vor lauter Eifersucht bringt er ›mich‹ am Ende fast um. Kannst du dir vorstellen, wie es ist, so was über sich zu lesen?«

Ihr ist nicht einmal ein Hauch von Wut anzumerken, als sie mir davon erzählt, stattdessen legt sich ein warmer Schimmer über ihr Gesicht.

»Das Buch ist so explizit, dass *Aftenposten* sich weigert, eine Besprechung zu bringen. Du kannst dir also etwa vorstellen, was Axel geschrieben hat. Trotzdem ist es ziemlich populär geworden und wird in alle möglichen Sprachen übersetzt, sogar verfilmt. Die junge Schauspielerin, eine Teenagerin, die mich spielen soll, wird wohl die erste Norwegerin sein, die ihre nackte Brust im Kino zeigt, also rechnet Axel mit einem Skandal, wenn der Film rauskommt …«

Sie dreht sich um, streift behutsam eine große schwarze Ameise von der Saftflasche und setzt sich auf. »Der Regisseur meinte, ich solle für die Rolle vorsprechen, aber Axel wollte nichts davon wissen.« Sie zieht ein traurig-lustiges Gesicht und verschränkt die Arme vor der Brust. »Axel sagt, die Frau, die mich im Film spielt, sei obenrum viel besser bestückt.«

Sie sieht, dass mein Blick auf ihre Narbe fällt, und stupst sie mit dem Finger an. »Eine Erinnerung an unsere lange Fahrt von Oslo. Mein Blinddarm wäre fast geplatzt. Wir waren auf einem schmalen Sandweg unweit von Delphi, rumpel, rumpel, rumpel, mein Gott, diese Schmerzen, aber irgendwie, mitten im Nirgendwo, beschwor Axel zwei Engel herauf. Er hatte eine Idee, fuhr einen Umweg und rums, mitten im Scheinwerferlicht, ganz in Weiß, zwei Krankenschwestern einer Klinik. Axel findet, der Chirurg sei der reinste Pferdedoktor gewesen. Er fiel in Ohnmacht, als er mich aufschnippelte, aber pfft, hier bin ich. Ganz ehrlich, Erica, mich überrascht, dass Axel sich nicht an dich rangemacht hat. Sexy Frauen, dunkelhaarig mit Dackelblick, die entsprechen genau seinem Beuteschema.«

Bei ihren letzten Worten zucke ich innerlich zusammen. Auf die amerikanische Malerin in roten Shorts passt ihre Beschreibung haargenau, dass Mariannes Beschreibung aber auch auf mich zutreffen könnte, macht mich leicht schwindlig. Also schaue ich sie mit großen Dackelaugen an, und erleichtert müssen wir beide lachen, dann bittet sie mich, ihr Misstrauen zu entschuldigen.

»Ich bin eigentlich nicht sein Typ, verstehst du. Und auch nicht klug genug. Einmal hat er mich mit einer seiner verkopften Brünetten so verrückt gemacht, dass ich nach Athen gefahren bin, um mir die Haare schwarz zu färben, womit ich ihn heute noch endlos aufziehen kann, weil er mir damals seinen Antrag gemacht hat.« Sie tastet nach dem Ehering, als wollte sie sich vergewissern, dass er wirklich da ist, dreht ihn.

»Jetzt, da wir unser kleines Baby haben, hoffe ich, dass ich endlich genug für ihn bin«, sagt sie, und es zerreißt mir das Herz, als sie erzählt, sie sei so traurig gewesen, als Axel aus Norwegen abgereist ist, dass sie keine Milch mehr fürs Baby hatte. »Er musste aus steuerlichen Gründen fahren«, versucht sie ihn zu entschuldigen, doch weiß sie, wie er ist, und auch, dass sich in ihrer Gegenwart alle ein bisschen verlegen benehmen, seit sie wieder auf der Insel ist. »Axel ist schon eine ziemliche Nummer«, sagt sie mit genervtem Seufzer.

Während sie redet, bin ich mir sicher, dass mein Puls rast, doch versuche ich, mir möglichst nichts anmerken zu lassen. »Ich kenne das«, sage ich. »Jimmy sieht auch ständig anderen Frauen nach.«

Sie schnaubt verächtlich und tut das mit einem ihrer Pffts ab.

»Wir wollen heiraten«, sage ich, und sie schüttelt den Kopf, macht auf altklug und sieht mich belustigt an.

»Ihr Kinder. Ihr solltet euch lieber auf dem Spielplatz vergnügen, solange ihr noch jung seid.«

Eine Weile schauen wir beide hinaus aufs Meer, und ich muss daran denken, wie sicher ich mir bin, dass ich mein Leben lang wirklich nur diesen einen Mann will. Jimmy Jones. Wenn ich da an meine Mutter denke oder an Charmian, die eine Affäre hatte, macht mich das traurig, und ich frage mich, wie es erst sein wird, wenn alle Georges verbitterten Bericht über diese Zeit lesen, und ob ich den Anstand habe, das Buch nicht in die Hand zu nehmen. Dann wieder sehe ich Marianne neben mir sitzen und hoffe mit ganzer Kraft, dass Patricia bald die Insel verlässt.

Wir lächeln uns an, und Marianne steht auf, streift sich ein leuchtend orangerotes Kleid über. Es ist aus irgendeinem luftigen Stoff, und sie merkt, wie sehr ich es bewundere. »Seide. Hat Axel mir in Rom gekauft«, sagt sie und schließt eine Reihe winziger Knöpfe. »Wir waren jung, verliebt und in seinem kleinen Käfer auf dem Weg hierher. Und jetzt, mit unserem Baby, finde ich, ich muss gut für ihn aussehen, nicht so *gammeldags* und *mamsen*.«

Der Himmel ist perlmuttfarben. Sie steckt sich einige Nadeln ins schimmernde Haar, und mit der Sonne im Rücken wird ihr Kleid nahezu durchsichtig. Axel kann nicht ganz bei Trost sein, denke ich.

»Erzähl, was trägt man so in London? Immer noch Hosenröcke wie in den Zeitschriften?«

Mir kommt es wie eine Ewigkeit vor, seit ich abgereist bin, diese zugeknöpften Wollmäntel, Pumps, Gürtel und von nassen grauen Bürgersteigen bespritzten Strümpfe. »Über Mode weiß Edie besser Bescheid«, sage ich. »Mir passen meine Kleider nicht mal mehr. In London war ich noch dicker.«

»Sag Charmian, sie soll dich mit zu Archonda nehmen, einer ausgezeichneten Näherin«, rät Marianne, rollt ihr Handtuch zusammen und macht mir ein Kompliment, als sie sagt, wie gut es ihr getan habe, mit mir zu reden. Sie hat es jetzt eilig, will das Baby füttern und sagt, sie habe Angst, es könne schreien und Axel dann nicht arbeiten.

»Weißt du, Axel Joachim kann schon fast allein aufrecht sitzen, ein guter Junge und so stark, genau wie sein Papa. Axel findet, er sieht wie ein Buddha aus. Er nennt ihn ›kleiner Mann‹.«

Und während sie das eine oder andere in ihren Korb legt, fällt mir auf, dass ich viel über Axel erfahren habe, aber nur wenig über Marianne selbst.

»Sag Charmian bitte, dass ich sobald wie möglich mit dem Baby vorbeikomme. Oder möchtest du mal auf den Kleinen aufpassen?«

Ich bin jetzt allein, ziehe den Badeanzug leicht nach unten und strecke mich auf dem warmen Stein aus, warte darauf, dass die anderen zurückkommen. Die Sonne versinkt hinter der Insel Dokos, färbt sie schwarz wie einen schlafenden Wal. Da ist das leise Geräusch aneinanderstoßender Ruderboote, und hinter meinen Lidern verschwimmt alles so orange wie

Mariannes Kleid. Jimmy wirbelt wie eine Goldmünze vor blauem Himmel und fällt ins Wasser, verspritzt beim Auftauchen Sonnengeflirr, und ich frage mich, was sieht er nur in mir? Ich habe keine Ahnung, wer ich bin. Ich scheine geschlüpft zu sein, als gerade niemand hinsah. Und einen Moment lang umhüllt mich ein liebreizend goldener Schimmer, verliehen von einer skandinavischen Göttin, die in mir eine mögliche Liebesrivalin sieht.

*

Große Zuneigung steigt in mir auf, als Marianne am nächsten Morgen in ihren Sandalen mit Holzsohlen den Hügel heruntergeklappert kommt.

Jimmy und ich sitzen mit der üblichen Meute vor Katsikas und warten auf den Segen des Schicksals. Am Kai werden Ballen platt gepresster Schwämme aus Holzkarren geladen, und die Männer schwitzen in der mittäglichen Hitze. Einige Fischer haben am Rand des Wassers ihre Netze gespannt, und die unvermeidlichen Katzen streifen uns um die Beine, während wir die Stückchen Oktopus probieren, die Sofia vom Grill an den Tisch bringt. Ich sehe Marianne zu, wie sie die Stufen zum Bäcker hinaufklappert, einen großen Korb in der Armbeuge.

George trinkt Brandy. Er ruft einem der Fischer etwas zu und hebt grüßend das Glas. Der Mann, der sein Netz flickt, steht auf, kommt herüber, und George hält ihm ein Glas hin. Panayiotis lehnt ab, gibt aber, als George ihn vorstellt, allen Männern die Hand. Mir fällt ein, dass Panayiotis der Tänzer ist. Wie ein trunkener Nijinsky, hat Charmian einmal gesagt. Die straffe Haut unterm Hemd passt nicht zu den schwarz angelaufenen Zähnen und den Falten im Gesicht. Als er lächelt, verzieht er das braune Gesicht zu einem Kinderbild der

Sonne. Er redet begeistert auf Griechisch, und George nickt, um ihm zu zeigen, dass er ihn versteht. »*Tha thume*, wir werden sehen«, sagt er, als Panayiotis zu seinem Netz zurückkehrt und Charmian eine Hand ausstreckt, um sie auf Georges Hand zu legen. Er wirkt irgendwie bedrückt. »Er rechnet damit, dass ihre Lampen in den nächsten Nächten die Fische wie Magneten anlocken«, sagt er. »Ach verdammt, gib mir eine Zigarette.«

»Früher ist George gern mit den Nachtbooten rausgefahren«, erklärt Charmian, während er sich eine Zigarette aus der Schachtel tippt.

»Nachts ist die Luft auf dem Meer jetzt zu kalt für meine Brust«, sagt George und fuchtelt dabei mit der Zigarette herum. »Doktor Spielverderber in Athen hat mir dringend davon abgeraten.«

»Glaubst du, er würde mich mitnehmen? Genau darüber schreibe ich nämlich gerade«, sagt Jimmy, während George, als wollte er demonstrieren, wie recht der alte Spielverderber hat, ein Hustenanfall krümmt.

»Ihr wisst schon«, sagt Jimmy. »Was im weinroten Meer lauert …«

Charmian wirft ihm ein nachsichtiges Lächeln zu. »Ich schätze, das eher mythische Getier wird unten in der Tiefe bleiben, aber du kannst sicher jede Menge Tintenfische und Oktopusse sehen.«

George steckt sein Taschentuch wieder ein, schluckt mit einer Grimasse seinen Brandy runter, zieht noch einmal an der Zigarette und knurrt Jimmy zu:

»Wir haben zurzeit Vollmond, falls du auf so was stehst. Könnte sogar aus einem Küken wie dir einen Mann machen. Könnte allerdings auch sein, dass du dir die Seele aus dem Leib kotzt, wenn du siehst, wie jemand einem Oktopus die Augen auslutscht.«

Ich kann nicht länger auf dem Stückchen Oktopus kauen, das ich gerade im Mund habe.

»Tun die alle, weißt du, ist mir aber lieber als die Türken, die das Vieh von innen nach außen stülpen, ehe sie es zu Tode keulen.«

Jimmy dreht sich zu mir um, als ich den Oktopus in meine Hand spucke. Seine Begeisterung aber ist ungetrübt. »Fährst du mit raus, wenn die einverstanden sind?«

Charmian schüttelt den Kopf. »Die liebe Erica und ich werden wohl nie erfahren, wie es nachts bei Mondschein auf einem kleinen Fischerboot zugeht.« Sie sieht nicht besonders gut aus. Die dunklen Schatten unter ihren glanzlosen Augen wirken so stumpfgrün wie Blasentang. Sie steckt sich eine neue Zigarette am Stummel der letzten an, den sie danach ausdrückt, nimmt einen Zug.

»Ich fürchte, die griechischen Fischer sind viel zu abergläubisch, um die Anwesenheit einer Frau zu erlauben, eher würden sie ihre Boote versenken, als jemanden an Bord zu lassen, der nicht die korrekte, ähm, Rute mitbringt.«

Lächelnd kommt Jimmy vom Kai zurück, hält den Daumen hoch. »Wenn ich die Zeichensprache richtig verstanden habe, wollen sie Samstagnacht mit Dynamit fischen«, sagt er, und George zieht ein finsteres Gesicht.

Die Fähre aus Athen kommt. Ich hoffe auf einen Brief von meinem Vater, selbst wenn er mich damit nur wissen lässt, dass er noch am Leben ist. Und ich bin nicht die Einzige, die unterm Tisch die Daumen drückt. Jimmy wartet auf eine Nachricht, die ihm sagt, ob die Gedichte, die er bei *Ambit* eingereicht hat, das Gefallen des Herausgebers gefunden haben. Und Patrick Greer rechnet mit einer weiteren Absage, um die er seine stetig wachsende Sammlung erweitern kann.

Göran und Leonard hoffen beide auf Briefe von ihrem Verleger. Sie achten darauf, den ewig unveröffentlichten Patrick nicht hören zu lassen, dass sie sich erzählen, wie es jeweils zur Veröffentlichung ihres ersten Gedichtbandes gekommen ist. Leonard lässt seine *komboloi* baumeln und schnickt sie gelegentlich mit dem Geschick eines Naturtalents, während er gesteht, dass das Schreiben von Gedichten für ihn stets Teil seines Liebeswerbens gewesen ist. Er sagt, er habe geglaubt, dass alle Männer Gedichte an ihre Frauen richten.

»Ich muss ziemlich absurd gewirkt haben, weil meine Poesie immer für Frauen war und ich geglaubt habe, nur so bekäme ich sie rum«, erzählt er. »Jedenfalls habe ich sie aus irgendeinem Grund dann zu einem Buch zusammengestellt, und plötzlich wurde ich als Dichter ernst genommen, dabei war ich im Grunde bloß ein geiler Hengst …« Göran schnaubt, als Leonard einen Moment innehält. »Und nicht mal besonders erfolgreich, denn die Erfolgreichen brauchen keine Gedichte, damit Frauen sie mögen.«

Marianne klackert mit ihren hölzernen Sandalen über die Agora. Sie trägt einen Faltenrock aus verblichener Indigobaumwolle, und aus ihrem Korb ragt ein großer Laib Brot. Sie winkt uns zu, als sie den Laden betritt.

»Wunderbar. Ich schätze, das bedeutet, dass Axel mehr Zeit mit seiner Familie verbringt«, sagt Charmian. »Ehrlich, es ist so verdammt grausam, wie der sich aufführt, erst recht jetzt, wo sie doch ein Baby haben.«

Göran stimmt ihr zu, ehe er mit Patrick und George zur Post geht, da alle drei davon überzeugt sind, dass Giorgos, der sadistische Leiter des Postamtes, die Briefe nicht so langsam wie üblich sortiert, wenn sie wartend vor ihm stehen. Charmian redet mit gedämpfter Stimme, obwohl kaum eine Chance besteht, dass Marianne im Ladeninnern hören kann, was sie sagt.

Leonard rückt näher heran, als Charmian uns Klatsch auftischt. »Vor ein paar Jahren kam Axel aus Norwegen zurück, wo man ihn nach Erscheinen eines seiner Bücher geradezu auf Händen getragen hatte, und er ließ Marianne aus Hydra abreisen, um freie Bahn mit einer überwältigenden Brünetten zu haben, die er auf der Veröffentlichungsparty kennengelernt hatte.

Keiner von uns hat ihn zu Verstand gebracht, nicht einmal George. Ich habe versucht, ihm klarzumachen, dass er nur deshalb ein Star werden konnte, weil Marianne geholfen und die perfekte Welt für ihn geschaffen hatte, während er an diesem verdammten Buch schrieb, ohne sich auch nur ein einziges Mal um Essen, Wasser, Petroleum oder auch nur um Durchschlagpapier oder Farbbänder für die Schreibmaschine kümmern zu müssen. Ihn interessierte überhaupt nicht, wie verzweifelt Marianne war. Er schickte seiner neuen Flamme Zugtickets und konnte den Tag bis zu ihrer Ankunft kaum erwarten.«

Charmian lächelt und nimmt einen Schluck Bier, behält den besten Teil ihrer Geschichte noch einen Moment für sich. »Eigentlich hätte es kaum besser laufen können«, sagt sie grinsend, und es tut gut, wieder einen Funken Licht in ihren Augen zu sehen. »Axels neue Flamme hat die Tickets verschachert, und man hat nie wieder was von ihr gehört. Marianne dagegen versuchte, das Ganze zu vergessen, indem sie mit dem netten, attraktiven Sam Barclay auf seiner Luxusjacht *Stormie Seas* anbandelte. Mussten sich die beiden nicht einfach ineinander verlieben? Axel war jedenfalls fest davon überzeugt, dass er Marianne verlieren würde. Also war die große Geste gefragt, runter auf die Knie, und trotz all unserer klugen Ratschläge hat Marianne seinen Antrag angenommen. Axel interessiert sich allerdings nur für Axel, und auch wenn er noch so brillant ist, hat er diese junge Frau nicht verdient, die ihm jeden Wunsch von den Lippen abliest …«

Empört leert Charmian mit einem großen Schluck ihr Glas. Während sie weiterredet, dreht Leonard sich um und sieht zum Eingang des Lebensmittelladens.

»Wisst ihr, sie gibt sich ungeheure Mühe, ihr kleines Haus hübsch zu gestalten. Sie treibt Spitze und Stickarbeiten auf dem alten Markt von Piräus auf. Neben dem Kamin liegt trockenes, ordentlich gestapeltes Holz bereit, und immer gibt es Eis für die Drinks und was Leckeres auf dem Herd. Jeden Morgen, ehe er mit der Arbeit beginnt, stellt sie eine frische Gardenie auf seinen Tisch und legt ihm ein kleines Sandwich hin.«

Leonard schiebt den Stuhl zurück, geht mit großen Schritten zur offenen Ladentür und reißt sich die Schirmmütze vom Kopf, als Marianne ins Licht tritt.

»Magst du dich nicht zu uns setzen?«, fragt er. »Wir sind hier draußen.«

Zehn

Ich kritzle ein paar Worte ins Notizbuch. Im Füller meiner Mutter ist noch Tinte. »Ich bin so gut gelaunt. Gestern Abend im Bett hat Jimmy gemeint, wir sollten versuchen, für immer auf Hydra zu bleiben, und wir haben davon geträumt, wie unsere Kinder aus einem weiß gestrichenen Haus, das uns ganz allein gehört, den Berg rauf zur Schule neben dem Brunnen laufen, und dass Jimmy Segeln lernt und sich ein kleines Boot wie das von Axel anschafft.«

Jimmy ist braun gebrannt und sein Haar so lang und lockig wie das eines Landstreichers. Ich sehe ihn an und kaue auf meinem Füller herum, statt damit zu schreiben. Jimmys Notizbücher, sagt er, füllen sich mit Meerestieren und allegorischen Geschichten von Krieg und Liebe. Ich kann es kaum erwarten, dass er mir endlich daraus vorliest. In seinem Winkel der Terrasse schlägt Bobby Eigelb in einen Unterteller und schichtet auf einer Glasscheibe winzige Pyramiden aus Farbpigmenten auf, um dann in Eitempera zu malen. Kreaturen mit schlängeligen Tentakeln und schlüpfriger Haut blicken mit den kummervollen Augen menschlicher Heiliger in die Welt.

Anscheinend hat alle der kreative Eifer gepackt. Edie und Janey ziehen sich stundenlang nach oben zurück, nähen Kostüme für Trudys Party und tun so geheimnisvoll wie Hochzeitsbräute. Ein altes Bootssegel, ehemals rot, jetzt ein sonnengebleichtes, helles Pink, hängt überm Fensterbrett. Draußen auf der Terrasse malt Jimmy unsere Kornsäcke an, vorn will er echte Feigenblätter anheften, hinten bemalt er sie mit realistischen, nackten, ziemlich wohlgeformten Popos. Später will er noch Weinlaub und Blumen für unseren Kopfschmuck sammeln.

Bobby macht eine Pause und tritt von der Staffelei zurück. Ich helfe ihm beim Sortieren einiger Steine, die er am Strand gesammelt hat, die meisten kaum größer als Murmeln. Die grünen schimmern wie Jade, Malachit oder Schimmelkäse und Flechte. Rote gibt es in allen Schlachterschattierungen, auch sienabraune, bronzefarbene, graue mit weißem Marmoreinschluss, knochenweiße oder pechschwarze wie Obsidian. Das Meer ist hier so klar, dass man weit rausschwimmen kann und immer noch Farben wie Juwelen heraufblitzen sieht. Hier draußen auf der Terrasse, aufgehäuft zwischen den flammend roten Geranien, wirken die Steine matt und seltsam fehl am Platz. Bobby leert noch eine Hosentasche voll aus. Ich würde alles tun, um nur in seiner Nähe zu sein. So war es schon immer zwischen uns.

Bobby und seine Ideen: Man lässt sich leicht dafür begeistern, wenn man keine eigenen hat. Solange ich mich erinnern kann, war ich seine hilfsbereite Assistentin, die Taschen vollgestopft mit im Park gesammelten Schneckenschalen, Makkaroni, die wir mit Lebensmittelfarben angemalt, Figuren, die wir aus Zeitschriften geschnitten, Pigmente, die wir gemörsert, oder Leim, den wir mit Zink gekocht haben, um damit seine Leinwände zu grundieren.

Wir sind Freunde, Kinder wie früher. Jimmy läuft über die Terrasse zum Tisch, um Poker mit Marty zu spielen, einem eins fünfundneunzig großen Texaner mit beeindruckend breitem Akzent. Wir haben Batterien fürs Radio, das auf den Athener Truppensender eingestellt ist, der meist Country- und Westernmusik bringt. Dann aber kommt dieser Popsong, der gerade auch in den Charts läuft. Wir kennen den Text und singen mit. Beim Refrain dreht Jimmy sich jedes Mal zu mir um: »*There will never be anyone else but you for me. Never ever be, just couldn't be, anyone else but you.*« Und ich sehe ihn an, wie er da im hellen Sonnenlicht sitzt, die Karten aufgefächert vor der Brust, und ich glaube ihm.

Texas Marty ist Maler, noch einer, und er scheint seine massige Gestalt auf Dauer in Janeys Zimmer einquartiert zu haben, obwohl die behauptet, sie hätten keine Beziehung.

Bobby weiß nicht genau, was er mit seiner wachsenden Kieselsammlung anfangen soll. »Ich versuche, es herauszufinden. Das hier sind die Bruchstücke einer Idee«, sagt er auf seine selbstversunkene Art. »Du kennst das. Ich breite nur mein Material vor mir aus.«

Das bringt eine Saite in mir zum Klingen. »Genauso fühle ich mich«, platzt es dann aus mir heraus, und Kummer überschwemmt mich wie eine Flutwelle. »Ich bin wie all diese Steine und weiß nicht, was sie zusammen ergeben …« Ich schnipse einen runden schwarzen Stein zu seinen Freunden auf den Haufen.

Bobby, der vor mir hockt, hört auf, Steine auszusieben. Am Tisch wird es laut, als Jimmy sein Blatt ablegt, gewinnt und sich rückwärts in die Kissen wirft.

»Jimmy ist ein klasse Typ, vielleicht sollte dir das fürs Erste genügen«, sagt Bobby und schaut mich an. »Was meinst du?« Ich versuche zu lächeln, als Jimmy eine Faustvoll Drachmen hochhält und ruft: »Wir sind reich, Baby!«

»Siehst du«, sagt Bobby. »Nein, aber im Ernst, Erica. Du bist noch jung. Und du hast Glück, weil Mum dir so viel hinterlassen hat, dass du dir für eine Weile keine Sorgen machen musst.«

Es fällt mir schwer, ihm klarzumachen, was ich meine, weil ich mich wie etwas Amorphes fühle, wie ein Klumpen Ton, der aus dem feuchten Vorratsraum geholt wurde, in der

Sonne aber noch seine eigene Gestalt finden muss. Ich erzähle ihm, Mum habe mir oft gesagt, die Welt sei meine Auster, worauf ich meist panisch reagiert hätte, weil ich es grässlich fand, in einer Auster leben zu müssen. Vor allem als sie im Sterben lag, wusste ich, dass sie sich was Besonderes für mich wünschte, dass mir anderes zur Wahl stehen sollte als ihr, aber da sie nie die nötigen Worte fand, fiel es schwer, ihren Vorstellungen Gestalt zu geben.

»So lange habe ich an ihrem Bett gesessen, Zeit genug, um darüber zu reden, was ich mit meinem Leben anfangen will, oder zumindest ehrlich über ihr Leben zu sprechen.«

»Mensch, sieh dich doch um.« Bobby zeigt auf Jimmy und auf das Meer und den Himmel dahinter. »Das ist doch alles gar nicht so übel, Puppe, oder?«

Die Sonne brennt auf die Terrasse herab, das ungebrochene Blau des Himmels widerspricht meiner inneren Ruhelosigkeit. Von der anderen Seite der Schlucht höre ich auf dem Spielplatz der Down-Schule Kinder ihr Alpha-Beta singen.

Ich rede leise, weil ich nicht will, dass Jimmy versteht, was ich sage. Er und Marty haben ein neues Spiel angefangen. Doppelt oder nichts. »Du hast recht, vielleicht ist es genug, an einem schönen Ort mit einem talentierten Menschen zu leben, aber gestern, als ich mit Marianne geredet habe und wusste, was wir über Axel wissen, tja, also ehrlich, keine Ahnung. Und jetzt soll Charmian von George auch noch als Ehebrecherin bloßgestellt werden! Hatte ich dir das schon erzählt?«

Bobby muss lachen. »Muse zu sein ist offenbar wirklich nicht besonders amüsant, wenn man sich diese beiden Frauen so ansieht, oder?« Genervt verpasse ich ihm einen Tritt.

»Charmian ist jedenfalls ein ziemlicher Vamp, das sieht man ihr schon an den Augen an«, sagt er und zahlt mir meinen nur angetäuschten Tritt heim, indem er mich kneift.

Ich reibe mir den Arm. Bobbys Kniffe sind längst nicht so verspielt, wie er sie vielleicht meint. Mit brennenden Augen schussle ich weiter.

»Ich weiß, du magst nicht, wenn ich über all das rede, aber mir macht Angst, dass wir Mum vielleicht gar nicht richtig gekannt haben, und manchmal kriege ich dann so ein ganz taumeliges Gefühl. Weißt du, was ich meine?«

Er zieht eine Grimasse und schüttelt den Kopf. Ich fange an, mir zu wünschen, ich könnte irgendwie die Bremse ziehen.

»Mich erinnert das an diesen halbflüggen Star, den wir mal von Kensington Gardens mit nach Haus gebracht haben. Weißt du noch?« Er seufzt, schüttelt weiter den Kopf. »Du und all die anderen auf dieser Insel, ihr könnt fliegen.« Ich deute auf die Staffelei, die Farbtuben, das Glas mit den Pinseln. »Ich dagegen schreibe gar nichts mehr. Ich habe keine Ahnung, was ich anfangen soll und ob ich darin je gut sein werde, und manchmal wünsche ich mir, Mum wäre hier …«

Mir steigen Tränen in die Augen. »Uns war von Anfang an klar, dass der Star sterben würde – trotz der Würmer und was weiß ich, was wir alles für ihn gesucht haben, sogar trotz der Schnabelpipette, denn nur die Mutter konnte ihm das Fliegen beibringen.«

Bobby bleibt stumm. Ich sehe, wie sich die Schatten auf seinem Gesicht wieder vertiefen, und es tut mir leid, dass ich uns den Tag verdorben habe. Irgendwann steht er schließlich auf und knurrt: »Keine Ahnung, warum du dir solche Sorgen machst. Wir werden doch sowieso alle in einer riesigen Pilzwolke ausgelöscht«, und stapft ins Haus, um sich ein Bier zu holen.

*

Ich laufe runter zu Johnny Lulu, um mehr Bier zu holen, da ich weiß, dass Jimmy gerade die letzte Flasche getrunken hat. Ist das Mindeste, was ich für Bobby tun kann, nachdem ich ihn so vollgejammert habe. Außerdem bin ich mit Kochen dran, und Charmians Freund Creon hat mir eine Salami versprochen. Mittlerweile bin ich ziemlich gut darin, die geheimen Delikatessenvorräte der Insel auszukundschaften, vor allem, seit es mit der Arbeit für Jimmy so gut läuft und ich mich öfter als sonst ums Essen kümmern muss.

Eine alte Weinranke ragt über eine Mauer in die Gasse, die jungen zarten Blätter flehen mich geradezu an, sie um Fleisch und Gewürze zu Dolmades zu wickeln, nur weiß ich nicht, wie das geht. Axel und Patricia kommen mir entgegen, Hand in Hand, und ich biege in die Schlachtergasse ein, drücke mich in den Schatten einer Wand. Patricias Haar ist noch nass, Tropfen fallen ihr auf die Bluse. Eine getigerte Katze streicht mir um die Beine, und ich bin froh, dass sie mir einen Vorwand liefert, mich zu ducken und sie zu streicheln, während ich die beiden im Blick behalte.

Patricia ist klein, legt aber ein energisches Tempo vor. Sie gestikuliert mit der freien Hand, der feuchte Stoff der Bluse klebt an ihrer Haut, und sie trägt keinen BH. Axel hält sich so dicht neben ihr, dass zwischen den beiden nicht mal Platz für eine Angelschnur wäre. Sie unterhalten sich lebhaft und in drängendem Ton.

Kurz vor dem Abzweig bleibt Patricia stehen. Er dreht sich um und rafft ihr Haar zu einem feuchten Bündel zusammen.

»Hier trennen sich unsere Wege«, sagt sie, und er sieht sie an, unerträglich lang, wie ich finde. Ihr Haar lässt er dabei nicht los. Ihre Augen sind groß wie die eines Kindes.

Er wickelt sich ihren Pferdeschwanz um die Hand und sagt: »Du hast ja keine Ahnung, wie meine kleine Frau mich quält …« Ich spitze die Ohren. »Heute kocht sie *fårikål*. Ihr großer schwarzer Kessel, voll mit Lamm und Kohl, köchelt schon den ganzen Tag auf dem Herd. Und sie weiß, das ist mein Lieblingsgericht. Jeder Norweger wird von diesem zauberhaften Duft angelockt, aber heute Abend halte ich mir die Nase zu.«

Er lacht wie über einen Witz und lässt ihr Haar los. Patricia bleibt ernst, ihre Augen glänzen immer heller. Axel ist blond und gut in Form, ein Mann mit dem Aussehen eines verzogenen Jungen. Der Kragen ist akkurat, das Haar sauber gescheitelt, jene Sorte Scheitel, wie sie Kindermädchen mit einem Stahlkamm ziehen.

Patricia drängt die Tränen zurück. »Ich wiederhole es so lange, bis ich zu dir durchdringe, Axel. Nur weil du mich kennengelernt hast, darfst du deinen Sohn nicht verlassen. Du kannst nicht einfach dein Leben zerstören.« Die getigerte Katze knabbert an der Salami in meinem Korb, nur kann ich sie nicht verscheuchen, ohne auf mich aufmerksam zu machen.

Axel schüttelt den Kopf. »Aber ich ertrage ihre ewige Passivität nicht länger«, sagt er und legt Patricia einen Finger an die Lippen. »Ich werde sie verlassen, obwohl ich weiß, dass ich mich damit wie das größte Arschloch auf Erden benehme, aber verlassen werde ich sie.« Seine Stimme bricht, und er greift wieder in ihr Haar, küsst sie, und es kümmert ihn nicht die Bohne, wer sie dabei sehen könnte. Die Katze schlägt nach mir, als ich den Korb wieder an mich ziehe, und huscht davon. Fluchend lecke ich mir das Blut vom Handrücken und laufe zu Charmian wie ein Kind, das von seiner Mutter ein Pflaster braucht.

Elf

Solide wie ein Fels steht das Haus von Charmian und George dort, wo am Dorfbrunnen fünf enge Gassen und Treppenstiegen aufeinandertreffen. Und wie jeden Tag hat sich auf dem Platz ein Grüppchen Frauen eingefunden, ein ganz in Schwarz gewandetes Parlament, das ein anderes Verlangen als den Durst stillt, da der Brunnen nur noch brackiges Wasser hergibt. Eine Bougainvillea im leidenschaftlichsten Pink explodiert aus einem Kübel neben der Eingangstür. Ich haste durchs Wohnzimmer ins kühle Grün der Küche, in der Zoe Teig ausrollt, Booli an ihrer Seite, braun gebrannt und nackt bis auf eine kurze Hose.

»Ist Charmian da?«, keuche ich, und Zoe sieht erschrocken zu mir herüber und zeigt zur Leiter, fährt sich aber zugleich mit der Handkante über die Kehle, eine abwehrende Geste. Booli sieht das und kichert. Ich ignoriere Zoe und eile zur Seitentür, galoppiere die Steinstufen hinauf und durch den Flur, in dem Max wie zusammengesackt liegt. Er klopft mit dem Schwanz auf den Teppich, während ich die Ohren spitze, doch kann ich kein Schreibmaschinenklappern hören, nur Ziegenglöckchengeläut und das Getrappel einer Reihe Esel, die durch die Gasse trotten. Ich überlasse Max seinen sehnsüchtigen Träumen und steige die schmale Holzstiege zum Arbeitszimmer hoch.

Mein Blick wandert durch den Raum. Keine Charmian. Nur George, zusammengesunken am Schreibtisch, eine kalte Bruyèrepfeife im Mund. Unter den Bildern auf seiner Korkwand entdecke ich einen Zettel, auf dem in Großbuchstaben FUCK VIRGINIA WOOLF steht, zu seinen Füßen zusammengeknülltes Papier, neben ihm ein staubiger Globus im Bücherregal. Georges Finger haben Furchen durch sein Haar gekämmt. Er dreht sich zu mir um, und einen Moment lang leuchten seine müden Augen hinter ihren schweren rechteckigen Rahmen auf. Er tätschelt sein Knie, als erwartete er, dass ich darauf Platz nehme, dann höre ich sein bellendes Lachen.

Die Tür zur Terrasse steht weit offen, und Gott sei Dank, da ist sie. Ihre Silhouette hebt sich gegen das Licht ab, mit einer Hand auf dem Terrassenmäuerchen bläst sie Zigarettenrauch hinaus aufs Meer. Als sie ihn hört, dreht sie sich um und stürmt durch die Tür, kreischend wie eine Katze mit gesträubtem Fell.

»Erica!«

Ich weiche einen Schritt zurück. Die Wut dieser Furie droht mich zu verbrennen. Ein Schwarz-Weiß-Foto zittert in ihrer Hand.

Ich sehe von ihr zur Aufnahme, die sie uns hinhält, das schlichte Porträt eines kleinen Mädchens, ein verwahrlostes chinesisches Kind mit runden Augen und hungrigem Blick unter stumpf geschnittenem Pony. Nichts als Haut und Knochen in einem schmutzigen, zerrissenen Kleid, eine in den Dreck geworfene Lumpenpuppe.

»Was um alles in der Welt willst du denn hier, Erica?« Mir geraten die Worte durcheinander – Axel, Patricia –, meine Stimme bebt, Charmian wirft das Foto auf Georges Tisch.

»Das«, sagt sie und pocht mit dem Finger darauf, »nur das.« George vergräbt den Kopf in den Händen, und ehe ich mich zusammenreißen kann, schnappt sie sich ein Buch vom Tisch und schreit: »Das hilft auch nicht gerade, wie du da rumstehst und uns anglotzt!« Mit flatternden Seiten fliegt das

Buch auf mich zu und fällt mir krachend vor die Füße. Ich taumle davon, aber sie schreit immer noch, schreit Sachen wie: »Ich habe es satt, wie du dich in seiner Gegenwart aufführst, obwohl er so verdammt viel zu tun hat.« Und: »Verschwinde und komm ja nicht wieder.«

*

Ich bin schon fast zu Hause, aber dann stolpert Bobby die Stufen herab auf mich zu. An den Enden einer hölzernen Schultertrage baumeln zwei volle Wassersäcke aus Ziegenfell. »Ich hatte keine Lust, noch länger aufs Bier zu warten«, sagt er. Es ist zu spät, mir die Tränen abzuwischen, und er mustert mich mit vernichtendem Blick. »Was ist denn jetzt schon wieder?« Vom Wassertragen zeichnen sich dunkle Schweißflecken auf seinem T-Shirt ab.

Mit der Schulter drücke ich die Tür zum Haus auf und schäme mich zu sehr, ihm zu sagen, was gerade passiert ist, obwohl mir Charmians schreiende Stimme noch frisch in den Ohren klingt. Ich trete beiseite, lasse ihn vorbei, die Wassersäcke schwingen wie fette Kadaver hin und her. Dann halte ich ihm den Korb hin, zeige ihm das Bier. Als ich von Charmian weggelaufen bin, muss es ziemlich durchgeschüttelt worden sein, jedenfalls schäumt die Flasche beim Öffnen über. Ich gestehe ihm nur, dass ich Axel und Patricia belauscht habe, und sage, ich hätte um die arme Marianne geweint.

Bobby greift nach dem Bier, verpasst mir eine leichte Kopfnuss, nimmt einen Schluck und grunzt, ehe er sich einen der Wassersäcke auf die Schulter wuchtet.

»Warum musst du dich auch ständig über irgendwas aufregen, was dich eigentlich nichts angeht?« Das Wasser plätschert in die Qupi. Am liebsten würde ich ihn treten, trau mich aber nicht. Stattdessen flüchte ich auf mein Zimmer und vergrabe mich unter der Bettdecke.

Sie kommen aus dem Dunkel, rohe, rasende Gesichter, die mich anschreien, um dann wie schmelzendes Wachs zu zerlaufen. Erst Charmian, ihre Augen brennender Absinth. Das Buch fliegt ihr aus der Hand, und mein Vater ragt hinter ihr auf mit vor Wut schäumendem Gesicht – »Raus hier! Verschwinde und komm nicht zurück!« –, und dann Bobby mit seinen unbändigen Fäusten, Bobby, der Steine wirft, während meine Mutter Lippenstift und eine Pfannkuchenmaske trägt. Eine pinkfarbene Puderquaste explodiert auf dem Teppich. Und obwohl Mum mir die Augen zuhält, kann ich sehen, wie Charmian mich immer wieder mit dem Bild anstippt, und das kleine chinesische Mädchen liegt mitleiderregend da, in Lumpen, die Augen glänzend vor Hunger.

Irgendwann bin ich nur noch ein schreiendes Baby, das um seine Mutter weint, und so findet er mich, Jimmy Jones, der gleich seinen Zauber wirkt, die Bettdecke fortzieht und mit seinem Gesicht meine Albtraumvisagen verscheucht, seine Lippen warm, weich, verheißungsvoll. Er wiegt mich, bis die Bettfedern singen und ich aufhöre, ein Trauerkloß zu sein, und mit ihm in die Berge gehe. Wir wollen Blumen für unseren Kopfschmuck suchen, denn morgen ist die Party.

*

Unsere Kostüme sind für fremde Blicke ungeeignet, also meiden wir den Hafen und laufen über die Nebentreppen und -gassen zur Villa Tombazi, wobei ich mir alle Mühe gebe, Charmian keinen Schatten über unseren Abend werfen zu lassen. Wie eine eingedellte Shillingmünze leuchtet der Mond über den Bergen, und Jimmy sieht mit seinen Weingirlanden und winzigen Granatäpfeln eher wie ein Gott als wie ein

Erdling aus, trotzdem muss er mich den ganzen Weg hinter sich herziehen. Selbst beim Stufensteigen hält er meine Hand. Ich will, dass er kein Wort sagt, da die anderen nichts von meiner Verbannung hören sollen. Janey und Edie tragen Kittel über ihren Kostümen, falsche Wimpern lassen ihre Augen riesig aussehen. Sie würden nie verstehen, warum mir Charmian so wichtig ist. Ich begreife es ja selbst kaum.

Bobby läuft voraus. Er geht als Jason mit nacktem Oberkörper und einem über die Schulter geschlungenen ausgeblichenen, lockigen Vlies. Kurz bevor wir ankommen, zieht er mich an seine Brust, nennt mich »Puppe« und murmelt, es tue ihm leid, dass er mich so angefaucht habe. Ich schniefe, unterdrücke ein paar Tränen und kann den früheren Fellträger riechen.

»Sag mir, dass ich keine nervige Mücke bin«, verlange ich, und er grunzt »Nur manchmal« und tut, als wollte er mich verscheuchen. Ich fühle mich ein bisschen besser. Ich glaube, wir haben uns seit London nicht mehr umarmt.

Der Pistazienbaum im Hof der Malschule ist mit Papierlaternen behängt, der Weg zur Tür mit Kerzen in Gläsern ausgeleuchtet. Das grau-weiße Schachbrettmuster in der großen Marmorhalle fühlt sich unter den Füßen seidenweich an. Ein Vogelmann und eine schwarz gekleidete Nymphe mit Tüllflügeln und Glöckchen flattern an uns vorüber. Irgendwer hämmert auf die Tasten eines Klaviers, und Edie und Janey huschen davon, um Trudy zu suchen und ihr das Geburtstagskostüm zu überreichen.

Überall tanzen Schatten, und die Luft ist schwer vom Weihrauch. An die Wand gerückt steht ein langer Tisch, auf dem Klosterkerzen in die Augenhöhlen der zwischen Essensschüsseln und Weinkrügen verteilten Ziegenschädel tropfen. Weihrauch qualmt aus ihren Nasenlöchern, rote Rosen blühen um jeden kalkweißen Kiefer, giftig rote und grüne

Marmeladenhäufchen schimmern und pulsieren. Es gibt Schüsseln mit gebratenem Tintenfisch, Tabletts mit winzigen Dolmades, Lammkoteletts, mit Anchovis gefüllte Oliven, Körbe voller Brot und in der Mitte zu einem großen Haufen geschichtete, mit kandierten Rosenblüten übersäte Honigkuchen. Bobby taucht auf, gießt Wein in unsere Becher. Der ehemalige Fallschirmspringer Charlie Heck beginnt am Klavier eine neue Melodie.

Aus den Schatten springt ein fast nackter Jean-Claude Maurice mit Paisley-Lendenschurz, Beine und die nackte Brust mit Goldfarbe bemalt, in der Hand schwingt er einen Fenchelstab.

»Vorsicht, das ist Dionysos«, sagt Jimmy.

»Wohl eher ein brünstiger alter Hirsch«, spöttelt Bobby, und ich stimme ins Gelächter ein, obwohl ich die Augen kaum von Jean-Claude lassen kann. Ob es stimmt, dass Charmian eine Affäre mit ihm hatte? Das Gold betont seine Muskeln. Wenn er tanzt, klemmt er sich den Fenchelstab zwischen die Zähne.

Marty – oder Orion, wie wir ihn heute Abend nennen sollen – meldet sich mit lautem Gebrüll. Der kolossale Texaner hält Dolch und Schild in der Hand, der Gürtel ist mit Sternen bestückt. In Bettlakentogas kommen Carl und Frank mit brennenden Fackeln hereingerannt, und Frank spielt »Happy Birthday« auf dem Piano, als das Geburtstagskind Einzug hält.

Niemand hätte je erraten, dass Trudys Kleid aus einem verblichenen alten Bootssegel gemacht wurde. Unter einem breiten Gürtel fällt der Rock in steifen rosafarbenen Schichten herab, und an einer Schulter prangt eine große Rosette, die Trudy schick genug für einen Empfang bei der Königin aussehen lässt.

Wir singen für sie, und als Trudy im Debütantinnenballkleid eine Pirouette für uns dreht, stehen ihre Mägde grinsend daneben und stehlen ihr schamlos die Schau, da sie im Grunde nichts weiter als Glitter und Fetzen alter Fischernetze am Leib haben. Janey trägt einen Anstandsslip, Edie aber hat offenbar entschieden, dass es auch ohne geht. Das Fischernetz hebt und senkt sich in Schlingen und Schleifen, zeigt aber mehr, als sie wohl beabsichtigt hatte. Ein aus der Alufolie von Zigarettenschachteln gebastelter Fisch glitzert auf Edies Busen, als jemand vorspringt, um mit Blitzlicht ein Foto von ihr zu schießen.

Bobby sieht finster drein, fängt meinen Blick auf und bietet mir von seinem Teller Tintenfisch an, der wie eine schimmernde Qualle unter knackigem Dutt aussieht, und da ich seit dem Streit mit Charmian nicht mehr dazu gekommen bin, etwas zu essen, spüre ich meinen Hunger, lange zu und spüle mit Wein nach. Edie fängt an, sich im Takt zur Musik zu bewegen. Vom Fensterbrett scheppert ein Grammofon Rock 'n' Roll herüber, und Trudys Rock umflattert sie, als Jean-Claude sie über den Tanzboden wirbelt, nur fürchte ich, dass die meisten von uns gar nicht Trudy, sondern Edie ansehen, die mit den Armen in der parfümierten Luft wedelt und auch den kleinen Fisch zum Tanzen bringt.

Wie ein Mann in Trance, den Blick unverwandt auf sie gerichtet, löst Leonard sich aus einer Gruppe in der Ecke. Bobby umklammert seinen Becher fester und geht mit einigen wenigen Tanzschritten auf sie zu. Sieht man einmal davon ab, dass Leonards Hemd weiter aufgeknöpft ist als üblich, scheint er sich nicht verkleidet zu haben.

Den Blick in Bobbys Gesicht kenne ich schon lang, und mein Herz beginnt zu rasen, die Knöchel laufen weiß an. »Ich glaube, Bobby explodiert gleich«, flüstere ich Jimmy zu und laufe zu Leonard hinüber, der Edie schon eine Hand auf die Schulter gelegt hat. Er dreht sich um, und ich glaube, er ist ziemlich gut darin, in anderer Leute Gesichtern zu lesen.

Er schaut Bobby an, nickt und macht einen Schritt auf mich zu. »Nimm meine Hand«, sagt er, und seine Hand lässt sich gut halten.

Wir tanzen den Jive, den Madison, und er führt mich wie ein Gentleman, und dann twisten alle, so läuft das nun mal, und die Party breitet sich bis auf die Loggia aus. Wir stellen unsere Drinks auf die Marmorbalustrade und danken unserem Glückstern.

Der fette Mond suhlt sich im schwarzen Glas des Hafens. Bald wird es für Jimmy Zeit, nach Hause zu laufen und sich etwas Passendes für den Fischfang anzuziehen. Ich höre ihm nur noch mit halbem Ohr zu. Er, Leonard und Göran reden über Liebesgedichte, aber ich bin abgelenkt. Marianne steht allein da und schenkt sich aus dem Weinkrug nach. Sie trinkt das Glas leer, dann ein zweites. Und ich kann sehen, wie sie zittert, als sie sich ein drittes eingießt.

Sie ist mit Axel erst spät zur Party gekommen, er in einer bodenlangen Dschellaba, sie in ihrem orangefarbenen Kleid mit glitzerndem Kopfschmuck. Ich will aufhören zu tanzen und mit ihr reden, weil ich hoffe, dass sie erklären kann, wieso Charmian mir gegenüber die Beherrschung verloren hat, aber kurz darauf sehe ich, wie sich Axel und Marianne im Streit gegenseitig wegschubsen, und alle machen einen großen Bogen um die beiden. Marianne könnte jetzt kaum einsamer aussehen, wie sie da an der Balustrade steht und auf die Bucht hinausschaut.

Leonard hat sie noch nicht bemerkt. Er ist zu sehr damit beschäftigt, auf Jimmy einzureden, ihn zu fragen, warum er mir nie ein Gedicht geschrieben hat. »Frauen! Jede Frau ist ein Gedicht wert. Du kennst das doch: Man lernt eine Frau kennen, findet sie aufregend, findet aber nicht die richtigen Worte, da ist es doch am einfachsten, man bringt seine Gefühle zu Papier.«

Aus den Arkaden dringt ein Schluchzen herüber, und er dreht sich um. Wie eine verschreckte Katze hat Marianne den einzigen dunklen Ort auf dieser Party gefunden und hockt mit dem Gesicht in den Händen zwischen mehreren Staffeleien.

Leonard zückt ein Taschentuch und hält es ihr hin. Sanft und behutsam lockt er sie aus dem Schatten, nimmt ihr das Glas ab, stellt es beiseite, und während er ihr Gesicht abtupft, gelingt es ihm in überraschend kurzer Zeit, ihre Tränen in ein Lachen zu verwandeln. Er nimmt sie an die Hand, und als sie an mir vorbeigehen, sehe ich, dass das Diadem auf ihrer Stirn aus Krebsschalen, Meerglas und Draht gemacht ist. Er legt ihr seine Jacke um die Schultern, sagt »Nun komm, Marianne« und wünscht uns allen eine gute Nacht.

Ich habe es sicher Leonard zu verdanken, dass Jimmy mich den ganzen Weg nach Hause und bis hinab zum Hafen von Kamini mit banaler Lyrik traktiert. »Erica, ich bete dich an, ich stehe ganz in deinem Bann …« und mehr Gereimtes auf diesem Niveau. Trotzdem freut es mich, und im Gänseschritt laufen wir durch mondbeschienene verwinkelte Gassen und die vielen Stufen auf und ab. Er singt das Lied, das wir im Radio gehört haben, ändert aber den Text zu: »*You'll never find anyone else like me for you*«, und gerade da fällt mir ein Loch am Ärmel seines blauen Guernsey-Pullovers auf, das gestopft werden muss, und wie Segen und Fluch zugleich wird mir klar, dass es vermutlich stimmt, *nie findest du jemand anderen wie mich für dich*.

Am Hafen ist alles still, von Fischern weit und breit keine Spur. Wir laufen den Kai entlang, um sicherzugehen, dass Panayiotis' Boot nicht ohne ihn abgelegt hat, aber da liegt es, schnuckelig mit all den Seilen und Netzen, und schaukelt verschlafen an seinem Ankerplatz.

Jimmy sagt, sobald er genug Geld hat, will er uns auch so

ein Boot kaufen und es erbsengrün anstreichen. »Bevor wir Segel setzen, sollte ich dann wohl besser deinen Pullover flicken«, sage ich, als wir zurück zum Hafen laufen. »Den wirst du nämlich noch brauchen, wenn erst der Winter kommt.« Und ich stelle mir vor, wie überall um uns herum das Meer tost, und denke an die Glut der Kohlenpfanne in der Höhle unseres Schlafzimmers.

Wir hören Musik aus den Lautsprechern im Lagoudera. Jimmy meint, wir sollten uns einen Drink gönnen. Die Bar hat vor Kurzem aufgemacht, aber wir sind nur ein einziges Mal dort gewesen, weil wir was gegen die schnieken Wochenendtouristen aus Athen haben und gegen Leute, denen es offenbar nichts ausmacht, das Vierfache der normalen Preise zu zahlen. Den Geräuschen nach geht es drinnen hoch her, aber wir werden von vier Gestalten abgelenkt, die wie aufgereiht am Rand des Hafenbeckens liegen. Von Weitem sehen sie aus wie Leichen.

Und da liegen sie, nutzen die Bordsteinkante als Kissen, Leonard und Marianne, Axel und Patricia, in Reih und Glied, so dicht nebeneinander wie Sardinen. Erst als wir hören, was Leonard sagt, begreifen wir, dass sie zu den Sternen aufschauen. Mit der Fingerspitze folgt Leonard einem Sternbild. »So klein zwischen den Gestirnen, so groß am Himmel«, sagt er. Marianne hat ihr Krabbendiadem abgenommen, nur eine Druckstelle erinnert noch daran, die Knie sind angewinkelt, weshalb ihr das orangefarbene Kleid über die Schenkel fällt. Sie liegt eingezwängt zwischen Leonard und Axel, und auch wenn wir möglichst rasch vorbeilaufen und uns Mühe geben, sie nicht anzustarren, fällt mir auf, dass Axel seiner Frau den Rücken zugekehrt und sich wie eine Pflanze, die das Licht sucht, Patricia zugewendet hat.

Auf der anderen Seite der Agora sitzen sie vor Katsikas und trinken. Panayiotis mitsamt dem Rest seiner Mannschaft ist da, aber kaum entdecke ich Charmian an ihrem Tisch mit George und Chuck, Gordon, Patrick und Nancy, mache ich mich ganz klein. Diese Clique ist auf ihre Inselwinter stolz wie auf ein Verdienstabzeichen. Untereinander haben sie mehr geheime Signale und Insiderwitze als die Freimaurer, und sie kapseln sich nach außen ab, wenn sie jemanden für einen Blindgänger oder Schnorrer halten, den sie dann auch in null Komma nichts aus ihrem Kreis ausschließen.

Charmian redet, fuchtelt mit den Armen, und alle lachen über das, was ihre Queen ihnen erzählt. Ich sehe, wie sie aufsteht, um zu gehen, wozu irgendwie zu gehören scheint, dass Patrick sich ihr zu Füßen legt und an ihrem Rock fummelt. Ehe ich Jimmy daran hindern kann, winkt er, und Charmian kommt auf uns zugehoppelt, eine Sandale am Fuß, die andere in der Hand.

Sie schwankt, als liefe sie über Deck bei kabbeliger See. »Jetzt komm schon«, zische ich Jimmy zu. »Die ist betrunken. Bring mich nach Hause.«

»Erica, bleib!« Charmian lässt ihre Sandale fallen und streckt mir die Hand hin. »Es tut mir so leid. Auf einen Absacker? Darf ich es dir erklären?«

Zwölf

Als wäre nichts geschehen, gehe ich mit Charmian auf dem Markt einkaufen. Der Morgen ist frisch, und ich fühle mich so leicht wie der sprunghafte Wind, der die Wimpel und Flaggen im Hafen tanzen lässt. Charmian füllt ihren Korb mit Artischocken, einem Gemüse, das ich bisher nur von Gemälden kannte, und ich biete ihr an, zum Schlachter vorzulaufen, um sicherzustellen, das wir einige ordentlich magere Lammschenkel bekommen, die wir für die Dolmades durch den Fleischwolf drehen wollen. Gestern Abend hat sie versprochen, mir beizubringen, wie man sie macht. Der heutige Tag wurde zum »Familientag« erklärt, und sie meinte, ich solle doch vorbeikommen und dass ich natürlich jederzeit willkommen sei, wenn sie nicht gerade mit George arbeite, nur dürfe ich nie wieder ihr Arbeitszimmer betreten, wenn sie sich darin aufhielten. Charmian trägt einen breitkrempigen Hut aus Stroh mit einem verschossenen grünen Band, das genau die gleiche Farbe wie ihre Augen hat. Nur die dunklen Schatten darunter verraten noch etwas vom gestrigen Gelage.

»Wenn Shane und Martin keine Schule haben, schlafen sie wie Bären im Winterschlaf. Wenn du aber wirklich nichts Besseres mit deiner Zeit anzufangen weißt, wäre das ganz wunderbar.«

Als sie lächelt, fällt mir auf, dass ich den fehlenden Zahn gar nicht mehr bemerke.

»Ich habe völlig den Überblick darüber verloren, wie viele

Leute heute zum Abendessen kommen, also sollte ich wohl lieber dafür sorgen, dass für die Massen genug zu essen da ist«, sagt sie und zeigt mir ihre Liste, die sie sich auf eine Zigarettenschachtel gekritzelt hat. Zum Schutz vor der Sonne schlägt sie den Kragen ihrer Bluse hoch, und auch wenn die geflickt und verwaschen ist, kann das ihrem Zauber nichts anhaben. Sogar den alten Schuhriemen, mit dem sie sich das Haar nach hinten gebunden hat, finde ich schick.

Sie kann eine helfende Hand gebrauchen, und ich habe Zeit. Jimmy war die ganze Nacht unterwegs, um mit Panayiotis zu fischen, weshalb ich heute sowieso nicht viel von ihm sehen werde, also nehme ich einen ihrer Körbe.

»Jimmy sagt, ich lenke ihn nur ab, also habe ich alle Zeit der Welt.«

Unter ihrem Hutrand blitzt Charmian mich an, schüttelt den Kopf und setzt an, mir die Leviten zu lesen, wird aber von einer Frau abgelenkt, die ihr mit überraschend vornehmem englischem Akzent etwas zuruft. »Du meine Güte«, sagt Charmian und zeigt auf deren Bauch. »Schon wieder? So bald?«

Charmians Freundin Angela ist eine Göttin der Fruchtbarkeit mit langer Mähne und türkisfarbenem Schmuck im selben Farbton wie die Augen. Ein Baby mit weißblonden Locken hockt auf ihrem dicken Bauch, und ein zweiter lockiger Schlingel taucht daumenlutschend aus ihren Rockfal ten auf.

Das Haus der Familie fällt in sich zusammen, was Angela aber bemerkenswert gelassen nimmt. Charmian ruft zu Mikhailis hinüber, ob er nicht was Besseres weiß, wo sie wohnen können. Ich lasse sie reden, mache mich auf den Weg zum Schlachter und muss daran denken, dass es mir lieber wäre, wenn meine Babys Jimmys kräftige Locken und nicht meine strähnigen Haare erben. Ich träume weiter: Jimmy vollendet sein Projekt, seine Bilder werden in einer Galerie aufgehängt, sein Name steht in den Zeitungen, sein tolles Buch wird veröffentlicht. Ich gehe sogar so weit, mir eine glühende Widmung auszudenken.

Auf seine Weise ist Apostolis eindeutig auch ein Künstler. In seinem Fenster prangt an diesem Morgen ein neues Tableau: sechs winzige abgezogene Lämmer in einer Reihe, die Beine angeordnet, als wären sie Tänzer, die auf einer mit Rosmarin und Hibiskusblüten bestreuten Bühne ihre Füße in die Luft schleudern. Irgendwie weckt Apostolis in seiner blutbespritzten Schürze mein Mitgefühl.

»Mein Gott, wenn er damit nicht bald aufhört, macht er uns noch alle zu Vegetariern«, sagt Charmian, als sie wieder zu mir aufschließt.

Ich bin schon lang nicht mehr zimperlich, und wir sind uns beide darin einig, dass Apostolis' künstlerische Darstellung interessanter ist als die Hafenansichten und bunten kleinen Boote, die überall in den Straßen auf den artigen Staffeleibildern auftauchen.

Für allzu Feinfühlige hat die Insel nichts übrig. Ich habe Kinder gesehen, die Blumen an ihre Lieblingslämmer verfütterten und sich wenige Tage später die Lippen leckten, als sie ihr Brot ins heiße, tropfende Fett des Osterlamms tunkten, das sich auf der Straße am Spieß drehte. Zweimal die Woche hören wir das Gebrüll aus dem Schlachthaus und sehen, wie Blut und Innereien ins Meer gespült werden. Die Lämmer und Ziegen kommen auf den Marktbooten, und manchmal reißen sie sich los und stieben auf ihrem Weg durch den Hafen an den Tischen des Cafés vorbei. »Sieh doch, das da hat Augen wie Sophia Loren!« Wir halten Fleisch längst nicht mehr für selbstverständlich.

Mit den voll beladenen Körben laufen wir zurück zu Charmians Haus. Und gleich begrüßt uns das Chaos. Booli heult,

Shane kreischt, polternde Schritte auf der Treppe. Mit Wein und Lebensmitteln, die genügen sollten, die ganze Kompanie eine Woche lang durchzufüttern, kämpfen wir uns durch die Tür, und schon fliegt Shane auf uns zu, im Schlepptau den irgendwas auf Griechisch schreienden Booli.

Booli erwischt Shane am Rockzipfel, stampft mit einem Fuß auf und erklärt mit Nachdruck: »*Tha ertho kai ego, tha ertho kai ego*«, während Shane versucht, seine Finger zu lösen.

»Booli will mitkommen und mir den Tag verderben«, jammert Shane, reißt sich los und schnappt sich auf dem Weg nach draußen ein Handtuch aus einem Haufen Wäsche. »Ritas Onkel aus Athen nimmt uns auf seinem Boot mit zur St.-Nicholas-Bucht.«

»Ach ja?«, sagt Charmian und packt sie am Arm, ehe sie entwischen kann.

Unter ihrem Pony hervor funkelt Shane sie an. »Das habe ich dir doch alles schon gesagt, Mama. Du hörst auch nie zu. Ebenso gut könnte ich mit mir selbst reden.«

»*Mazí sas! Mazí sas!*« Booli wirft sich auf seine Schwester, aber die weicht ihm aus, und er kracht mit dem Kopf voran gegen den Brunnen. Charmian reagiert so seelenruhig wie eine erfahrene Krankenschwester, geht zur Eiskiste, hackt Eis und wickelt es in ein Tuch. Booli tritt nach ihr, während sie ihm das Eis an den Kopf presst. Shane stemmt die Hände in die Hüften, und mit zitternden Tränen in den Augen sieht er zu ihr auf, bis sie schließlich seufzt und ihm die Hand hinstreckt. Charmian beeilt sich, seine Sandalen und ihren Hut zu finden.

»Das war's wohl mit dem Familientag«, sagt sie, nachdem die beiden fort sind. »Immerhin, falls es der Katsikas-Onkel ist, an den ich gerade denke, werden sie am Strand eine Ziege grillen und sich die Bäuche vollschlagen.«

Ich muss ihr versprechen, zur St.-Nicholas-Bucht zu fahren, sobald mich jemand dahin mitnehmen will. »Ein Strand voll weich geschliffener Kiesel, und man kann da ganz wunderbar schwimmen«, sagt sie und seufzt, als gäbe es das für sie nur noch in der Erinnerung.

Um Weinblätter zu pflücken, folge ich ihr nach draußen. Hinter der hohen Hofmauer läuten die Glocken, die der Kirchen in den Bergen, die der Ziegen und dazu das Bimmeln vorbeitrabender Esel. Zartgrün fällt das Licht durch die Blätter, und am Wein perlen die ersten Büschel Trauben. Der Stamm einer alten Zitrone ist gesplittert, doch wie zum Trotz ist der Baum mit Blüten und Früchten überladen. Der Duft reifer Pflaumen lockt Wespen an. An wuchernden Ranken wachsen winzige Tomaten, wie Gänseeier hängen überraschend weiße Auberginen herab, Minze und Basilikum wachsen wild, ein Rosmarinbusch sprießt so kräftig, dass er seinen Weinfasstopf gesprengt hat, und Steinvasen und blau bemalte Betonkästen quellen über von leuchtender Kapuzinerkresse, Kräutern und Geranien, die nach Rosenöl duften.

Charmian steht auf einem umgedrehten Eimer und bedeutet mir, den Rock hochzuhalten, damit wir die Pflaumen darin sammeln können. »Höchste Zeit, ein paar davon zu ernten, bevor die Dorfrangen über die Mauer klettern. Im ersten Jahr hier im Haus haben wir keine einzige davon abgekriegt. George war wochenlang stinksauer«, sagt sie und beißt in eine Frucht.

Wir bringen die Pflaumen ins Haus, und sie zieht eine Langspielplatte aus ihrer Hülle. »Brahms. Ich hoffe, du hast nichts dagegen«, sagt sie, während sie zum Grammofon geht. »Wenn wir schon arbeiten, können wir uns auch was Wunderbares gönnen.«

Brahms' Vierte erklingt, trägt mich davon, und ich weiß, diese Musik wird mich auf immer in ihren Bann schlagen, und jedes Mal, wenn ich sie von nun an höre, werde ich an

Charmian denken. Sie zeigt mir, wie man die grünen Weinblätter bereitlegt, die Adern nach oben. Wir drehen einen Batzen Lamm durch den Fleischwolf, schneiden Zwiebeln, schnippeln Kräuter und braten. Als das Gemenge auf dem Fensterbrett abkühlt, knurrt mir vom Duft der Magen. An unseren Fingern klebt Mehl mit Schafsbutter. »Leicht halten, kühl halten«, sagt Charmian. »Nimm Wasser vom Eiskrug, wenn du bereit bist, den Teig zu kneten.«

Was die Teigrolle angeht, bin ich ein hoffnungsloser Fall.

»Hat Connie dir nie gezeigt, wie man das macht?«, fragt sie und löst meinen Teigfladen vom Tisch. »Tut mir leid, das war gedankenlos von mir.« Sie beißt sich auf die Lippen, weist mich an, die Hände auszustrecken, und bestäubt sie mit Mehl.

Ich erzähle ihr von Mrs Dapps, die immer unsere Pasteten und unser Abendessen gemacht hat.

»Weil sie lieber kochen als putzen wollte.«

»Ach du meine Güte. Stimmt, ich erinnere mich an Mildred Dapps …« Charmian greift nach dem Geschirrtuch, das ihr über der Schulter hängt, und wischt sich die Hände ab. »War auch meine Putzfrau. Hatte grässliches Rheuma und ich hatte immer das Gefühl, ich sollte lieber putzen, bevor sie kommt …« Einen Moment lang glaube ich, sie will mich umarmen, aber dann dreht sie sich zum Fenster um. »Das muss für dich ja elend trist im trübseligen alten Bayswater gewesen sein. Mrs Dapps und du, ihr beide im Haus gefangen, um deinen Dad zu betreuen. Und ich weiß, was für ein Mistkerl er sein konnte.«

Ich konzentriere mich ganz darauf, den Teig auszurollen. »Als wir klein waren, kam er immer wieder ins Krankenhaus. Seine Routinen mussten strikt eingehalten werden, tagein, tagaus. Mum hatte nie frei, hat sich ständig um ihn gekümmert. Zur Schule zu gehen war manchmal eine Erleichterung. Aber nachdem Mum gestorben ist, bin ich nicht mehr hin. Ich war mit ihm gefangen und habe mich ständig wie auf rohen Eiern bewegt.«

»Ich mache dir bestimmt keinen Vorwurf daraus, dass du weggelaufen bist.«

Ich nicke, kann sie aber nicht ansehen. »Jimmy war das einzig Gute, was mir nach Mums Tod passiert ist. Als Dad mich daran hindern wollte, mich mit ihm zu treffen, war das der Tropfen, der das Fass zum Überlaufen gebracht hat. Und dann kam dein Buch mit der Post, tja, und heute sind wir hier.«

Ich merke ihr an, wie sehr sie es genießt, dass ich ihr Buch erwähne. Eine Weile reden wir über Jimmy, und ich bilde mir keineswegs ein, dass sie mehrere Male zusammenzuckt, als ich ihr von unseren Plänen erzähle. Was mein Alter angeht, ist sie ziemlich unverblümt, meint aber: »Es steht mir nicht zu, dir zu sagen, was du in der großen bösen Welt mit dir anfangen sollst.« Worte, die eine so intensive Sehnsucht wecken, dass ich einen Moment lang fürchte, mir kommen die Tränen, dann aber vertreibt sie die Stimmung mit einigen deftigen Anekdoten und praktischen Ratschlägen. Offenbar kann eine Familie wie die von Angela und David für fünfhundert im Jahr auf Hydra leben. »Das klingt sehr romantisch, sehr mutig, aber versucht auf alle Fälle, eine Bleibe für euch allein zu finden. Und was immer du auch tun willst, krieg es verdammt noch mal getan, bevor die Babys kommen …«

Ich mag es, an die Hand genommen zu werden, und mir gefällt, wie sie rot wird, wenn ich ihr Komplimente mache. »Aber du scheinst das doch auch alles unter einen Hut zu bringen, Charmian. Schreibst Bücher, hast Kinder, und dazu George und all das hier.« Wir reden über ihr neues Buch, das bald erscheint, und sie sagt, sie hoffe verdammt noch mal, dass es gut ankomme, schließlich sei es der erste Roman, auf dessen Cover allein ihr Name stehen werde.

»Als bei Faber unsere gemeinsam geschriebenen Romane erschienen, wurde ich nie irgendwas wegen irgendwelcher redaktionellen Änderungen gefragt. Ich war immer viel zu müde, um mich darüber aufregen zu können.«

Sie steckt sich eine Zigarette an und blinzelt in den Rauch. »Habe ich dir erzählt, wie wir mal T. S. Eliot in seinem Büro am Russell Square getroffen haben? Nein?« Ich lechze nach ihren Geschichten, selbst nach denen, die ich schon kenne. »Da war er also, auf Händen und Knien, und brummelte was wegen seiner Nobelpreisurkunde, die, das könne er schwören, irgendwo unter den auf dem Boden verteilten Papieren und Manuskripten liegen müsse. Offenbar schrieb Eliot bei Faber gern die Klappentexte ... Und da war ich nun mit J. Alfred Prufrock höchstpersönlich, etwas, was ich nie zu träumen gewagt hätte, und weißt du, was ich gemacht habe? Während ich den Tee einschenkte, den seine Sekretärin uns gebracht hatte, habe ich mir Sorgen wegen meiner Frisur gemacht und ob da nicht ein Rußfleck auf meinen weißen Handschuhen war. Dass George sich übergebührlich Gedanken wegen seiner Pomade im Haar oder wegen seines Taschentuchs gemacht hätte, als er sich mit unserem Idol unterhielt, das kann ich mir einfach nicht vorstellen.«

Sie findet, die jungen Frauen meiner Generation würden schlagkräftiger gegen den Status quo vorgehen. »Sieh dir nur die Frauen hier auf der Insel an: das reinste Mittelalter. Im Haus eingesperrt und dem Mann zu Diensten. Ich finde, da können wir uns glücklich schätzen, dass wir schon ein Stückchen weiter sind.«

Ich denke an Mum und an das Postsparbuch, das sie mir hinterlassen hat. Hat sie sich meine Freiheit erkauft, indem sie jede Woche beim Haushaltsgeld ein bisschen geschummelt hat? Fast meine ich sehen zu können, wie ihr rechtes Augenlid zuckte, wenn Dad die Quittungen durchging.

»Ich wäre noch heute von Dad abhängig, wenn Mum nicht so viel Geld für mich gespart hätte. Und ich hoffe, hier zu sein heißt nicht, es zu verprassen. Was sie allerdings wirklich gemeint hat, als sie mir sagte, ich solle meine Träume leben, weiß ich immer noch nicht.«

Charmian zuckt die Achseln, gibt mir ein Messer, und wir machen uns an die Pflaumen. Die Nadel hängt, statt Brahms hören wir jetzt ein leises Zischeln.

»In deinem Alter habe ich von einem silbernen Lamé-Kleid und einem weißen Sportwagen mit roten Ledersitzen geträumt, aber ich denke mal, du bist nicht so dumm wie ich. Als ich das erste Mal daran dachte, in London alles hinzuwerfen, hat mir jedenfalls niemand so viel Mut gemacht wie Connie. Ich weiß noch, wie sie mich in ihrem kleinen Auto zu Stanfords fuhr, um mir eine Karte der griechischen Inseln zu kaufen.«

Fast wäre ich ihr um den Hals gefallen. »Das Auto! Du hast davon gewusst?«

Charmian wedelt mit den Händen und bedeutet mir, leiser zu sein. Oben hören wir Leute rumoren. »Du kannst nicht erwarten, dass ich weiß, was Connie sich für dich erträumt hat. Ich weiß nur, wie stolz sie darauf war, dass du an diesem vornehmen Internat so gut gewesen bist. Und sie hat mächtig damit geprahlt, als du einen Preis für einen deiner Texte gewonnen hast, vielleicht ja ein Hinweis auf deine Zukunft … Was das Auto angeht, es war ein hübsches grünes Cabrio, mit dem sie durch die Stadt geflitzt ist. Für mich war das kein bisschen geheimnisvoll.«

Unwillkürlich denke ich, sie ist erleichtert, dass unser Gespräch unterbrochen wird, als George hustend in die Küche stolpert. In der Brusttasche seines Hemds steckt ein gefalteter

Brief. Stumm macht sich Charmian daran, seine Injektion vorzubereiten, während er irgendwie zappelig wirkt und seine Hand immer wieder nervös nach dem Brief tastet.

Kaum steht das Essen auf dem Tisch, taucht Martin auf. Es gibt die wundersamen Artischocken, deren große fleischige Blätter mit Olivenöl und Zitrone besprenkelt wurden. George hat keinen Appetit. Er knibbelt die Sesamsamen vom Brot und steckt sich eine Zigarette nach der anderen an, während Martin von einem Oktopus bei Vlychos schwatzt, der, so der alte Stavros, Mühle spielen kann. Martin will sich eine Maske borgen und hinlaufen, um sich das mit eigenen Augen anzusehen. Als die Artischocke vor mir steht, beugt er sich zu mir herüber und zeigt mir mit klinischer Präzision, wie man ihr Herz zerlegt.

Charmian hat noch kein Wort mit George geredet, und er weicht ihren Blicken aus. Zitternd wie eine Membran spannt sich Stille zwischen den beiden. Martin scheint es auch zu spüren. Er schnappt sich zwei kalte Koteletts und verdrückt sich. Charmian trinkt ihren Wein, als würde es weder George noch mich geben. George bleibt unruhig, rollt Brotkügelchen, legt sie der Reihe nach auf den Tisch, fasst immer wieder nach dem Brief und wirft Charmian gelegentlich einen verstohlenen Seitenblick zu.

»Wer ist das Mädchen auf dem Foto?«, bricht es aus mir heraus, als die Situation unerträglich wird. »Ich kann ihr Gesicht nicht mehr vergessen. Kommt sie in deinem Buch vor?«

George beugt sich in die unterbrochene Stille und starrt mich an. Verbittert knabbert er an einem Fingernagel. »Ich war da, als unser Mann das Foto gemacht hat«, sagt er. »Gefühlloser Dreckskerl. Kweilin 1945, Tausende sind vor den Japanern direkt in die Hungersnot geflohen … Das Mädchen lebte noch, als er die Kamera auf sie hielt, war aber tot, als er den Auslöser gedrückt hat. Ebenso gut hätte er der Kleinen eine Luger ins Gesicht halten können. Aber er war abgebrüht, ihm war alles egal. Wir sind mittendurch, Kilometer um Kilometer Tote und Sterbende, die am Straßenrand verrotteten, und als wir ankamen, krochen die Soldaten auf Händen und Knien, wühlten mit den Zähnen in der nackten Erde, suchten Wurzeln. An der Mutter des Mädchens hackten bereits die verdammten Vögel …«

Er richtet sich wieder auf und kippt Wein in sich hinein, als wollte er die Bilder löschen, die seine Worte heraufbeschworen haben. »Und jetzt, während der Rest der Insel Siesta hält, hocke ich da oben in meinem Zimmer, tippe drauflos und versuche, aus diesem verdammten Albtraum einen Knüller zu machen.« Charmians Aufmerksamkeit ist zurück. Ich sehe, wie sie zusammenzuckt, als er hinzusetzt: »Aber bevor es einen Knüller geben kann, braucht es verdammt noch mal jemanden, der die Story zu Papier bringt.«

Er bedient sich an meinem Glas Wein. »Aber egal, nicht dieses verfluchte Buch macht mir heute zu schaffen, sondern das vorige.« Er zieht den Brief aus der Tasche und starrt ihn an, als wäre es sein Todesurteil. »Nachricht vom Herausgeber. Letzte Gelegenheit für Änderungen, bevor es in Druck geht.« Er sieht Charmian an und schiebt ihr den Brief hin. »Sie veröffentlichen es aber auch gern, wie es ist«, sagt er, und ich bin mir unsicher, ob er nicht grinst, als er den Stuhl zurückschiebt.

Charmian läuft rot an. Sie steht auf und legt ihr Messer beiseite, ihre Stimme zittert. »Ach, wie wünsch ich mir, Billy Collins hätte uns diese fünfhundert Pfund nie geschickt.«

Sie ignoriert den Brief, nimmt sich Georges kaum angerührte Artischocke und rupft ihr die Blätter aus.

»Ohne die hätten wir es nicht geschafft«, murmelt George und deutet mir gegenüber eine Verbeugung an, ehe er nach dem Weinkrug greift, zurück zu seiner Arbeit stolpert und alle Freuden des Tages mit sich nimmt.

Charmian schnappt sich den Brief. »George ist so eklig, weil er gestern zu viel getrunken hat«, sagt sie und steckt den Brief ungelesen in die Tasche. »Und er schmollt, weil heute Abend viele Leute zum Essen eingeladen sind. Er verkommt langsam zu einer sehr ungeselligen Version seiner selbst.« Sie fegt Krümel vom Tisch in die hohle Hand. »Ich sag mir immer wieder, dass es nur wegen seiner Krankheit ist.«

Ich stehe am Becken, spüle die Teller ab. »Von welchem Buch habt ihr geredet?« Offenbar kann ich nicht aufhören, in ihrem Elend herumzustochern.

Ein tiefer Seufzer. »Der Roman heißt *Closer to the Sun*«, sagt sie mit dumpfer, monotoner Stimme. »Eine Moralgeschichte über reiche Leute auf ihren Jachten und eine Meute kreativer Spinner, die nach Hydra kommen, und darüber, welche Folgen das für die Inselbewohner hat.«

Sie tastet nach einer Zigarette, aber ich kann keine Ruhe geben. Mich überrascht selbst, wie sehr ich ihr zusetze. Also doch eine Mücke. »Handelt das Buch von etwas, was wirklich passiert ist?«

Sie steckt sich die Zigarette an und geht damit zur Hoftür. »Ach Erica, warum stellst du nur so viele Fragen?«, sagt sie, raucht und sieht aus, als suchte sie nach einem Gegenmittel. Ihr Blick fällt auf einen Jasmin, und sie vergräbt das Gesicht darin, bricht sich eine Blüte ab und steckt sie ins Knopfloch ihrer Bluse. Ein Vogel in einem Käfig auf dem Balkon der Nachbarn singt sich die Seele aus dem Leib. Möwen glitzern am Himmel. Sie wirkt viel entspannter, als sie sich wieder zu mir umdreht.

»Vergraben in seinem Roman steckt eine ziemlich beschämende Geschichte, eine Version dessen, was sich hier tatsächlich zugetragen hat. Allein bei dem Gedanken daran würde ich vor Bedauern am liebsten sterben. Das Problem ist nur, dass der Verlag bereits bezahlt hat und dass keine Hoffnung besteht, das Geld jemals zurückzahlen zu können, da jeder Penny davon für Georges Behandlung im Krankenhaus draufgegangen ist. Jetzt weißt du es. Und wenn du unbedingt willst, erzähle ich dir ein andermal mehr davon, aber findest du nicht, dass das ein ziemlich düsteres Thema für einen so wunderschönen Tag ist?«

Ich habe ein schlechtes Gewissen wegen des langen Schweigens, das daraufhin folgt, und versuche, sie ein bisschen abzulenken, indem ich davon schwatze, dass Axel in seinem Roman ziemlich intime Dinge über Marianne erzählt hat. »Ihr scheint das ehrlich gesagt nichts auszumachen«, setze ich hinzu, nicht zuletzt weil ich mir kaum vorstellen kann, dass ich nicht begeistert wäre, wenn Jimmy was über mich schreiben würde.

Als Mariannes Name fällt, drückt Charmian die Zigarette aus. Ich folge ihr nach oben in Boolis Zimmer und bleibe in der Tür stehen, während sie einige Körbe mit Babyzeug durchsucht. Der Anblick von Boolis alten Sachen besänftigt sie, und schließlich muss sie sich mit einem Strampelanzug die Tränen abwischen.

Gemeinsam knien wir vor den Körben, sortieren aus. »Ich will jetzt gar nicht näher auf die Gründe eingehen, warum ich fürchte, dass es ein ziemliches Theater auf der Insel geben dürfte, wenn gewisse Leute Georges Roman in die Finger bekommen, was letzten Endes auch für die Kinder schrecklich peinlich werden könnte«, sagt sie und hält sich den Strampler an die Wange. »Wären wir nicht so knapp bei Kasse, könnten wir vielleicht die Zeit aufbringen, das Buch umzuschreiben. Es ist das erste Mal, dass George über eine Version von uns selbst geschrieben hat, womit ich meine, dass er uns zwar seiner Geschichte entsprechend angepasst hat, wir aber erkennbar wir selbst sind, und das ist ein Riesenproblem für mich. Und für die Kinder …«

Ich wünschte, ich könnte sie irgendwie trösten, während sie sich wieder ans Glätten und Falten macht. Dann gibt sie sich einen Ruck. »Ihm ging's nicht gut, als er das schrieb. Hat sogar ziemlich gelitten. Aber wer weiß? All der Schmerz und die verletzte Männlichkeit auf den Seiten. Ist vielleicht das Beste, was er je geschrieben hat.« Und sie hebt den Kopf und sieht mich mit dem allertraurigsten Lächeln an.

Mit Bändern aus ihrem Nähkorb schnüren wir die abgetragenen Babysachen zu Bündeln zusammen. Um einen Stapel Windeln, die stellenweise schon ganz verschlissen sind, bindet sie eine blaue Schleife. Ich verfluche mich selbst dafür, so eine nervige Mücke zu sein, und bin mir unsicher, ob sie wirklich will, dass ich sie zu Marianne begleite.

Wir verteilen die Kleider auf zwei Körbe, und während wir die Kala Pigadia hinaufsteigen, erzählt Charmian, wie sehr sie sich über die Touristen ärgert, bis ich nicht umhinkann, mich zu fragen, ob auch ich damit gemeint bin. Als könnte sie meine Gedanken lesen, dreht sie sich um und schüttelt den Kopf.

»Ich rede von all diesen Poste-restante-Trotteln, die kurz mal vorbeischauen und dann weiterziehen, von Leuten wie Charlie, der sich für einen afrikanischen Häuptling hält und über seiner Jeans diesen dämlichen Lendenschurz trägt, oder wie diese erbärmliche Patricia, die durch Europa trampt, auf dem Bordstein hockt, Farbtuben im Schoß, und ein verdammtes Chaos anrichtet, weil sie so verflucht reizend aussieht.« Die vom Winterregen glatt geschliffenen Marmorfliesen fühlen sich warm unter unseren nackten Füßen an. »Ein endloser Strom«, sagt sie, »alle mit Notizbüchern voller Namen von Leuten, die gut für ein Essen oder ein Bett sein könnten, ob auf Ibiza, in Paris, Venedig, Tanger, auf Korsika oder in Casablanca. Von einem zum Nächsten weitergegebene Tipps. Mit Sternen bewertet, ist das zu fassen? Charlie hat sich nicht mal geschämt, als er mir das gezeigt hat. Aber was hab ich mich meinerseits geschämt, als ich sah, dass wir offenbar nur vier verdammte Sterne verdient haben.«

In der Nähe der Brunnen werden die Bäume groß genug, um Schatten zu spenden und Früchte zu tragen, Vögel lärmen im dichteren Laub. Und die streunenden Katzen sehen nicht so räudig wie in manch anderen Gegenden der Insel aus. Das letzte Wegstück mit seinen offenbar direkt in den Fels geschlagenen Stufen steigt so steil an, dass Mariannes und Axels Haus aussieht, als wäre es direkt aus dem Fels herausgewachsen, ein in den Berg gemeißeltes Adlernest, von dem aus man nach Piraten Ausschau halten kann. Schwer vorstellbar, wie Marianne das mit dem Baby schafft. Charmian und ich schwitzen und sind außer Atem.

Marianne rührt in einem Topf, die Luft gesättigt vom Essensgeruch. Sie scheint sich über unsere Kleiderbündel zu freuen, als brächten wir ihr ihre Mitgift aus der Bond Street. Der Raum ist weiß getüncht, die Fenster rahmen das Meer. Auf bemalten Regalen stehen Bücher in Reih und Glied. An den Wänden hängen Strohmatten und irgendwelcher Klimbim, die einfachen Möbel und Fensterläden sind in einem zarten Blassgrün gestrichen. Sie ist barfuß und sieht hübsch aus in ihrem sauberen weißen Hemd, das Baby auf der Hüfte. Charmian streckt die Arme aus, nimmt es, wiegt es und summt ihm was vor, während Marianne sich die Schürze abbindet und das Haar neu steckt.

Charmian hebt den Deckel an und schnuppert genießerisch.

»*Fårikål*, Axels Lieblingsgericht«, sagt Marianne und bittet uns, doch am Tisch Platz zu nehmen, während ich zusammenzucke, weil ich daran denken muss, wie Axel Patricia erzählt hat, dass er sich die Nase zuhalten wolle. Der Saum des Tischtuchs ist aus Spitze, und in der Mitte steht eine japanische Schale, in der eine rosafarbene Blüte schwimmt.

Das Baby gluckst und gurgelt. Axel Joachim ist der pausbackigste, süßeste kleine Kerl, den ich je gesehen habe, die Art Baby, wie man sie eigentlich nur aus der Werbung kennt. Seine Augen sind blau und groß wie Stiefmütterchen, und mit seinem Lächeln könnte man einfach alles verkaufen. Marianne bringt uns Wasser auf einem Tablett, auf dem ein Strauß Gänseblümchen liegt.

Sie zeigt uns ein Mobile, das Axel aus Draht und Steinen gebastelt hat, und legt den prallen Kleinen darunter auf eine gefaltete Matte. Er kriegt große Kulleraugen und strampelt mit den Beinen, sodass sie sein Hemdchen anhebt und ihm aufs Bäuchlein prustet, bis sich beide vor Lachen kaum mehr halten können. Ein kleiner weißer Hund schläft auf einem zerlumpten Kissen neben der hölzernen Schaukelwiege, in der zusammengerollt eine schwarze Katze liegt. Marianne nimmt die Katze auf und bittet sie, nicht eifersüchtig zu sein.

Hätte ich nicht mit angehört, was zwischen Axel und Patricia gewesen ist, sie hätte mich mit ihrem sorgsam choreografierten Glück gewiss getäuscht. »Rotbäckchen dürfte jetzt eine Weile damit zufrieden sein, das Mobile von seinem cleveren Papa anzugurren. Wollen wir solange ein Schlückchen Wein trinken? Der Krug ist gleich hier.«

Wir trinken den Wein auf der Terrasse, auf der in den Steinritzen gelbe Margeriten wuchern. Marianne sitzt in einem großen, reich verzierten Korbsessel, von dem ein Seil durch die Tür ins Haus läuft, und sie zeigt uns, dass ihr cleverer Axel das andere Ende an der Wiege befestigt hat.

»So kann ich abends mit meinem Glas Wein hier draußen sitzen, in die Sterne sehen, und ich schaukle, schaukle, schaukle unser Baby in den Schlaf.« Sie lächelt und schließt die Augen wie in seliger Ekstase. Charmian wirft mir einen besorgten Blick zu.

Wir nippen am Wein. Wir schauen auf den Hafen hinab, auf die bunten Boote und die über den Berghang verstreuten Zuckerwürfelhäuser, auf einen Felsvorsprung mit Windmühle, die Kuppeln und Türme der vielen Kirchen, die mit Kreuzen markierten Anhöhen. Marianne hebt sich die Katze auf den Schoß und streichelt sie, als müsste sie ständig irgendwas liebkosen. Mit einem Kopfnicken deutet sie auf das Haus.

»Wie ihr selbst seht, ist Axel nicht da. Treibt sich unten auf der Werft herum, weil er wieder unbedingt was für sein geliebtes Boot machen muss, statt an seinem Buch zu arbeiten.«

Diesmal entgeht Marianne nicht, was Charmians und meine Blicke sagen. »Pfft«, sagt sie und macht eine wegwerfende Bewegung. »Diese Patricia wird morgen die Insel verlassen und zurück in die Staaten fahren.«

Weg mit Schaden, hätte ich am liebsten gerufen, aber Marianne senkt den Blick und wendet sich an Charmian. »Ich habe sie heute Morgen in Fidels Haus besucht.« Ihre Stimme ist kaum mehr als ein Flüstern. »Mir ist schleierhaft, warum sie sich dafür entschieden hat, in diesem stinkigen Loch zu hausen. Alles verfällt, Lebensmittel verfaulen, wohin man auch sieht, hängen Fidels grässliche Bilder, und alle verwahrlosten Katzen der Insel kommen zu ihnen, um sich zu vermehren. Patricia ist mit Flohstichen übersät.« Marianne hebt ein Bein, als wollte sie prüfen, ob sie auch welche abbekommen hat, aber ihre Haut ist überall gleichmäßig gebräunt und golden, die Beine sind glatt und haarlos.

»Ihr Zimmer habe ich nicht gesehen. Patricia und Fidel haben sich entschieden geweigert, mich hineinzulassen. Aber ich war mit dem Kinderwagen den ganzen Weg über die Felsen gekommen, also …« Sie rümpft die Nase. »Die Tasse, die sie mir gab, war dreckig und hatte einen gesprungenen

Rand. Und die ganze Zeit, in der ich da war, hat sie angestrengt jeden Blick auf meinen Sohn vermieden. Fidel dagegen wollte uns gar keine Ruhe lassen, hat dem Baby seinen dreckigen Finger in den Mund gesteckt. Egal. Ich wusste nicht, ob mich nicht von Angesicht zu Angesicht der Mut verlässt, also hatte ich einen Brief geschrieben und ließ den Umschlag auf dem Tisch liegen. Sie ist hinter mir hergelaufen, hat mich bei der Windmühle eingeholt. In der Hand hielt sie den Brief, ungeöffnet, doch als ich ihn nicht zurücknehmen wollte, fing sie an zu weinen. Da hat sie mir dann gesagt, dass sie abreist. Sie habe in Chicago ein Kunststipendium bekommen und müsse deshalb zurück.« Marianne vergräbt ihr Gesicht im Fell der Katze. Charmian sieht mich an und zieht eine Grimasse, als Baby Axel seine Mutter ruft, die mit der Katze im Arm ins Haus geht.

Dreizehn

Schatten tanzen im Arbeitszimmer, als Charmian ein Streichholz an die Lampe hält und mich zum Bücherregal führt. Neben Georges verstaubtem Globus liegt ein Taschenbuch voller Eselsohren, hellbraun mit schwarzen Buchstaben. *Das andere Geschlecht. Sitte und Sexus der Frau*, die Schrift so verschnörkelt, dass die S wie Schlangen aussehen.

»Man ist nicht als Frau geboren, man wird es, und es ist höchste Zeit, dass wir die Fesseln abstreifen und fliegen lernen, dass wir uns eine Welt der freien Wahl schaffen, denn auch wenn der offene Ausblick furchterregend sein kann, ist er doch aufregender, als weiterhin über die ausgetretenen Pfade in der Welt des Mannes zu trotten.« Diesen kleinen Vortrag hält mir Charmian, als sie mir das Buch gibt, setzt dann aber mit einem verächtlichen Schnauben hinzu: »Was, denke ich, gut und schön sein mag für Beauvoir und Sartre, aber die brauchten auch nicht auf die Gefühle von Kindern Rücksicht zu nehmen.«

Eigens für dieses Buch hat sie mich hierherauf gebracht. Eine lebenswichtige Lektüre, sagt sie, doch ich glaube, sie wollte vor allem von George fort, der unten lauthals vor sich hinschimpft.

Ich bin immer noch hier, lang nachdem die letzten Gäste gegangen sind, stehe am Becken und helfe, den Berg an dreckigem Geschirr abzutragen. Shane, Martin und Booli haben sich auf ihre Zimmer verzogen, als die Nacht noch jung und nicht allzu bezecht war, und gegen zwei Uhr morgens sind auch die anderen nach Hause getorkelt, nur Jimmy nicht, der sich mit George in den Haaren liegt. Ein brandyseliger Streit über Kafka artete aus und schloss auch Dostojewski ein, Rilke und Robbe-Grillet. »Blindgänger!«, prustete George, als Charmian mich fortzog.

Ich erkenne das Buch wieder, das sie mir gibt. Es ist dasselbe, das sie nach mir geworfen hat. Ihre Stimme bebt, als ich es in die Hand nehme. »Hätte ich eine achtzehnjährige Tochter, würde ich wollen, dass sie es liest«, sagt Charmian. »Deiner Generation steht viel mehr offen als meiner. Und ich bin mir sicher, Connie hätte gewollt, dass ihre Tochter sich in einer Gesellschaft durchsetzt, die davon ausgeht, dass ihre weibliche ›Andersartigkeit‹ allein für das einzig Wahre von Nutzen sein könne, nämlich für einen verdammten Mann. Eigentlich bin ich mir sogar sicher, dass sie es gelesen hat.«

Das Buch ist erschreckend dick. Ich warte immer noch darauf, mit Henry Miller warm zu werden, mit den verbotenen grünen Bänden von Jimmys heiß geliebter Olympia-Ausgabe. Zu meiner Schande muss ich gestehen, dass ich noch nicht mal den ersten Band geschafft habe, und Jimmy besteht darauf, dass ich alle drei lese.

Charmian kann meinen Widerstand spüren und versucht es auf anderem Weg. »George hasst es. Er hält Beauvoir für die Prophetin eines falschen Wertewechsels, der nur destruktiv sein kann. Für mich aber ist sie utopisch. Ideen austauchen, gemeinsam Geschichte aufarbeiten, sich gemeinsam engagieren, das Ganze gewürzt mit Liebhabern …«

In ihren Augen tanzt die Flamme der Lampe. »Ach Liebes, zu viel Vino. Ich weiß gar nicht, warum ich so endlos plappere. Ist ja gut und schön, was Simone und Jean-Paul alles zum Besten geben und wie sie die Sau rauslassen, aber die haben auch keine plärrenden Blagen.«

Wie aufs Stichwort hören wir unten in der Gasse ein Baby

schreien. Irgendwer hämmert an die Tür. Das Baby hat eine kräftige Lunge. Charmian schnappt sich die Lampe, und wir stürzen die Treppe hinab in den Flur, wo George gerade Axel Joachim nimmt, während Marianne zu uns aufblickt, aschfahl, die Wimperntusche verschmiert. Ihre Bluse, eben noch weiß, ist jetzt voller Flecken und Spritzer. Sie schluchzt und ringt nach Luft.

»Mein Mann ist verrückt geworden.« Sie zeigt auf ihre Bluse. »Er hat mir das Essen an den Kopf geworfen, das ich für ihn gekocht habe.«

»Ach Marianne, so kann das nicht weitergehen«, sagt Charmian und drückt mir die Lampe in die Hand.

Marianne zittert. »Ich habe ihm gesagt, er soll mich in Ruhe lassen und zu dieser amerikanischen Intelligenzbestie gehen, aber da ist er ausgerastet.« An ihren Füßen klebt Blut. »Er hat das mit dem Brief an Patricia rausgefunden, und jetzt tobt er durchs Haus, schlägt jedes einzelne Fenster ein, prügelt alles zusammen. Ich hatte Angst, er könnte dem Baby was antun, aber jetzt muss ich zurück, sonst verletzt er sich noch.«

Sie beginnt zu schwanken, und Charmian führt sie zum Sofa. George geht auf und ab, redet beschwichtigend auf Axel Joachim ein, während die Mutter versucht, sich zu beruhigen. »Eigentlich ist es doch ganz einfach. Ein Mann lebt mit seiner Frau zusammen, und beide sorgen dafür, dass es ihrem Baby gut geht.«

Charmian holt eine Schale mit Wasser, Lappen und ein Desinfektionsmittel, hockt sich vor ihre Füße.

»Axel sagt, ich denke wie eine Bäuerin«, jammert Marianne, und wieder laufen ihr Tränen übers Gesicht, während Charmian mit einer Pinzette Glassplitter aus ihren Füßen zupft.

Jimmy nimmt meinen Arm, bringt mich aus der Küche. »Zeit zu gehen«, sagt er.

Als wir erleichtert hinaus in die Nacht treten, redet Charmian noch auf Marianne ein, sie solle sie das Sofa zurechtmachen lassen, und jeden Protest, Axel könnte sich umbringen, bringt sie zum Verstummen. Jimmy legt einen Arm um mich, zieht mich an sich. Ich lege meinen Kopf an seine Brust, und so kommen wir im dunklen Schatten von Charmians Bougainvillea langsam wieder zu Atem.

Max bellt und warnt uns vor einer Gestalt, die auf uns zutaumelt. Als wir Axel erkennen, drückt Jimmy mich fester an sich, und wir versuchen, mit der Wand zu verschmelzen, denn wie Axel mit den Fäusten an die Tür hämmert, könnte er ebenso gut ein Ungeheuer sein. George öffnet und ragt über ihm auf, die Lampe schwingt hin und her, macht auch aus seinem Schatten ein Monster.

George blockiert ihm den Weg. »Geh nach Hause, Axel. Für heute Abend hast du deine Frau und dein Kind genug terrorisiert. Und um Himmelswillen, Mann, deine Hände bluten.«

Axel stürzt auf ihn los, will sich vorbeidrängen, aber George stößt ihn so kräftig zurück, dass er die Steinstufen halb hinunterstolpert, halb hinunterfällt. »Geh nach Hause, du Vollidiot, desinfiziere die Kratzer und denk darüber nach, was du für ein verdammter Trottel bist. Ich hoffe, es brennt auch schön.« Oben wird das Baby wach und beginnt wieder zu schreien.

*

An diesem Abend habe ich Dinos zum ersten Mal getroffen. Charmian hatte mir von ihm erzählt, als wir zusammen die Dolmades gerollt haben. Eigentlich war es der Namenstag des heiligen Konstantinos und das Essen zu seinen Ehren. Konstantinos – Dinos. Attraktiv, hatte sie gesagt, der Sprössling einer Schwammhändlerfamilie. Er holt sich jedes Jahr einen Beutel mit gutem ägäischem Ton, trägt ihn zu seiner Brennerei hoch oben auf dem Episkopi und kommt fast den ganzen Sommer nicht wieder runter zum Hafen. Sie sagt, seine Töpfe seien gut und dass sie ihn sehr gern habe.

Außer Dinos, der wirklich gut aussah, kamen noch Patrick und Nancy, Chuck und Gordon sowie Kenneth, ein Dramatiker, dessen Frau Janis und ihr schläfriges Kind, die schwangere Angela und ihr Mann David, der irgendein Adliger war, aber wie ein Penner aussah, ein kalifornisches Paar namens Demetri und Carolyn, ein aufgeblasener Neuseeländer namens Bim, der einen Roman schrieb, und Robyn, seine blasshäutige Frau. Es gab jede Menge Wein, und Jimmy und ich fühlten uns wie Ehrenmitglieder der wahrhaften Ausländerkolonie, als wir erklärten, dass wir auf der Insel bleiben wollten. »Ach«, sagte Charmian, »das Wort ›Kolonie‹ gefällt mir überhaupt nicht, aber ich wüsste auch nicht, was man sonst dazu sagen sollte.«

»Hat man erst mal auf Hydra gelebt, kann man nirgendwo anders mehr leben …«, sagte Kenneth.

»Selbst auf Hydra nicht«, riefen er und George im Chor. George hatte seine miese Laune oben bei der Schreibmaschine gelassen. Er war gesprächig und redete mehr als irgendwer sonst.

*

Ich merke, dass ich über den Abend nur wenig in mein Notizbuch schreiben kann. Alles Schöne wird von Mariannes Tränen ausgelöscht. Zu bald schon bricht der nächste Tag an, vergiftet von meinem Kater. Vielleicht stimmt ja, was Charmian sagt, dass ich mich zu widerstandslos mit der Rolle des Packesels abfinde und den Talenten der anderen zu bereitwillig zu Diensten bin. Vom Ruß im Kohlenherd sehe ich wie Aschenputtel aus, wie zerlumpt, weil ich ständig irgendwelche Sachen die Stufen rauf und runter schleppe. Das Klo stinkt, da niemand die richtigen Chemikalien gekauft hat, und außer mir scheint kein Mensch je daran zu denken, den Spüleimer aufzufüllen oder sich um den stinkenden, wie immer überquellenden Mülleimer zu kümmern. Wir haben fast kein Petroleum mehr, die Gasflasche muss ausgetauscht werden. Jimmy geht heute Abend wieder fischen, weshalb er länger schlafen will.

Ich stapfe nach oben, und obwohl ich weiß, dass er mir dafür die Hölle heißmachen wird, reiße ich schwungvoll die Tür zu Bobbys Zimmer auf, was ich sofort bereue. Die Fensterläden sind geschlossen, trotzdem ist nicht zu übersehen, dass Janey und Edie auf dem Bett liegen. Sie sind nackt, ineinander verschlungen und sich noch im Schlaf zugewandt. Bobby liegt allein auf einer schmalen Matratze beim Fenster und starrt die Decke an, die Hände unterm Kopf. Leinwände stehen an den Wänden aufgereiht, es riecht nach ungewaschenen Sachen, nach kaltem Rauch und Terpentin. Bobby liegt auf dem bloßen Laken und dreht sich zu mir um, sagt aber kein Wort, als ich mich wieder zurückziehe.

Das Eis am Fuße der Treppe schmilzt schon. Ich wickle es in Sackleinen und binde mir das Seil um. Die nasse Jute klebt unangenehm am Rücken. Sämtliche Hähne der Insel krähen, als ich das Eis den Hügel hochschleppe, und die Zikaden zirpen so erbärmlich, als würden sie in heißem Fett gebrutzelt.

Vornübergebeugt läuft man leichter die Stufen hoch, nur sammelt sich dann saure Spucke im Mund. Ich drehe mich um, will mich auf keinen Fall übergeben und suche hinter der gezackten orangeroten Geometrie von Dach und Mauern nach Linderung, aber das Glitzern des weiten Meeres schmerzt in den Augen, und die hämatomblauen Hänge des Festlandes sehen aus, als wären sie aus Klumpen des alten

Knetgummis meines Bruders geformt. Ich muss daran denken, wie er mich von der Matratze angesehen hat, die Augen ohne Licht. Ich wuchte mir das Eis auf die andere Schulter und knicke fast ein unter dem Gewicht seines Kummers.

Natürlich wurden auch Edie und Janey in den Rang jener erhoben, deren Schlaf nicht gestört werden darf. Schönheitsschlaf, denke ich, und wieder flutet mir saurer Speichel in den Mund. Wie kommt es nur, dass mich auf dieser Insel voller Maler noch nie jemand gebeten hat, Modell zu sitzen? Edie und Janey werden immerzu von der Kunstschule angefragt, verdienen sich nebenher ein paar Drachmen und posieren manchmal bis in den späten Abend. Sich ausziehen und nackt herumliegen fällt den beiden so leicht wie das Atmen. Wieder muss ich schwer schlucken, sage mir aber, Hauptsache, sie erledigen ihren Teil der Hausarbeiten. Die Kirchenglocken läuten so laut und misstönend, als würden Kinder mit Holzlöffeln auf Pfannen trommeln, das Eis ist eine klamme kalte Last.

Als ich zurückkomme, ist von Bobby oder den Mädchen nichts zu sehen. Jimmy hat den Primus angemacht und wartet darauf, dass das Kaffeewasser kocht. Er geht auf und ab, ganz in Gedanken, trägt Shorts und ein gelbes T-Shirt, beißt in einen Apfel und liest Simone de Beauvoir. Sobald er mich sieht, legt er das Buch weg, klemmt sich den Apfel zwischen die starken Zähne und befreit mich vom Eis. Er nimmt einen Schwamm, lässt ihn sich vollsaugen und führt mich zum schattigsten Teil der Terrasse. »Meine arme Kleine«, sagt er, während ich mich auf die Matte setze. Er drückt das eisige Wasser über meinem heißen Gesicht aus und redet sanft auf mich ein.

»Bobby ist okay«, sagt er. »Lass ihm Zeit. Wenigstens davon haben wir hier auf der Insel genug.«

Er holt heißen, mit Kondensmilch gesüßten Kaffee und

schält mir Orangen. Wir reden über Marianne, und mir ist wichtig, dass er Axel verurteilt, was er pflichtschuldig auch tut, doch setzt er hinzu, er habe Axels Buch über die Sahara gelesen, und er halte es durchaus für möglich, dass der Mann ein Genie sei. »Mit Marianne wird es schon wieder, schön, wie sie ist«, sagt er, zwinkert mir zu und tippt sich an die Nase, als wüsste er etwas, das ich nicht weiß.

Seine Fürsorglichkeit macht es nur noch schlimmer, an Bobby zu denken, wie er oben so unglücklich und allein auf dieser Matratze liegt und keine Mutter hat, zu der er laufen kann. Jimmy legt meinen Kopf auf seinen Schoß und streicht mir das Haar aus der Stirn.

Mich überfluten traurige Gedanken. Ich muss daran denken, wie ich Marianne zum ersten Mal gesehen habe mit ihrem weißen Tragetuch und dem Baby, eine strahlende Madonna, an der Pinne ihr schneidiger Mann, das Boot rot und weiß. Und ich lasse den Besuch mit Charmian Revue passieren. Marianne auf Händen und Knien, wie sie die Steine und Drähte von Axels Mobile zum Schaukeln und Tanzen bringt, das Seil, das der »clevere Papa« zwischen Schaukelstuhl und Wiege gespannt hat, eine Schale mit Radieschen, jede zu einer Rose geschnitzt. Ich sehe ihre blutenden Füße, ihre ruinierte Bluse, Axel, der Patricia küsst. Jimmy bleibt ausnahmsweise mal still. Ich schlage die Augen auf und schau zu ihm hoch. Der Mandelbaum filtert das Sonnenlicht, und seine Augen glänzen so golden wie der achtzehnkarätige Hochzeitsring meiner Mutter. »Versprich mir, dass du niemals grausam sein wirst«, sage ich, und er sitzt da und streichelt mein Haar, bis ich eingeschlafen bin.

Der Schlaf unterm alten Mandelbaum und die Scheiben süßer Melone, die Jimmy mir bringt, sobald ich aufwache, haben mich geheilt. Das Lied der Zikaden klingt wieder romantisch. Die Aussicht auf den Nachmittag, nur wir beide am Strand von Plakes, belebt mich ebenso wie eine Aspirin. Es ist, als wäre der Tag aufs Neue angebrochen, und wir packen unsere Badesachen und Handtücher in meinen Korb.

In einer halben Stunde kommt die Fähre. Jimmy wartet auf einen Brief vom Freund eines Freundes eines Literaturagenten und hofft auf einen Scheck von seiner Mutter, ich auf ein Wort von meinem Vater.

»Du musst ihm schreiben und ihn um Erlaubnis bitten, mich heiraten zu dürfen«, sage ich, während wir schmusen und Radio hören.

»Dann sollte ich wohl besser erst rausfinden, welche Mitgift du bekommst.« Jimmy kitzelt mich am Ohr, Brenda Lee singt vom süßen Nichts, und ich verdränge den Gedanken, dass das Geld von Mums Postsparbuch nicht ewig reichen wird.

Die flammend rote Bougainvillea, die weiß getünchten Mauern, die Mittagssonne, all das ist zu viel für unsere Augen. Ich stibitze mir Edies Jackie-Kennedy-Sonnenbrille, Jimmy sieht mit seiner Ray-Ban wie Jean-Paul Belmondo aus.

Hand in Hand laufen wir zu Katsikas, bestellen Sardinen. »Einen guten Morgen der taufrischen Jugend«, ruft Charmian mit kehligem Glucksen, und ich habe ein schlechtes Gewissen, weil ich zuließ, dass Jimmy mir *Das andere Geschlecht* ausgeredet hat. Stattdessen gab er mir seine Kurzgeschichten von Sartre. »Er ist der bessere Schriftsteller.« Das Cover von *Intimität* zeigt einen Vamp, und das Buch ist immerhin angenehm schmal.

Sie nimmt sich den Band, schlägt die erste Geschichte auf. Leonard lächelt, als er das sieht.

»Du hast ihn doch bestimmt im Original gelesen, oder?«, sagt Jimmy, und ich sehe es in seinen Augen kurz aufflammen, Eifersucht vielleicht, als Leonard bestätigend nickt und sich ein Streichholz für seine Zigarette anzündet. Ohne angeberisch zu wirken, verbreitet Leonard die unmissverständliche Aura eines Mannes, der immer schon vor dir da gewesen ist. Er strahlt diese Weisheit einer uralten Seele aus, älter als Körper und Gesicht. Außerdem sitzt die schöne Lena an seiner Seite. Sie nimmt ihm die Zigarette von den Lippen, steckt sie sich zwischen die eigenen. Gestern noch war Lena eine Malerin aus Schweden, frisch von der Fähre, heute scheinen sich die beiden immerhin so gut zu kennen, dass sie seine bernsteinfarbenen *komboloi* als Armband trägt.

Erfolglos unterdrückt Charmian ein Schnauben, um dann laut aus Sartre vorzulesen. »Eine Frau hat kein Recht, ihr Leben für einen Impotenten zu vergeuden«, aber ihre Hand fährt zum Mund, als George sich ins Blickfeld schiebt. Sie schließt das Buch, fasst sich wieder. »Die Geschichten sind wahnsinnig gut. Vor allem *Intimität*, die Titelstory. Ein bisschen von dem, was ich gestern so unbeholfen über Freiheit und Wahl gesagt habe, wird in dieser Geschichte ganz wunderbar diskutiert. Du solltest sie wirklich lesen, Erica.«

»Mann, was für ein irrer Abend«, sagt George, als er aus dem Zigarettenladen kommt. Über Nacht scheint er an Statur gewonnen zu haben. Er ist einen guten Kopf größer als alle anderen und geht wie ein Revolverheld, die Zigarette klebt auf der vorgestülpten Unterlippe. Charmian ruft Nikos Katsikas zu, ihm ein Glas zu bringen.

»Ich weiß nicht, was passiert wäre, George, wenn es dich nicht gegeben hätte«, sagt sie, reißt die Augen auf und dämpft die Stimme, sodass nur noch Jimmy und ich sie hören können. »Ihr wart gerade gegangen, als es zu einer schrecklichen Szene kam. Axel tauchte auf und wollte sich mit George prügeln. Und nachdem George dafür gesorgt hatte, dass er wieder verschwindet, musste ich Marianne beinahe festbinden, damit sie ihm nicht hinterherläuft. Ich wage mir gar nicht auszumalen, wozu dieser Irre fähig ist, wenn er einen seiner Tobsuchtsanfälle hat. Patricia ist zum Glück abgereist, aber allein der Gedanke, Marianne könnte stattdessen jetzt mit Sam Barclay verheiratet sein und auf seiner tollen Jacht um die Welt segeln …«

Patricia hat die Insel verlassen. Das sind gute Neuigkeiten. Ich schaue mich um, betrachte die Tische und plaudernden Cliquen, hundert Dramen, die ihren Lauf nehmen. Ich liebe diese Zeit des Tages, wenn alle hier sind, das Klirren der Kaffeetassen, plötzlich aufbrandendes Gelächter, die vertrauten Katzen, bei den arbeitenden Männern scheinen selbst die Esel einen Schwatz zu halten, die rumpelnden Karren, die Stände mit Fisch und Obstpyramiden, die Frauen mit ihren Körben. Unter der Mittagssonne kommt eine Leichtigkeit auf, Hoffnung, gute Laune, ein freudig erregtes Gefühl der Vorahnung angesichts dessen, wer oder was heute an Land gespült wird. Es gibt weit mehr Markisen als bei unserer Ankunft, dunkelblaue und gestreifte, und die Tische in ihrem Schatten ziehen sich hinab bis zur Anlegestelle, wo jeden Moment einer unserer wildesten Träume von Bord gehen könnte.

Panayiotis hat seine hübsche junge Frau auf ein Glas kalte Orangeade mitgebracht, und Charmian geht rüber, um sich nach dem Befinden ihrer Mutter zu erkundigen, während Jimmy sich höchst angeregt mit Panayiotis darüber unterhält, wie sie einen Hai gefangen haben, ein Gespräch, bei dem Gesten eine größere Rolle als Worte spielen. Panayiotis' Frau hat sich auf traditionell griechische Weise das weiße Kopftuch vorm Kinn zusammengebunden, doch sind ihre Augen so sorgsam geschminkt wie die eines Teenagers. Sie lacht hinter vorgehaltener Hand, als Jimmy es mit seiner Hai-Impression übertreibt.

Eine mollige Frau in voluminöser Bluse, blau und tailliert,

wird auf einem Esel mit durchhängendem Rücken und blauen Zügeln durch den Hafen getragen. Sie hält einen blauen Sonnenschirm auf geradezu hochmütige Weise über sich, doch enttäuscht sie ihr Reittier, das direkt vor uns einen Haufen fallen lässt, weshalb ihr Eselsjunge mit seiner Schaufel zu uns zurücklaufen muss. George gibt sich größte Mühe, nicht zu lachen. »Schön, dass Sie wieder da sind, Katerina«, ruft er, und sie winkt ihm zu, ehe sie in die Hände klatscht und den Jungen zur Eile mahnt.

»In ihrem Haus ist alles blau, jeder Topf, Becher, sogar die Laken, blau gegen den bösen Blick«, sagt er und erzählt uns hustend und prustend eine Geschichte. Offenbar hatte Marc Chagall die Chuzpe besessen, zwei Seiten in ihrem Gästebuch zu füllen. »Sie war so erbost, dass sie die Blätter rausriss und ins Feuer warf, weil sie nicht den geringsten Schimmer hatte, wer dieser Mann war. Sie hatte nur Augen für diese grässliche Prinzessin Margaret und nahm an, bei dem Kringel malenden kleinen Ausländer könne es sich nur um einen Lakaien handeln, der mit Ihrer königlichen Hoheit hergesegelt war.«

Überall um mich herum wird geredet, als wären sämtliche Probleme mit dem Mond verblasst und verschwunden. Selbst vom Anblick eines fast nackten Jean-Claude Maurice wird Georges sonnige Laune kaum getrübt. Klugerweise hat er sich einen Tisch drei Cafés weiter ausgesucht. Mit den Füßen auf dem karierten Plastiktischtuch schnellt sein Blick rasch wie eine Eidechsenzunge von Trudy, die auf ihrem roten Haar eine Krone aus gelben Margeriten trägt, zu einer molligen, aus dem Playsuit quellenden Deutschen, die von ihrer Jacht zu ihm herüberschaut.

George nimmt meine Sartre-Erzählungen zur Hand, grunzt und wendet sich an Leonard. »Ich fürchte, dieser Geck da drüben hat dich zu Tode gelangweilt mit seinen sinnlos dämlichen Geschichten darüber, wie er mit diesem

Autor im Les Deux Magots abgehangen hat. Es kostet mich keine geringe Mühe, meine Lektüre davon nicht beeinflussen zu lassen«, sagt er, und Leonard prustet in seinen Kaffee. George blödelt weiter und redet Jean-Claude schlecht, bis sein Gelächter vom eigenen Husten und seinem Taschentuch erstickt wird.

Leonard wirft einen Blick zu Jean-Claude hinüber und wendet sich dann wieder dem Band mit Erzählungen zu, die anscheinend alle außer mir gelesen haben.

»Das Problem mit Sartre ist, dass er nie den Verstand verliert. Er beweist einen herrlich talmudischen Sinn fürs menschlich Mögliche, aber ich weiß, er wird niemals schreiben: ›Und dann sah das Zimmer goldgelb aus.‹ Er schreibt höchstens: ›Das Zimmer sah scheiße aus.‹« Leonard lehnt sich rüber, um George bekräftigend auf den Rücken zu klopfen, und fährt dann fort: »Manchmal sieht ein Zimmer aber tatsächlich goldgelb aus, und wer das nicht erwähnt, dessen Philosophie ist unvollständig.« Er wirft mir unter seiner Schirmmütze einen Blick zu, und als ich nicht reagiere, lächelt er verlegen und richtet seine Aufmerksamkeit wieder auf Lenas Gespräch mit Göran, obwohl die beiden sich auf Schwedisch unterhalten.

Charmian sieht, wie George das Taschentuch wegsteckt, und schenkt ihm ein Glas Wasser ein. Er winkt ab und zündet sich eine Zigarette an. Sofia bringt die Sardinen, und die Katzen verfolgen jeden Bissen mit hungrigen Blicken.

George hat ausnahmsweise mal Appetit, und er fällt über Jimmys Wunsch, Schriftsteller zu werden, ebenso her wie über den Fisch auf seinem Teller.

»Kann ich dir nicht mal einige Seiten zeigen?«, fragt Jimmy, und seine Blicke sind so hungrig wie die der Katzen.

Charmian lächelt, wie man über ein Kind lächelt, das bezauberndersweise noch an Feen glaubt. »So viele junge Menschen kommen her, um zu schreiben oder zu malen, und verplempern hier doch nur ihr Talent, falls sie denn überhaupt Talent zu verplempern haben.«

Jimmy reckt das Kinn. »Ich habe Talent«, sagt er. »Und ich bringe hier mehr zu Papier als jemals in London.«

»Tja, wenn du dich mit den Musen auf ihrem eigenen Terrain anlegen willst, musst du gut sein; und es darf dich nicht überraschen, wenn du dir eine blutige Nase holst«, sagt George, und zwischen ihm und Charmian fliegt ein Blick hin und her, der Bände über tausend alte blaue Flecke spricht.

Die Bühne leert sich, da die einen sich auf den Weg zum Postamt machen, die anderen aber zurück in ihre Häuser oder zu den Felsen gehen, um Inspiration zu suchen, Liebe oder um zu schwimmen.

Jimmy und ich kaufen Brot, Wein, Pfirsiche und ein Stück Ziegenkäse. Die Sonne brennt, also machen wir noch einen Umweg zur Drogerie, um Sonnencreme zu kaufen. Unter der bunt bemalten Zimmerdecke stehen bei Rafalias Reihen blauer Glasfläschchen in geschnitzten Holzvitrinen. Eine Gipsbüste von Hippokrates mahnt zur Stille. Wir sehen Marianne und Axel an der Tür vorbeilaufen, beide in blau gestreiftem Hemd, Sonne im Haar, und der kleine weiße Hund trottet hinterdrein. Marianne lacht über irgendeine Bemerkung von Axel und vergräbt ihr Gesicht an seiner Schulter. Axel trägt einen Fensterrahmen in bandagierten Händen. An mehreren Stellen ist das blassgrün gestrichene Holz gebrochen und zersplittert, Scherben blitzen aus altem Kitt. Marianne hält einen kaputten Stuhl unterm Arm. Wir folgen ihnen durch die Gassen zu Franciscos Werkstatt. Auf dem ganzen Weg reden sie ohne Punkt und Komma.

Vierzehn

Die Vesperglocken läuten. In der Abendsonne wird die Insel sanfter. Normalerweise laufe ich barfuß, aber heute trage ich Sandalen und statt der üblichen Shorts meine Caprihose, die Archonda vor Kurzem enger gemacht hat, sodass sie mir jetzt wie eine zweite Haut passt. Das Haar habe ich mir mit Brunnenwasser gewaschen, und meine Haut glänzt vom Olivenöl. Ich habe mehr Mühe als gewöhnlich auf mein Aussehen verwandt. Die Aertex-Bluse wurde gewaschen und eigens gebügelt, und ich habe mich bei Edies zartrosafarbenem Lippenstift bedient. Nicht ohne Scham gestehe ich, dass ich es aufregend finde, den verrückten Axel Jensen endlich kennenzulernen.

Ich laufe zum oberen Ende der sich windenden Gasse, die Stufen hoch, die zwischen eingefallenen Häusern ansteigen, von denen manche nur noch Ruinen und Haufen efeuüberwucherter Steine sind, hin und wieder aber ragt noch ein tapferer Schornstein dort auf, wo sich die Natur den Grund zurückerobert. Verfallene Steinmauern fassen Feigenbäume und Grenadilles ein, überraschende Ausblicke aufs Meer, wilde Kürbisse, Kapern, eine Katzenfamilie. Sanftgolden brüniert die niedrig stehende Sonne jeden Puschel, jeden Samenkopf und setzt den Duft des Nachtjasmins frei. Von oben hält mir ein Esel sein Geigengesicht hin, und ich klettere die bröcklige Mauer hoch bis dorthin, wo er angebunden steht, und kratze ihm all die Stellen, von denen er mir sagt, dass sie ihn jucken.

Ich besuche Marianne, nicht ihn, zumindest rede ich mir das immer wieder ein. Marianne hatte eine Frau erwähnt, die mir vielleicht ein paar Kräuter für einen Tee verkauft, der Bobbys Depressionen lindert, und ich habe den ganzen Tag damit verbracht, einen Hampelmann für Baby Axel zu basteln. Ein erregender Gedanke, dass Axel mich mit seinen großen Augen ansehen könnte; irgendwas in der Art, wie er Patricia hielt, als sie sich küssten, will mir nicht mehr aus dem Sinn. Ihr lang fallendes Haar, sie aufgelöst in seinen Armen, fast als würde sie ohnmächtig und verginge vor Verlangen. Ich werde darauf achten, ihn nicht anzufassen, sonst bekomme ich womöglich noch einen Schock.

Ich hoffe, Baby Axel Joachim gefällt der Hampelmann. Ich habe ihn aus Karton geschnitten, und für sein Harlekinkostüm durfte ich Bobbys Farben benutzen, Rot, Grün und Schwarz. Mit Bindfäden wurden die Teile verknüpft, und ich habe eine Perle ans Ende der Schnur gesetzt, mit der man ihn tanzen lassen kann, so wie Mum es für uns gemacht hat. Als ich Bobby den Hampelmann gezeigt habe, hat er nur gegrunzt, aber ich finde ihn ziemlich gut.

Noch während ich den Pfad durch die Bäume hochsteige, kann ich von der Terrasse Stimmen hören und hätte vor lauter Scheu fast kehrtgemacht, aber der kleine weiße Hund schießt aus dem Tor und verrät mich.

Lampen wurden draußen aufgestellt, Insekten sirren im Dämmerlicht, die Sonne hat den Himmel mit purpurroten Striemen überzogen. Marianne sitzt reglos in ihrem Schaukelstuhl, die anderen umstehen sie wie Dienstboten oder Krankenschwestern, Charmian redet, Nancy streichelt Mariannes Hand. Patrick Greer beugt sich vor, um ihr Wein einzuschenken.

Eine Frau in einem smaragdfarbenen Hängekleid aus Seide, Baby Axel Joachim auf dem Arm, befiehlt dem Hund, still zu sein. »Hallo da! Wir haben uns doch schon mal gesehen«, sagt sie und wippt das Kind auf und ab, das an ihrer Halskette zieht. »Du und deine englische Truppe. Aber warum lässt du dich nie im Marineklub blicken und hast ein bisschen Spaß?« Das Baby stopft sich ein Stück ihres geschnitzten Jadeanhängers in den Mund, und jetzt erkenne ich sie wieder, Magda, die Tschechin, die Jimmy im Lagoudera ein Vermögen für zwei Bier abgeknöpft hat. Magdas Parfüm riecht so intensiv, dass einem davon schwindlig werden könnte. Sie prahlt mit den vielen berühmten Leuten, die zur Insel gesegelt sind, um in ihrer Bar zu tanzen. »Henry Fonda, Prinzessin Margaret, Melina Mercouri ...«

Patrick Greer kommt mit einer Flasche in der Hand angetorkelt. Schulmeisterlich wackelt er mit dem Zeigefinger und unterbricht Magda. »Das ist nur wegen Babis Mores und seiner Fotos von diesen Starlets für die Klatschspalten. Himmelherrgott, allein deshalb kommen sie doch. Ich sage dir, das ist obszön. Babis' Kamera. Sein heißt gesehen werden. Und dann noch dein verdammter Nachtklub und die Lautsprecher, die bedeuten das Aus für diesen Ort.«

Magda schnappt sich das Glas, das Patrick mir hingehalten hat. Ich glaube, wäre das Baby nicht gewesen, hätte sie es nach ihm geworfen.

»Diese Insel braucht Touristen, und ich muss meinen Sohn ernähren«, sagt sie und schaukelt dabei das Kind, das lauter quengelt, als sie seine Finger von ihrer Kette löst.

Charmian fasst Marianne an den Arm, rüttelt ihn leicht. »Ich glaube, der kleine Mann gehört ins Bett«, sagt sie, aber Marianne lässt nicht erkennen, dass sie auch nur ein Wort verstanden hat. Sie liegt im Schaukelstuhl, als wäre sie hineingeworfen worden.

Magda funkelt Patrick an, und ihr wütendes Geschaukel ist nichts fürs Baby, das auf ihrer smaragdfarbenen Brust eine dunkle Spur hinterlassen hat. Ich mache Anstalten, ihr den Jungen abzunehmen. Seine Wangen sind rot, spuckeverschmiert, und er beißt sich auf die Knöchel.

Charmian nimmt sich eine Lampe vom Tisch. »Der arme Kleine. Zahnt, ist hungrig und müde, und das alles zugleich.« Sie bedeutet mir, ihr ins Haus zu folgen. »Wollen mal sehen, was wir tun können. Ich glaube nicht, dass Marianne zu irgendwas in der Lage ist.«

Die Küche zeigt frische Spuren eines Ehekrachs. Ein Ring junger Weinblätter kränzt den Wasserkrug. Charmians Lampe lässt die Schatten der Blumenkannen über die Wände tanzen, und wir sehen, dass auf den Regalen fast keine Bücher mehr stehen. Eine Ansammlung von kaputten Bildern und Porzellanscherben liegt vorm Reisigbesen, die Gitarre, die am Fuß der Treppe hing, ist verschwunden. Der Mond lugt mit gespenstischem Gesicht durch die Spitzenvorhänge der ausgeschlagenen Fensterscheibe. Charmian macht den Herd an und setzt einen Topf Wasser auf.

Wenn es darum geht, den armen Axel Joachim zu beruhigen, bin ich offenbar keinen Deut besser als Magda. Charmian nimmt ihn mir schließlich ab, und gleich legt der Kleine ihr den Kopf an den Busen und hört auf zu weinen. Mit dem Baby auf dem Arm sieht sie im Lampenlicht so friedlich aus. In ihrem Kopf spielt eine schöne Musik, die sie sich in den Hüften wiegen lässt, während sie das Fläschchen sucht und es mit dem Schnuller ins heiße Wasser gibt.

Sie tanzt mit dem Baby, wärmt die Milch auf, schüttelt einen Tropfen auf ihr Handgelenk, was es ganz gierig werden lässt, und unterhält sich dabei mit mir. »Das war aber auch zu schrecklich für die arme Marianne. Jede Menge Tränen, als er abgefahren ist, dabei war sie es, die ihm gesagt hat, dass er verschwinden soll. Und jetzt ist sie wie in Trance.«

Ich folge ihr nach oben. »Im Ernst? Axel ist fort und hat sie verlassen?«

»Ja, natürlich. Er hat es so weit getrieben, bis ihr eigentlich keine andere Wahl mehr blieb. War ziemlich grausam unten am Hafen. Das Baby hat sich die Seele aus dem Leib geschrien, und Marianne ist in die Knie gegangen, hat den Dreckskerl mit jeder Faser ihres Körpers angefleht, doch zu bleiben, während sie ihn zugleich anschrie, er solle endlich verschwinden. Und ich sage dir, er konnte es kaum erwarten, Wind in die Segel zu kriegen. So kann er immer behaupten, es sei Marianne gewesen, die ihn weggeschickt hat. Sie sagt, dass er bestimmt zurück nach Oslo fährt.«

Sanftes Flimmern im Dämmerlicht. Schafsfelle auf den Dielen, Vorhänge rund ums Bett, ein schmiedeeisernes, kunstvoll verziertes Waschgestell mit einer blitzweißen Keramikschale und hinter einem Durchgang ein langer, mit Papieren übersäter Arbeitstisch.

»Wie es aussieht, hat er seine Schreibmaschine mitgenommen«, sagt Charmian.

Sie schiebt bestickte Stoffstreifen beiseite, die rund ums hohe Bett hängen – ein wuchtiges russisches Etwas aus schwarzem Holz und Messingschnörkeln –, feuchtet im Waschgestell einen Schwamm an, findet eine frische Windel und Nadeln. Ich halte die Kerze, während sie das Kleine wäscht und wickelt, und das Baby trinkt friedlich gluckernd die warme Ziegenmilch.

»Ich nehme mal an, sie will mit diesem kleinen Moppel heute Nacht schlafen.« Charmian seufzt, als sie das Kind wie in ein Nest mitten ins Bett legt. »Sieh nur, wie schön sie alles macht. Sogar spitzenbesetzte Kissen. Und dann noch diese schrecklich schönen Blumen auf dem Nachttisch.«

Es ist dunkler geworden, die Temperatur fällt. Nancy und Magda kommen ins Haus, um Tomaten für die Soße zu schneiden. Nur ein schreiender Esel und von fern herüberklingende Ziegenglocken stören die Stille.

Marianne bleibt auf der Terrasse, eine Wolldecke um die Schultern, sieht ins All hinauf und singt mit rauchiger Stimme leise auf Norwegisch. Patrick Greer füllt ihr Glas. Im Licht der Lampe leuchtet der Wein rubinrot.

»Hey da, hübsche Kleine«, lallt sie und tätschelt die Wand neben sich. »Bist du gekommen, mich mit deiner Jugend zu necken, deiner Schönheit, deinem ungebrochenen Herzen?«

»Tut mir leid, nein. Ich wollte nach der Frau fragen, die diese Kräutertees macht … ist aber wohl kein guter Zeitpunkt.« Ich werde rot wie der Wein und kann spüren, dass mir das Blut in den Kopf steigt. Patrick Greer ist so unverschämt, abfällig zu schnauben. Er reicht mir ein Glas Kokineli, und ich leere es in einem Zug. Charmian kommt mit Korkenzieher und einer vollen Flasche, sagt Marianne, das Baby sei versorgt.

Marianne scheint Mühe zu haben, sich zu konzentrieren, und erst später kommt mir der Gedanke, dass man ihr sicher eine Tablette gegeben hat. Immer und immer wieder sagt sie, dass sie es war, die ihn aufforderte zu gehen.

»Ich weiß nicht, was ich mache, wenn er sich allein da draußen auf dem Meer was antut.«

Charmian bedeutet mir beiseitezurücken und nimmt meinen Platz ein. Sie zieht Marianne an sich, um sie zu trösten und daran zu erinnern, dass Axel ein guter Seemann und viel zu ehrgeizig ist, um ertrinken zu wollen. Magda unterbricht sie mit dem Hinweis, dass Nancy bereit ist, das Essen zu servieren.

»Du musst ihn gehen lassen, der ist viel zu durchgeknallt. Und es gibt jede Menge Kerle, die nur zu gern seinen Platz einnehmen würden, das weißt du.«

Marianne schließt die Augen, und wir alle verstummen, aber mit einem Schrei springt sie plötzlich auf.

»Es gibt nur ihn, das ist es ja. Ihn und seine goldene Stimme. Genau wie meine Großmutter es prophezeit hat. Momo hat gesagt, mein Mann würde eine goldene Stimme haben, und das ist Axel Jensen.«

Magda schüttelt den Kopf, sagt leise: »Nicht das schon wieder«, und stapft ins Haus, um Nancy zu helfen.

Marianne ist wacklig auf den Beinen, und was sie sagt, ergibt nicht viel Sinn. Sie streckt Charmian eine Hand hin. »Komm mit, hilf mir, ihm einen Brief zu schreiben. Ich liebe meinen Mann. Dagegen kann ich nichts tun. Und wenn der Brief mit dem morgigen Dampfer abgeht, erhält er ihn noch, sobald er in Athen ankommt.«

Ich bleibe allein mit Patrick Greer zurück, der mir nachschenkt, ehe ich unter irgendeinem Vorwand gehen kann.

Er sieht ihnen nach und sagt: »Was für eine Frau – aber das hast du sicher schon selbst gemerkt.«

»Marianne?«, frage ich. »Weil sie sich mit allem abfinden will, was ihr Mann macht, egal wie widerlich der sich benimmt?«

Patrick schnaubt verächtlich. »Ha, nein. Ich rede von Charm. Hier spielt sie den guten Engel, während sich der eigene Mann und ihre Kinder weiß Gott wo herumtreiben … schnorren sich bestimmt bei den Nachbarn ihr Abendessen zusammen.« Schwarz vor Boshaftigkeit funkeln seine Augen, als er sich zu mir herüberbeugt, die Lippen in seinem struppigen Bart feucht und rosig wie Mollusken.

»Du weißt, dass es für sie zu Hause gerade nicht so gut läuft? Alle warten auf Georges Buch. Das macht sie ganz kirre. Und jetzt ist auch noch Jean-Claude zurück und schnüffelt herum. Na ja, eine durchaus interessante Atmosphäre, könnte man sagen.«

Er hat seine Hand auf mein Knie gelegt. »Ist schon übel von George, sich auf diese Weise zu rächen, sie öffentlich zu demütigen.« Obwohl ich unbedingt wegwill und mich geradezu beschmutzt von ihm fühle, merke ich doch auch, wie ich die Ohren spitze.

»Und?«

Patrick drückt meinen Schenkel, als Magda mit einem Stapel blau gemusterter Teller kommt und sie auf dem Tisch verteilt. Sie stößt mit mir an.

»Ich mach dir einen Sonderpreis, wenn du mit deinen wunderbaren englischen Freunden während der Jachtwoche ins Lagoudera kommst. Wir brauchen noch ein paar junge Bohemiens, um das Ganze ein bisschen aufzumischen.«

Patrick wirft ihr einen finsteren Blick zu, beugt sich vor und steckt sich seine Pfeife an.

Der Holm macht ein unangenehm schmatzendes Geräusch. »George ist ein Opfer seiner eigenen Eifersucht. Ich habe das Manuskript gelesen und finde, er hat einen rundum guten Roman durch eine völlig überflüssige Sexszene ruiniert. Und die hat er bloß geschrieben, um es Charm und Jean-Claude heimzuzahlen.«

»Ach, jetzt hör schon damit auf«, faucht Magda. »Außer den beiden geht das nun wirklich niemand was an.«

»Entschuldige, aber George hat doch selbst dafür gesorgt, dass es uns alle was angeht, indem er so offenherzig über seine Frau schreibt«, spöttelt Patrick. »Ein selbst erklärter Nur-einmal-im-Jahr-Mann rammt ihr ein Messer in die Brust, weil er wohl nichts anderes mehr in sie reinstecken kann.«

»Wie ekelig, du bist ja betrunken«, sagt Magda, aber Patrick ist schon wieder dabei, mit dem Zeigefinger zu wackeln.

»Er hat nie geglaubt, dass er sich lange glücklich schätzen

darf, eine solche Frau zu haben. Sie ist viel zu heißblütig für das Leben einer Nonne, und das weiß er.«

Magda gibt ihm einen Schubs, der ihn fast hinfallen lässt. »Das gefällt dir wohl, wie? Aber nicht weil Charm mit Jean-Claude zusammen war, obwohl du dich doch so offensichtlich angeboten hast?«

Patrick funkelt sie an. »Ich mache kein Geheimnis aus meiner Bewunderung für diese Frau«, sagt er.

Charmian kommt mit dem Besteck. In der Sartre-Erzählung, die wir alle gelesen haben, ist Lulu, die Frau, die sich entschließt, bei ihrem impotenten Mann zu bleiben, praktischerweise unfähig, Sex zu genießen. Ich ertrage es nicht, dass Charmians Ehe mit George scheitern könnte. Für mich kommen sie einer Familie noch am nächsten. Und ich liebe sie alle: ihre Frotzeleien und Launen, ihre Tränen, ihr Chaos und das wilde Lachen, alles, jedes noch so kleine bisschen.

Patrick und Magda beharken sich immer noch, als Marianne auf die Terrasse kommt, dicht gefolgt von der Katze. Marianne kniet sich hin und fängt an, die gelb-weißen Blüten der in den Steinritzen wachsenden Blumen zu pflücken. »Weißt du«, sagt sie zur Katze, »wenn er meinen Brief liest, dann sieht er die Gänseblümchen von unserer eigenen kleinen Terrasse.« Als ich auf meinem Weg nach draußen an ihr vorbeikomme, blickt sie auf und nickt mir zu. Mein Geschenk lege ich vor sie hin. »Nur eine Kleinigkeit, die ich für Axel Joachim gemacht habe«, sage ich, und mit einem Kloß in der Kehle und dem kindlichen Verlangen zu weinen überlasse ich sie alle sich selbst.

Fünfzehn

Jimmy stupst mich in die Rippen, als ich am Fährenzugang unsere Tickets bezahle. »Sieht aus, als wollte da wer verduften«, sagt er. Die Landungsbrücke wurde herabgelassen, und die Leute schwärmen mit ihren Kameras und Strandtaschen aus, mit ihren Harpunen und Tauchermasken, kleine Jungs drängen sich auf, wollen Geschäfte machen. Amüsiert sehe ich, dass Martin mit den übrigen Hafenratten herumrennt und Tagesausflügler umgarnt, weil er auf ein paar Drachmen von jenen hofft, die den Weg zu den besten Badestellen und zu den Tavernen gezeigt bekommen wollen.

Mit nacktem Oberkörper und mit Taschen behangen, unterm Arm eine überquellende Bildermappe sowie eine große aufgerollte Leinwand, schlurft Jean-Claude zum Anfang der Warteschlange. Der Schiffssteward aber gibt ihm sein Ticket zurück, während er die Übrigen bittet, doch weiterzugehen. Es folgt eine Explosion griechischer und französischer Worte, bis Jean-Claude, immer noch fluchend, ein scharlachrotes Hemd aus einer der Taschen zerrt und es sich überzieht.

Mit schlappem blauem Strohhut läuft Trudy vorüber, ein Taschentuch an den Mund gepresst. Strähnig und dick wie ein Glockenstrang hängt ihr das rote Haar in einem Pferdeschwanz über die Schulter. Wir unterhalten uns über das Absperrgitter hinweg, während Jimmy im sauberen Leinenhemd von Costas Eiskarren herüberschlendert, in der einen Hand seine kostbare Schreibmaschine, in der anderen zwei Hörnchen.

»Aaah, was hast du doch für ein Glück, Mädchen ...«, sagt Trudy und kneift mich. »Womit ich nicht die Hörnchen meine, Liebes.« Ich frage nach Jean-Claude, aber mit einer wegwerfenden Geste tut sie den Namen ab.

»Er ist auf dem Weg nach Berlin. Soweit ich weiß, um sich mit seinem Händler zu treffen«, sagt sie mit geringschätzigem Schulterzucken. Sie ist ein wenig grün im Gesicht und sagt, seit sie aufgestanden sei, fühle sie sich nicht so besonders, bestimmt waren die Frikadellen in Stephanos' Taverne nicht mehr gut. Zum Gedränge stoßen nun auch Männer mit einer Ladung übel riechender schwarzer Schwämme, die sie am Kai stapeln.

Jimmy gibt mir ein Eis und wischt einen Tropfen vom Koffer der kostbaren Schreibmaschine. »Extra nach Athen, um diese Kleine hier reparieren zu lassen«, sagt er.

»Ach ja, aber eine Nacht im Hotel«, seufzt Trudy.

»Und ein heißes Bad«, sage ich und allein bei dem Gedanken daran könnte ich einen Freudentanz aufführen.

Vor uns stockt die Schlange. Zwei Stewards helfen einem Einbeinigen die Gangway hinauf. Der Mann ist alt und trägt eine geflickte Fischerhose, deren leeres Bein zugeknotet herabbaumelt und heftig schwingt, als er herumwirbelt und so wild in den Hafen spuckt, dass ich zusammenzucke. Zwei alte, schwarz gekleidete Frauen beginnen zu klagen. Die *Nereida* dröhnt einige Male ungeduldig, und alle schreien, um gehört zu werden.

»Du würdest nicht glauben, was wir alles mitbringen sollen«, sage ich zu Trudy. »Verhütungsmittel für jedermann, Nagellack und Ponds Cold Cream und die *Paris Match*. Außerdem sollen wir Bobbys Wagen anlassen, was ziemlich nervig ist. Ich verstehe nicht, was so schlimm daran sein soll, wenn die Batterie irgendwann leer ist.«

Auf die Nacht im Lyria freue ich mich. Das zusätzliche

Geld sei es wert, hat Charmian gesagt, allein schon wegen der alten Wanne im zweiten Stock am Ende des Flurs. »Ein Ozean warmes Wasser«, seufzte sie, und ihre Augen schimmerten gelb vor Neid. Sie riet mir, die beste Seife zu kaufen, die ich mir leisten könne, und es in vollen Zügen zu genießen. Das also steht oben auf meiner Liste, und ich hoffe, ich kann Stickarbeiten wie die von Marianne finden, um mein Brautbett damit zu behängen. Ich lecke an meinem tropfenden Eis.

»Gehst du für mich in den Plattenladen?«, fragt Trudy. »Und wenn sie die haben, holst du mir dann die LP von Ray Charles? Ich gebe dir das Geld auch zurück. Und wenn ihr schon mal da seid, könntet ihr auch noch drei Tuben Terrakottarot und zweimal Sienabraun holen?« Sie kritzelt eine erstaunlich lange Liste auf und hastet dann davon, sagt, vom Geruch der trocknenden Schwämme würde ihr so übel, dass sie sich gleich übergeben müsse.

Die Sirene der *Nereida* ist ohrenbetäubend. Wir stehen auf dem Sonnendeck, sehen die Insel zurückbleiben und versuchen, unser Haus in der Reihe weißer Würfel auszumachen. Die Fähre hebt und senkt sich, und ich muss meinen Hut festhalten, als wir uns über die Reling beugen, um zuzusehen, wie die Wellen Gischt gegen den Rumpf sprühen.

Demetri Gassoumis ist an Bord, seine Rolleiflex hat er sich umgehängt, und dem Neuseeländer Bim guckt ein Notizblock aus der Tasche seiner Safarijacke. Er zeigt auf Demetris Kamera. »Wir bleiben ein paar Tage, um für eine Zeitschrift eine Story über den Fleischmarkt in Piräus zu machen«, sagt er, obwohl sie, wie sich dann herausstellt, dafür keinen Auftrag haben. Der Kai ist noch zu sehen, auch Robyn und Carolyn, die ihnen nachwinken, als ihre Männer sich bereits zwei holländischen Frauen zuwenden und ihnen helfen, die Rucksäcke zu verstauen.

Unten kauft Demetri Lotteriescheine für sich und die Holländerinnen, als der Mann mit seinem Tragetablett kommt. Die vier setzen sich auf eine Bank, und Bim nimmt die Sonnenbrille ab und beugt sich zur Seite, um sich die Hübschere der beiden genauer anzusehen.

Ich bin froh, dass Jimmy nicht bei ihnen sitzen will. Bim und Demetri haben nämlich eine Art, mich anzublicken, als könnten sie durch meine Kleider sehen. Robyn und Carolyn tun mir leid, weil sie offenbar immer zu Hause bleiben, während ihre Männer im Hafen herumscharwenzeln. Ich frage mich, ob Carolyn das Leben einer Inselfrau führt, weil Demetri Halbgrieche ist, nur würde das Robyn nicht erklären. Insgeheim wünsche ich mir, dass die beiden Lesben und ganz wild aufeinander sind.

Mit eingezogenem Kopf läuft Jimmy die Eisentreppe nach unten, und ich folge ihm in den Aufenthaltsraum, wo Jean-Claude seine Taschen öffnet.

»Hör mal«, sagt Jimmy, »wir könnten ihn doch nach Charmian ausfragen und herausfinden, was er über Georges Roman weiß.«

»Untersteh dich!«

Jean-Claude macht es sich bequem, lässt ein Bein über seinem Arm baumeln. Das Hemd bleibt offen, seine Bräune legt Zeugnis ab über die Monate, die er daran gearbeitet hat, golden glimmert sein Brusthaar, das lockig wie das Fell eines Pudels ist. Bis auf die Leinwand hat er sein Gepäck verstaut. Er zieht an der Schnur, mit der sie zusammengebunden wurde. Seine verblichenen Jeans liegen so eng an, dass er sie sich nass übergestreift haben muss, irgendwann sind die Knöpfe am Hosenschlitz abgeplatzt, der jetzt von zwei überforderten Sicherheitsnadeln gehalten wird.

»Die Farbe ist noch *mouillé*«, sagt er, als er die Leinwand aufrollt und ins Licht des Bullauges hält. »*Schlafende Aphrodite*.«

Die Farbe wurde in groben Strichen aufgetragen, die schlafende Göttin aber ist zweifelsfrei Trudy. Sie liegt vor einem Fenster auf zerwühlten weißen Laken, ihre Nippel leuchten so orange wie Kumquats.

Er lächelt bei ihrem Anblick und leckt sich die Lippen wie bei der Erinnerung an ein Festmahl. »*Si belle*, ja? Eure amerikanische Freundin. Ist eines von meine beste. Wird mich machen ganz traurig, wenn ich es verkaufe.«

Er breitet es auf einem Sitz aus und langt nach dem Rucksack zwischen seinen Füßen. »*Vous voulez partager*?« Ein Beutel Orangen. Er nimmt sich die größte, bohrt ein Loch in die Schale und werkelt mit dem Daumen darin herum, um den Saft freizusetzen. Jean-Claude glaubt zweifelsohne, sich sehr sinnlich zu zeigen, als er die Orange an den Mund hebt und sie aussaugt, wobei er mich unter seinen rötlich braunen Wimpern hinweg unablässig anschaut.

»Hör auf damit, Jacques!« Mich windend vor Scham platzt der Name aus mir heraus, den Charmian ihm in ihrem Buch gegeben hat.

Jimmy platzt fast vor Lachen. »Jacques! Schläft auf einem Schafsfell und ernährt sich von rohen Eiern.«

»*C'est vrai*. All das tu ich«, sagt Jean-Claude und leckt sich die Finger. »Ich esse meine Eier aus einer Tasse, und das Schafsfell liegt da, zusammengerollt, alles klar? Und ja, ich 'abe Charmians Buch gelesen.« Er hält inne, gähnt und spielt an seinem Ohrring. »Ich weiß nicht, warum sie will, dass ich *ridicule* rüberkomme, aber ihr steht frei, über mich zu schreiben, was immer sie will. *Puuft*. Frei sein, nichts ist wichtiger.« Erneut wühlt er in seinem Rucksack und zieht ein Taschenbuch heraus, schlägt es aber nicht gleich auf. Stattdessen schaut er zum Bullauge und lächelt. »Liegt Jahre zurück, dass ich 'ab Charmian ausge'olfen, aber vergessen ich 'abe es nicht.«

Er blättert durch das Buch, sucht eine bestimmte Stelle und hebt dann langsam die Lider, seine Augen so gelb wie die einer Ziege. Er riecht streng, und ich bin unwillkürlich davon überzeugt, dass dieser Geruch von seinen Jeans ausgeht. »Wisst ihr, ich ’elfe aus, wo immer ich kann. Ihr versteht, was ich meine, ja?«

Ich schlucke, nicke und deute auf seinen Berg Gepäck. »Das war’s jetzt? Hast du genug von Hydra?« Ich will die Bestätigung, dass diese Schlange verschwindet und auf keinen Fall noch da ist, wenn Georges ärgerlicher Roman erscheint.

Jean-Claude nickt. »Der Ehemann, er macht Probleme. Setzt Polizeichef Manolis auf mich an und beschwert sich auf dem Revier ständig wegen dies und das. *Puuft*, keine Insel ist so besonders, dass es sich lohnt, einen George Johnston zu ertragen …« Er schweigt einen Moment, um etwas aus seinen leuchtend weißen Porzellanzähnen zu polken.

»Letzte Nacht war er so betrunken, ich ’abe gefürchtet um mein Leben. Kam, um mir vorzulesen, was er über sich und seine Frau geschrieben ’at. *Tant pis*, nur weiß ich bei George nie, ob er nicht gewalttätig wird, und Zahnärzte sind teuer!« Jean-Claude lehnt sich zurück, kratzt sich träge die Brust. »Ich sag euch eins, ihr werd ich nie wieder aus’elfen.«

»Heute Nacht im Lyria werd ich dir aus’elfen, meine Kleine«, schnaubt Jimmy mir ins Ohr. Jean-Claude rollt mit den Augen und greift wieder nach seinem Buch.

*

Oh, die Freuden einer Badewanne! Ich befolge Charmians Rat und leiste mir den Luxus einer nach Mandeln riechenden Elfenbeinseife sowie eines Elefantenohrschwamms, der sich glatt und schlüpfrig wie Seide anfühlt, sobald er feucht wird.

Ich genieße mein Bad so sehr, dass ich fast nicht will, dass Jimmy zu mir in die Wanne steigt, zumindest nicht, bis er anfängt, mir den Rücken einzuseifen.

Der Spiegel im Bad ist beschlagen, der Heißwasserhahn gluckert, die Seife macht cremigen Schaum.

Nach unserem Tag in der Stadt fühlen wir uns so schmutzig wie nie auf der Insel. Kaum von der Fähre, traf es uns wie ein Schlag: der Gestank der Straßen, die vorbeidonnernden Laster. Einen Moment kam es mir vor, als wären wir auf einem fremden Planeten gelandet, und mir wurde ganz schwindelig von den Gerüchen, dem Tempo, dem Lärm und dem Gehupe. So viele Busse, schmutzig gelb oder schmutzig blau, Baustaub und Zementmischer, und Leute, die was verkaufen wollen, Stände und Körbe. Es tat gut, Jimmy an meiner Seite zu haben, der mir den Ellbogen hielt, mich durch den Verkehr lotste und durch die schäbigen Straßen. Er ist mein Gentleman, ein Gentleman mit dem Haar eines Gypsy. An einem Stand hat er mir einen Ring gekauft, nur Silber, aber mit hübschem griechischem Mäandermuster. Er sagt, der sei nur, bis er sein Buch verkauft habe und mir einen richtigen schenken könne.

*

Mit Jimmys Ring am Finger kehre ich zur Insel zurück, außerdem mit mehreren Ellen feinstem besticktem Leinen, einigen antiken Messingschalen, meinem ersten echten Bikini und einem roten Seidenkimono, den ich als Kleid tragen will. Jimmy tut, als taumelte er unterm Gewicht der Pakete, mit denen er beladen ist. Außer seiner reparierten Schreibmaschine und unseren Marktschnäppchen haben wir für alle die gewünschten Bücher, Platten und Zeitungen dabei, die Farben, Leinwände, Schreibmaschinenbänder, Gitarrensaiten,

Cremes, Pasten und Pariser sowie ein großes Rund Athener Brot.

Sie sitzen alle vor Katsikas und warten auf ihre Schätze. Wie ein Kaufmannsprinz geht Jimmy von einem zum anderen. Trudy hockt im Schatten der Wand, in meinen Augen noch immer etwas grün um die Nase, doch, wie sich herausstellt, ohne Geld, um uns LP und Ölfarben zu bezahlen. Jimmy wirft Bobby die Schlüssel zu und klärt ihn über den Zustand des Wagens auf. »... irgendwann ist es Erica gelungen, einen Lkw-Fahrer mit Überbrückungskabel anzuhalten«, erzählt er. Bobby scheint heute etwas besser gelaunt zu sein. Er hat sich rasiert und frische Sachen angezogen. Edie sitzt mit breitkrempigem Hut auf seinen Knien, sodass er sie ein wenig beiseiteschieben muss, als ich ihm beschreibe, wie der Lkw-Fahrer verärgert reagierte, als wir zum Parkplatz kamen und Jimmy auftauchte. Ich wollte Bobby sagen, dass Mums kleiner grüner Morris nach all der Zeit in Piräus im Schatten einer Bitterorange wieder nach ihrem Parfüm duftete. Bobby grinst, dankt mir und ruft Andonis, uns Retsina zu bringen.

Seit einigen Tagen streikt in Athen die Post, weshalb Jubelrufe aufbranden, als Postsäcke vorbeigetragen werden. Es folgen hastige Anordnungen in mehreren Sprachen, Münzen klirren auf Tische, Stühle scharren über den Boden, Geldscheine werden unter Tassen geklemmt.

An Charmians Tisch trinkt Marianne weiter ihre Orangeade, der Kinderwagen steht direkt vorm Laden.

»Keine Sorge«, sagt Charmian. »George sieht nach, ob ein Brief für dich dabei ist.« Marianne kaut auf ihrer Unterlippe. Zwischen den Augen entdecke ich eine Falte, die nicht bloß vom Blinzeln gegen die Sonne rührt. Ihre Bluse gleicht aufs Haar dem Hemd, das Axel gestern in Athen getragen hat, dünne blaue Streifen durchziehen den Leinenstoff.

Marianne legt mir eine Hand auf den Arm. »Der Hampelmann, den du fürs Baby gebastelt hast, der hat uns beide glücklich gemacht«, sagt sie.

Charmian lächelt mir zu. »Wie war der Ausflug?«

»Ach, was ich fast vergessen hätte: Jean-Claude war auf der Fähre, und er kommt nicht wieder zurück.«

In panischer Aufregung platze ich damit heraus, denn ich habe nicht damit gerechnet, so bald schon auf Marianne zu treffen. Ich meide ihren Blick. Ich will nicht die Überbringerin sein. Ich will ihr nicht sagen: »Hör mal, ich habe Axel gesehen ...«

Ich plappere vor mich hin, erzähle, wie mühselig die Einkauferei war. »Wir haben es nicht mal hoch zum Parthenon geschafft«, sage ich.

Obwohl Jimmy und ich uns eine Weile getrennt hatten, um Zeit zu sparen, gab es einfach zu viele Besorgungen zu erledigen. Jimmy brachte die Schreibmaschine zur Werkstatt in die Pouliandros-Straße, während ich mich mit meinen Reiseschecks im Büro von American Express anstellte. Die Uhr tickte, und es schien immer unwahrscheinlicher, dass wir es noch zum Sitz der Götter schaffen würden.

In den mit dunklem Holz getäfelten Räumen von American Express war es stickig, und nur langsam schlurften die Leute in der Warteschlange voran. Die zwei Männer vor mir in Shorts und abgetragenen Espadrilles stanken dermaßen nach altem Schweiß, dass ich zum Atmen den Kopf abwenden musste. Mich verblüffte unsere schiere Menge, all die Rucksäcke und Schlafsäcke, und wie viele der Männer eine Rasur dringend nötig hatten.

Jalousien schützten vor der Hitze, nur vor einem der oberen Fenster waren sie gerissen, sodass Licht auf den Boden vor dem Kassenschalter fiel. Beinahe silbern blitzte sein Haar in diesem Lichtstrahl, als er sich umdrehte. Ich brauchte einen Moment, bis ich es wirklich glaubte. Axel trug sein Leinenhemd mit dünnen Streifen über der Matrosenhose und stopfte sich Geldscheine in die Gesäßtasche. In der Hand hielt er einen Brief. Sein Lächeln schnitt Grübchen in die Wangen, und ich folgte seinem Blick dahin, wo sie mit dem Gepäck wartete. Also doch nicht in Chicago, sondern hier, keine zehn Schritt von mir, das Haar frisch gewaschen und so glänzend wie Sirup. Ich rückte näher heran. Patricias Kleid war büßerschwarz und reichte ihr fast bis auf die Knöchel, vorn hatte es eine Reihe Gagatknöpfe.

Sie zeigte auf den Brief. Es schien Axel zu überraschen, dass er ihn in der Hand hielt. Patricia ließ die Taschen fallen, und während er den Brief öffnete, stellte sie sich auf die Zehenspitzen, um ihm über die Schulter zu schauen. Gelb-weiße Gänseblümchen regneten heraus, sobald er die Seiten auffaltete. Er wischte sie sich vom Ärmel, und ich sah, wie er die ungelesenen Seiten zerriss und die Schnipsel in eine Ecke warf. Er schnappte sich die Taschen und wurde ungeduldig, wollte Patricia hinter sich herziehen, aber die wehrte sich und bückte sich nach den heruntergefallenen Blüten. Sie wählte zwei, drei aus und legte sie in die Seiten ihres Skizzenblocks, ehe sie ihm auf die Straße folgte.

Ich bin froh, aus meinen Gedanken aufgeschreckt zu werden, als George mit seinen Briefen zu uns an den Tisch zurückkommt.

»Nichts für mich?«, fragt Marianne, woraufhin George den Kopf schüttelt und Charmian ihr die Hand tätschelt.

Für mich ist auch nichts dabei, und ich frage mich langsam, ob mein Vater es ernst gemeint hat, als er mich verstieß.

Leonard hat einen dicken Umschlag aus Kanada erhalten und zieht sich einen Stuhl heran, um zu lesen, lehnt sich zurück, die Füße an der Wand und die Schirmmütze zum

Schutz vor der Sonne in die Stirn gezogen. Nikos bringt einen Krug Retsina, während alle um mich herum sich daranmachen, ihre Bulletins aus der Welt dort draußen zu lesen. Von einem Freund in England hat Jimmy einen ermutigenden Brief zu seinen ersten Kapiteln bekommen und, zum Glück, auch einen kleinen Scheck von seiner Mutter.

Charmian flucht und schiebt George eine Rechnung zu. »Letzte Mahnung von Foyles, ehe sie unser Konto sperren, Liebling.«

Mit einem Taschenmesser schlitzt George einen Umschlag auf. Ihre Majestät auf der Briefmarke. Charmian sieht den Adressstempel: Verlag William Collins. Sie verstummt, als er den Brief überfliegt und wieder zusammenfaltet. Schwer zu sagen, ob er vor Schmerz oder Freude die Augen schließt.

»Und?«, fragt Charmian und schüttelt sich eine Zigarette aus der Packung.

Seine Hände zittern leicht, als er ein Streichholz ansteckt. »Wie es aussieht, geht Billy bei *Closer to the Sun* aufs Ganze«, sagt er, als sie sich zur Flamme vorbeugt. »Fürs Cover hat er sich diesen Kenneth dazugeholt, der auch alle Agatha Christies macht, und für die Anzeigen nehmen sie Zitate von Muriel Spark und J. B. Priestley.«

Leonard weilt wieder unter uns, gluckst aber immer noch über etwas, das in seinem Brief steht. »Was ist?«, fragt er, sobald er Charmians Miene sieht.

»Ach, na ja, George ist offenbar ziemlich zufrieden mit sich«, sagt sie, ein Märtyrerlächeln im Gesicht. »Sieht aus, als ob Collins hofft, mit seinem neuen Roman einen Bestseller zu landen.«

Leonard mustert sie mit zusammengekniffenen Augen und spielt mit seinen *komboloi*. Klack, klack, klack stoßen die Bernsteinperlen aneinander.

»Das Problem ist, ich will mich wirklich für ihn freuen –

für uns, eigentlich. Er hat einen Erfolg verdient, nachdem er sich so viele Jahre abgerackert hat, nur kommt in diesem verdammten Buch eine Frau vor, die mir einfach zu ähnlich ist, und ich frage mich, ob ich mir für die Zeit nach der Veröffentlichung nicht einen Platz in einer Irrenanstalt reservieren sollte.«

George stöhnt auf, das tiefe Stöhnen eines Mannes, der in voller Montur in die Schlacht zurückkehrt.

»Herrgott, Frau«, sagt er. »Jetzt billige mir doch wenigstens ein bisschen Fantasie zu. Weißt du, in *Closer to the Sun* geht es nicht allein um dich und deinen Naturburschen …«

Mit einer so behutsamen Autorität, als strebte er eine Einigung zwischen Chruschtschow und Eisenhower an, mischt Leonard sich ein.

»Ich glaube, letzten Endes sind alle froh, wenn man etwas Schönes aus den eigenen Erfahrungen schaffen kann«, sagt er.

Charmian mustert beide und schüttelt den Kopf. »Und was ist mit Zelda und Scott Fitzgerald? Man kann ja wohl nicht gerade behaupten, es sei für sie gut ausgegangen, dass er über ihre gemeinsamen Erfahrungen geschrieben hat, oder?«

»Na ja, sie wollte … also ich denke, sie hatte selbst einen gewissen Ehrgeiz als Schriftstellerin, nur weiß ich nicht …« Leonard sieht den Blick in Charmians Gesicht, und die Worte versiegen, als würde ihm erst jetzt wieder einfallen, dass sie auch eine Schriftstellerin ist.

»Würdest du das denn tun?«, fragt Marianne, plötzlich lebendig. »Würdest du die Frau, die du liebst, für deine Arbeit benutzen?«

Leonard reibt sich übers Sandpapierkinn, hin und her, hin und her, während seine Augen sich an ihrem Gesicht weiden. »Wenn, dann glaube ich nicht, dass ich sie so benutzen würde, dass irgendwer irgendwas damit anfangen könnte, egal wie …«

Sie lächeln sich an, bis Marianne den Blick senkt und eine eher mitfühlende Miene für Charmian aufsetzt. »Ich weiß, wie es dir geht. Ich bin froh, dass ich nicht in Oslo bin, wenn die Verfilmung von Axels Roman anläuft«, sagt sie, noch eine Spur ihres sonnigen Lächelns im Gesicht. »Ich weiß, wie schlimm es ist, in einem Buch vorzukommen, aber stell dir das Theater vor, wenn diese junge Schauspielerin, die vorgibt, ich zu sein, nackt im Kiefernwald liegt und alles von sich zeigt.«

Leonard reagiert mit einem breiten Grinsen. Ich sehe ihm an, dass er sich diese Szene vorstellt und dass sie ihm gefällt. »Letzten Endes sind alle erfundenen Figuren nur eine Allegorie, eine Metapher für die menschliche Erfahrung«, sagt er.

Baby Axel Joachim regt sich. Marianne beugt sich vor, schaukelt den Kinderwagen und sieht, wie ich sie beobachte. »Willst du ihn mal nehmen?«

Ich setze mir das Baby auf den Schoß, und sie gibt mir seine Wasserflasche. Der Kleine spielt mit dem Nuckel, findet es aber interessanter, seine Finger um meinen Pferdeschwanz zu wickeln und mir ins Gesicht zu blicken. Seine Augen sind blau wie das Meer, blau wie der Himmel. Ich versuche, nicht an Axel zu denken, wie er da stand, um sich herum verstreut Mariannes gelb-weiße Blüten, bin ich mir doch keineswegs sicher, ob das Baby nicht die Bilder in meinem Kopf sehen kann. Ich schaue zu Charmian hinüber, sie nickt, als Leonard ihr etwas aus dem Brief seiner Schwester vorliest, und hält kurz inne, als sie meinen Blick auffängt. Ich spüre, wie es mir vor lauter Anstrengung, keine Überbringerin schlechter Nachrichten sein zu wollen, fast den Mund verzerrt.

Da war dieses kleine Café in einer Seitenstraße des Syntagma-Platzes, gleich gegenüber vom American-Express-Büro und auf dem Weg zum Geschäft für Künstlerbedarf. Ich hatte mich dort mit Jimmy verabredet, an einem der Tische unter der dunkelblauen Markise.

Die Götter, für die uns die Zeit fehlte, dürften oben im Tempel auf dem Hügel ihren Spaß mit uns gehabt haben. Patricia saß da, blätterte durch ihr Skizzenbuch, und ich war überrascht, Jimmys Hand auf ihrer Hüfte zu sehen, ehe Axel aus dem Café trat und sich Wasser von den Händen schüttelte.

Er stockte, als er mich sah.

»Hydra?«, fragte er und wurde blass.

Er sagte rasch ein paar Worte auf Griechisch zum Kellner und wandte sich dann an Patricia. »Jetzt, da ich das Geld habe, musst du dich entscheiden ...« Er trommelte mit den Fingern auf den Tisch, und schnell wie flirrende Elritzen huschten seine Blicke umher.

»In Piräus steht mein Karmann Ghia, aber du musst fahren, da ich gerade keinen Führerschein habe, und bis Troja ist es ein langer Weg. Oder möchtest du lieber segeln? Nach Kos? Mykonos?« Mit einem Schluck leerte er sein Glas Wasser, vibrierte geradezu vor Verlangen, woanders zu sein.

Patricia erklärte, sie suchten einen ruhigeren Ort als Hydra, an dem Axel schreiben und sie malen könne. Axel trank seinen Kaffee wie einen Schnaps. Das Narbengewebe auf seinem Handrücken war nur minimal erhöht und hell wie Silberfische. Marianne oder das Baby erwähnte er mit keinem Wort.

Ich versuche, nicht weiter daran zu denken, und gehe mit Mariannes Baby in den Lebensmittelladen. Mir gefällt sein Gebrabbel, und ich verliere mich in dem Tagtraum, dass dieses liebe warme Bündel meins und Jimmys wäre. Charmian steht neben mir, schaut nach dem Preis einer Dose Corned

Beef. Natürlich sind ihr die vielen Blicke nicht entgangen, die ich ihr draußen zugeworfen habe. »Nun raus damit, was liegt dir auf der Zunge?«, sagt sie, und ich erzähle ihr von Axel und Patricia.

Leonard steht da, ein Handtuch über der Schulter, und Marianne lächelt ihn an, schüttelt aber den Kopf. »Ich würde wirklich gern, aber …«

Charmian gibt ihr einen Schubs. »Nun geh schon, Marianne, ein bisschen Schwimmen wird dir guttun. Ich nehme den kleinen Racker solange mit nach Hause, und da holst du ihn dann später ab, ja? Ehrlich gesagt kann ich die Ablenkung gerade ganz gut gebrauchen.« Sie nimmt Axel Joachim, hält ihn hoch und prustet durchs Hemd auf sein dickes Bäuchlein. »Und ich verspreche dir, ich werde ihn auch nicht verschlingen …«

Kaum sind die beiden fort, dreht Charmian sich zu mir um. »Also, was wolltest du mir noch über Jean-Claude Maurice erzählen?«

Sechzehn

Die Tage werden so heiß, dass ich nicht mehr weiß, wo meine Haut endet und die Luft beginnt. Um die Mittagszeit gibt es nur noch einen Ort, an dem man sein möchte, nämlich im Meer. Jimmy trägt den Korb mit Handtüchern, Büchern und unserem Picknick, also Feta, Brot, frisch vom Bäcker, und Tomaten, groß und knubbelig wie meine Faust.

Ein Kreuzfahrtschiff ankert an der Mündung zum Hafen und entlädt seine Passagiere mittels einer Flottille von Ruderbooten. Da es im Hafen nichts gibt, was sie interessiert, schwärmen sie jetzt über die Felsen zur Höhle von Spilia aus.

Jimmy und ich machen unter dem Feigenbaum an der Wegbiegung halt. Vielleicht gibt es ja was Lustiges zu sehen. Ich folge seinem Blick und vergleiche die Bikinis, doch keiner gefällt mir so gut wie meiner. Der neue Zweiteiler ist aus hellem, blau-weiß gestreiftem Seersucker. Ich trage ihn unterm zugeknöpften Kleid, da ich, anders als die Edies und Janeys dieser Welt, nicht bereit bin, eine Strafe zu riskieren. Polizeichef Manolis patrouilliert die Strände mit neuem Elan, seit so viele schöne junge Frauen gegen die Anstandsregeln dieser Insel verstoßen.

Musik aus einem Transistorradio weht zu uns hoch, das Meer ist mit knallbunten Badehauben betupft, mit Flossen, Schnorcheln, Meerjungfrauen auf dem Fels, und zwei junge Götter in farblich passenden roten Badehosen haben ihre Luftmatratzen an der Eisentreppe festgemacht und liegen nun goldbraun Seite an Seite und lassen sich von den Wellen wiegen. Knirpse winden sich unter den eincremenden Händen ihrer Mütter, zwei Strandbälle fliegen hin und her, und Lena ist mit den übrigen Schweden am Eingang zur Höhle und hat es gewagt, zum Sonnenbaden ihr Oberteil auszuziehen.

Jimmy und ich reden über Bobby. Mein Bruder ist auf einer seiner langen, einsamen Wanderungen, hat sich mit dem Rucksack auf den Weg gemacht, sobald seine häuslichen Pflichten erledigt waren.

»Es scheint ihm gutzutun, was immer er auch treibt, wenn er unterwegs ist«, sagt Jimmy, während wir dem Pfad entlang der Felskuppe folgen. Wie Dunst liegt die Hitze über dem Land, die Felsen sehen in diesem starken Licht wie gehämmertes Kupfer aus, Rost und Eisen, vielschichtig, immer wieder unterbrochen von Kiefern und wilden Olivenbäumen, Thymiangestrüpp und Büschen giftig gelber Wolfsmilch. Viele Wildblumen tragen braune Samenkapseln, und nur gelegentlich flammen die leuchtenden Tupfer der Mohnblumen auf. Als wir um eine Biegung laufen, erstreckt sich unter uns eine herrliche Schneise Gelb bis hinab ans lapisblaue Meer.

Wir entscheiden uns für den Strand vor der alten Ölmühle, der nie allzu überlaufen ist, und gehen dann weiter zum Supermarkt Four Corners, wo wir eine Flasche Retsina kaufen wollen.

Während wir den engen Gassen zurück zum Meer folgen und hinter jeder Ecke sonnenhelle weiß getünchte Mauern ihren Zauber offenbaren, mit blutrotem Hibiskus bekleckst oder überhangen von Kaskaden himmelblauer Bleiwurz, mit Bougainvillea in sich beißendem Pink und Purpur, kann ich es kaum erwarten, mich endlich im kieseligen flachen Wasser abzukühlen. Wir stehen hoch überm Hafen, Fischerboote schaukeln an ihren Ankerplätzen, Netze wurden zum

Trocknen am Ufer ausgelegt. Eine Schar getigerter Katzen schläft im Schatten einiger Zypressen, neben ihnen schnarcht ein Esel, ein weißer Hahn und seine Hennen scharren im Sand.

Wuchtig steht die Taverne Mavromatis da, auffällig in Rostrot und Ockerbraun gestrichen, mit sattgelben Markisen über Tischen mit karierten Decken. Aus einem kleinen Lautsprecher dringt Theodorakis. Manolis Mavromatis bereitet den besten Hummer auf der Insel zu, und seine Frau macht Törtchen mit kandierten Feigenkakteen. Draußen an einem Tisch spielt Panayiotis *tavli* mit ein paar älteren Fischern, aber sie sind es nicht, auf die mein Blick fällt.

Marianne lacht, Axel Joachim auf dem Schoß. Leonard brummt wie ein Flugzeug und fliegt einen Löffel mit vielen Loopings zum Mund des Babys. Durch einen Spalt in den Markisen fällt Sonnenlicht und sammelt sich in einer Pfütze um ihre Füße. Leonard trägt seine alten Tennisschuhe ohne Schnürbänder, und einer von Mariannes anmutigen Füßen ruht unter der losen Zunge.

Mit sonnengegerbter Brummstimme ruft Panayiotis Jimmy irgendwas zu, und Marianne schickt uns einen scheuen Luftkuss. Sie ist schlicht gekleidet, Matrosenhose und Männerhemd, schafft es aber dennoch, so frisch wie eine gerade erst erblühte Gardenie auszusehen. Axel Joachim zieht ein angewidertes Gesicht, sobald der Löffel in seinem Mund gelandet ist, und Marianne ruft Manolis zu, er solle das bitte nicht als Kommentar zu seinen Kochkünsten werten.

»Er kostet vieles zum ersten Mal, und seht, er hat schon zwei Zähne«, sagt sie, und mit einem Finger öffnet sie den Mund des Kleinen, um sie uns zu zeigen.

Leonard fletscht die Zähne zu einem breiten Grinsen und winkt dem Baby zu.

»Guckt doch, wie er zurückwinkt!«, ruft Marianne, als

Axel Joachim eine pummelige Hand hebt. »Ich glaube, mein Sohn ist ein Genie!«

Auf dem Tisch steht eine fast leere Flasche Wein, Mariannes Wangen glühen, und mit Musik in den Ohren gehen wir weiter.

*

Am nächsten Tag ist es kühler. Nach unserer Siesta muss ich Jimmy in unserem Zimmer arbeiten lassen; die Schreibmaschine steht gleich an der Tür, durch die gelegentlich eine Brise weht. Schlank, braun gebrannt und nackt wie ein Schilfrohr beginnt er zu tippen. Ich tanze eine Weile vor mich hin, versuche, ihn abzulenken, wirble mit unseren neuen bestickten Tüchern durchs Haus, mache einen auf Salome oder versuche doch zumindest, ihn dafür zu interessieren, wie wir die Tücher an den Sparren über unserem Bett befestigen wollen. Rote und blaue Blumen, Vögel, sieh nur diese vielen Millionen Stiche …

Er springt auf, und ich lasse mich von ihm zu Boden ringen. Wir balgen und spielen, und es dauert nicht lang, da singen die Bettfedern ihr unzüchtiges Lied. Hinterher verspreche ich, ihm die nötige Ruhe zu gewähren, mache ihm noch ein Sandwich und gehe zu Charmian, um mir Rat zu holen.

Ich bin mit meinen Flohmarktschnäppchen mehr als zufrieden und rede mir ein, meine Mum hätte sicher nichts dagegen gehabt, dass ich ein wenig verschwenderisch war, nur dieses eine Mal und für so etwas Schönes. Die alte Frau am Stand in Monastiraki konnte kein Englisch, aber soweit ich sie verstanden habe, sind diese Tücher die Mitgift einer Braut, die Stickereien von eigener Hand auf der Veranda gefertigt, womöglich vor über einem Jahrhundert. Ich erkenne rote Pfauen, blau-rot gestreifte Krüge, eine Abfolge winziger Knoten aus rotem Garn, die sich zu Blumen und Ranken reihen.

In jedem Zipfel ist ein blaues Boot. »Und sieh doch, ein Delfin, ein Glücksbringer«, sagt Charmian und lässt ihr Auge über die Stickarbeit wandern. »Sie muss lange auf ihren jungen Matrosen gewartet haben …«

Charmian erzählt mir von den alten Familien auf Kalymnos, von Hochzeitsfeiern, die andauerten, bis niemand mehr einen Bissen essen oder auch nur noch einen Tropfen trinken konnte, woraufhin Braut und Bräutigam dann für drei Tage in ihr neues Haus gesperrt wurden. »Um zu vögeln«, sagt sie für den Fall, dass ich sie nicht verstanden habe. »Am Morgen des dritten Tages versammelten sich die Familien sehr feierlich vor der Haustür und warteten darauf, dass der junge Mann mit dem blutbefleckten Laken herauskam …«

Meine Flohmarktlaken sind ohne Flecken, makellos zur Farbe von hellstem Sherry gealtert.

Es herrscht Chaos, die ganze Familie ist da. Shane hat sich mit ihrer Musik durchgesetzt, der Plattenspieler dudelt »Alley Oop«. Charmian erledigt acht Sachen gleichzeitig, ein verwaschenes Geschirrtuch über der Schulter, bewegt sie sich geschmeidig wie eine Wildkatze und schnippelt und putzt. Zoe gibt glühende Kohlen ins Bügeleisen, frische Salatblätter in einen Emailleeimer. Shane und Martin sitzen am Tisch, schälen Kartoffeln und zanken sich auf Englisch und Griechisch, weil einer der beiden aufs Zimmer verzichten muss, aber auch über Shanes grässlichen Musikgeschmack.

George repariert eine Lampe und blickt auf, um mir von den Freunden zu erzählen, die mit ihren Kindern aus Athen kommen und, wie Martin hofft, auch mit ein paar neuen Comicheften. »Charlie Sriber, mein alter Kumpel, der in Melbourne meine Artikel Korrektur gelesen hat. Wir können in ihrem Haus in Mets pennen, wenn wir in Athen sein müssen, dafür bringen wir sie bei Gelegenheit dann hier unter. An diesem Wochenende gibt es überall auf der Insel Feuerwerk und Tanz …« Er kommt mit seiner Zange ans Kabel, es zischt, Funken sprühen, und alle fahren erschrocken zusammen; Charmian bittet ihn, niemandem einen Stromschlag zu verpassen.

Gefeiert wird immer, die Glocken läuten ohne Unterlass, doch an diesem Wochenende findet ein großes Festival zu Ehren von Admiral Miaoulis statt, dessen Statue am Osteingang des Hafens steht, in der Hand ein Steuerrad, ein Dolch griffbereit im Kummerbund. Martin kennt alle Fakten, jedes Detail der Scharmützel mit den Türken und der Rache für das Massaker von Chios, die unser großer Held an der Flotte des Sultans nahm … Der Junge ist ein wandelndes Lexikon, und seine Eltern könnten kaum stolzer auf ihn sein, obwohl Charmian George jedes Mal einen wütenden Blick zuwirft, wenn er den Jungen »Professor« nennt.

»Bringt den schlimmsten Nationalismus in den Leuten zum Vorschein, die fürs Feuerwerk herkommen und wegen der Partys«, knurrt George, und Martin bettelt ihn um etwas Schwarzpulver an, damit er sich dieses Jahr seine eigenen Feuerwerkskörper basteln kann.

Es kommt jemand, den Charmian mit breitem Grinsen nur »Big Grace« nennt. »Big Grace hat es auf meinen Mann abgesehen, nicht wahr, Liebling?«, sagt sie und drückt George, der sie nur anknurrt, einen Kuss auf die Wange. Neben dem Spülbecken steht ein ganzes Fass Wein, vom Zapfhahn tröpfelt es in einen Krug. Charmian verbreitet eine teuflische Energie, während sie ihren Mann neckt und dabei durch die Küche wirbelt. »Als George sich in Athen von seiner Zeit im Krankenhaus erholte, hat Big Grace sich gut um meinen Mann gekümmert. Sehr gut sogar. Hat ihm all seine Lieblingsleckereien aufgetischt – nicht, mein Lieber? Gefüllten Krebs und klitzekleine Portionen Rindertatar …«

George lehnt sich auf seinem Stuhl zurück, verfolgt ihre Schau.

»Jede nur erdenkliche Delikatesse, um seinen armen Invalidenappetit anzuregen. Einen perfekten Manhattan, geschüttelt und mit Eis, auf dem Balkon mit Blick über Athen zum Hügel der Musen, also ehrlich, nichts war ihr zu viel.«

Er muss lachen und hustet und langt nach ihr, packt sie um die Hüfte, als sie versucht vorüberzuhuschen.

»Jetzt ist genug, Cliftie. Du redest dich sonst wieder in Rage, aber nicht bei jedem Verhältnis zu einer Frau geht es um Sex, wie du sehr wohl weißt.« Er zieht sie auf seine Knie und gibt ihr einen brummbärigen Kuss, der Martin und Shane mit angewiderten Würgelauten aus der Küche fliehen lässt.

Klein-Booli schnappt meine Hand und zieht mich zur Leiter, um mir seine neue Höhle unterm Sofa zu zeigen. Wir rennen durch die Zimmer, spielen Verstecken, und Booli platzt immer wieder fast vor unwillkürlichem Gekicher und verrät sich dadurch ein ums andere Mal.

Ich helfe Charmian, die Betten und Sofas für die Gäste zu beziehen. Sie spannt die Laken, streicht sie glatt, legt vom Hof geholte Lavendelzweige unter die Kissen und erzählt mir, Big Grace sei fest davon überzeugt, dass George nur durch den ewigen Zwist mit seiner Frau krank geworden sei. »Und sie ist fest entschlossen, ihn zu retten, aber das wirst du ja selbst merken, wenn du sie kennenlernst«, sagt sie. Die Laken sind dünn und vielfach gestopft, aber sie riechen frisch gebügelt, nach Kohle, Dampf und besten Absichten.

»Ach, diese elende Plackerei, dabei könnte ich jetzt an meinem Buch weiterschreiben! Nur waren wir ihnen diese Einladung schuldig, und besser, sie kommen jetzt, da wir noch Wasser in der Zisterne haben.« Sie richtet sich auf und stemmt die Hände ins Kreuz.

»Du kannst dir das Theater nicht vorstellen, wenn wir Besuch haben, aber kein Wasser in der Zisterne, was zur Hochsaison nicht gerade selten passiert. Dann müssen wir für jeden Tropfen bezahlen, den Elias uns liefert; und das Klo mit Meerwasser zu spülen ist eine verfluchte Plackerei. Wasser, das heißt im Sommer irrsinnig harte Arbeit, und es ist schrecklich teuer. Ich glaub, davor sollte ich dich warnen, Erica.« Sie verstaut ein paar Sachen in den Schubladen, rückt den Teppich zurecht. »Aber wenn endlich Regen kommt, klingt das Geräusch, mit dem sich die Zisterne füllt, so berauschend, dass man am liebsten splitternackt durch die Straßen tanzen würde.«

Ein letzter prüfender Blick durchs Zimmer, dann spitzt sie die Ohren. Ein Ping, darauf plötzliches Geklapper von Georges Schreibmaschine, noch ein Ping, eine Pause, das Geräusch von Papier, das aus der Walze gerissen wird und lautes Gebrüll nach Charmian. »Der Soundtrack meines Lebens«, sagt sie, deutet eine Verbeugung an und lächelt.

Shane ruft aus dem Hof: »Seht nur, Dissy hat Penny gefunden«, und zeigt dabei auf die beiden Schildkröten, die sich wie in einem Kampf auf Leben und Tod mit ihren Panzern rammen. Das schwere Atmen und das orgiastische Grunzen klingen nur allzu menschlich, als der alte Knabe im Rausch der Ekstase auf seine kleinere Gespielin krabbelt. Booli ist entsetzt, läuft zu ihnen und ruft *»óchi, óchi, óchi«*, während er Odysseus von Penelope zieht und die Schildkröte in die letzte Ecke hinters Klo verbannt.

Wir spielen mit dem Tennisball. Shane kann es am besten, den Ball in einer einzigen Bewegungsabfolge gegen Wand oder Brunnen werfen, in die Hände klatschen, sich umdrehen und den Boden berühren. Booli ist gut im Fangen.

Manchmal ist es so entspannend, mit den Kindern herumzutollen.

Charmian kommt mit einem Korb unterm Arm aus dem Haus. Sie sagt, es sei ihre letzte Chance auf ein bisschen Freiheit, ehe die Gäste eintreffen. »Irgendwer Lust auf einen Spaziergang?« Alle kneifen. »Wenn du magst, könnten wir mit deinen Sticktüchern zu Marianne gehen. Sie hat eine gute Nähmaschine und kennt sich mit Aufhängern aus«, sagt sie und willigt ein zu warten, bis ich die Tücher geholt habe.

Booli verschwindet in Richtung Hafen, weil er nachsehen will, ob Martin lebende Köder für seine Angel gefunden hat. Er ist erst vier, aber ein richtiges Inselkind, ein goldhaariger kleiner Prinz, der an jedem Tisch willkommen ist, eigentlich wunderbar. Charmian sieht ihm lächelnd nach. Wir reden über Bayswater, darüber, wie es ist, in einer Wohnung eingesperrt zu sein, über die vielen Bäume in Kensington Gardens, auf die man nicht klettern durfte, über die verdreckten Gossen und den ewigen Husten vom scheußlich gelben Smog.

Die goldene Stunde leuchtet uns den Weg durch die Gasse voller Rosen, am Friedhof vorbei, auf dem wilde Himbeeren wachsen.

»Ich glaube, deine Mutter hätte diese Insel geliebt«, sagt Charmian und erzählt von einem Nachmittag, den sie mit meiner Mum verbracht hat, im offenen Cabrio zum Schwimmen an die Themse, russische Eier in einem Teeladen in Cookham. Sie schüttelt den Kopf, als ich sie frage: »Und sie hat wirklich nie einen Liebhaber erwähnt?«

Der Friedhof bietet einen fantastischen Ausblick aufs Meer. Man kann sich fast vorstellen, glücklich zu sterben, wenn man weiß, dass man dereinst mit diesem Ausblick unter Kiefern und Blumen liegen wird. Wir stehen am Grab eines jungen Schwammtauchers, auf dem Stein ein Anker, ein eisernes Boot und das runde Fenster einer Tauchglocke.

Seit wir Mum in einer schattigen, nasskalten Ecke vom Kensal Green Cemetery begraben haben, war ich auf keinem Friedhof mehr. Charmian fasst nach meiner Hand. Ich gestehe ihr, dass ich mir wünsche, meine Mum würde als Geist zu mir zurückkommen. »Aber ich nehme an, dass geht allen so, die jemanden vermissen«, sage ich und wische mir mit dem Handrücken über die Augen.

»Sieht du Geister, Charmian?«

»O ja«, erwidert sie und seufzt lang und heftig. »Ich sehe Geister, und nicht alle sind die von Toten.«

»Wie meinst du das?« Sie öffnet den Mund, will etwas sagen, hält dann aber inne. Ich merke, dass sie sich gleichsam auf die Zunge beißt.

»Es ist seltsam, jemanden zu vermissen, der noch da ist«, sagt sie und schaut so traurig aufs Grab des Schwammtauchers, als wäre es das ihres eigenen Sohnes. »Da und zugleich nicht da. Die ganze Zeit vor deinen Augen. Wie George, womit ich den George meine, den ich geheiratet habe, den George mit ungeheurer Energie und ungebrochenem Lebensmut.«

Sie sagt, es könne mir ja nicht entgangen sein, dass es zwischen ihnen beiden nicht so gut laufe, sagt, wie sehr sie es bedauere, dass die Kinder diese Streitereien mitbekämen. »Und was seinen dämlichen Roman angeht, da hätte ich ein Machtwort sprechen sollen.«

»Weißt du, ich werde ihn nicht lesen«, sage ich, fahre mir mit der Handkante über die Kehle und gebe mein Pfandfinderehrenwort, was sie endlich zum Lachen bringt. »Aber warum macht er das, wenn es dir so peinlich ist?«

»Wenn man George verstehen will, muss man einiges über seine Kindheit in Australien wissen: ein zarter Junge, ein Bücherwurm, künstlerisch veranlagt, das Gegenteil von seinem vierschrötigen Bruder Jack. Sein Vater war ein Grobian mit einem Streichriemen. Hat den Jungen heftig verprügelt, aber nie, weil der irgendwas angestellt hätte, das war ja das Schlimme, sondern einfach nur für den Fall, dass ihm irgendeine Missetat verschwiegen wurde. Kannst du dir vorstellen, was das mit einem kleinen sensiblen Jungen macht?

Das Traurigste aber ist, dass er genau wie sein alter Herr wird, jetzt, nach seiner Sturm-und-Drang-Zeit. Das steckt so tief in ihm drin, dass er nichts dagegen machen kann. Ständig verdächtigt er mich, malt sich allen möglichen Blödsinn aus und glaubt, er müsse mich bestrafen.« Ihr glückt ein verzagtes Lächeln. »Du weißt schon, nur für den Fall der Fälle.

Closer to the Sun ist ein schwieriges Buch. In Georges Romanen kommt oft eine grünäugige Nymphomanin vor …« Wieder dieses verzagte Lächeln. »Aber jetzt hat er zum ersten Mal direkt über sich selbst geschrieben. Ein australischer Autor, ehemaliger Kriegskorrespondent, mit Frau und Familie auf einer griechischen Insel. Keine Frage, die Leute werden es lesen, als wäre es wahr – biografisch, wenn du so willst, nicht das verquere Produkt seiner armen gefolterten Fantasie.«

Ich habe still zugehört, kann mir jetzt aber nicht helfen. »Moment mal, und was ist mit Jean-Claude?« Ich wage es nicht, sie anzusehen, sobald ich das gesagt habe.

»Also ehrlich, Erica, du bist wirklich genauso schlimm wie all die übrigen Hyänen.« Sie stampft mit dem Fuß auf. »Aber wenn du es unbedingt wissen musst, Jean-Claude ist die literarische Aufmerksamkeit nicht wert, die ihm so üppig zuteilwurde.«

Während wir die schmale Schlucht überqueren, wechselt sie das Thema. »Ich habe über das nachgedacht, was du mir im Laden erzählst hast, und ich finde, du solltest deinen Mut zusammenraffen und Marianne sagen, dass Axel mit Patricia zusammen ist.« Ich weiß, sie hat recht, trotzdem kommt es mir wie eine Strafe vor. »Bringst du es fertig, tust du ihr damit einen Gefallen. Die Arme glaubt nämlich immer noch, Axel sei allein auf dem Schiff und denke darüber nach, wie er seine Ehe retten kann.«

Mit flauem Magen folge ich ihr in Mariannes Haus. Eine leichte Brise lässt die Spitze am eingeschlagenen Fenster flattern. Rosafarbene Kletterrosen stehen in einem Zinnkrug auf dem Tisch. Jemand hat Marianne auf einem Blatt Papier skizziert, daneben liegt ein Bleistiftstummel. Das Bild ist gut gelungen, fängt ihr sphinxhaftes Lächeln ein, die sittsam gesenkten Lider über ihren erblühten Wangen.

Wir rufen die Treppe hoch, und wie ein sonnengebräunter Engel taucht sie in einem weißen Kleid auf. Sicher war das früher mal der Unterrock eines Bauernmädchens, aber Marianne trägt ihn mit einem Gürtel aus geflochtenem Leder. Auf Zehenspitzen gehen wir am schlafenden Axel Joachim vorbei nach draußen.

Marianne bewegt sich wie im Traum, als sie einige Becher und eine Steingutkanne vom Tisch räumt. Ich kann offenbar nicht reden, ohne meine R zu vernuscheln. Trotz der Hitze hat sie ein pfirsichfarbenes Tuch umgebunden.

Sie beendet meine Qual, indem sie ihre Hände auf meine Schultern legt und mir zu verstehen gibt, dass ich es gut sein lassen soll. Über dem Pfirsichtuch glitzern Tränen in ihren Augen.

Sie lässt die Hände fallen, und ich fühle mich entlassen, als sie sich zu Charmian umdreht. »Also dürfte er, sobald er von hier fort war, Patricia in Poros abgeholt haben, wo sie auf ihn gewartet hat.« Ihre Stimme bebt. »Ich denke mal, das war geplant. Vielleicht hat er ja geglaubt, es würde mich noch mehr demütigen, wenn sie als Paar abreisen.«

Charmians Augen blitzen vor Abscheu. »Was glaubt er denn, wer er ist, dass er meint, den Schmerz stückeln zu können? Er ist ein Nichts, ein moralischer Feigling. So ein Milchbart wie Axel könnte deinem Sohn nie ein guter Vater sein.«

Marianne redet durch ihr Tuch und hält ihr Gesicht von uns abgewandt. »Er ist verrückt nach Patricia. Gegen diesen Fimmel komme ich einfach nicht an. Er denkt nur noch an sie.«

»Ich weiß, wie großherzig du bist, aber nicht dieses Mal, Marianne«, sagt Charmian. »Und was soll das mit dem Tuch? Man versteht wirklich nur die Hälfte von dem, was du sagst ...«

Charmian langt einige Male danach und will es beiseiteziehen, schließlich gibt Marianne klein bei, nimmt es ab und zeigt uns, dass die Haut rund um Mund und Kinn aufgescheuert und rot angelaufen ist. »Tja, passiert schon mal«, sagt sie, kichert und vergräbt den Kopf in den Händen.

»Hat dich was gebissen?«, fragt Charmian, die Brauen scheinheilig hochgezogen.

»Es ist nicht so, wie du denkst.« Marianne versucht immer noch, ihr rotes Gesicht zu verbergen. Winzige blaue Funken tanzen in ihren Augen, als sie durch die Finger kiekst: »Ich reagiere eben allergisch auf die Gesichtscreme, die Magda mir besorgt hat.«

»Marianne!«, ermahnt sie Charmian. »Ich finde, du darfst unserem kanadischen Freund ruhig sagen, dass er sich ein paar neue Rasierklingen kaufen soll.«

Siebzehn

An den Anlegeplätzen reihen sich die Jachten dicht an dicht. Der Hafen ist so überlaufen, dass man meinen könnte, ganz Athen sei für das Festival auf die Insel gekommen. Die Künstler hoffen und stellen ihre Bilder entlang der Mauer des Lagoudera Marine Club aus. Am Kai stapeln die Schwammverkäufer ihre Ware zu Bergen und Pyramiden und machen bessere Geschäfte als die Maler. Alle Tavernen haben geöffnet, in den Cafés und Bars am Wasser drängen sich die Leute, die großen Steinhäuser hoch überm Hafen werfen ihre Fensterläden weit auf, und der alte Vasilis rollt seinen Messerschleifstein durch die Gassen.

Mit dem Kinn auf den Knien sitze ich zu Hause in der breiten Fensternische und sehe zu, wie Jimmy für meine Tücher und ein Mückennetz Nägel in die Sparren hämmert. Dank des fantastischen Köders, der Nacht für Nacht lang ausgestreckt neben mir liegt, habe ich noch keinen einzigen Stich abbekommen. Nackt und mühelos balanciert Jimmy mit einem Fuß auf dem Bettpfosten, den Mund voller Nägel, und macht sich an den entferntesten Sparren. Er spannt die Wadenmuskeln an, und ich beobachte die wogenden Konturen seiner Pobacken, so honigfarben gebräunt wie der Rest. Kein Wunder, dass die Mücken lieber über ihn herfallen. Ich weiß, wie andere junge Frauen, auch ältere, Jimmy anschauen, und würde am liebsten einen Burggraben um ihn ziehen, voll mit Krokodilen. Ich umarme meine Knie noch fester und sage, was ich schon seit ein paar Abenden sagen will. »Wir könnten uns zum griechisch-orthodoxen Glauben bekehren und hier auf der Insel heiraten.«

Jimmy dreht sich zu mir um, will sehen, ob ich es ernst meine, und nimmt die Nägel aus dem Mund.

»Eine Hochzeit kommt nicht infrage, solange ich mein Buch nicht verkauft habe«, sagt er. Verstimmt schaue ich aus dem Fenster. Draußen peitscht der Wind die abgefallenen Glyzinienblüten in Strudeln vor sich her.

Jimmy springt zu Boden, die Dielen vibrieren kaum, und mit einem Finger hebt er mein Kinn, damit ich ihn ansehe. Seine Augen erinnern an braunes Meerglas, das man in die Sonne hält, bernsteinfarben mit Goldeinsprengseln.

»Ich fürchte, das würde meine Mutter endgültig auf die Palme bringen und wir bekämen keinen einzigen Penny mehr von ihr.« Er klimpert mit seinen dunklen Wimpern und macht auf Mamis Liebling, dabei hasst er es, auch nur darüber zu reden, dass seine Mutter ihm Geld schickt.

»Aber ich hätte nichts gegen eine Ganzkörpertaufe«, sage ich, und er gluckst und beginnt, an meinen Knöpfen zu nesteln.

»Den Priestern dürfte das gefallen, da bin ich mir sicher«, sagt er mit anzüglichem Grinsen. »Die bestehen nämlich darauf, dass die Taufkinder nackt sind …« Ich habe es aufgegeben, einen BH zu tragen, und er mimt den Überraschten, als er meine Bluse öffnet.

»Na ja, ich schätze, wir könnten auf etwas Unterstützung vom Bischof des Klosters Profitis Elias hoffen: ›Komm, mein Kind, komm. So ist es gut, und nun sage dich los von deinen Sünden …‹«, und weil Jimmy ein Talent zur Nachahmung und dazu passend ein Gesicht wie aus Gummi hat, kann ich nicht anders und muss lachen.

Eigentlich wollten wir aus der Stadt verschwinden und über die Bergkuppe nach Vlychos laufen. Da gibt es einen schönen langen Kieselstrand, türkisblaues Wasser und ein paar Kiefern, die genügend Schatten für uns alle bieten, jetzt, da wir angesichts der großen Familien von Hydra und ihrer Athener Sprösslinge so in der Minderzahl sind. Es gibt Blaskapellen und Kinderumzüge. Die Glocken läuten, bis zur Vesper schließlich in einer Prozession das Herz des großen Admirals in einem goldenen Kästchen durch die Gassen getragen wird.

An den Hausecken flattern ihm zu Ehren die Flaggen Griechenlands und Hydras, Wassertaxis voll mit Familien und Picknickkörben tuckern tief im Wasser liegend zu entlegeneren Buchten. Wir sehen Bim und Demetri auf Manos, Boot, wie sie sich über die Reling beugen, winken und mit ihren weißen Hemden und dunklen Brillen wie Filmstars posieren. Madame Pouris Eselsjunge läuft mit blauer Mütze vorbei, das Tier beladen mit Körben, blauen Sonnenschirmen, blauen Perlen und silbernen Glöckchen, die am Zaumzeug bimmeln.

Da, wo die Straße in einen Sandweg ausläuft und das Land zum Meer abfällt, finden wir Cato. Viele Male schon hat es mich an diesen Platz hoch über der sanft abfallenden Schlucht gezogen. Die Hänge sind in Terrassen angelegt, man sieht weidende Schafe, schmale Felder mit goldener Gerste und in der Senke im Schatten einiger Olivenbäume eine Schäferhütte, das einzige Gebäude weit und breit. Es gibt eine niedrige, halb verfallene Mauer, auf der man sitzen kann, und ich lasse das blaue Dreieck Meer zwischen felsigen Bergen und rostfarbenem Hügel vor meinem Blick verschwimmen; nie kommt jemand und stört mich.

Erst glauben wir, es seien die Schreie eines Falken, der über uns seine Kreise zieht, doch sind wir uns nicht sicher. Hähne krähen, ein Esel macht einen Riesenradau. Dionysos, der Müllsammler, kommt nur selten in diese Gegend, und wir folgen dem leisen Miauen dahin, wo der Geruch geradezu unerträglich wird. Ein widerlich stinkender Haufen aus alten Dosen und verfaultem Kohl, geplatzten Tüten, schimmeligen Melonen und verrotteten Eierschalen. Fliegen umschwirren ein paar Rippenknochen, und Jimmy zieht sich das T-Shirt über Mund und Nase, spitzt die Ohren und fischt einen Sack heraus,

»O mein Gott«, sagt er, als er ihn absetzt und wir sehen, dass sich im Sack etwas bewegt. Ich gehe auf die Knie, um die Schnur zu lösen. Das Maul der Katze ist ein klägliches rosiges Dreieck. Das lichte schwarze Fell ist mit kahlen Stellen übersät, und das arme Ding kriegt die von Schleim zugeklebten Augen kaum auf.

Jimmy kickt einen rot glitzernden Sandsturm auf. »Was für ein Dreckskerl tut denn einer Katze so etwas an?«

Er schraubt unsere Feldflasche auf. Die Katze schleckt an dem Wasser, und mich erstaunt, dass sie es schafft, dabei zu schnurren. Jimmy feuchtet eine Ecke seines Taschentuchs an, um ihr die Augen abzuwischen, muss aber aufhören, als sie miaut und fortzukriechen versucht; außerdem sind wir uns nicht sicher, ob die Augen nicht vielleicht verkrustet oder gar entzündet sind.

Soweit wir wissen, gibt es auf der Insel keinen Tierarzt. Jimmy macht aus seinem T-Shirt ein Nest, und mit »Cato« in unserem Korb laufen wir zurück zum Hafen.

Charmian weiß, was zu tun ist. Sie steht in der Küche, rührt in einem Topf auf dem Herd, aus dem es köstlich nach Knoblauch duftet, ihr Gesicht schimmert vor Hitze. Der Tisch ist gedeckt, im Krug in der Mitte ein Strauß wildes Geißblatt, den wir auf dem Rückweg von Marianne gepflückt haben. Zoe faltet Servietten, und vom Hof dringen Stimmen, Gläserklirren und Kinderlachen herüber. Max rennt mit hängender Zunge und wedelndem Schweif herum und scheint sich über die Gäste mehr zu freuen als die Gastgeberin. Charmian zieht das Geschirrtuch von der Schulter, wischt sich das Gesicht ab, und mir fällt auf, dass ihr ausnahmsweise aufgetragener Lidschatten verlaufen ist, was sie müder und besorgter als üblich aussehen lässt. Das Letzte, was sie jetzt gebrauchen kann, ist eine räudige Katze.

Sie hebt den kleinen Cato aus dem Korb und trägt das sich windende Tier ans Fenster. Ich entdecke überall Geschwüre, sehe aber auch, was für ein schönes Tier in ihm steckt.

»Jedem, der auf die Insel kommt, läuft irgendwann eine Katze zu«, sagt sie. »Und wie es aussieht, hat der kleine Kerl hier euch gefunden – falls dieser tragische Kümmerling denn überleben sollte.« Sie schickt Jimmy zu Rafalias' Drogerie, um eine kleine Spritze und Jodtinktur zu besorgen.

»Das Beste ist, ihr gebt ihm während der nächsten paar Tage von Georges Streptomycin. Ihr müsst ihm eine winzige Dosis spritzen. Keine Sorge, ich zeige euch, wie man das macht.« Sie sieht hinter Catos Ohren nach. »Und gegen die Flöhe müsst ihr ihm Benzoat geben.« Sie legt eine gefaltete Decke auf die Bank, löffelt aus ihrem Kochtopf einen Klumpen Fleisch darauf und bläst einmal drüber, ehe sie Cato mit winzigen Brocken füttert.

»Es ist eine schöne Katze«, sagt sie, »auch wenn die Griechen behaupten, eine schwarze Katze am Morgen bringe Kummer und Sorgen.«

Ein Mann steht in der Tür und beobachtet sie. Er ist klein, drahtig und hat eine näselnde Stimme. »Man schickt mich, um Nachschub zu holen.« Im Gesicht ist er so rot, dass es sich mit seinem sandfarbenen Haar beißt. Er schwenkt einen leeren Krug. Hinter ihm ist eine Frau zu hören, eine Amerikanerin mit dröhnender Stimme. »Hey, Charlie, finde heraus, wie lange Charmian noch fürs Essen braucht. Sag ihr, wir sind hier draußen bald alle zu betrunken.«

»Mit George Schritt zu halten ist echt anstrengend. Ich hätte besser daran getan, mich daran zu erinnern, was für einen Ruf er im Presseclub hatte«, sagt der Mann, und als Charmian ihm den Krug abnehmen will, packt er sie um die Hüfte, wirbelt sie herum und hält erst inne, als er mich bemerkt. »Ach du liebes bisschen, tut mir leid, ich bin Charlie ...«, und er lässt sie los.

»Erica ist eine talentierte junge Schriftstellerin, auch wenn sie mir noch nie eine von ihr geschriebene Zeile gezeigt hat«, sagt Charmian – ziemlich grausam, wie ich finde. Ich will widersprechen, aber sie hören mir gar nicht zu. Charlies Blick ruht auf Charmian, und seine Hände sind immer noch so gekrümmt, als hielte er sie weiterhin umschlungen.

*

Cato braucht Augen- und Ohrentropfen. Jetzt, da seine Augen nicht länger verklebt sind, schaut er uns aus seiner Kiste vor unserem Bett so verliebt an wie eine aus ihrem Traum erwachte Titania. Und wir beugen uns über ihn wie rührselige Eltern über eine Wiege.

Auch wenn wir uns nur ungern von ihm losreißen, lassen wir ihn mit einer zerdrückten Sardine zurück und erwischen gerade noch das Ende des Zugs der feierlich singenden Kerzenträger, der sich mit dem Admiralsherz im Kästchen vom Kloster die Gassen hinabwindet.

Wir Ausländer treffen uns an den Tischen vor Katsikas oder bei Tassos auf der anderen Seite der Gasse. Viele prachtvolle Jachten haben sich in den Hafen gedrängt, und man sieht uniformierte Schiffsstewards sowie mit silbernem Besteck und Stoffservietten ausgelegte Tische auf den Decks.

Marianne und Leonard kommen mit dem Kinderwagen. Demetri und Carolyn sehen etwas besorgt zu, als ihr Knirps

Baby Axel begeistert aus dem Wagen hievt, ihn wie eine Puppe im Arm hält und damit durch die Gegend torkelt.

Direkt am Ufer wird ein kleines Feuer angezündet, und sobald das Reisig zu knistern beginnt, greift Charmian sich Shanes und meine Hand und zieht uns zu den Flammen.

»Das hier ist in erster Linie für uns Frauen«, sagt sie. »Siehst du, wie sie alle ihre Maienkränze von den Türen mitgebracht haben? Unserer ist runtergefallen und verschwunden, oder er wurde geklaut, wie üblich, sonst hätten wir ihn auch mitgebracht und jetzt ins Feuer geworfen.«

Die Frauen tanzen um die Flammen, singen und werfen die vertrockneten Blumen auf den Scheiterhaufen. Sie haben sich Münzen in ihre Mieder genäht und Bänder ins Haar geflochten. Kinder feuchten sich in einem Eimer das Haar an und springen durchs Feuer, die Frauen wirbeln immer rascher im Kreis und halten sich an den Händen, während die Männer in ihren Westen mit Händen und Füßen den Takt klatschen.

Am Tisch schenkt Big Grace George noch einmal nach. »Johannisfeuer: Das endgültige ›Verpiss dich‹ für Winter und Krankheit«, sagt er zu ihr. »O Mann, ich sollte verdammt noch mal selbst durchs Feuer springen.«

Big Grace legt ihre beringte Hand über seine. »Davon, mein Lieber, kann ich dir nur dringend abraten. Du hast für ein Leben wahrhaft oft genug mit dem Feuer gespielt ...« Sie blickt bedeutungsvoll zu Charmian hinüber, die, Boo an der Hand, lachend und außer Atem zurückkehrt und Shane zuruft, sie solle lieber den Rock ausziehen, damit er nicht Feuer fange.

Der Stadtschreier läutet seine Glocke, und alle laufen zur Hafenmündung, um die historische Nachstellung nicht zu verpassen. Kanonendonner, ein Lautsprecher, und in patriotischer Tracht und mit lodernder Fackel wird Lefteris, der Bäcker, zu einem Holzboot hinausgerudert, das bis an den Rand mit Benzin und Schwarzpulver gefüllt ist. Kaum hat Lefteris die Fackel geworfen, muss er ins Meer springen, um der Druckwelle zu entgehen.

Ein Feuerwerk an Böllern explodiert auf den Straßen; alle kennen Geschichten von Jungen, die Finger oder ein Auge verloren haben, und alte Männer, die es besser wissen müssten, sind mit jeder Faser ihres Körpers dabei, wenn es darum geht, mit Sprengstoff zu hantieren, Zündschnüre anzustecken und davonzurennen. Die Detonationen hallen zwischen den hohen Mauern so laut wider, dass ich jedes Mal zusammenzucke. Jimmy zieht mich zu Grafis' Taverne, wo vornehm angezogenen griechischen Familien bereits Teller mit gegrilltem Tintenfisch und gefüllten Paprika serviert werden – nur findet sich für uns kein freier Tisch.

Draußen, unterm Feigenbaum, sitzt Charmian inmitten einer Gruppe. »He, was habe ich gehört? Jemand vergreift sich an Georges Medizin?«, fragt Big Grace.

Charmian hört auf zu lachen. »Ich wusste, ich hätte dir nicht davon erzählen dürfen«, sagt sie. »Aber mir fiel keine andere Möglichkeit ein, den armen Racker mit ein bisschen Antibiotika zu versorgen.« Grace blickt uns an, als wären wir selbst ein paar räudige Katzen, obwohl sie sonst immer eine Miene zieht, als würde ihr ein übler Geruch in die Nase steigen, nur dann nicht, wenn sie mit George über Gewalt und Krieg im Alten Testament diskutiert.

»Was für eine verdammte Verschwendung meiner Medizin …«, knurrt George.

»Ach Darling, sie haben das arme Ding auf einem Müllhaufen gefunden, wo es fast in einem Sack verreckt wäre.«

»Wie grausam. Eine Katze einfach wie alten Hausmüll wegzuwerfen«, sagt Ruth Sriber. »Aber ich schwöre dir, jedes

Mal, wenn wir euch besuchen, hat sich die Zahl der Katzen auf der Insel verdoppelt.«

Chuck und Gordon drehen die Stühle zu ihr um. Sie sitzen am Nachbartisch, wo sie einen frisch eingetroffenen Professor für Beat-Lyrik in Beschlag genommen haben, einen Italoamerikaner mit dem breiten, sorgenvollen Lächeln eines Clowns.

»*Yia sou*, Gregory, wie schön, dich wiederzusehen«, sagt Charmian und springt auf, um ihn zu begrüßen. »Letztes Mal hatten wir gar keine Gelegenheit, uns richtig zu verabschieden. Ich habe dich kurz nach Sonnenaufgang gesehen, in der Werft in Palamidas, und noch gerufen, aber du warst wie in einer Art Trance …«

Ich höre, wie George zu Grace stöhnt: »Typisch meine Frau, die hat mehr Schwuchteln um sich versammelt als die verdammte Johanna von Orleans.«

»Mein Gott, die hören auch nie auf, sich zu vermehren.« Gordon hat es immer noch mit den Katzen. »Weißt du noch, damals, wie Jean-Claude Maurice den Anblick all der hungernden Miezen nicht länger ertragen konnte, zur Drogerie ging und Schlaftabletten gekauft hat, um sie ihnen unters Futter zu mischen …?«

Als Jean-Claudes Name fällt, verstummt George, und die Luft um ihn beginnt zu knistern.

Chuck bemerkt nichts davon und erzählt die Geschichte weiter. »Und dann, weil ich mir zufällig gerade seine Bilder angesehen habe …«

Gordon unterbricht ihn. »*Seine Bilder*?«

»Mhmmm. Sein göttlicher Körper war natürlich auch nicht zu übersehen«, erwidert Chuck und malt mit den Händen Kurven, die Vollkommenheit andeuten. »Egal, jedenfalls lagen da überall diese Katzen und Kätzchen, und beim Aufsammeln liefen Jean-Claude Tränen übers Gesicht. Sagte, er wisse nicht, ob sie tot seien oder nur schliefen. Als der Sack dann voll war, bin ich mit ihm zum Kliff gegangen. Er hat noch zwei große Steine reingepackt, aber so wie er sich dabei aufgeführt hat, dachte ich, er würde sich gleich hinterherwerfen.«

»Hätte er verdammt noch mal tun sollen.« George scheint sich kaum noch zügeln zu können, und Big Grace fragt in drängendem, gut hörbarem Flüsterton: »Wie steht es denn dieses Jahr um den Franzosen? Ich habe ihn noch nirgendwo gesehen.«

»Der Naturbursche war hier und ist wieder weg, Gott sei Dank …«, antwortet George.

Charmian ist der Wechsel in der Atmosphäre bis jetzt entgangen. Sie sitzt vornübergebeugt und hat nur Ohren für das, was Gregory ihr erzählt.

George zeigt mit anklagendem Finger direkt auf seine Frau. »Ja, der Naturbursche ist abgereist, aber sieh sie dir jetzt an. Wie eine verdammte große Gottesanbeterin …«

Fast hätte ich mich am Wein verschluckt, als Big Grace daraufhin sagt: »Seit ich hier bin, hat sie kaum ein Wort mit mir geredet. Ich habe mich schon gefragt, ob ich sie vielleicht irgendwie beleidigt habe, aber offenbar hat sie nur was für Männer übrig und nichts für Frauen wie mich.« Mit leidgeprüftem Blick schaut sie zu Charmian hinüber.

Ich kann das so nicht stehen lassen. »Ich bin kein Mann«, wende ich ein. »Und für mich hat sie immer Zeit, genau wie früher für meine Mutter.«

Die letzten Worte hat Charmian anscheinend mitbekommen, jedenfalls wirkt sie plötzlich hellwach.

»Ach ja, für die kleine Ricky hier spielt meine Frau gern die Ersatzmutter«, verkündet George, schwankt und räuspert sich. Charmian zuckt zusammen. Er hebt die Stimme. »Na ja, aber dafür gibt es ja auch einen verdammt guten Grund, nicht wahr, Charm?«

Charmians Gesicht hat alle Farbe verloren, nur die Augen blitzen erstaunlich grün. Halt suchend greift sie nach der Lehne von Gregory Corsos Stuhl.

»Wag es ja nicht, George«, zischt sie.

Wieder räuspert er sich, und sie stolpert auf ihn zu, um ihn zum Schweigen zu bringen, eine Hand gehoben, als wollte sie ihm ins Gesicht schlagen. Big Grace springt von ihrem Stuhl auf. Sicher bilde ich mir nur ein, dass sie dabei wütend knurrt.

Charmian lässt die Hand sinken und macht auf dem Absatz kehrt.

»Tja, da geht sie von dannen, die verfluchte Lady Macbeth …«, spottet George, als Charmian flieht, eine Serviette ans Gesicht gedrückt.

»Nur keine Sorge, Darling. Außer der kleinen Ricky aus Bayswater lässt heute niemand eine Katze aus dem Sack«, brüllt er ihr hinterher.

Achtzehn

Die Schriftstellerclique hat etwas von einem exklusiven Klub, und wir sind ein wenig nervös, als wir zum ersten Mal zu Chuck und Gordon gehen. Ich habe mir extra einen der Petticoats angezogen, die Magda neuerdings hinterm Lagoudera verkauft, der Unterrock mit Saft aus Roter Bete und Zwiebeln gefärbt und mit Spitze besetzt, die zuvor in ein Fass mit indischem Tee getunkt wurde. Jimmy trägt seinen einzigen Schlips, locker geknotet, und in der Hosentasche sein bestes Gedicht.

Wie aus einer Zeitschrift sehen die Zimmer in Gordon Merricks Haus aus, mit perfekt ausgelegten Teppichen, Gemälden und exotischen *objets*, die er und Chuck auf ihren Reisen gesammelt haben. Ein Durchgang bietet einen verlockenden Blick auf polierte Holzdielen in warmen Tönen sowie auf eine Lampe neben einer Liege mit Samtbaldachin, auf rosafarbene Kissen und eine Wand voll mit ledergebundenen Büchern. Wir bleiben nicht lang, werden weitergelockt vom Duft nach Lammbraten und Rosmarin, und im Hof trabt Chuck in seinem bunten Hemd auf uns zu und fragt, ob ich mich einmal im Kreis drehen könne; er weiß, dass Magda mein Kleid gemacht hat.

Jimmys Hand fährt erneut zur Hosentasche, und wieder tastet er nach der abgegriffenen Ausgabe von *Ambit* mit seinem dystopischen Gedicht auf Seite elf.

»Das kann ich Gregory Corso unmöglich vorlesen«, sagt er, als wäre er eine Maus, die eine Audienz beim König erhalten hat. Ihm zufolge ist der Amerikaner mit dem Clownsgesicht berühmt, hat sich mit Jack Kerouac und William Burroughs herumgetrieben und mit den Beats in Paris fast für einen Aufstand gesorgt. Jeder hat eigene Gründe, schüchtern zu sein. Ich bin so viel jünger als alle anderen hier.

Mit kastanienbraunem, spitz gestutztem Bart umtänzelt Chuck uns mit einem Krug frischem Mint Julep und scheucht uns zu Gordon, der mit seiner Maxim's-de-Paris-Schürze am Grill steht, Pfannenwender in der Hand. Jimmy fragt, ob er Corsos Werk gut kenne, und so wie Gordon den Kopf neigt, wird mir klar, dass er leicht schwerhörig sein muss. Er riecht nach exotischen Ölen, legt eine Hand ans Ohr und rückt dichter an Jimmy heran. Für mich zeigt er nicht das geringste Interesse.

Ich bin froh, Charmian und George nebeneinanderstehen zu sehen. Sie trägt eine blau-gelb gepunktete Baumwollbluse, und er fackelt sein übliches Buschfeuer aus Klatsch, Schnaufen und Hustenanfällen ab.

Sein Arm liegt um ihre Hüfte, und Charmian legt den Kopf an seine Schulter, aber er steht im Mittelpunkt. Göran, ein grüblerischer Dichter namens Klaus, die Dramatiker Ken und Janis mit ihrem süßen Kind sowie Leonard und Marianne sind da. In den Bäumen hängen Laternen. Die Witwe Polymnia läuft mit Gebäckhappen aus Käse und Spinat und aufgespießten Würstchen umher.

»Ach, Polymnia ist für die Jungs wie eine Mutter«, sagt Charmian und schaut der Witwe zu, deren Schürze vom großen Balkon ihres Busens herabhängt. Dass man Chuck einen Jungen nennt, kann ich verstehen, klein und lebhaft, wie er ist, Gordon kommt mir dagegen halb einbalsamiert vor.

Polymnia umsorgt Greg Corso, lädt ihm aus einer Schüssel Auberginenmus auf. Corso gefällt mir, seinem zerfurchten, verlebten, alten, jungen Gesicht sieht man den Schalk an. Charmian erzählt, als Kind habe er auf der Straße gelebt und seine Jugend im Clinton Staatsgefängnis verbracht. »Eine ziemlich aufwühlende Geschichte«, sagt sie. »Aber im Gefängnis hat er Shelley für sich entdeckt und dann angefangen zu schreiben …«

»Typisch Chuck und Gordon, finde ich, kriechen dem berühmten Beatnik in den Arsch und laden nur die veröffentlichten Schriftsteller dieser Insel ein«, sagt George aus dem Mundwinkel, doch für alle deutlich hörbar.

»Ach, pfft, George, ist doch lieb von ihnen, uns einzuladen, mehr hat es damit nicht auf sich«, erwidert Marianne und fügt mit einem Glucksen hinzu: »Ich meine, glaubst du denn, ich hätte was veröffentlicht?«

»Du bist allein wegen Axel hier«, sagt George. »Übrigens, irgendwelche Neuigkeiten?« Und während Marianne den Kopf schüttelt, brummelt Leonard finster vor sich hin.

George schwenkt sein Glas, zeigt damit auf alle.

»Scheint mir ein bisschen hart, Paddy Greer auszuschließen, den armen Scheißer, aber glaubt bitte nicht, ich sei so verflucht unverschämt, unsere Gastgeber zu kritisieren, denn ehrlich gesagt, ich find's toll hier.« Er hebt das Glas zum Wohl von Chuck und Gordon. »Sind wir die verdammten Dekadenten doch wenigstens für einen Abend los«, fährt er fort und leert das Glas, als wollte er die Tirade befeuern, zu der er gleich darauf anhebt.

»Ach George, bitte …«, sagte Charmian, als er in Fahrt kommt.

»Sie kommen zu mir, betteln um einen Gefallen, um gleich darauf über mich herzuziehen, weil sie der Ansicht sind, dass ich kommerziellen Scheiß schreibe. Unterdessen finden es die Russen gar nicht nett, dass sie von einem Präsidenten über die verdammten U-2 belogen werden, was uns an den Rand eines atomaren Krieges bringen könnte, aber geht das vielleicht in ihre vergnügungssüchtigen kleinen Schädel, während sie wie die verdammten Flöhe von Bett zu Bett hüpfen?«

Durch den Qualm einer frisch angezündeten Zigarette mustert Leonard ihn mit zusammengekniffenen Augen. Ich bin immer noch sauer auf George, weil er gestern Abend so gemein zu Charmian war. Ausnahmsweise kriege ich mal den Mund auf. »Warum soll es für einen jungen Menschen ein Verbrechen sein, wenn jemand, der es sich leisten kann, eine Weile in Frieden leben will? Wem tun wir damit weh? Ich kann nicht gerade behaupten, dass meine beiden Eltern es mir schmackhaft gemacht hätten, sich im Hamsterrad zu drehen. Und glaubst du wirklich, es bedeutete auch nur den geringsten Unterschied, wenn ich in einer Demo für ein Verbot der Atombombe mitliefe? Nur eine Weile vor sich hinzuträumen, daran kann ich nichts Falsches erkennen, und ich verstehe auch nicht, warum du dich so darüber aufregst ...«

Hätte Gordons Katze plötzlich zu sprechen begonnen, könnte George kaum verblüffter dreinblicken. Er fängt an zu fluchen und kippt einen Sturzbach an Worten über mich aus, darüber, dass er sich tagtäglich im Schweiße seines Angesichts über die Schreibmaschinentasten beugt, während alle Welt Siesta hält und nur herumtändelt. Sein Gepolter ist derart durchsetzt mit Verweisen auf das Spionageflugzeug U-2, dass man meinen könnte, es sei allein meine Schuld, dass der Pilot auf frischer Tat von den Russen ertappt wurde.

Charmian versucht, gegen ihn anzureden. »George, ich finde, für einen Abend hast du mehr als genug gesagt ...«, aber er tobt weiter, bis sich Leonard einmischt und ihn allein durch sein Charisma verstummen lässt.

»Wenn wir uns allzu sehr der Melancholie hingeben, verlieren wir einen Großteil unseres Lebens ...«, fängt er an, während George noch vor sich hinknurrt. »Kommt es zum Atomkrieg, gibt es kein Leben mehr.« Leonard senkt den Kopf und fährt fort: »Und es ist stimmt, es gibt Dinge, gegen die man protestieren muss, und Dinge, die man hassen muss, aber es gibt auch eine breite Vielfalt von Dingen, über die man sich freuen sollte.« Er blickt auf und sieht mit einem warmen Lächeln Marianne an. »Von unseren Körpern bis hin zu unseren Ideen … Wenn wir uns denen verweigern oder sie geringschätzen, dann machen wir uns ebenso schuldig wie die, die selbstgefällig in den Tag hineinleben.«

Georges ganzes Gesicht ist ein einziges Naserümpfen. »Sag mir, dass du immer noch daran glaubst, wenn du erst mal versucht hast, während der verrückten Jahreszeit einen Roman zu schreiben«, und er grummelt weiter, bis Marianne ihn ablenkt, indem sie ihm einen Kuss auf die Wange drückt.

»Was bist du heute Abend doch für ein alter Griesgram, George«, sagt sie, während er aufsteht, um sich auf die Suche nach mehr Wein zu machen, und Charmian sich mit Greg Corso Kyria Polymnia anschließt, die durch Gordons Haus führt.

»Das kleine Pummelchen ist bei der Tochter der Nachbarin«, sagt Marianne, als ich nach dem Baby frage, und einen Moment lang wirkt sie niedergeschlagen und greift nach Leonards Hand. »Ich habe ihn vorher noch nie allein gelassen, aber ich wollte mich endlich mal wieder frei unter Leuten bewegen können.«

George kommt zurück und beginnt, über Gordons Romane zu lästern, während er Leonard zugleich empfiehlt, einen davon zu lesen.

»Alles, was ich über schwulen Sex weiß, habe ich aus seinen Manuskripten gelernt«, sagt er. »Hast du übrigens gewusst, dass *The Strumpet Wind* sechzehn Wochen lang auf der Bestsellerliste der *New York Times* stand? Aber Gordy wird dir das zweifellos früher oder später noch selbst aufs Brot schmieren ... Sechzehn verdammte Wochen!«

Der Wein fließt. Und während wir am blütenüberstreuten Tisch essen, holt Chuck den Plattenspieler und legt Bizets *Die Perlenfischer* auf. Das Lamm zergeht auf der Zunge. Gordon behauptet, er habe es fünf Stunden lang im Ofen gebacken, gewendet und immer wieder übergossen, doch höre ich Charmian schnauben und zu George sagen: »Wir wissen doch alle, dass Polymnia für die Küche zuständig ist.«

Greg Corso sitzt auf einem hohen geschnitzten Stuhl am Kopf der Tafel, im Gesicht ein so breites Lächeln, als wäre er der Elfenkaiser auf seinem Thron. Charmian hat rechts von ihm Platz genommen, und beide unterhalten sich so angeregt, dass sie kaum Zeit zum Essen finden. Quer über den Tisch höre ich sie Keats zitieren, und beim Trinken bleiben sich beide nichts schuldig. Er erzählt ihr von einem Traum, in dem er Gefangener in Rotchina war und ein Fass mit einer Atombombe in ein Regal stellen musste, falls er nicht von einem Bajonett aufgespießt werden wollte. »Also habe ich es ins Regal gestellt, und mit einem Blitzlichtgewitter wurde meine schändliche Tat festgehalten ... Was hat das nur zu bedeuten?«

Leonard scheint vom Dichter genauso angetan zu sein wie Jimmy, aber anders als Jimmy verstummt er nicht vor Ehrfurcht. Immer wieder beugt er sich über Marianne hinweg, um nach der Szene zu fragen, nach Protest und Performance, Bebop und Cut-up und nach diesem Dichter namens Allen Ginsberg, den alle so unglaublich interessant finden.

Charmian verfolgt ihr Gespräch, und mehrere Male will sie etwas sagen, doch lässt man sie nicht zu Wort kommen.

»Ist ja alles schön und gut, aber wo sind die Stimmen der Frauen?«, gelingt es ihr schließlich zu fragen, als beide Männer einmal zufällig im selben Moment Luft holen müssen. »Warum gibt es keine Beat-Dichter*innen*?«

»Die gibt es ja«, erwidert Corso und schlägt mit der Faust auf den Tisch. »Das Problem ist nur, dass ihre Familien sie alle gleich in Anstalten sperren und mit Elektroschocks behandeln lassen.«

Später, als er davon schwafelt, mit einem Beat-Programm Präsident werden zu wollen, frage ich mich, ob er nicht ein ziemlicher Angeber ist. Leonard lässt sich auf die Idee ein, und sie listen all die Leute auf, die für ihn stimmen würden: die Beats, die Jazzmusiker, die Haschraucher, die Italiener, die Lieferjungen und -mädchen, die Dichter, Maler, Fotografen, Architekten, Studenten und Professoren.

»Obwohl ich zweimal verurteilt wurde, würde man mich wählen«, fährt Corso fort. »Amerika ist im Grunde nämlich ein dadaistisches Land. Und ich als Präsident, kannst du dir irgendwas vorstellen, was mehr Dada wäre?«

George hört das Ende ihrer Farce. »Und wenn du das Kommando hast, was unternimmst du dann gegen die verdammten Russen?«, knurrt er.

»Ich würde mit einem Joint zu Chruschtschow gehen, und wir würden uns hinlegen und Bach hören, bis wir beide völlig hin und weg sind«, erwidert Corso.

Nach dem Essen führt Chuck uns auf die obere Terrasse, wo wir in tiefen Kissen versinken. Er hat eine kleine Bühne errichtet und mit roten, quastenbehängten Seidenteppichen ausgelegt. Es gibt klebrigen Honigkuchen, dazu richtige Kuchengabeln, und Polymnia bringt auf einem Tablett Kaffee in delikaten blauen Sèvres-Tassen sowie französischen Cognac. Corso langt danach, zieht den Korken und nimmt einen kräftigen Schluck gleich aus der Flasche.

Leonard wettet mit Jimmy, dass er im Lotussitz keinen Handstand machen kann. Corso nimmt die Herausforderung an, doch obwohl Charmian seine Beine hält, purzelt er in die Kissen. Ehe dies zu sehr aus dem Ruder läuft, springt

Chuck auf die Bühne und klatscht in die Hände. Das Licht einer Petroleumlampe mit Schwanenhals fällt auf den Anflug von Stolz, mit dem er von dem Studio berichtet, dass *The Strumpet Wind* verfilmen will.

»Heute, meine Inselfreunde, heißt es also Abschied nehmen, zumindest für eine Weile«, sagt er, macht eine Verbeugung und bittet mit einer Handbewegung Gordon auf die Bühne.

Gordon hat seine Kochschürze abgelegt. Mit aufgeknöpftem Seidenhemd betritt er die Bühne. »Da dies meine Party ist, bin ich als Erster an der Reihe, und ich werde euch heute aus etwas Neuem vorlesen. Der Roman soll *The Lord Won't Mind* heißen«, sagt er, um dann mit einem Schmunzeln hinzuzusetzen: »Toller Titel, nicht?«

Wie jemand, der es gewohnt ist, im Rampenlicht zu stehen, kehrt Gordon uns sein Profil zu. Hintergrund sind der schwarze Himmel und die Sterne. Er strafft die Schultern und beginnt zu lesen und liest und liest und liest. Ein ganzes Kapitel lang erzählt er von einem hübschen Jungen auf Besuch bei einem Mann, der mit einem wahrhaft gewaltigen Penis gesegnet ist.

»Peters Gemächt ragte bebend vor ihm auf, die Eichel so prall und glatt wie eine reife Frucht …« Gordon liest, als trüge er ein Sonett von Shakespeare vor.

»Großzügig salbte er seinen Ständer, ehrfürchtig fast …« Mehrere Male sehe ich, wie Charmian augenrollend zu George hinüberblickt, während Gordons honigsüße Stimme weiter Seite um Seite von kraftvollem Rammeln und platschendem Samen liest.

Neben mir befingert Jimmy sein Gedicht.

»Sei nicht nervös, wir sind unter Freunden«, flüstere ich ihm zu, und er grinst mich an.

»Gerade deshalb bin ich ja nervös«, sagt er.

Leonard hat sein Gesicht in Mariannes Haar vergraben, ihre Füße haben den Weg in seinen Schoß gefunden. Greg Corso liegt in den Kissen, als wäre er ohnmächtig geworden, eine Hand baumelt wie beim toten Chatterton herab. Gordon hält kurz inne, um zu trinken, und Charmian und George beginnen zu klatschen, alle anderen fallen ein. Göran springt auf und verkündet, er wolle uns nun sein neues Gedicht auf Schwedisch vortragen.

Göran nimmt die Pose eines großen Redners ein und hält mit dramatischer Geste eine von Hand beschriebene Seite in die Höhe, schafft es aber nur, einige wenige Zeilen zu lesen, ehe Leonard ihn prustend unterbricht: »Hey, das ist mein Gedicht«, und lachend hält Göran inne, um sich tief vor ihm zu verbeugen.

»Ich habe es so bewundert, dass ich es einfach ins Schwedische übersetzen musste«, sagt er und tut, als wollte er Leonard die Hand schütteln, zieht ihn aber auf die Füße und schiebt ihn zur Bühne. »Jetzt bist du dran.«

Leonard zögert, wirkt unwillig und tastet die leeren Hosentaschen ab, vielleicht ein wenig eingeschüchtert von Görans Begeisterung. Jedenfalls ist er kein geborener Bühnenakteur, anders als Gordon, der früher mal Matinee-Idol am Broadway war.

Leonard hüstelt verlegen, ehe er beginnt, sagt, statt uns eines seiner Gedichte vorzulesen, wolle er lieber eine Geschichte erzählen. Er gibt sich entschuldigend, aber das Licht der Lampe fängt sein Augenzwinkern ein.

»Also, heute Nachmittag habe ich mir die Rückseite von *True Story* angesehen. Und ich las …« Er sieht auf und schluckt. »Ich las etwa zwanzig Anzeigen, bei denen es um ungewolltes Haar ging. Das Haar war ein …« Marianne beginnt zu kichern, und er wartet, achselzuckend und mit ausdruckslosem Gesicht, bis sie wieder aufhört.

»Eine Menge Leute warben für Haarentfernung. Sie boten an, das Haar abzuschmirgeln. Es zu rasieren. Auszureißen. Abzuschneiden. Es mit Stromschlägen hinzurichten. Die Wurzeln mit einer Creme zu veröden.«

Mariannes Kichern ist ansteckend, selbst Gordon schnaubt, der sich sein von Chuck angeknackstes Ego mittels einer Fußmassage lindern lässt. Leonard fährt fort. »Ich meine, jeder sorgt sich um ungewollte Babys, aber niemand interessiert sich für ungewolltes Haar.«

Er macht weiter, trabt voran, die Miene tief betrübt, fast flehentlich. »Ich finde, es sollte in dieser Gesellschaft einen Ort für ungewolltes Haar geben. Ich finde, es müsste allerwenigstens ein Haarmuseum geben. Irgendwo muss es doch sein, dieses Asyl für Haare. Irgendwo ein Ort, an dem, ähm, die Oberlippenbärte von Frauen mittleren Alters den Ton angeben …« Der Trab wird zum Galopp, seine Szenarien immer lächerlicher. Selbst als er schließlich die Bühne verlässt, kann er nicht aufhören und murmelt vor sich hin: »Studentenbärte, die Karrieren geopfert werden. Ich meine, der Mensch muss doch in eines dieser Haarasyle gehen und, ihr wisst schon, sein Leben Revue passieren lassen können.« Er verstummt erst, als George auf die Bühne schlurft.

George faltet einige Seiten auf, hält sie ins Licht und räuspert sich. »Ich habe daran gedacht, aus dem Buch vorzulesen, an dem ich gerade arbeite, aber da es von vielen Tausend chinesischen Flüchtlingen handelt, die auf der Flucht vor den Japanern verhungern, schien es mir nicht das Richtige für diesen fröhlichen Anlass zu sein.« Er hat sein Glas Brandy mit auf die Bühne gebracht und hebt es nun auf Gordons Wohl. »Mach nur so weiter, Gordon, und meinen Glückwunsch zum Film. Ich hoffe, er bringt dir eine Menge Kohle ein«, sagt er, und bis auf den Ehrengast, der immer noch weggetreten in den Kissen ruht, klatschen wir alle Beifall.

»Mist, ich hatte gehofft, er liest sein Bombengedicht«, grummelt Jimmy, und Corsos Schnarchen wird lauter.

Rasch wischt George sein Glas mit dem Taschentuch ab. Er sieht wie jemandes Onkel aus, der einen schmutzigen Witz erzählen will. »Stattdessen lese ich aus der Fahne von *Closer to the Sun*. Das Buch handelt von einer Gruppe kosmopolitischer Außenseiter auf einer ägäischen Insel wie dieser … doch lasst mich rasch hinzufügen, dass jede Ähnlichkeit mit lebenden Personen rein zufällig wäre.«

Ich höre, wie Charmian nach Luft schnappt, und wage es nicht, sie anzusehen. Mir scheint, dass wir uns alle ein wenig aufrichten, als George seine Brille zurechtrückt. »Bitte, nur das nicht«, wispert Marianne.

George genießt die Spannung und beginnt fast ein wenig großspurig: »Poseidons Spielplatz. Das Element der Überraschung bestand eigentlich darin, dass der Neuankömmling längst nicht so jung war wie erwartet …«

Es braucht einige Sätze, bis wir wieder atmen können. George hat eine Passage über einen weltgewandten, alternden Theaterdesigner namens Janáček ausgewählt, der frisch auf der Insel eintrifft. Janáček hat »Zähne wie aus einer Zahnpastawerbung und eine sehr gepflegte Haut«. Für Panik unempfindlich, wird dieser Janáček vom jüngeren Kettering umsorgt und bemuttert, der ein grässlich gestreiftes Mykonos-Hemd trägt und den George, dem ein kleiner Teufel auf der Schulter hockt, genüsslich als einen zierlichen Mann mit kastanienbraunem Spitzbart skizziert, »ein Mann, der Janáček wie ein Kolibri um die Beine flattert«.

Es ist schwer zu sagen, ob Chuck und Gordon sich erkennen; falls ja, ertragen sie es jedenfalls, anders als wir anderen, ohne eine Miene zu verziehen.

Zum Glück hat Charmian etwas dabei, was sie vorlesen mag. Sie schwankt leicht, als sie auf Chucks Bühne steht, ihre

Stimme aber ist fest und klar. Sie hat nur einige getippte Seiten in der Hand und hält sie so nahe an die Lampe, dass ihr Gesicht auf geradezu gespenstische Weise erhellt wird.

»Das hier kam mir ganz plötzlich heute Nachmittag«, sagt sie. »Es handelt von einem Besuch bei der Familie eines Schwammtauchers, eines stolzen Mannes ohne Arbeit und ohne Geld, da man ihm nachsagt, den bösen Blick zu haben. Wohin dies einmal führen wird, weiß ich nicht, aber nun ...«

Die kurze Passage, die sie vorliest, ist unglaublich lebensnah. Ich sehe alles vor mir. Irini, die Frau des Tauchers, mit einem Gebiss aus Edelstahl, das, wenn sie redet, so glitzert, als »machte die silberne Ikone überm Bettpfosten eine Verkündigung«. Die hungrigen und kranken Kinder wie Raupen auf dem Bettgestell versammelt.

Jimmys Gedicht handelt von den Ratten in den Abwasserkanälen unterm House of Parliament. Als er mit Lesen dran ist, sind wir so betrunken, er hätte auch P. B. Shelley sein können.

Neunzehn

Über Nacht hat es geregnet, und die Marmorgassen am Hafen glitzern; die Luft riecht angenehm nach zerdrückten weißen Blüten. Ich gehe zwischen Jimmy und Bobby. Wir haben uns untergehakt, und Bobby schüttelt mich ausnahmsweise mal nicht ab, fast als hätte auch ihn der leichte Regen erfrischt. In seinen Augen ist wieder Licht, die Schatten haben sich zurückgezogen. Er sagt mir nicht mal, dass ich still sein soll, als ich mich dabei ertappe, wie ich jenes Lied über eine holde junge Maid und das blaue, blaue Meer trällere, das Mum uns so oft vorgesungen hat; er stimmt sogar in den Refrain mit ein.

Wir haben die anderen schlafen lassen, haben nicht einmal versucht, sie zu wecken. Bobby aber war so fürsorglich, Edie einen Krug mit Wasser neben den Kopf zu stellen. Was für chaotische Schläfer. Ameisen krochen um die Ränder klebriger Gläser, und Klumpen schwitzigen Käses lagen zwischen den Dahingesunkenen, einige davon mit Farbe bemalt.

Für viele unserer Freunde auf dieser Insel wurde die Drogerie zum magischen Süßwarenladen.

»Ich denke, nächstes Mal bin ich dabei«, sagt Jimmy. Er kam spät vom Fischen zurück, sah sie auf der Terrasse zu Trudys Platten tanzen und sagt, im Mondlicht hätten sie so phantasmagorisch ausgesehen, als wären sie unter Wasser und würden sich auflösen.

»Und Leonard hat gestern Abend gesagt, auf Benadryl könne er vierundzwanzig Stunden durcharbeiten.« Jimmy ist von den Pillen begeistert. Ich habe davor zu viel Angst.

Bobby springt rüber zu Elias, der im Schatten hinterm Marktplatz mit seinen prallen Ziegenhäuten voller Wasser wartet. Er füllt unsere Kannen und hievt sie sich so fröhlich auf die Schultern, als wären sie leer, und beklagt sich nicht mal darüber, dass Elias den Wasserpreis für Ausländer raufgesetzt hat. Sogar dem dürren Stomasis, dem Sohn des Kerzenmachers, schnickt er eine Münze zu.

Die Sonne vertreibt die letzten Regentropfen, während wir uns an einer Reihe wartender Esel vorbeischlängeln und nur an die Bootsfahrt ans westliche Ende der Insel denken, wo die Schweden in der Bisti Bay ihr Lager aufgeschlagen haben.

In der Bäckerei kaufen wir die letzten vier Laibe Brot, und Bobby stößt mit Charmian zusammen, als die mit ihrem Blechtopf voll Fleisch und Kartoffeln hereinkommt, hastig *kalimera* in die Runde grüßt und ungläubig aufs leere Brotregal hinter Kyria Anastasia starrt.

»Hier, nimm«, sagt Bobby. »Nein, nein, ich bestehe darauf.«

Kyria Anastasia prüft, ob das Namensschild auch wirklich fest an Charmians Topf klebt, und schiebt ihn dann zu den anderen Abendessen, die langsam über der Glut schmoren. Ich habe es bislang versäumt, den Bäckerofen zu nutzen, und schwöre mir, dass ich besser in solchen Dingen werde, wenn Jimmy und ich erst mal zur Ruhe gekommen sind.

»Ist doch nur ein Brot«, sagt Bobby, als Charmian ihn auf beide flammend rot anlaufende Wangen küsst.

»Na ja, ich freue mich eben, und deshalb danke ich dir«, sagt sie. »George liegt mit Fieber im Bett, aber ich hoffe, dass er heute wenigstens ein bisschen Brei runterkriegt.«

Ich strecke eine Hand aus, um ihr einen der Körbe abzunehmen. »Ach, der arme George. Ich hoffe, es ist nichts Ernstes? Gibst du mir Bescheid, wenn ich irgendwas für ihn tun kann?«

Charmian wedelt mich beiseite. »Du meine Güte, Erica, bist du nett. Ist doch seine eigene Schuld. Ich denke, er hat gestern Abend bei Chuck und Gordon nur zu tief ins Glas geguckt, meinst du nicht?«

»Haben wir doch alle«, sagt Jimmy und setzt mit einem Schnauben hinzu, »aber Gordons Roman, Mann!«

Zusammen gehen wir die Gasse lang, wringen jeden Tropfen aus unserer Erinnerung.

Voller Inbrunst zitiert Charmian: »Sein Gemächt schwoll an und richtete sich wuchtig vor ihm auf. Er musste einen Schritt zurück machen, um ihm Platz zu geben ...‹«

Ich bitte sie aufzuhören. Mir tut vor Lachen immer noch der Bauch weh.

»Jetzt mal ehrlich«, sagt Jimmy, »glaubt ihr wirklich, er und Chuck haben sich in Georges Beschreibung nicht wiedererkannt?«

»Es schadet durchaus nicht, wenn man weiß, dass George über die Maßen grausam sein kann«, sagt Charmian und wendet sich wieder Bobby zu, ehe ich ihr sagen kann, wie gut mir die Passage gefiel, die sie vorgelesen hat.

Wir hatten nicht damit gerechnet, dass all die Verheirateten mit ihren Kindern Teil unserer Gruppe sein würden. Die Goschens kamen mit ihrer Brut den Hügel runter, mit den lockigen Mädchen und ihrem Babybruder. Angela trägt eins von Davids Nachthemden, um ihren dicken Bauch zu kaschieren. Demetri und Bim sind mit Polizeichef Manolis vor Tassos, der auf einen Stapel Dokumente auf dem Tisch pocht. Angelika, Carolyns und Demetris hübsche junge Hausgehilfin, wartet an der Mole mit dem Kleinen, während Demetri sich auf seinem Stuhl fläzt und so lakonisch wie gelangweilt zwischen Polizist und Bim dolmetscht.

»Ist sicher nur der übliche Ärger mit den Visa«, sagt Charmian. »Die können damit echt nerven, vor allem, wenn sie glauben, dass man sich nicht immer anständig benimmt«, und der Blick, den sie ihm zuwirft, verrät, dass sie manches über Bims Treiben nach Einbruch der Dunkelheit weiß.

Demetri schlurft heran, um sie zu fragen, ob sie sich die Zeit nehmen könne, nach Kamini raufzulaufen und sich mit ihm und Carolyn eine Ruine anzusehen. »Ich weiß, du wirst es uns rundheraus sagen, wenn es zu verrückt ist, so ein Haus wieder aufzubauen.« Mich amüsiert, dass dieser erwachsene Mann mit griechischem Blut in den Adern, einer amerikanischen Familie und ansetzender Wampe offenbar ebenso auf die Zustimmung unserer Inselkönigin angewiesen ist wie alle anderen auch.

Charmian strahlt. »Oh, *kaloriziko*! Hast du dich verliebt?« Sie will darauf mit ihm anstoßen und sieht sich nach einem Drink um, lässt es aber sein, als sie Leonard entdeckt, der mit überquellenden Beuteln auf uns zuschlendert, zwei Säcke Wäsche, an der Schulter den schlafenden Axel Joachim.

»Na, sieh einer an«, sagt Charmian. »Da muss unser kanadischer Freund wohl mal wieder das Kindchen schaukeln. Im wahrsten Sinne des Wortes.«

Sie ruft ihm zu: »Du meine Güte, in was um alles in der Welt habt ihr denn den Kleinen gewickelt?« Und Leonard blickt an sich herab, als überraschte es ihn selbst, ein Baby im Arm zu halten, dem die Windeln abfallen, stimmt in ihr Lachen ein, ermahnt sich aber gleich, ruhig zu sein, um den Kleinen nicht zu wecken, und redet dann beschwichtigend auf ihn ein, tätschelt ihn und führt mit ihm ein Tänzchen auf.

Charmian hebt ihren Korb an. »Wenn ihr mich bitte entschuldigt, ich glaube, ich muss da mal aushelfen.«

Charlie Heck winkt uns von der Mole aus zu, als Manos' Boot um die Landzunge biegt. Neben ihm steht die großäugige Francine, frisch von der Fähre. Wir sammeln unsere

Sachen ein, aber Jimmy ist offenbar so beeindruckt, dass er einen Pfiff nicht unterdrücken kann.

Francine ist eine Tänzerin aus Paris, fast so jung wie ich. »Er behauptet, ein afrikanischer Prinz zu sein«, fauche ich, wende mich ab, um meine schlechte Laune zu verbergen, und sehe Charmian und Leonard, als er gerade das schlafende Baby in ihre Arme gleiten lässt.

»Hey, wo ist Marianne?«, frage ich, aber jedermann rennt zum Boot: Jimmy und Bobby nehmen die Wasserkanister auf, zwischen Robyn und Bim schwingt ein Korb, überall flitzen Kinder herum.

»Marianne ist bei Axel in Athen«, verrät mir Angela, als sie vorüberhastet und der hübschen Hausgehilfin der Gassoumis etwas zuruft.

»Angeliki! Angeliki! Nimm Mariora an die Hand. Sieh nur, das Boot legt an.«

Wir sitzen bei Manos, am Ruder, mit dem Rücken an der Reling. Bim und Demetri haben sich zum Bug vorgedrängt, wo es etwas ruhiger ist und sie sich auf Matten ausstrecken können. Charlie Heck hat eine große Tüte mit Kürbiskernen gekauft, die wir zwischen den Zähnen zerknacken. Alle lachen, wenn sie von Gischtquerschlägern übersprüht werden, und juchzen beim kaleidoskopischen Aufblitzen fliegender Fische, das Meer so schillernd, dass die Fische wie Lichtscherben des Wasserfunkelns aussehen.

Charlie hält Francine fest, als drohte sie über Bord zu fallen, und trotz des lärmenden Motortuckerns kann ich von dem, was er erzählt, genug aufschnappen, um zu verstehen, dass er es mit der üblichen Masche versucht: »Ehrlich gesagt hätte ich mir in Korea fast das Hirn weggeblasen …«, und dann seine vielen Reisen. »Diese Insel ist für mich genau richtig. Weißt du, Hydra ist der einzige Ort, an dem ich mir ein Haus gemietet habe und sich niemand für meine Hautfarbe interessiert.« Francine kreischt, als das Boot die Bugwelle der einfahrenden Fähre kreuzt.

Mich wirft sie auf Bobby zu, der einen Arm ausstreckt, um mich zu halten. Er redet mit Jimmy über Edie. »Weißt du, seit ich kapiert habe, dass ich sie nicht für mich allein haben kann, geht es mir viel besser«, sagt er, als das Boot aufschlägt und uns mit Wasser besprüht. »Genau wie Dinos gesagt hat: Es ist eine Erleichterung, sie nicht ständig im Auge behalten zu müssen.«

Ich warte, bis Manos das Boot in nicht mehr ganz so unruhiges Gewässer lenkt. »Dinos? Der Typ aus der Schwammfabrik, den ich bei George und Charmian gesehen habe?«

Bobby hat sein T-Shirt ausgezogen und reibt sich das Haar trocken. Seine Augen sind blau wie Luftpostpapier. »Ja, genau der. Ist eigentlich schwer in Ordnung, lässt mich oben in Episkopi seinen Brennofen benutzen. Ehrlich gesagt, Puppe, ich rede mit ihm, als wäre er eine Art Seelenklempner.«

Mich erstaunt die Vorstellung, dass Bobby mit irgendwem redet, erst recht, dass er mir davon erzählt, so sehr habe ich mich an seine mürrischen Äußerungen und seine brütende Stille gewöhnt. Er erzählt weiter, während wir in den Windschatten der wie ein schlafender Wal daliegenden Insel Dokos fahren.

»Weißt du, ich habe Edie gleich nach Mums Tod kennengelernt und mich seither an sie geklammert. Das war für die Kleine einfach nicht fair«, sagt er, und ich sehe zu Jimmy hinüber und ertappe ihn dabei, wie er den Anblick von Francine genießt, die sich an der Reling festhält, kess in karierten rosafarbenen Shorts und mit einem winzigen flattrigen Fetzen als Top. Hoffentlich wird er davon blind.

Manos steuert das Boot näher an die Insel. Der Geruch von Diesel und wildem Thymian sowie das rhythmische Wummern des Motors sind so einschläfernd, dass wir alle bald nur noch vor uns hindämmern.

Jetzt sind wir über Palamidas raus, die nur spärlich bewachsenen Schultern der Insel. Wir passieren die hohe Klippe, zu der die alten Leute früher zum Sterben gingen – manchmal, erzählt Manos, wurden sie in einem Korb über den Rand gerollt, und manchmal sind sie gesprungen. »Warum einen guten Korb verschwenden?‹, haben die zu ihrer Familie gesagt.«

Bald weicht eine Landschaft mit gelegentlichen Olivenbäumen oder Kiefern dem nackten massigen Fels. Es ist geradezu hypnotisierend, den vorüberziehenden Gesteinsstreifen und Marmorierungen mit den Blicken zu folgen, staubige Bronze, staubiges Grau und Eisenstein, bis sich plötzlich Adern in Malachitgrün oder Schlachterrot auftun. Wir kommen an Piratenhöhlen vorbei, vor einer bewacht ein Eremit den Eingang; und Manos erzählt die Geschichte von der rosafarbenen Kapelle in einer Bucht, in der man Rotwein in die weiße Tünche mischt im Gedenken an jenen lang vergangenen Schiffbruch einer Weinschaluppe, bei dem wundersamerweise alle Mann und alle Fässer unbeschadet an Land gespült worden waren.

Sieht man Bisti Bay zum ersten Mal, schnappt man unwillkürlich nach Luft. Die Bucht ist wie ein Hufeisen geformt, und rund um diese mit Kieseln ausgelegte Schatzkiste steigen die Kiefernwälder steil an. Wie Abertausend Eisvögel blitzt das Wasser, und sieht man vom Boot hinab, wogt es wie Gold. In ganz Griechenland ist es das klarste Wasser. Näher am Strand betüpfeln die Kiefern es mit einem skarabäusgrünen Schimmer.

Wir werden von Lena willkommen geheißen, die platschend und rufend auf uns zuläuft und kaum mehr als geflochtenen, in Ranken um die Hüfte hängenden Seetang trägt.

»Hey, ahoi!« Eine weiße Muschel baumelt zwischen den braunen Brüsten, als sie die Arme hochreißt, um das Seil aufzufangen.

Sobald sie Lenas Schreie hören, stieben auch die anderen unter den Bäumen vor. Als sie zu uns waten, um beim Ausladen der Vorräte zu helfen, ist es, als würden wir von einem Stamm besonders goldener Wilder begrüßt. Die Männer haben sich ausnahmslos Bärte wachsen lassen. Ivar trägt nichts weiter als eine Federkrone im gelben Haar, und eine der jungen Holländerinnen hat sich Blüten um ihre Nippel gemalt. Bims Füße haben kaum den Strand berührt, da fallen auch schon seine Shorts.

Albin und Ivar waren beim Speerfischen und haben drei schwermütig dreinblickende Zackenbarsche gefangen, die von Göran zubereitet werden. Im Moment aber hat er unter den Kiefern gerade eine Pause eingelegt, das Messer auf dem Block, um etwas in sein Notizbuch zu schreiben. Vornübergebeugt hockt er da, fasziniert von den herabgefallenen Fischschuppen, die ihn, kreuzweise mit Kiefernnadeln schraffiert, vom Boden anblitzen.

Zwischen den Bäumen schaukeln einige Hängematten. Der Segelmacher hat mit den Zelten gute Arbeit geleistet. Sie haben in der Nacht den Regen abgehalten und dampfen nun unter den Kiefern im Sonnenschein. Albin führt uns herum. Ein ordentlicher Stapel Holz liegt fürs Feuer bereit, und für die körperliche Ertüchtigung wurde zwischen zwei Bäumen eine Stange gehängt. Ein Haufen feuchter Tücher hält am Strand die Wasser- und Weinfässer kühl. Albin nimmt an, dass sie den ganzen Sommer bleiben, falls sie nicht vertrieben werden.

Manche von uns schwimmen mit Tauchermaske raus aufs Meer. In einer der Höhlen lebt eine Robbe, doch macht sie sich heute rar. Es dauert nicht lang, bis Jimmy und Bobby unter den Bäumen um die Wette Klimmzüge mit den anderen Männern machen. Göran zählt auf Schwedisch. Keiner kann es mit Jimmy aufnehmen, nicht einmal Ivar. Demetri und Charlie rennen zurück zum Wasser, um mit Francine zu schwimmen, die das winzige Fetzen-Etwas abgelegt hat, in dem sie gekommen ist. Angelika steht mit den Babys im Schatten einer Tamariske und unterhält sich angelegentlich mit Manos. Ich sehe, wie sie über ihrer aufgeknöpften Bluse das Kreuzzeichen schlägt, als ihr Boss nackt ins flache Wasser platscht.

Unter den Bäumen sehe ich Angela mit der Miene einer Frau, die gegen ihren Willen festgehalten wird. Sie sitzt auf einem Baumstamm und bezirzt ihre Kleinste, die sich weigert, mit Daddy und ihren Geschwistern am Strand zu spielen. Seit sie aus dem Boot ausgestiegen sind, will die kleine Mari-mou nur noch ihre Mutter.

Ivar rennt vorbei, Lena dichtauf, schreit, versucht, ihr unter tief hängenden Zweigen zu entwischen. Sie holt ihn ein, schnappt ihm die Krone vom Kopf und kommt lachend damit zurückgelaufen. Mariora zerrt an der Hand ihrer Mutter. Sie will Kiefernzapfen sammeln. Lena hebt die Arme, um Jimmy zu krönen. Ich bin froh, dass er seine Shorts noch anhat, wünschte mir aber, sie würde sich nicht so an ihn pressen.

Dies ist die erste Gelegenheit, Angela nach Marianne zu fragen. Auf dem Boot saß sie während der ganzen Fahrt am Bug unter schlafenden Kindern begraben. »Marianne ist also bei Axel in Athen …?«

Angela nickt. »Patricia hatte einen Unfall«, sagt sie, als Jimmy zu uns schlendert, eine Wassermelone in der einen und ein Beil in der anderen Hand, als wären es Kelch und Zepter, die Federkrone schief auf dem Kopf. Er hockt sich hin, legt sich die Melone zwischen die Füße.

»Ich habe keine Ahnung, warum Marianne meint, unbedingt zu Axel zu müssen, aber so ist sie nun mal. Sie bekam ein Telegramm, in dem er sie angefleht hat, so rasch wie möglich zu kommen, da Patricia im Krankenhaus liegt«, sagt Angela, als Jimmy zuschlägt und die Melone zerteilt.

Er lässt das Beil fallen. »Was? Ist Pat was passiert?«

»Sie hatte mit Axels Auto einen Unfall. Ist wohl ziemlich schlimm«, sagt Angela, obwohl das Kind sich windet, was ihr das Reden schwer macht. »Es heißt, sie habe sich sämtliche Knochen im Leib gebrochen; außerdem hat sie eine Lungenblutung.«

Jede Farbe weicht aus Jimmys Gesicht. »O Gott, nein. Die arme Pat. Wird sie wieder?«

Angela zuckt die Achseln. »Polizeichef Manolis hat was von einer Anklage gehört. Alle wollen wissen, ob es das arme Lämmchen schafft, aber Neuigkeiten sind mit ewig viel Bürokrams verbunden, da Mariannes Name in den Autopapieren steht und Axel selbst nicht fahren durfte. Die norwegische Botschaft wurde eingeschaltet – ein Riesenchaos also, womit Axel natürlich allein nicht klarkommt, weshalb Marianne – Engel, der sie nun mal ist – sich gleich auf den Weg gemacht hat. Niemand scheint zu wissen, ob Patricia leben oder sterben wird«, kann sie noch sagen, ehe ihre Kleine sie fortzieht.

»Ach du meine Güte. Die arme Pat«, sagt Jimmy noch einmal, und mich irritiert, wie seine Schultern zucken und er die Federkrone mit beiden Händen hält.

Lena kniet auf der Matte und zeigt den beiden Holländerinnen, wie man eine Flöte schnitzt. Robyn wollte mitmachen, aber wie ein Höhlenmensch hat Bim sie fortgezerrt und schlachtet sie nun in einem der Zelte, zumindest hört es sich für uns so an.

Albin hantiert am Radio, aber der blecherne Sound schafft

es nicht, die Geräusche zu übertönen, also fangen wir alle an zu singen.

Es findet ein Ballspiel statt, die Skandinavier gegen den Rest der Welt. Offenbar geht es darum, so oft wie möglich jemanden unterzutauchen – wie es scheint, vor allem wohl Francine. Spätestens nachdem Göran die Fische mit Olivenöl und Zitrone beträufelt sowie mit Kräutern, Salz und Pfeffer bestreut hat, sind wir alle wie ausgehungert. Am Strand wurde das Lagerfeuer entfacht, Fischstücke werden an Spießen in die Flammen gehalten und mit eingelegten Gurken auf Anastasias leckerem Brot gegessen. Dazu trinken wir kalkweißen, mit Wasser verdünnten Ouzo, und Ivar klimpert auf seiner Gitarre ein paar Songs von Woody Guthrie.

Der Lärm des Bootes durchbricht die Stille, die sich mit der bernsteinfarbenen Stunde übers Lager gesenkt hat. Wir sitzen im Kreis, und Lena spielt auf ihrer Flöte den Eulen etwas vor.

Manos scheucht uns an Bord. Ein Wind kommt auf, das Meer ist unruhig. Wir liegen auf Matten am Bug und fühlen uns, als würden wir Rodeo reiten, werden gegeneinandergeworfen, klammern uns an die Reling und halten uns gegenseitig fest, während Wellen an das Boot klatschen und uns mit einem Schaumvlies überziehen.

Am Horizont sammeln sich amethystfarbene Wolken, und im Vordersteven macht Francine irgendwelche Verrenkungen, da sie versucht, sich mit Charlies immer wieder aufbauschendem Hemd bedeckt zu halten. Ich gratuliere mir im Stillen, dass ich mir von solch aphrodisischer Nacktheit nicht einen perfekten Tag ruinieren ließ, obwohl ich gelitten habe, als sie mit Jimmy im flachen Wasser planschte.

Manos will nicht bis in den Hafen fahren, also steigen wir alle in Kamini aus. Charlie kann es kaum erwarten, Francine ins Gästehaus zu bringen. Der Rest von uns bleibt noch, während Angelika die Kinder vor sich hertreibt und die Babys den Hügel hochträgt. Aus der Taverne dringt Musik, durch die Fenster quillt goldener Lampenschein nach draußen, und die gelbe Markise flattert im Wind, ruft uns ins Innere.

Zwanzig

»Wundbrand hatte schon eingesetzt, deshalb musste der Daumen amputiert werden«, sagt Marianne. Charmian lehnt neben ihr am Küchentresen und raucht eine Zigarette. Ich lasse Axel Joachim auf meinen Knien hüpfen und singe: »Hoppe, hoppe Reiter, wenn er fällt, dann schreit er …«

Marianne ist schon seit einer Woche aus Athen zurück, aber wir treffen sie erst heute wieder, und Charmian saugt alle Details in sich auf. Marianne wirkt überraschend gut gelaunt, wie sie da am Hackbrett steht und ein Sandwich zubereitet in ihrem verblichenen Fischerkittel, der kaum bis auf ihre goldenen Schenkel reicht und wie etwas aus der *Queen* oder *Vogue* aussieht.

Sie dreht sich zu uns um und hebt einen Daumen. »Natürlich musste es der rechte Daumen sein, der, den sie zum Malen braucht«, sagt Marianne, nimmt einen imaginären Pinsel in die Hand und setzt winzige, präzise, pointillistische Tupfer auf eine Luftleinwand.

»Und fällt er in den Sumpf, dann macht der Reiter plumps!« Axel Joachim quiekt vor Vergnügen, als ich ihn in den Sumpf fallen lasse.

»Pssst, pssst, nicht so laut, bitte, Erica«, fleht Marianne mich an und zeigt zur Decke hoch. »Leonard hat gesagt, es würde ihm nichts ausmachen, wenn das Baby schreit, aber ich glaube doch, er kann besser arbeiten, wenn wir ihn nicht allzu sehr ablenken, meinst du nicht auch?«

»Aber, aber«, sagt Charmian, nimmt mir das Baby ab und

setzt es sich auf die Hüfte. Das mit dem Wundbrand schockiert mich. Marianne sagt, Patricia könne von Glück reden, dass sie nur den Daumen verloren hat.

Die Katze auf dem Tisch hat sich im Schlaf um das *I Ging* gekringelt, das aufgeschlagen und falsch herum neben einem Blatt Papier mit präzise gezeichneten Hexagrammen liegt. Ich greife nach dem Glasbecher, um an dem mit einem grünen Band zusammengebundenen Strauß Veilchen zu riechen.

»Leonard war so freundlich und hat schon genug Zeit damit verloren, sich um den Zwerg hier zu kümmern, als ich fort war«, sagt Marianne.

Charmian schnaubt und drückt das Baby an sich. »Ach nein, verstehe, jetzt nennen sie dich schon Zwerg, wie?«, und sie gibt dem Kleinen eine Brotkruste zu kauen.

»Aber ich muss schon sagen, er hat sich ziemlich gut geschlagen, obwohl ihm irgendwann die Windeln ausgegangen sind und er sich mit edlem norwegischem Damast behelfen musste«, sagt Charmian. »Hat er dir gestanden, dass er die Truhe geplündert hat?«

»Ach ja, Mamas Hochzeitsgeschenke für Axel und mich. Silberne Soßenschüsseln und Lachsplatten, mit Monogramm versehene Servietten – was hat sie sich dabei nur gedacht?«, sagt Marianne und plättet die Brotscheiben mit dem Nudelholz. Dann holt sie ein Quäntchen Butter aus der wassergekühlten Tiefe des irdenen Krugs. »Ich muss ihn zum Essen verführen. Seit ich zurück bin, arbeitet er in Vierundzwanzig-Stunden-Schichten, und es macht mir Sorgen, dass er zu wenig isst.« Sie belegt das mit Butter bestrichene Brot mit Streifen aus gesalzenem Pökelfleisch, Tomaten und Cornichons.

»Liegt vielleicht an den Pillen, die er sich in der Drogerie besorgt«, mische ich mich ein und will dazugehören, will klingen, als wüsste ich Bescheid.

Sie wirft mir einen besorgten Blick zu und knipst sich vom Topf mit Basilikum einige Rosetten frischer Blätter ab. »Was immer nötig ist, damit sein Buch in die Hände eines Verlegers gelangt. Er sagt, er kommt nicht zur Ruhe, ehe er die Worte nicht aus sich rausgebracht hat.« Sie streut die Blätter über das Sandwich.

»Das Gefühl kenne ich«, sagt Charmian.

Marianne gibt noch eine Prise gemahlene pinkfarbene Pfefferkörner hinzu. »Axel ist genauso. Leidet Todesqualen! Die ganze Zeit, während er bei Patricia am Bett saß, hat er nur darüber geredet, dass sein Buch zu Capellen müsse. Als ich meine Operation hatte, war es nicht anders. Die Schreibmaschine auf den Knien hämmerte er wie ein Verrückter darauf herum und vergaß ganz, das Desinfektionsmittel auf die Bandagen zu träufeln. Hat nicht mal gegessen. Ehrlich, da konnte ich doch nicht anders, als ihm zur Hand zu gehen«, sagt sie, bricht ein Stück Eis aus der Kiste ab, ignoriert Charmians sarkastisches Schnauben, zerhackt das Eis und lässt es ins Glas klirren.

»Ach ja, wo wären nur all diese männlichen Schriftsteller ohne ihre hilfsbereiten Engel?«, fragt Charmian.

Marianne wirft einen unmissverständlich sehnsüchtigen Blick die Treppe hinauf. »Vielleicht hatte meine Mutter ja recht und ich hätte mir lieber einen gutbürgerlichen Mann in einem Vorort von Oslo suchen sollen, aber das hier ist mir einfach so vertraut.« Sie kämmt sich durchs Haar, entschuldigt sich und bringt Sandwich und Zitroneneistee zu Leonard hoch.

Charmian seufzt verärgert. »Sie ist so glücklich, ihm zu helfen, so zufrieden, dem Dichter zu Füßen zu hocken, dabei sollte sie selbst am Tisch sitzen.« Sie legt das Baby zum Spielen auf die Matte. »Ehrlich, Erica, ich könnte an unserem Geschlecht verzweifeln«, sagt sie und steckt sich eine Zigarette an. »Himmel, aber dann frage ich mich, was rede ich denn da? Es ist so ermüdend, all das Aufstampfen, Schreien, Fordern, damit George seinen Teil beiträgt, die ewigen Streitereien.« Gierig zieht sie an der Zigarette. »Ich sitze auf dieser Stufe neben seinem Schreibtisch, treibe ihn an und habe oft schreckliche Gedanken, weil ich meine eigene Arbeit nur in der Zeit machen kann, die er mir lässt. Tut mir leid, Liebes, ich höre schon auf zu zetern. Vielleicht bin ich ja nur eifersüchtig und wünsche mir insgeheim, mir würden die schlichten Freuden häuslicher Harmonie auch genügen.«

Sie raucht weiter, ist noch nicht fertig. »Ich glaube, Erica, ich will dir nur sagen, dass du dich davor hüten solltest, all deine Träume an einen Kerl zu binden, und sei er auch noch so talentiert und wunderbar.«

Ich bin froh, dass sie nicht in meinen Kopf sehen kann, denn ich hänge einem Tagtraum nach, in dem ich diejenige bin, die Jimmy ein Sandwich bringt, und das in einem aufgeräumten, sauberen Haus ähnlich wie diesem, auf dem Fensterbrett hübsche Kräutertöpfe, die Blätter sonnenbeschienen. Auf dem Tisch liegt Cato, und es ist unser Baby, das auf seiner Matte gluckst und strampelt. Mit einem Ruck kehre ich in die Gegenwart zurück.

»Ich hoffe, Patricia wird kein Krüppel«, sage ich.

Ich muss an den Tag in Athen denken, wie Patricia sich bückt, um Mariannes verstreute Blüten aufzulesen, anmutig und schlank wie ein Stängel. Marianne ist sich sicher, dass Patricia so schnell gefahren ist, weil sie sich mit Axel gestritten hatte. Es geschah in der Dämmerung, hinter der Kurve ein Obstverkäufer mit seinem Eselskarren auf der falschen Straßenseite unterwegs zum Markt. Der Wagen wurde kaum beschädigt, als sie auswich und gegen die Brücke krachte. Patricia hatte weniger Glück. Sie flog über die Kühlerhaube auf das Felsbett eines ausgetrockneten Flusses, brach sich

Hüfte und Schlüsselbein, mehrere Rippen, und ein Knochen durchstach ihre Lunge. Das Gesicht war kaum wiederzuerkennen, die Zähne ausgeschlagen, die Oberlippe glatt abrasiert, durch eine Infektion verlor sie den kostbaren Malerdaumen; ein Wunder, dass sie überlebte.

Qualmwolken umwabern eine verärgerte Charmian. »Ich will ja bloß wissen, warum Marianne überhaupt hingefahren ist. Nur deshalb, weil Axel wegen des Wagens ihre Unterschrift brauchte? Oder hat sie sich was anderes erhofft? Diesen ganzen Florence-Nightingale-Stuss nehme ich ihr jedenfalls nicht ab. Glaubst du wirklich, sie war eine Woche da, um Axel bei Patricias Pflege zu helfen? Was denn, ihrer Rivalin? Und wie muss sich die Arme gefühlt haben, wenn sie denn mal zu Bewusstsein kam und sah, dass Marianne ihre Wunden abtupfte? Axel hat genügend Freunde in Athen, Else und Per, um zwei zu nennen, die er dafür hätte einspannen können …«

Als Marianne zurückkommt, hört sie auf zu reden. Marianne schenkt uns Wein ein, stellt einen Teller mit Feta und Oliven hin und räumt das *I Ging* vom Tisch, lässt das Buch aber offen, um uns Hexagramm 19 zu zeigen.

»Das hier ist Leonards. Und es ist eindeutig. Er muss jetzt die Zeit aufbringen, wenn er eine ertragreiche Ernte einfahren will. Der Frühling währt nicht ewig, und die Arbeit muss erledigt sein, ehe es im achten Monat einen Umschwung gibt.«

Charmian lächelt sie nachsichtig an, bis sie begreift, dass wir in Gedanken woanders sind, rot wird und das Thema wechselt.

Sie mustert Charmian mit schelmischem Grinsen. »Ist ja auch egal, was mit Leonard und mir ist, aber was habe ich da über Corso und dich gehört?«

»Ich habe keine Ahnung, wovon du redest«, erwidert Charmian.

»Vögel haben Schnäbel zum Zwitschern, weißt du.« Marianne wirkt wie in kleiner Kobold, wenn sie jemanden aufzieht, so hübsch, dass einem die Augen wehtun könnten.

Charmian schmunzelt. »Marianne, also ehrlich! Er war doch bloß ein paar Tage hier, und ich bin nur ein einziges Mal um Mitternacht mit ihm baden gegangen. Du bist schon genauso schlimm wie alle anderen!«

Einundzwanzig

Im Hafen wimmelt es von Touristen, und die Straßenkatzen werden fett. Eifrig brechen die Zikaden mit ihrem Gesang Aberhundert Herzen. Wir ziehen die Matratzen auf die Terrasse und schlafen unter Sternen, wachen mit der Sonne auf, und Cato kommt nach nächtlicher Jagd zurückgeschlichen, um mit herrischer Tatze an mein Gesicht zu stippen. An Tavernentischen picken wir Fisch vom gemeinsamen Teller, lassen uns mit unseren Schallplatten und Gedichten von Hof zu Hof treiben oder packen Bierflaschen ein und essen Brot und Frikadellen unterm rankenden Wein im Freilichtkino in der Economou-Gasse, das griechische Filme mit englischen Untertiteln zeigt.

Wir sind alle schlanker geworden, haben vom Treppensteigen muskulöse Beine, und Bobby und Jimmy scheinen vom Schwimmen noch breitschultriger geworden zu sein. Manchmal nehmen wir eine Tüte Pfirsiche und eine Thermoskanne Kaffee zur Höhle mit und baden, ehe der Hafen vollends aufwacht, dann wieder schwimmen wir spätabends, liegen nackt zwischen Mond und Flut auf noch warmem Fels.

Jimmy kann am besten in den relativ kühlen Stunden am frühen Abend arbeiten. Später gehen wir oft noch zur sternenhellen Bar Xenomania hoch oben in den Bergen bei der Windmühle, wo sie altmodischen Jazz spielen und eine Ansammlung niedriger Tische und gepolsterter Bänke zum Faulenzen einlädt.

Jimmy und ich bleiben einen Moment draußen stehen, um wieder zu Atem zu kommen. Silbriges Lachen, aufbrandende vertraute Stimmen. Wir lassen uns treiben und treffen doch immer wieder dieselben Leute, als würde die Kolonie der Ausländer von einer ebenso geheimnisvollen Macht wie das Schwarmverhalten der Stare bestimmt. Der Berg ragt schwarz wie der Himmel hinterm Xenomania auf, weniger eine Bar als eine erhellte Bühne vor dunklem Auditorium, das Bühnenportal wie der Schattenriss zweier Bäume. Georges Worte dringen zu uns vor, prasseln auf uns ein wie Gewehrfeuer, eine Prustattacke aus Husten und Gelächter und Charmians gereiztes: »Bitte, Darling, hör auf. Sei wenigstens an deinem Geburtstag ein bisschen netter.«

Wir gehen gleich hin, um ihm alles Gute zu wünschen. Ich könnte mir in den Hintern beißen, weil ich ihm keine Karte geschrieben habe, dabei hatte ich Booli und Shane gestern noch geholfen, ein Windspiel einzupacken.

Er ist übel drauf und knurrt vor sich hin, obwohl Nancy Greer, in deren von kohlgrünen Rüschen gesäumtem Dekolleté es wie Pudding wackelt, ihm das letzte Stück eines Kirschkuchens reicht, den sie eigens für ihn gebacken hat.

Er stopft sich den Kuchen in den Mund, redet und hustet einen Krümelregen. »Ja, Mann, achtundvierzig verdammte Jahre, und was haben die mir gebracht? Bis zum Arsch in Schulden, Mann, o ja. Sieh mich doch an, den großen Erfolg. Gefangen auf diesem Fels ohne Rückfahrkarte und von den vielen, die auf mich angewiesen sind, an die verdammte Schreibmaschine gekettet wie ein alter Esel an einen Mühlstein.« Er holt Luft, um weiterzureden, was Charmian verhindert, indem sie ihm eine Zigarettenschachtel an den Kopf wirft.

»Ach, hör schon auf, dir selbst leidzutun, George«, faucht sie. »Und wenn uns wirklich so viele Sorgen plagen, sollten wir wenigstens noch eine Flasche holen, um sie zu ertränken.« Ihr Lächeln wirkt irgendwie erstarrt, was daher rührt, dass sie Tränen unterdrückt. George kneift die Augen zusammen und wischt sich den Mund ab. Sie zuckt zusammen, als er aufs Neue ansetzt, die Bedrohung so spürbar, dass Jimmy vorprescht.

»Mann, ich finde, du hast auch jede Menge Gutes vorzuweisen.«

George packt Jimmy am Arm, hält ihm das verwüstete alte Gesicht dicht unter die Nase. »Schau mich an. So sieht man dann aus, Schreiberjunge. Bist du dir sicher, dass du das willst, hä?«

Patrick Greer hockt vornübergebeugt am anderen Ende des Tisches, Krümel vom Geburtstagskuchen im Bart. George ist so betrunken, wie ich ihn noch nie erlebt habe. Mit der Kraft eines Schulhoftyrannen schiebt er Jimmy auf Patrick zu.

»Spendiere diesem Iren einen Drink, und er wird dir ein paar verdammt gute Ratschläge geben, wie man auf diesem gottverlassenen Fels vom Schreiben leben kann.«

Patrick wedelt pflichtschuldig mit einem Stapel Papiere. »Absagen, allesamt«, und brummt dann melodramatisch: »Ich grab und grab, aber wo sind meine neun Reihen Bohnen? Vielleicht sollte ich einfach die Schaufel hinwerfen und wieder unterrichten.« Er brabbelt noch vor sich hin, als wir Trudy, die in einer laut schwatzenden Truppe mit Demetri ankommt, zum Vorwand nehmen und uns verziehen.

Demetri unterhält sich angeregt auf Griechisch mit Alexeos, dem Koch. Carolyn und Robyn nicken, als würden sie alles verstehen. Bim wendet sich an George, was einen weiteren bitteren Wortschwall auslöst, bei dem es diesmal um ein paar Seiten geht, die Bim ihm vor Kurzem zu lesen gegeben hat.

»Du verbringst mehr Zeit mit den Händen in den Schlüpfern irgendwelcher junger Frauen als auf den Tasten der Schreibmaschine, und das merkt man verdammt noch mal auch«, sagt George, und Charmian bittet ihn, er möge aufhören, sich wie ein Hornochse zu benehmen. Zum Glück ist Robyn so weit weg, dass sie diese Einschätzung der Fähigkeiten ihres Ehegatten nicht hören kann, doch kommt sie nun zurück, folgt Demetri und Carolyn aus der Küche, wo sie die Reste von Alexeos' Fang begutachtet haben.

Robyn sieht heute Abend ganz besonders bieder aus, die kurzsichtige Hilflosigkeit noch verstärkt durch ihre Bibliothekarinnenbrille. Bim verfügt über genügend Kraft und Elan für sie beide, aber selbst ihm verschlägt George die Sprache. Zum Glück bringt Alexeos zwei Krüge Wein und fordert alle auf, unbedingt die Großen Seespinnen zu probieren.

Trudys Hände fliegen an den Mund. Ihr früher so leuchtend rotes Haar hat seit Wochen keine Bürste mehr gesehen. Mit einem Plumps lässt sie sich neben mich fallen und fächert sich das Gesicht mit der Speisekarte. »Was gäbe ich nicht für eine Flasche Coca-Cola und eine Welt ohne Mücken«, sagt sie und sieht dabei so verhärmt aus, dass es schwerfällt, sich an die Tizian-Schöne im Frühling zu erinnern, die über die Felsen hüpfte, dicht gefolgt von einem spalthufigen Jean-Claude Maurice.

Hinter mir fragt Bim Charmian aus, fischt nach Neuigkeiten über Patricia. Sie sagt, sie warte darauf, in die Staaten ausgeflogen zu werden, wo sie wieder zusammengeflickt werden soll. »Axels Karmann Ghia aber braucht nur eine neue Stoßstange …«, erzählt sie, während Trudy sich weiter über die kulinarischen Mängel der Insel auslässt, ihre Shorts aufknöpft und sich beklagt, dass dieses Olivenöl sie fett mache.

»… und Marianne hat einen Brief von Axel bekommen, einen grausamen, herzlosen Brief. Darin macht er ihr unmissverständlich klar, dass er Patricia folgen will, wenn sie nach Chicago ins Krankenhaus kommt. Sagt, er würde sein Leben lang auf Patricia warten.«

Ich wende mich von Trudy ab und beobachte, wie Bim sich zu Charmian vorbeugt, Ellbogen auf den Knien. Mit seinen massigen Schultern blockiert er George, der immer wieder versucht, die beiden zu unterbrechen.

»Weiß Axel eigentlich, dass Leonard gleich bei seiner Frau eingezogen ist? Ich meine, Axel hatte kaum Segel gesetzt, da waren diese Tennisschuhe schon unter seinem Tisch«, sagt Bim.

»Stimmt, in letzter Zeit höre ich selten Tastengeklapper, wenn ich an Leonards Haus vorbeigehe. Aber Axel ist gar nicht fähig, sich zu wundern oder sich um jemand anderen zu sorgen. Er ist eben weitergezogen. Gerade das ist ja so verletzend. Zu Marianne kann er eigentlich nur sagen …«, Charmian hält inne, nimmt einen Schluck von dem Wein, den Bim ihr immer wieder nachschenkt, kneift die Augen zusammen und ahmt Axels akzentgesättigte Stimme nach, »… ›Denk ich an dich, meine kleine Frau, blutet mir das Herz; ich fühle mit dir, leide mit dir, und mich quält der Gedanke, dass Klein-Axel ohne mich aufwächst.‹«

Sie nimmt noch einen Schluck und fährt mit ihrer eigenen rauchigen Stimme fort. »Schalom, Schalom für Leonard, wer weiß, in welcher Verfassung das arme Mädchen sonst wäre. Und da oben ist es gerade eine ziemliche Schinderei, weil der kleine Wurm Bauchgrimmen hat, weshalb Marianne mit ihm festsitzt, wenn das Genie des Hauses sein Schreibwerkzeug für die Nacht ruhen lässt und außer Haus ein bisschen Ablenkung sucht. Aber egal, er tut ihr sichtlich gut, und mit dem Jungen geht er sehr fürsorglich um.«

George lässt sich von Bims Körpersprache nicht abhalten, einen Trinkspruch auszubringen: »Auf Marianne und Leonard!«, brüllt er und schiebt ihn beiseite, um mit Charmian anzustoßen.

»Wie gut von unserem Wikingermädchen, dass sie sich den Kanadier geschnappt hat. Und das genau zur rechten Zeit«, sagt er, kippt den Wein runter, und plötzlich dringt durch den Rauch einer frisch angesteckten Zigarette ein jungenhaftes Grinsen, eines von der Sorte, die manchmal noch sein mürrisches altes Gesicht verwandelt. »Ach Mann, verdammt, wer wollte die nicht vögeln!«

Bim stimmt in den Ton ein; wie rasch doch alles verziehen ist, wenn Spott ins Spiel kommt.

»Na ja, die vögelt weniger, die lutscht eher …«

Robyn starrt ihn an, die Nase fettig von der auf und ab rutschenden Brille. »Bim, wie kannst du nur. Und woher willst du das überhaupt wissen?«

»Ich habe ein paar Seiten seines Romans gelesen und natürlich auch die Gedichte. Vielversprechend … aber wenn, dann immer nur Fellatio.« Bim amüsiert sich prächtig, ebenso Patrick Greer: Die Wende, die das Gespräch genommen hat, verspricht köstliche Beute.

»Sie sollte besser gut sein, wenn sie in die Knie geht!«, sagt Patrick, sein feuchter Molluskenmund glänzt.

George lacht und sagt, es gebe schließlich nicht viele Gedichte, die die »Kunst des Blasens« feiern, und alle bemühen sich, Beispiele zu finden. Catull? Joyce doch ganz bestimmt, oder?

Charmian wartet, bis ihnen nichts mehr einfällt, um sie dann alle zu übertrumpfen. »Da wäre natürlich noch Shelley«, sagt sie und beginnt zu rezitieren: »Sanft, mein liebster Engel, bleib/Ach, du saugest mir die Seele aus/Höre nicht auf, saug weiter, saug, ich glühe!/Fluten irrer Leidenschaft schwemmen heran/Und meine Seel, versinkt in Strömen des Entzückens«.

Ich weiß, dass sie betrunken ist, trotzdem bin ich enttäuscht, als sie das Gespräch zurück auf Marianne lenkt. Wäre ich doch nur zu Hause geblieben, statt hier im Xenomania gutes Geld zu verprassen.

»Egal, ich nehme an, Marianne ist in allen weiblichen Künsten durchaus bewandert«, sagt sie mit anzüglichem Grinsen, Worte wie giftige Pfeile, ein krasser Widerspruch zu unserer Umgebung und den zarten Klängen eines Saxofons. »Petite Fleur«.

Charmians neckischer Blick fällt auf Robyn. »Was ist es doch für eine Kunst, im Dienste eines Mannes zu leben. Vielleicht die größte kreative Kunst überhaupt, weshalb sie auch entsprechend respektiert werden sollte, etwa wie die der Geishas in Japan …«

»Könntest ja bei ihr in die Lehre gehen, Charm«, unterbricht George sie, immer noch brüllend vor Lachen, weil Bim ihm was ins andere Ohr geflüstert hat, dem er jetzt noch eins draufsetzt. »Klar, ich wette, sie bumst wie eine Donnerbalkentür im Sturm.«

»Jetzt seid doch mal einen Moment lang still, ihr alle, ich meine es ernst. Hört auf zu kichern. Was wissen wir schon über die Welt der Geishas, der Blumen und Weiden?«

»Ist ja wohl kaum das Gleiche, wie Axels Scheiß zu polieren, bis er glänzt«, sagt George.

»Nun ja, man könnte behaupten, Marianne sei von Axel aufs Schönste in jenen Künsten unterrichtet worden, die gutes Schreiben möglich machen. Leonard bekommt also eine bereits gebrauchsfertige Muse. Was hat er nur für ein Glück, habe ich gedacht, als ich heute bei ihnen oben war. Sie übrigens auf den Knien …«

Ich brauche das nicht. Von der Bitterkeit gerinnt die Nacht.

»Ich habe sie beide heute Morgen mit dem Baby in Kamini am Strand gesehen. Sie schienen sehr glücklich zu sein«, sage ich.

»Marianne also auf den Knien …?« Bim treibt sie an wie ein Reiter sein Pferd vor der Hürde.

Charmian genießt es, sie auf die Folter zu spannen. Wie grausam sie alle aussehen, wie makaber im Lampenlicht. Ich denke an Marianne und Leonard, wie sie am Strand ins Meer laufen. Abwechselnd sind sie schwimmen gegangen und haben das Baby im blauen Reifen kreiseln lassen. Am Strand lagen sie Gesicht an Gesicht, das Baby dazwischen, ein Knäuel von Gliedern und Zärtlichkeiten. Und ich sah, wie glückselig der Kleine quiekte, als Leonard jede seiner kleinen Zehen küsste.

Charmian schenkt sich noch einmal Wein ein und bittet George, ihr eine von seinen Zigaretten anzustecken, ehe sie fortfährt.

»Ich kam von der Terrasse ins Haus, und sie haben mich nicht gleich gesehen. Es war kühl im Zimmer, alle Fenster verdunkelt bis auf das eine, vor dem sie ihm zu Füßen kniete, der gewienerte Boden spiegelblank.« Charmian hat eine tiefe, warme Erzählstimme. Die anderen verstummen. »Da waren frische Blumen, ein Krug Wein, daneben zwei Gläser. Es ging kein Lufthauch, und es duftete nach den Blumen – und nach was anderem, Klosterweihrauch vielleicht. Leonard hockte zwischen den Kissen auf dem Sofa, klimperte auf seiner Gitarre, der Kleine nuckelte verschlafen an einer Flasche Milch; und da kniete sie in dieser Lichtinsel und hielt einen Teller hoch, auf dem sie Salamischeiben angerichtet hatte, so dünn geschnitten, dass sie fast durchsichtig waren; sie überlappten einander und waren wie eine japanische Blume angeordnet. In ebendiesem Moment musste ich an Geishas denken, dennoch war es schön, wie sie ihn ansah, diese Darbietung. Jedenfalls fühlte ich mich wie ein Eindringling bei einem privaten Sakrament. Er spielte ein Schlaflied für den Kleinen, suchte nach einer Melodie, hörte sich übrigens sehr schön an.«

Charmian nimmt einen Schluck. Wenn sie glaubt, dem Abend damit den Makel zu nehmen, hat sie sich getäuscht. Während sie redete, hat George sich bereits die ganze Zeit geräuspert. Jetzt ist er an der Reihe.

»Sie wird ihn vertreiben, so wie sie Axel vertrieben hat. Irgendwann will jeder Mann, der auch nur ein bisschen was auf dem Kasten hat, nicht bloß im Bett, sondern auch im Kopf stimuliert werden. Axel hat sie jahrelang all das Zeug über Ouspensky und Gurdjieff nachplappern lassen, aber ich bin mir sicher, dass Leonard damit ebenso wenig anfangen kann wie wir alle. Was aber könnte sie sonst tun? Als der einzige Mensch in dieser Runde, der je eine Geisha kennengelernt hat, darf ich euch sagen, dass sie über vielerlei Fertigkeiten verfügen. Kalligrafie, Konversation, Musik. Meines Wissens aber haben sich Mariannes Lippen noch nie um eine Sakuhachi geschlossen.«

Selbst Nancy stimmt in den Chor ein. »Nicht, dass sie es nicht versuchen würde, nett, wie sie ist. Wisst ihr noch, wie sie mit dem Töpfern angefangen hat? Schalen in allen möglichen Kacktönen. Axel fand das ziemlich amüsant, obwohl er derjenige war, der von dem hingewurstelten Zeug essen musste.«

Patrick Greer kann nicht widerstehen. »Und letzten Sommer dann nur Gedichte, während sie mit dem Baby im Bauch herumscharwenzelte. Zum Glück hat sie keinen von uns gebeten, einen Blick drauf zu werfen, auch wenn ich zugeben muss, dass sie einen hübschen Anblick bot, wie sie da saß und auf ihrem Stift kaute.«

Die Teller mit den gegrillten Krabben werden serviert,

was allen die Möglichkeit bietet, über etwas anderes herzufallen.

Außer George ist Trudy die Einzige, die auch nichts isst. »Ihr alten Hasen seid alle so eklig zueinander«, sagt sie. »Deshalb hat sich Jean-Claude auch aus dem Staub gemacht, meinte, keine Minute länger könne er es unter diesen Schlangen aushalten; und je mehr ich mir anhöre, wie ihr Marianne auseinandernehmt, desto besser kann ich ihn verstehen.«

Niemand beachtet sie. Patrick salbadert weiter. »Unsere liebe Charm war natürlich die reinste Pracht, als sie hochschwanger war ... Mmmm, ich erinnere mich noch, wie sie unten bei den Felsen saß und wie ihr Badeanzug spannte. Sie war so reif, ich konnte nur noch an Melonen denken. An Honigmelonen, Wassermelonen, an die allersaftigsten Früchte, die schwer an ihren Ranken hängen.«

»Du meine Güte, Patrick, mein Lieber, hast du bei Gordon Schreibunterricht genommen?«

Trudy lässt sich nicht ablenken. George wird bei dem Namen Jean-Claude so hellhörig, als lauschte er den Schritten einer Geliebten auf der Treppe. Während wir uns wie die Möwen über das Blechtablett hermachen, das Alexeos vor uns abstellt, redet Trudy über unsere Köpfe hinweg einfach weiter.

»Was immer du auch in deinem Buch über ihn geschrieben hast, es hat ihn vertrieben. Gleich nachdem du bei uns warst, um ihm die Seiten zu zeigen, hat er seine Sachen gepackt.«

George nickt und lächelt, sagt aber nichts. Trudy muss jetzt fast brüllen.

»Verdammt, selbst du verrätst nicht, worum es geht, dabei hast du das Buch doch geschrieben. Schätze, ich werde wohl warten müssen wie alle anderen auch. Jedenfalls habe ich meiner Tante in London schon geschrieben, dass sie zu Dillons gehen und mir ein Exemplar schicken lassen soll. Müsste bald hier sein ...«

George sieht sie an und grinst. Trudy plinkert mit unschuldigem Blick. Charmian hebt eine Hand, als wollte sie ihr eine Ohrfeige verpassen, gibt sich dann aber damit zufrieden, sich noch eine Zigarette anzustecken.

Patrick Greer zündet ein Streichholz für sie an. Er genießt den Abend, und jetzt sind wir bei seinem Lieblingsthema.

»Siehst du, George, und das ist erst der Anfang. Ich habe es dir gesagt: Tu das deiner Frau nicht an. Wenn die Leute das lesen, werden sie es für die Wahrheit halten, und das weißt du auch.«

»Ich danke dir, Patrick«, sagt Charmian und bläst das Streichholz aus. Bei Trudy fällt der Groschen, und sie schaut sie mit immer größeren Augen an.

»Ach, meine Frau. Sie sei verflucht, weil sie immer nur die Wahrheit sagt, warum also darf ich zur Abwechslung das nicht auch mal?« George schlägt so fest auf den Tisch, dass Trudy zusammenzuckt, und fuchtelt mit seinem Glas in Richtung Charmian. »Seht sie euch doch an, so herausgeputzt mit ihrem Wampumgürtel aus männlichen Skalpen. Glaubt ihr, das würde ihr was ausmachen? Ich müsste schon ein verdammter Narr sein, wollte ich sie zur Rede stellen, wenn sie nachts so verdammt aufgedreht nach Hause kommt. Ich habe viel zu großen Schiss, sie zu fragen, wo sie gewesen ist oder was sie getrieben hat. Ihre Ehrlichkeit macht mir höllische Angst.«

Charmian drückt die Zigarette aus und leert ihr Glas. »Tut mir leid, alle miteinander, aber das ertrage ich heute Abend nicht länger.«

»Was glaubst du, wo du hinwillst? Heute ist mein verdammter Geburtstag«, sagt George.

»Ich gehe schwimmen«, erwidert sie und sucht ihre Sachen zusammen.

»Aber Charm, dafür hast du zu viele Grogs getrunken.« Nancy bittet sie, sich wieder hinzusetzen.

»Allein«, sagt Charmian mit einem letzten wütenden Blick auf George.

»So viel zur Reue«, bellt George ihr nach und schüttelt die Faust, während sie den Weg hinabflieht. »Reue über Reue. Ertränk dich doch!«

Zweiundzwanzig

Vollmond ist die beste Zeit, um nachts bei den Felsen zu schwimmen. Meine erste Phosphoreszenz werde ich nie vergessen: Jimmy kam die Leiter hoch, von Sternen überschwemmt, einer blinkte noch in seinen Wimpern, als er mich ins Wasser zog, unsere Leiber mondversilbert, unsere Finger kräuselten durch Sternenbilder.

Für solchen Firlefanz hat diese Nacht am Meer nichts übrig; der Mond steht wie ein Zehennagelrand über der Insel Dokos, das Wasser wogt obsidianschwarz in unserer tiefen Senke.

Obwohl ich den unebenen Pfad vom Xenomania so schnell hinablaufe, wie meine Badelatschen es nur zulassen, hole ich sie nicht mehr ein. Aus Osten kommt Wind auf. Die Wellen brechen sich am Fels. Vorbei am Feigenbaum an der Wegkehre folge ich der Spur abgeworfener Kleidungsstücke, renne die Stufen hinab und sehe sie bereits am Höhlenrand stehen. Die anbrandenden Wellen übertönen meine Rufe. Sie reckt die Hände himmelwärts, und mit einem Sprung ist sie frei, fliegt, im hohen Bogen, und versinkt sieben Meter tiefer im schäumenden Meer.

Kurz vor dem steilen Felsfinger, der die dunkle Haut der See durchbricht, taucht sie wieder auf und schnappt nach Luft. Ich sehe ihr zu, wie sie mit kräftigem Kraulschlag die Wellen durchpflügt und sich dann auf den Rücken dreht, ein dahintreibendes Kruzifix, das Gesicht den Sternen zugewandt, und ich komme mir blöd vor, weil ich ihr hinterhergelaufen bin, aber *um Himmels willen* hatte Nancy gesagt, *jetzt geh ihr doch einer nach*.

Sie schwimmt zurück, und es ist zu spät, sich noch davonzuschleichen. Ich rufe ihr zu, lasse sie wissen, dass ich es bin, die ihre schlaffen, geflickten Kleider einsammelt. Ich lege sie oben an die Leiter und setze mich in die Mulde, dorthin, wo die Mittagsblumen wachsen. Eine Weile wird sie vom Schwung der Wellen hinausgetragen, dann krault sie mit Macht zu den Felsen zurück und lässt sich, jubelnd vor Begeisterung, von einer Woge halb die Leiter hinaufhieven.

»Ist es nicht herrlich, auf diese Weise den Schmutz eines solchen Abends einfach abwaschen zu können?«, ruft sie und steigt in ihren Rock. Während sie auf mich zukommt, knöpft sie sich die Bluse zu und schüttelt sich das Wasser aus dem Haar.

»Ein nächtliches Bad im Meer ist nie verkehrt. Wie glücklich wir uns schätzen sollten, dass wir jederzeit schwimmen gehen können. Ein Sprung fort von der schlechten Laune, und schon ist sie da, diese mysteriöse andere Dimension, die dich auf und ab wiegt, bis du hindurchgleitest und die Stimmung der Nacht akzeptierst. Ich fühle mich wunderbar; wie neugeboren.« Sie klingt überzeugend gut gelaunt, als sie sich mit tropfendem Haar zu mir in die Mulde setzt.

»Ach, Erica, es gab wirklich keinen Grund zur Sorge. Ich mache das schon mein Leben lang. Weißt du, ich bin in Bombo Bay aufgewachsen, hatte einen anderthalb Kilometer langen Strand ganz für mich allein. Kannst du dir das vorstellen? Jeden Abend lag ich nackt im Sternenlicht und hoffte, bliebe ich nur lang genug, würde ich silbern werden. Mir gefiel die Vorstellung, mit astral getönter Haut zur Schule zu gehen.« Sie zieht den Rocksaum hoch und rubbelt sich damit durchs Haar.

Mir liegt daran, die Schuld für meine Aufdringlichkeit

von mir zu weisen. »Nancy machte sich Sorgen, meinte, du hättest zu viel getrunken und ich solle dir nachlaufen«, sage ich. Charmian lächelt mich an, greift nach ihrem Korb und fischt eine Flasche heraus. »Wo wir gerade vom Trinken reden …«

Es ist französischer Brandy. »War eigentlich für Georges Geburtstag gedacht, aber er hat ihn nicht verdient.« Sie entkorkt die Flasche mit den Zähnen, nimmt einen Schluck und hält sie mir hin. Ihre Augen sind dunkel und so glasig wie das Meer.

Ich gestehe ihr, dass ich nicht begreife, wie sie Georges alkoholgeschwängerte Wutausbrüche verkraftet, und sie rückt näher heran, nutzt meine Schulter als Kissen und legt mir die Arme um die Taille, bis ich unerwartet ihr ganzes klammes Gewicht trage.

»Es war nicht immer so, weißt du. Als wir geheiratet haben und ich mit Martin schwanger war, kam er nach Bombo Bay und schlief jede Nacht mit mir unter den Sternen, sagte, es mache ihm nichts aus, sollte unser Baby silbern geboren werden. Damals war er zu allem bereit, der cleverste Mensch der Welt und der witzigste. Noch ungebrochen …« Sie seufzt, der erste in einer langen Reihe Zigaretten-und-Brandy-Seufzer. Und sie wirkt so gedankenverloren, dass sie mich offenbar kaum mehr wahrnimmt. Ich glaube, irgendwann irrt sie sich sogar im Namen, redet mich mit »Jennifer« an, aber ich gebe vor, es nicht zu bemerken. Viel von dem, was sie sagt, hat sie mir früher schon erzählt.

»Das waren unsere glücklichsten Momente, im Garten meiner Mutter, wo wir den ersten Roman schrieben, die Schreibmaschine auf den Knien. Der große, bereits publizierte Autor und ich, seine eifrige Elevin. Ach, was hat es mich beeindruckt, wie leicht ihm alles von der Hand zu gehen schien; und wir waren wahnsinnig verliebt. Unsere erste

Zusammenarbeit. Wir bekamen dafür sogar einen großen Preis und dachten wirklich, das wäre der Durchbruch …«

»Ich glaube, genau darauf hat Jimmy angespielt: die vielen Bücher, die George veröffentlicht hat, dazu ein Leben in der Sonne. Ist doch ein Traum, oder nicht? Genau das wünschen wir uns doch alle«, sage ich.

»Darling, bitte, glaub mir, es ist die Krankheit, die ihn so unausstehlich macht. Davon muss ich einfach ausgehen.« Sie langt nach der Flasche. »Seine Eifersucht bringt ihn noch um«, sagt sie, und ein Zittern überläuft sie. »Und mich.«

Sie streicht über den Stein und Beton unserer Zuflucht. »Selbst das hier. Der Grund und Boden, auf dem ich sitze. Diese Felsen. Die See. Die Berge in unserem Rücken. Er ist eifersüchtig darauf, dass ich die Insel mit einer Leidenschaft liebe, wie ich sie einst vielleicht für ihn empfand. Er war der Goldjunge, weißt du, Bewunderung sein Lebenselixier. Kaum zu glauben, dass er derselbe Mann ist, den ich einmal geheiratet habe. Noch heute werde ich weich in den Knien, wenn ich mir vorstelle, wie er in Melbourne war, wie er hereinstolzierte, die Hemdsärmel aufgerollt, die Zigarette so sexy auf der vorgewölbten Unterlippe, der große Held, der Kriegsreporter, der aus dem Orient in die Nachrichtenredaktion heimkehrte, und keine Frau im ganzen *Argus*-Gebäude, die nicht rasch in den Spiegel ihrer Puderdose gesehen hätte.«

Sie nimmt noch einen erschreckend langen Zug aus der Flasche und umarmt ihre Knie.

»Tut mir leid, dass du uns in unseren schlimmsten Zeiten erlebst«, sagt sie. »Über die Jahre haben wir beide vieles getan, was die klare Quelle am Beginn unserer Beziehung verunreinigt hat. Und mittlerweile sind wir so abgebrannt, dass diese Insel für George nur noch ein Gefängnis ist. Für mich auch, zumindest in mancher Hinsicht, nur müsste man mich schon mit einem Hammer von hier vertreiben. Da wäre ich also, klebe wie eine Klette an einem übellaunigen Saufpoeten, der seine Impotenz mit der dummdreisten Behauptung rechtfertigt, dass Ejakulationen die Kreativität schwächen. Dabei bin ich doch erst sechsunddreißig, verdammt.«

Glucksend sieht sie mich an. »Sechsunddreißig. Ich weiß, für so ein junges Ding wie dich klingt das uralt. Und deinem Gesicht nach zu urteilen, ist es sogar eine widerliche Vorstellung, dass Menschen in meinem Alter noch Sex haben.«

Ich will widersprechen, aber sie lässt mich nicht zu Wort kommen. »Sex spielt für die Älteren durchaus noch eine Rolle, weißt du, wenn auch nur als Balsam für unsere armen geplagten Seelen. George und ich, wir haben uns schon immer gestritten, auch in unseren glorreichen, romantischen Tagen, nur mit dem Unterschied, dass wir damals die ganze Nacht im Bett hatten, um die einander zugefügten Wunden zu versorgen. Der George, den du kennst, hält mir meine Gesundheit vor, möchte, dass jede Wunde prometheisch ist. Jeder glückliche Seufzer lässt ihn nur Schreckliches über mich denken. Sein Geist ist bis auf den harten Knochen des Misstrauens geschrumpft.«

Sie redet und weint dabei nun ununterbrochen, während ich sie hilflos tätschele. Sie drückt sich den Rock an die Augen, putzt sich die Nase mit dem Saum, nimmt noch einen großen Schluck Brandy und schafft es, obwohl ihre Hände zittern, sich eine weitere Zigarette anzustecken.

»Vielleicht sollte ich dich besser nach Hause bringen?«, platzt es erschrocken aus mir heraus, als ich sehe, wie leer die Flasche ist. »Wo sind deine Sandalen?«

»Ich bin schon immer barfuß gelaufen. Ich glaube, sollte ich noch einmal die Kraft aufbringen, mich für etwas einzusetzen, dann für die Freiheit, keine Schuhe tragen zu müssen. Als ich am Strand aufwuchs, *hatte* ich nicht mal Schuhe. Ich musste meine Zehen schon immer um etwas krümmen können, und das habe ich hier gefunden.«

»Geht mir ähnlich …«, fange ich an.

»Alles hat seinen Preis. In jedem Paradies gibt es Schlangen, und hier in der Kolonie der Ausländer herrscht ewige Animosität, die aus Langeweile erwächst. Sie ist wie ein fauler Zahn, den man unablässig mit der Zunge berühren muss. Es gibt nur einen Uferrand. Szenen wie heute Abend sind die einzige Form der Unterhaltung, und glaube mir, das zerrt an dir. Ich hätte deiner dummen amerikanischen Freundin eine scheuern können, als sie von Jean-Claude und Georges elendem Roman anfing. Das war wirklich nicht der richtige Abend dafür.«

Ich greife nach der Flasche, nehme einen brennenden Schluck und gebe sie zurück. »Oje, ich fürchte, alle reden über dieses Buch und werden es lesen, sobald es herauskommt. Patrick gibt keine Ruhe. Ist er in dich verliebt?«

Sie schüttelt den Kopf. »Was George angeht, sind alle in mich verknallt, die ich auch nur ein einziges Mal angelächelt habe. Weißt du, früher fand er das toll – wenn ich mich schick gemacht habe und er mich im Savoy oder im Presseklub wie seine Siegestrophäe vorführen konnte –, aber das ist lang her. Heute sorgt die Tyrannei seiner Lunge dafür, dass ihn meine robuste Gesundheit anwidert. Ich wandere in den Bergen, schwimme nachts im Meer, und all das macht ihn bloß wütend.«

Ich nutze die Gelegenheit. »Findest du es nicht ziemlich masochistisch, dass er über deine Affäre mit Jean-Claude geschrieben hat?«

»Meine Affäre?«, schnaubt Charmian verächtlich, schmiegt sich an den Fels und streckt einen Arm aus, zieht mich an sich, die Flasche an die Brust gedrückt. »Soll ich dir was darüber erzählen?« Ich nicke und krauche unter ihre Fittiche, mache es mir gemütlich wie ein kleines Mädchen, das auf seine Bettgeschichte wartet.

»Ich verfluche, wie das Ganze gelaufen ist. Wie eine dumme, sich selbst erfüllende Prophezeiung. Aber jetzt müssen wir da durch. Georges medizinische Behandlung ist nicht gerade billig. Selbst wenn wir wollten, könnten wir den Vorschuss nicht zurückzahlen. George kommen Plots wie am Schnürchen, das ist seine Spezialität. Er hätte die Geschichte mit Jean-Claude also ohne Weiteres durch eine andere ersetzen können, aber Big Grace war da, hat ihm zugeredet, und als sich die Gelegenheit bot, hat er sich geweigert, auch nur ein einziges Wort zu ändern.

Während wir noch hoffen, dass er wieder gesund wird, hat er fünf Mäuler zu stopfen; zwei weitere Romane sind in Arbeit, keiner ganz das, was er eigentlich schreiben wollte, als wir auf eine griechische Insel zogen, aber schreiben muss er sie, wenn wir Suppe im Topf und Feuer im Herd haben wollen. Er kann die Angewohnheit nicht ablegen, mich beim Schreiben um sich zu haben, damit ich ihm Stichworte gebe, ihn immer wieder beschwichtige, auch wenn am Ende nur *sein* Name auf dem Einband steht. Die Worte sprudeln bloß so aus ihm heraus, aber es fällt ihm schwer, unter die Haut zu gehen, nicht nur das zu schreiben, was seine Figuren sagen, sondern auch das, was sie *nicht* sagen. Er liefert dir das Äußere, den Geruch, Geschmack und die Geräuschkulisse einer Erfahrung, meist einer exotischen, denn die hat er gesammelt wie Gepäckaufkleber, bloß kann er oder will er dir nicht beschreiben, wie sie sich angefühlt hat. Emotionale Reaktionen, Nuancen, Atmosphäre, du weißt schon, dass, was zwischen den Zeilen steht.

Im vorletzten Jahr fing er dann an, *Closer to the Sun* zu schreiben. Er war bis auf die Knochen abgemagert. Damals wussten wir noch nicht, dass er an Tb litt und dass seine

Krankheit heilbar war. Ich half ihm auf jede nur erdenkliche Weise, aber es war ein Albtraum. Das Baby hatte Masern, Shane und Martin durften deshalb nicht zur Schule.

Ich habe ihm gesagt, er könne sich gern bei dem bedienen, was ich mir ins Notizbuch gekritzelt hatte, weil ich wusste, meine Einträge würden hilfreich sein. Schließlich schrieb er zum ersten Mal einen Roman, der auf Hydra spielte. Ich saß an meinem eigenen Buch und kümmerte mich daher nicht so ausgiebig um ihn wie sonst. Womöglich fand er es gefühllos, dass ich mich in der fernen Welt meines eigenen Romans verlieren und jeden Gedanken an seinen drohenden Tod verdrängen konnte …

Der Sommer verflog ohne ihn, und seine Anschuldigungen wurden von Tag zu Tag abstruser. Dann ist irgendwas passiert, was es war, weiß ich nicht mehr. Vielleicht bin ich Jean-Claude über den Weg gelaufen, als ich von einem nächtlichen Bad im Meer zurückkam, und er hat in seiner Eifersucht geglaubt, Jean-Claude sei bei mir gewesen. Tut mir leid, das sagen zu müssen, aber am Ende lagen seine Hände um meinen Hals.«

Charmian kreuzt die Hände vor der Kehle und unterdrückt ein Schluchzen.

»Denk deshalb nicht allzu schlecht von ihm. George würde so was nie tun. Damals war unsere schlimmste Zeit. Weil er nachts heftige Schweißausbrüche bekam, hatten wir aufgehört, miteinander zu schlafen. Egal, in seiner Gegenwart habe ich jedenfalls nie zuvor Angst um mein Leben gehabt, jetzt nahm ich kein Blatt mehr vor den Mund, fast als wäre alle Freundlichkeit aus mir herausgequetscht worden. Er hörte auf, mich zu würgen, und starrte seine Hände an, als hätte ihm jemand die eines Fremden angenäht.

Meine Wut nahm noch zu. Ich warf ihm seine Impotenz vor, machte mich über sein Selbstmitleid lustig, dankte ihm eisig dafür, dass er mich um meine Zeit für meine eigene Arbeit gebracht hatte. Er hörte nicht auf, davon zu faseln, wie dekadent ich mich gegenüber diesem ›Blindgänger‹ benehme. Und je mehr er schimpfte, desto giftiger wurden meine Erwiderungen, bis ich schließlich sagte, ja, der Anblick dieses jungen muskulösen Körpers hätte mich schon oft erregt. Damit kam ich endlich zu ihm durch. Er drängte mich weiterzumachen, versperrte mir die Tür. Früher, das habe ich dir erzählt, endete jeder Streit im Bett – du weißt ja, wie das ist. Seit der Tb aber können wir unsere Wut auf diese Weise nicht mehr ausagieren.

Stattdessen zerrte er mich an den Tisch, spannte ein neues Blatt in die Maschine und befahl mir, meine Fantasien aufzuschreiben, es mir mit Jean-Claude vorzustellen.

Und das habe ich getan. Ich habe mir ausgemalt, von ihm verführt zu werden, und in meiner Wut sah ich Jean-Claude als Dionysos vor mir, bronzebraun, fast nackt.« Sie fängt an zu lachen und vergräbt den Kopf in den Armen.

»Ich habe mich selbst als eine sexgeile Nymphe ins Buch geschrieben, die ihm hinauf zum lavaheißen Fels folgt. Meine Empörung ließ die Finger nur so über die Tasten fliegen. Die Halbmonde seiner Hinterbacken unter der bloßen Andeutung eines karierten Lendentuchs, Sonnenduft, gefangen in der verlassenen Windmühle, zu der er mich führte, das puderweiche Heu, auf dem ich lag, als er mich fragte, ob ich gern mit ihm schlafen würde. Ich glaube, ich ließ sogar einen Schmetterling seine Flügel öffnen und schließen. Und so geht es weiter. Geschrieben aus lauter Grausamkeit, aber jetzt steht es so in Georges Buch, Wort für Wort, und alle werden glauben, dass ich es bin, zusammen mit Jean-Claude. Letzten Endes bleibt mir nur die Wahl zwischen meiner Würde und dem vollen Bauch meiner Kinder. Nein, ehrlich. Wir leben von der Hand in den Mund. George droht, das Haus zu verkaufen, aber wo sollen wir hin? Ich schätze, wenn das Buch rauskommt, muss ich den Spott einfach ertragen, das faule Obst, mit dem man mich bewerfen wird.«

Ein Schauder überläuft sie, während sie über die schwarze Bucht zum schlafenden Festland blickt, die Glut der Kohlenpfannen eine Streu roter Granaten vor den in der Ferne träumenden Bergen.

Nur Cato wartet daheim auf mich, als ich hereintaumle, erschöpft, weil ich Charmian halb tragen, halb überreden musste, nach Hause zu gehen. Die Katze streicht mir um die Beine, während ich die Lampe anzünde und im Eisfach nach etwas suche, das ihr schmecken könnte. Ich gehe durch zur Terrasse und rechne damit, Jimmy schlafend vorzufinden, aber er ist nicht da, und ich frage mich, ob ihm jemand angeboten hat, mit ihm fischen zu gehen. Kreuz und quer liegen die anderen am hinteren Ende. Cato folgt mir. Nur fünf Leiber heute Nacht, lang hingestreckt auf ihren Matten. Ich erkenne einen Kranz flammend roter Haare, Trudy, die in Bobbys Armen liegt, ein wenig abseits von Edie, Janey und Marty.

Ich rolle mich auf der Matratze zusammen, die Jimmy und ich, um ein wenig Anstand zu wahren, hinter den Mandelbäumen ausgebreitet haben. Im Glas ist noch eine Kerze, ihr Licht genügt, um zu lesen. Nach all dem, was Charmian erzählt hat, hoffe ich, dass mich einige Seiten aus *Peel Me a Lotus* trösten, doch springt mich aus ihren Zeilen nun eine existenzielle Angst an, die mir vorher nicht aufgefallen ist. Ich lese einen Abschnitt, lese ihn wieder und wieder, wobei Jimmys Abwesenheit zwischen den Ästen hindurch unterm freien Himmel widerhallt.

»Mein Gesicht ist kalt, den kalten Gestirnen zugewandt. Geordnet und unaufhaltsam ziehen sie über den Himmel, Stern um Stern, Sternennebel um Sternennebel, Universum um Universum, so drehen sie sich durch eine unvorstellbare

Einsamkeit. Fast kann ich spüren, wie auch dieser Planet sich dreht, durch seine eigene Sphäre der Einsamkeit strudelt, und das mit der Zielstrebigkeit eines endlos wiederholten Ablaufs, ein winziges Korn astralen Staubs, das in die Unfassbarkeit der Ewigkeit davonwirbelt. Wie seltsam, sich an dieses Staubkorn zu klammern, weiter und weiter dahinzurasen, jetzt gerade vielleicht sogar kopfüber. Sterne bieten keinen Trost. Nur Dunkelheit hinter Dunkelheit, Geheimnis hinter Geheimnis, Einsamkeit hinter Einsamkeit.«

Dreiundzwanzig

Der heiße Atem des *meltemi* hat Axel zurückgebracht. Noch hat ihn keiner von uns gesehen, nicht einmal Marianne, doch heißt es gerüchteweise, er sei in Fidels Haus untergekommen, zumindest hat das Dionysos, der Müllmann, heute Morgen zu Charmian gesagt.

Der sengende Wind fegt über die längst schmorende Insel. Von jeder weißen Mauer blitzt die Sonne, Insekten umsummen unsere Ohren, endlos sirren die Zikaden, alles sticht und beißt, und nicht einmal der süße Jasmin kommt gegen den Gestank in den müllübersäten Gassen an. Unser Haar ist verfilzt, in den Augen brennt Sand, Fensterläden knallen, Dinge zerbrechen. Böen wehen unsere Laken davon, blasen Staub in unsere Träume. Alle sind gereizt in diesem Hitzeföhn, das Wasser im Hafen wurde zu einem wogenden senffarbenen Schaum verquirlt, und unsere Zisterne ist trocken. Bobby scheint sein halbes Leben damit zu verbringen, am Brunnen anzustehen, wo Elias, der Wassermann, ein Dutzend Vetteln aufgestellt hat, um den Vorrat an Wasser zu monopolisieren, den er mit dem Esel zu überteuerten Preisen von Tür zu Tür bringt. Jeden Tag holen wir eimerweise Wasser aus dem Meer, um das Klo zu spülen, und ich muss morgens extra früh aufstehen, um mich in das Gedränge vor dem Tor der Eisfabrik einzureihen.

Die Fähre hat es während der letzten drei Tage nicht durch den aufgewühlten Golf geschafft, aber wir treffen uns trotzdem – »wie die Ärmsten der Armen am Gründonnerstag, die auf Almosen hoffen«, grummelt George. Das Wetter aber macht uns lustlos, was kann man da auch anderes tun, als sich um die wenigen Tische zu versammeln und sich gegenseitig zu triezen?

An ihrem üblichen Platz neben der Ladentür trinken George und Charmian kaltes Bier. Mit dem stolzen Gehabe eines Jagdhundes, dem die Ente aus dem Maul hängt, bringt Patrick Greer einen frischen Skandal an den Tisch. Vor den Toiletten der Schlachterei haben drei Matrosen letzten Samstag eine Deutsche vergewaltigt, aber Polizeichef Manolis konnte es ihr ausreden, die Männer anzuzeigen.

Charmian zeigt auf Leonard, der über die Agora schlurft. »Seht doch, keine Marianne. Ich hoffe nur, das heißt, Axel ist aufgetaucht und sie ist eifrig damit beschäftigt, ihm den Marschbefehl auszustellen«, sagt sie, während Leonard zu uns herüberkommt und dabei die *komboloi* zwischen Finger und Daumen auf und ab schnickt.

Leonard beugt sich vor und drückt ihr einen Kuss auf beide Wangen. »Mein Gott, siehst du verkatert aus«, sagt George, und es stimmt, Leonard ist wirklich nicht in Bestform. Gestern Abend stahl sich der Wind durch ein offenes Fenster und peitschte den einzigen Durchschlag seines Romans davon, ein Verlust, der ihm sichtlich zu schaffen macht. Bim ruft, er solle doch herüberkommen und sich einer hitzigen Debatte über eheliche Treue anschließen, doch mit einem *kalimera* in die Runde zieht Leonard einen Stuhl heran, und Demetri ruft Nikos zu, er solle diesem *filos* ein *skéto* bringen und einen Metaxa. Wie von Marianne ist auch von Robyn oder Carolyn nichts zu sehen. So ist es neuerdings oft. Unterm Tisch drücke ich Jimmys Hand.

Die Kolonie der Ausländer ist in zwei Lager zerfallen. Da gibt es den alten Hof um George und Charmian, und dann ist da noch Bim, der wie ein abtrünniger Regency-Prinz neue

Leute um sich sammelt. Demetri findet man meist an seiner Seite, wo er heimlich Frauen mit seiner Rolleiflex knipst, die stets schussbereit auf dem Tisch liegt.

Leonard ist in letzter Zeit zu einem seltenen Anblick geworden, da ihm seine Arbeitsmoral offenbar heftiger als bei den meisten jegliches Herumlungern verwehrt. Seit Beginn des Sommers hat er auffällig an Gewicht verloren und ist in letzter Zeit häufig in Gedanken, schreckhaft beinahe, mit hängenden Schultern wie in der Tipp-Position erstarrt.

Irgendwo im Hinterland zwischen beiden Lagern schmelze ich auf dem Kopfsteinpflaster dahin, gleich neben Trudy mit ihrem vom Weinen aufgequollenen Gesicht. Die blassblaue Bluse, die sie so oft trägt, scheint eingeschrumpft zu sein, jedenfalls hat sie nicht alle Knöpfe zugekriegt. Wie marmoriert im grausamen Licht quellen ihre Brüste hervor.

Leonard und Bim lachen über etwas, das Demetri gesagt hat. Ich wende mich von Trudy ab, um den letzten Rest irgendwelcher Anzüglichkeiten aufzuschnappen; und mit dieser einen Kopfbewegung wechsle ich von Tragödie zu Komödie.

Demetri hat die Sonnenbrille abgenommen. Man könnte allerdings meinen, er trüge sie noch, so dunkel sind die Schatten unter seinen dichten Brauen.

»Nun, Bim, wie alt bist du?«

»An meinem letzten Geburtstag wurde ich siebenundzwanzig.«

»Und du, Leonard?«

»Fünfundzwanzig.«

Mit dem Glas zeigt Demetri auf seine Freunde. »Tja, dann bin ich ein Jahr älter als Bim und drei Jahre älter als du.«

»Dir läuft die Zeit davon«, spöttelt Bim. »Glaubst du, einen so alten Mann lassen die Ladys im Lagoudera noch eine Hand unter ihre Röcke stecken?«

Demetri stellt sein Glas ab und beugt sich vor. Er stöhnt beim Reden, drückt eine Hand auf seinen Bauch.

»Wisst ihr, was ich finde? Ich finde es absolut ermüdend! Jeden Abend muss ich Carolyn vögeln. Selbst wenn ich besoffen nach Hause wanke und nur noch schlafen will, liegt sie im Bett neben mir, und ich muss sie vögeln. Was ich auch tu! Aber ich sage euch, dieser Zwang, das ist unglaublich anstrengend.« Er blickt in seinen Schoß und schüttelt den Kopf. »Ich kann es kaum erwarten, so alt zu werden, dass sich dieses zügellose Biest endlich an die Leine legen lässt.«

Leonard wirft ihm einen Blick zu und lacht, nimmt einen Stift aus der Tasche, kritzelt einige Worte in die Ecke des Papiertischtuchs, reißt den Zipfel ab und steckt ihn ein.

Das Ausbleiben jeglicher Post macht uns träge. Noch immer wird eine vier Tage alte *Athens Daily* herumgereicht, Blicke suchen den Horizont sehnsüchtig nach Schiffen ab, und die Unterhaltung dreht sich ein wenig halbherzig um literarische Berichte von Menschen, die auf einer Insel gestrandet sind.

Jimmy und Göran kabbeln sich über Thoreaus *Walden*, das ich natürlich nicht gelesen habe, und Charmian wirft ein: »Ich denke, es war Robert Louis Stevenson, der schrieb, es sei doch irgendwie unmännlich, in solcher Einsamkeit zu leben und zu schreiben. Glaubt ihr, er hat damit gemeint, ein Leben ohne einen Sklaven würde ihn verweiblichen?«

George grinst sie an. »Jeder Prospero braucht seinen Caliban, Darling.«

Selbst wenn die Fähre heute kommt und Post bringt, wird keine für mich dabei sein. Das Licht brennt in den Augen, die Beine jucken von den vielen Flohbissen. Der erste Jahrestag des Todes unserer Mutter verging ohne ein Wort unseres Vaters, auch Bobbys Geburtstag; meine Briefe blieben alle unbeantwortet. Eine Bö trägt einen Hauch von Schwefel heran, ein Klappern, ein Jaulen. Die Klosterglocke klingt untröstlich. Der brennende Staubwirbel dauert an, das Gespräch springt hin und her, geht meist an mir vorbei, bis Jimmy meinen Blick auffängt, mich anlächelt und ich das dringende Verlangen spüre, meine Arme um ihn zu werfen und mich mit aller Kraft an ihn zu klammern.

Sofia bringt einige Platten mit fettigen Käseecken, gebratener grüner Paprika, Gurken sowie Brot und Öl. Edie und Janey schweben heran, ihre Kleider aus Spitze und alter Seide vom Flohmarkt. Demetri ruft sie zu sich, spielt mit dem Riemen seiner Kamera.

»Hey! Wir müssen für euch Ladys mal einen Termin in meinem Studio ausmachen«, sagt er, als sie zu ihm flattern. Wie leichthin Edie sich auf Leonards Knie setzt, Janey auf Bims. Wie verschwörerisch das Lächeln der Männer.

Bobby sagt etwas, zieht an meinem Pferdeschwanz, um meine Aufmerksamkeit auf sich zu lenken.

»Also, machst du? Findest du einen Moment, in dem ihr allein seid, und fragst Charmian, ob sie in Athen jemanden kennt, der sich darum kümmert?« Er greift nach Trudys Hand, redet mir ins Ohr.

»Carolyn sagt, sie glaube, es gebe da einen Arzt in Monastiraki, der Charmian letztes Jahr geholfen hat.« Und dabei fasst er sich an die Nase, eine Geste, die andeutet, dass er etwas weiß, das ich nicht zu wissen brauche.

Er dreht sich um und küsst Trudy auf die Brauen, sagt, er tue alles, um ihr zu helfen, würde notfalls sogar das Auto verkaufen, falls sie Geld brauche, und sie weint leise und sagt: »Das würdest du wirklich für mich tun? Ach Bobby.«

*

Als ich wegen Trudy später zu Charmian gehe, muss ich ihr nicht sagen, dass Jean-Claude vermutlich der Vater ist. Das brauche ich nicht.

»Mein Gott, viermal keine Periode, und das dumme Ding unternimmt nichts? Was hat sie sich bloß gedacht? Man braucht doch nur neben Jean-Claude zu stehen und wird schon schwanger, wenn der auch nur einmal niest«, sagt sie mit einem bitteren Lachen, während sie durch ihr rotes Adressbuch blättert. Sie kritzelt einen Namen und einige Details auf einen Fetzen Papier, lässt ihn in meinen Korb fallen und schiebt mich nach draußen, da George schon wieder nach ihr ruft.

Ich schleppe mich zurück ans Meer, eine bleifüßige Botin mit meinem Korb des Verhängnisses. Wie Totenköpfe tanzen im Hafenbecken faule Melonen. Boote drängeln aneinander, stoßen Bug an Bug, schaukeln an ihren Ankerplätzen. Die Fischerkähne ächzen vor Langeweile, die Jachten dagegen beleidigen Dreck und Gedärm, die aus der Abfallrinne der Schlachterei herantreiben. Katzen scharen sich fauchend um eine Ratte, die aufs Kopfsteinpflaster gespült wurde, Möwen kämpfen um einen Haufen Fischinnereien. Klagend flattert die Markise des Cafés. Gestrandete Touristen stromern lustlos umher und kommen allen in die Quere. Viele meiner Bekannten haben sich den ganzen Tag lang nicht vom Fleck gerührt, ziehen weiterhin vor Katsikas übereinander her. Noch kann ich Trudy nicht sehen. Charmian hat darauf bestanden, dass ich sie warne, sie könnte bereits zu lange gewartet haben. Es war dumm zu glauben, Beten könne helfen, oder anzunehmen, jemand wie Jean-Claude würde ihr beistehen. Das Letzte sagt sie mit einem strengen Blick auf mich, als wäre ich die Schwangere, sodass ich im Gesicht rot anlaufe.

Für heute sind meine Pflichten erledigt, meine zahllosen

Aktionen gegen Insekten wurden erfolgreich ausgeführt. Ganze Ameisenregimeter habe ich in eine andere Richtung gelenkt, fand die Maden, die sich im Glas mit Linsen versteckten, und habe es ins Klo geleert, habe die Wespenfallen mit Honig gefüllt und Cato nach Flöhen abgesucht, denen ich dann mit rachsüchtigem Vergnügen dabei zusah, wie sie in einem Wasserglas ertranken.

Jimmy ist schon bei der Arbeit. Ich habe ihm etwas Brot und Käse hingestellt, zum Nachspülen einen Krug mit süßem *foulis,* und ich habe ihm geschrieben, dass ich ihn später im Kino treffe.

Mir bleiben noch ein paar Stunden, in denen ich mich rarmachen kann. Für eine Siesta lässt mir der Wind keine Ruhe, und an einem Tag wie heute kann man nirgendwo gefahrlos baden, es sei denn, man will in dieser irren Hitze über die Insel bis nach Limnioniza wandern; und selbst dann kann man sich nicht sicher sein, dass Boreas nicht doch eine Möglichkeit findet, alle Pläne durcheinanderzuwirbeln. Ein wenig vage denke ich an das Notizbuch in meiner Tasche und frage mich, ob ich genug Energie aufbringe, mich in den Schatten zu setzen und zu schreiben.

Ich laufe die Gasse hoch, vorbei am frisch geschmückten Schaufenster von Apostolis, dem Schlachter, heute eine recht bescheidene Darbietung, wie es sich für eine von der Außenwelt abgeschnittene Insel geziemt. Ein einsamer Ochsenschädel auf glitschigem Blutbett, gekrönt mit einem gewundenen Gekröse, das, wenn ich die Augen zusammenkneife, wie ein Turban aussieht. Apostolis dankt durch die Tür einem Kunden, wischt sich die Hände an der gestreiften Schürze ab und nimmt eine Handvoll Münzen entgegen. Der Kunde füllt den Türrahmen, und ich erkenne Axel, der eine bluttriefende Tüte in der Hand hält und aussieht, als würde er sich nicht lange mit Braten oder Kochen aufhalten, um zu essen, was er sich geholt hat. Seine Augen sind kalt, tot wie zwei Steine. Das verdorrt wirkende Gewölle seines struppigen gelben Barts lässt das Gesicht fleckig aussehen, die Haut ist verbrannt und auf dem Nasenrücken verschorft, das Hemd an der Schulter gerissen, als wäre er in eine Prügelei geraten. Ehe er davonstapft, wirft er mir noch einen wilden Blick zu.

Ich finde, Marianne muss unbedingt erfahren, dass Axels Anwesenheit auf der Insel nun eine Tatsache ist, also mache ich auf dem Absatz kehrt, und während ich bergauf steige, peitscht sich der *meltemi* erneut zu einem weiteren heißen, sandigen Koller auf.

Als ich Marianne sehe, ist sie in Laken gewickelt, da sie gerade versucht, die Wäsche von der Leine zu nehmen, nur hat der Wind offenbar anderes damit vor. Sie erinnert eher an ein Mädchen als an eine Frau, wie sie so lacht mit haarumwehtem Gesicht und mit hohen Schritten über die Terrasse stelzt. Sie wirbelt herum, jagt davonfliegenden T-Shirts und Unterhemden nach, während ich Leonards Kakihemd aus einem dornigen Busch löse und ihr gebe.

Marianne strahlt, zuckt die Achseln und tut es leichthin ab, als ich sage, ich hätte gehört, der Wind habe Leonards Durchschlag davongeweht.

»Pfft. Würde mir nicht allzu viel ausmachen, das ganze Ding abzutippen, sobald es so weit ist, dass er es verschicken will«, sagt sie. »Ich habe ihm bereits erklärt, dass ich einen Kurs in Schreibmaschine gemacht habe, weshalb er sich keine Sorgen zu machen braucht.« Ihr selbst scheint jedenfalls kaum etwas Sorgen zu bereiten. Lachend fängt sie die letzten aufgeblähten Laken ein und stopft sie in den großen Korb, in dem schon das Baby krabbelt und nach den tanzenden Segeln schnappt, nach dem flatternden goldenen Haar seiner Mutter.

»Ich habe gerade Axel gesehen«, sage ich etwas zögerlich,

da ich das Glück der beiden nicht trüben will. »Er kam von Apostolis. Sah schrecklich krank aus.«

Sie bückt sich zu Baby und Korb und sieht mit traurigem Lächeln zu mir auf. »Ich weiß, er war hier«, sagt sie, und ich folge ihr ins Haus, wo Leonards Gitarre jetzt an einem Nagel am Fuße der Treppe hängt, dann laufen wir die Stufen hinauf. Sie legt den Kleinen auf dem Teppich ab, teilt die Bettvorhänge und zieht die arg mitgenommenen Reste ihres durchscheinenden orangeroten Kleids hervor. Jemand ist mit der Schere darüber hergefallen, und doch wirkt Marianne beinahe fröhlich, obwohl nur noch Streifen in ihren Händen flattern, ihr Lächeln ein Widerspruch zu ihren Worten.

»Es ist das einzige Kleid, in dem ich mich jemals schön gefühlt habe.«

Sie hebt einen Finger, um meiner Frage zuvorzukommen. »Ja, ich weiß, Axel ist zurück, und ich weiß auch, dass er nicht mehr ganz bei Verstand ist«, sagt sie. »Ich muss ihn vergessen, nur sagt sich das so leicht.«

Sie hebt das Baby auf und lacht, als der Kleine ihre nackte Schulter mit schlabberigen Küssen bedeckt, doch habe ich Mühe, sie zu verstehen, während wir die Treppe wieder hinunterpoltern – irgendwas von einem Zauber, der Leonard beschützen soll. »Vielleicht solltest du auch einen für Jimmy machen. Ich zeig dir, wie's geht.«

Da sind Kräuter, Lavendelzweige, irgendwelche Zahlen in einem Raster. Marianne zieht sich einen Stuhl heran. »Ab heute Nacht ist Merkur rückläufig, was für kreative Menschen sehr unangenehm sein kann. Ich sehe dir an, dass du glaubst, ich hätte einen Sprung in der Schüssel«, sagt sie und tippt sich an die Stirn. »Aber ich habe das immer für Axel gemacht, und ich weiß, Jimmy würde es zu schätzen wissen, selbst wenn er nicht dran glaubt.«

Wie die Wangen des Babys sind auch ihre zum Reinkneifen prall, die Augen leicht schräg, der Blick wunderbar schelmisch. Folgsam nehme ich den Stift und schreibe das Muster ab, übertrage die Zahlen auf ein neues Blatt Papier. Sie schenkt uns ein Glas Tee ein, zeigt mir, wie man das Siegel des Merkur zeichnet, und redet mehr über ihre unterschwelligen Befürchtungen um Leonards Roman als darüber, dass Axel den Verstand verliert.

»Er muss ihn zu Papier bringen, und das, ehe er zu ausgebrannt ist. Außerdem will er ihn unbedingt hier schreiben, also Benzedrin, um wach zu bleiben, Phenobarbital, um einzuschlafen.« Sie schüttelt den Kopf. »Nicht gerade gesund. Und all das nicht nur, weil er Geld braucht. Das *I Ging* sagt nämlich eindeutig, der Rücklauf beginne im achten Monat, also kann es jetzt jederzeit so weit sein.«

Sie gibt dem Baby ein paar Perlenketten zum Spielen und holt ihren Nähkorb. Während ich ihre langsamen, anmutigen Bewegungen verfolge, hoffe ich, allein schon durch Osmose liebenswerter zu werden. Aus einem alten Hemd schneidet Marianne zwei purpurfarbene Stoffstücke, und gemeinsam nähen wir einen Beutel für die Kräuter nebst den magischen Zahlen und Symbolen: Lavendel für die Ausdruckskraft, Salbei zum Schutz, Zitronencreme zum Trost und, weil Marianne es mir rät, eine Wimper für die Liebe. Im letzten Moment kommt sie noch auf die Idee, den Titel von Leonards Buch aufzuschreiben, *Beauty at Close Quarters*, und steckt den Zettel hinein, ehe sie die Schnur zuzieht und das Säckchen vernäht.

Viel mehr Zeit bleibt mir nicht. Ich muss mich sputen. Jimmys Zauber hängt mir um den Hals. Ich hatte das Kino fast vergessen, so sehr hat mich Mariannes Hexenkunst fasziniert.

»Heute läuft *Der Knabe auf dem Delphin*, du solltest mitkommen.« Kaum sind die Worte aus meinem Mund, finde ich mich schrecklich gedankenlos. Natürlich kann sie nicht einfach mitkommen. Aber wo ist Leonard? Wieso arbeitet er nicht an seinem Buch?

»Leonard ist zu Fidel gegangen, um sich mit Axel zu treffen«, sagt sie, während ihr ein Schauder über den Rücken läuft. »Keine Ahnung, was er ihm sagen will ...« Ihre Augen weiten sich. »Ich weiß nur, dass er eine neue Rasierklinge mitgenommen hat«, und einen Moment lang schwebt Axels Kehle vor meinen Augen. Ihr Lachen vertreibt das Bild. »Leonard hat gesagt, seine Mutter habe geglaubt, eine gute Rasur würde so manches Problem lösen.« Sie greift meine Hand, zieht mich zum Kind. »Jetzt sieh doch, Erica, sieh ihn dir an! Meine kleine Raupe ist gerade zum ersten Mal über den ganzen Boden gerobbt.«

*

Das Freiluftkino tobt. Unter einer Decke herabhängender Weinranken ist der Boden mit zusätzlichen Stuhlreihen vollgestellt. Männer trinken Bier und grölen, wenn Sophia Loren mit verführerisch nassem, an der Haut klebendem gelbem Badekostüm aus dem Meer auftaucht. Sie ist arm, daher dieser abgetragene Fetzen, und sie lebt in einer Windmühle in den Bergen, von der uns jeder Winkel, jede Kanone, jede Stufe und Stiege vertraut ist. Die Ortsansässigen springen auf die Füße, sooft sie sich in der Menge entdecken. Yiorgis, den hinkenden Schiffer, der, obwohl simpel gestrickt, mit seinen Seilen am Kai unverzichtbar ist, kann man mehrere Male im Film sehen, und er heimst stets den größten Jubel ein. In der Bildmitte werden Fensterläden aufgeworfen. Ein allgemeiner Aufschrei. Maria beugt sich aus dem Fenster und ruft: »Alexi! Komm sofort ins Haus!«, während Sophia in ihrem nassen gelben Fetzen am Meeresgrund taucht. Schilf und Fische umgarnen sie, eine Meerjungfrau singt:

»If the boy whom the gods have enchanted should arise from the sea, and the wish of my heart could be granted, I would wish that you loved only me.«

Zurück in der Windmühle, wirft Sophias ungehobelter Lover sie grob aufs Bett. Fledermäuse huschen über die Leinwand, ihr Busen wogt vor Zorn und Verlangen, da aber stört Bobby die Szene, platzt von der Gasse herein. »Schnell, schnell. Er wird zusammengeschlagen.« Er reißt mich auf die Füße. »Du musst jetzt sofort verschwinden, wenn du mit ihm gehen willst.« Seid leise, ruft es im Chor, und irgendwer wirft Bobby einen Hühnerknochen an den Kopf.

»Was? Wer?«

»Jimmy.«

»Und wohin?«

»Nur fort. Und zwar jetzt.«

Bobby zerrt mich die Gasse hinunter ans Wasser. Was er sagt, ergibt keinen Sinn. Irgendwas über einen alten Freund von George, ein Mann mit einem Boot, der bereit ist, Jimmy über die Meerenge nach Metochi zu bringen.

Ich zwinge Bobby stehen zu bleiben, reiße mich von ihm los. Meine Stimme zittert. »Was? Wohin fährt Jimmy? Ich verstehe kein Wort.«

Und obwohl er mich bei den Schultern packt und mir direkt in die Augen blickt, ergibt, was er sagt, immer noch keinen Sinn.

Ich höre: »Spiratoula …«

»Wer?«

»Die Frau von Panayiotis …«

Ich höre: »Auf dem Speicher des Segelmachers.«

Er zieht mich so heftig hinter sich her, dass meine Füße weiterlaufen, obwohl ich ihn lauthals anschreie, doch endlich stehen zu bleiben.

»Schneller, Erica. Lauf schneller. Er muss gleich ablegen.

Sonst droht ihm eine noch saftigere Abreibung. Panayiotis, Onkel, von der Taverne The Three Brothers, ist auf dem Weg hierher.« Wir keuchen beide, als ich mich wieder losreiße. Noch immer fügen sich seine Worte für mich nicht zusammen, aber laut höre ich mich selbst schreien: »Nein!«

Später, viel später, höre ich Kater auf der Pirsch maunzen. Dann ein tiefes Fauchen, Knurren, ein plötzlich lautes Gekreisch und der durchdringende, alles andere als lustvolle Schrei einer Katze. Die Tablette, die Bobby mir gab, beginnt zu wirken, langsam verklingt das qualvolle Jaulen. Ich liege auf meiner Matratze zwischen Edie und Janey, sie streicheln mir die Arme, den Rücken, und ich versinke in einen traumlosen Schlaf.

Vierundzwanzig

Wie ein frischer Lufthauch trifft Didy Cameron mit dem Abflauen des *meltemi* auf der Insel ein. Eine elegante Frau um die vierzig, dunkles Haar, tief gebräunt, die Augen wach und manchmal so blau wie das Innerste einer Flamme.

Zum ersten Mal begegne ich ihr bei Charmian. Nach einem einzigen scharfen Klopfen und einem musikalischen »Hallöchen« spaziert sie ins Haus. Sie ist groß gewachsen und trägt ein Safarikostüm, dazu eine schimmernde Perlenkette und ein massiges Goldarmband mit Anhängern, die klimpern, als sie uns die Hand schüttelt. Sie bringt Bücher, sagt aber: »Keine Angst, ich bin nur zur Hälfte Griechin, ihr braucht meine Geschenke also nicht zu fürchten.«

Ihr breites Lächeln entblößt sogar den Gaumen über den Zähnen, was ihr zusammen mit ihrer Lebhaftigkeit eine Aura von Exzentrizität verleiht, die nicht so recht zu ihrem edlen Outfit passt.

Die Bücher sind Exemplare von *The Sea Change*, dem neuen Roman ihrer Freundin Jane Howard. Eines davon gibt sie Charmian, sagt, es sei für sie signiert, dann ein zweites – »Du meine Güte, ist eins nicht genug?« –, aber Didy erklärt, das hier sei mit persönlicher Widmung für Martin, um dann hinzuzusetzen, dass es die Autorin gewesen sei, die Didy geraten habe, nach Hydra zu fahren, um hier ein Haus zu kaufen, statt den Wurzeln ihrer Mutter zu einem alten Pfarrhaus auf Chios zu folgen.

»Jane hatte natürlich recht. Sobald ich mich ein wenig beruhigt hatte, musste ich zugeben, dass es töricht von mir gewesen wäre, mit so vielen Kindern und einem Mann, der oft monatelang in Afrika arbeitet, ein derart großes Haus renovieren zu wollen«, sagt Didy.

Charmian erzählt, einen Sommer lang habe diese Jane auf der Insel an ihrem Buch geschrieben, und wie sie nur einen kurzen Blick auf die Widmung wirft, verrät sie mir, dass sie Jane nicht besonders gemocht hat. Es ist noch früh, aber Charmian schenkt uns allen ein Glas Retsina ein, und Didy zuckt mit keiner Wimper.

Sie stoßen an. »Auf dich und deine Familie«, sagt Charmian, schlägt Martins Exemplar auf und liest, was die Autorin ihrem Sohn geschrieben hat. Als sie wieder aufschaut, ist ihr Blick viel sanfter. Sie nimmt einen Schluck Wein und ruft durch die Luke nach oben, dass Martin herunterkommen solle.

Didy schwatzt weiter. »O ja, sie hat wirklich begeisterte Besprechungen bekommen«, erzählt sie, als Martin blinzelnd nach unten stolpert, die Nase in einer Ausgabe von *Tristam Shandy* vergraben.

»Jane hat allen erzählt, wie irrsinnig gebildet du bist«, sagt sie und grinst ihn an. »Was, wie du dir vielleicht vorstellen kannst, unser Petey nicht so toll findet. Er ist in deinem Alter und wurde davon dermaßen eingeschüchtert, dass er sich nicht getraut hat, mich zu begleiten, um dich kennenzulernen.«

Während Didy ihm die Passagen im Buch zeigt, in denen er als der Junge »Julius« auftaucht, mustert Charmian diesen schlaksigen jungen Aristoteles. Die Abschnitte, die sie uns vorliest, lassen uns das kluge Kind wiedererkennen, das ein so sensibles Verständnis für die Abläufe und Eigenarten der Insel an den Tag legt, aber auch ein tiefes Verständnis für die griechischen Götter und Mythen beweist. Charmian findet an alldem mehr Vergnügen als Martin, der erst auf einem, dann auf dem anderen Bein steht und den blond gestreiften Haarschopf ins Gesicht fallen lässt, sein Unbehagen aber trotzdem kaum verbergen kann. Als Didy eine weitere Seite umschlägt, gelingt es ihm, sie zu unterbrechen.

»Hat die Katze es nach England geschafft? Weißt du das? Die kleine schwarze? Ich habe extra einen Korb für sie besorgt, um sie darin zu verstecken, einen mit einer Schnalle oben ...«

Didy klatscht in die Hände. »Katsikas! Natürlich.« Ihr Bettelarmband klimpert. »So ein lieber Kater. Ich hatte ganz vergessen, dass Jane ihn von Hydra zu sich nach Hause geschmuggelt hat. Er wird schrecklich verwöhnt, ganz der kleine Prinz. Jane brät ihm Entenmägen, und er schläft auf einem Leopardenfell.«

Charmian strahlt sie an. »Ach, wie schön, dass Jane so gut von uns spricht. Willkommen auf Hydra, Didy!«

Wie sich herausstellt, ist Didy genau die, die ich jetzt brauche. Und ich bin ziemlich froh, dass Charmian mich auf ihre herrische Art angewiesen hat, sie am Hafen vorbei zum Spiti Heidsieck zu bringen. Am liebsten hätte Charmian alles stehen und liegen gelassen, um Didy selbst herumzuführen, was aber natürlich unmöglich ist, da George am entscheidenden letzten Kapitel sitzt. »Zwei Männer, ein Jeep und hunderttausend Leichen. Ich würde viel lieber mit euch kommen«, sagt sie.

Didy zeigt ein lebhaftes Interesse für alles und jeden. Sie unterhält sich auf Griechisch mit den Ladenbesitzern, und selbst die Bäckerin Kyria Anastasia ist von ihr angetan. Sie begeistert sich für die Orgelpfeifenschönheit der Bienenwachskerzen von Stomasis, für den intensiven Geruch nach Honig in den Gassen. Sie bringt mich zum Lachen, und ich lache zum ersten Mal seit Wochen, wie mir scheint. Sie begeistert sich für den blanken pinkfarbenen Marmor unter unseren Füßen, und an jeder Ecke, vor jedem Tor und in jedem Hof redet sie über die Geometrie von Licht und Schatten, davon, dass Hydra bestimmt der Geburtsort des Kubismus sei, von den Raoul-Dufy-Booten und dem schamlos blauen Meer. Sie kann verstehen, warum Künstler sich von dieser Insel angezogen fühlen, und ich sehe Hydra mit ihren Augen und verliebe mich aufs Neue. Ich führe Didy zur Schwammfabrik, und Fotis ist da und demonstriert die überragende Saugkraft örtlicher Schwämme im Gegensatz zu jenen aus dem arabischen Raum und wie seidenweich die Elefantenohrschwämme doch seien, von denen Didy gleich fünf Stück kauft, ohne zu handeln, einen für sich und je einen für ihre Kinder.

Trotz ihrer dunklen Haut sieht sie mit den zweckmäßigen Halbschuhen und ihrem maßgeschneiderten Kostüm unglaublich englisch aus. Ich kann sie mir auf der Fuchsjagd vorstellen und bilde mir ein, dass sie schrecklich tapfer ist. Ihre neuen Körbe sind voll. Bei Katsikas hat sie fast sämtliche Regale leer geräumt, und Martin musste ihr versprechen, Manos aufzuspüren und ihn mit ihr bekannt zu machen, da sie ein Boot braucht, das sie zurück nach Kamini bringt. Didy steuert einen schattigen Tisch vor Tassos an.

»Es ist zu heiß, um noch länger herumzulaufen. Gönnen wir uns einen kühlen Drink, und während wir warten, kannst du mir erzählen, warum so ein junges Ding wie du an einem Ort wie diesem frei herumläuft«, sagt sie, und ihre Augen blitzen interessiert. »Meine Annabel setzt keinen Fuß vor die Tür. Sie ist total deprimiert, weil ich sie hierhergeschleppt habe, statt sie die Saison in London verbringen zu lassen, und jetzt hoffe ich darauf, dass du sie aus ihrem Schneckenhaus lockst und ihr beide ein wenig Spaß habt.« Was sie sagt, klingt kein bisschen herablassend, also erzähle ich ihr das Wesentliche: der Tod meiner Mutter und das mysteriöse Auto, das sie Bobby vererbte, dann das Postsparkonto mit dem Geld für mich und meine Träume. Didy stellt eher praktische Fragen danach, wie lang mein Geld noch vorhalten wird, und als ich die Achseln zucke, drängt sie mich, Berechnungen anzustellen, und kritzelt ein paar Zahlen aufs Papiertischtuch.

Sie bestellt einen Kaffee für sich, eine Orangenlimo für mich und fragt nach Kuchen. »Und«, sagt sie, nachdem wir alles Übrige abgehandelt haben, »hast du auch einen Liebsten?« Ich schlucke schwer. Wie armselig es doch ist, ihr von Jimmy erzählen zu müssen; es tut noch zu weh.

»Nein, nicht mehr«, sage ich mit einem forcierten Achselzucken.

Seit dem Abend, an dem er »Sorry, tut mir leid« schrie, an mir vorbeilief und ins Boot sprang, habe ich kein Wort mehr von Jimmy Jones gehört. Ich habe mich bemüht, darüber hinwegzukommen, das habe ich wirklich. Und Edie und Janey haben mir sehr geholfen, haben mir kein einziges Detail von Jimmys zahlreichen Inselabenteuern erspart. Eines Morgens erhaschte ich sogar einen Blick auf das, was Spiratoula angetan worden war, und damit meine ich nicht nur die blauen Flecken in ihrem Gesicht, sondern das Licht in ihren Augen, das erloschen ist. Trotzdem kann ich nicht aufhören, mich nach ihm zu sehnen. Ein bittersüßes Souvenir ist die Schreibmaschine, in deren Besitz ich so überraschend gekommen bin. Ich hämmere so fest darauf herum, dass die Tasten Löcher ins Papier schlagen, der Wagenrücklauf klemmt, das Band verrutscht, die Worte fehlen mir.

»Ach, meine Tränen könnten die Zisterne füllen«, sage ich und versuche, meine Verbitterung und Sehnsucht zu unterdrücken, aber dann verschwimmt alles vor meinen Augen, erst recht, als sie mich ein armes Lämmchen nennt und sagt, wie schrecklich es sei, dass gleich meine erste Liebe solch ein Reinfall war.

»Konzentriere dich auf das, was du nicht an ihm magst«, sagt Didy und sieht sich nach Tassos um, damit der uns noch etwas zu trinken bringt, so als hätte sie alle Zeit der Welt für mich und mein gebrochenes Herz.

»Ist das einzig bekannte Gegenmittel. Und für den Anfang brauchst du nur ein kleines Detail«, sagt sie mit dem Nachdruck einer Freundin, die guten Rat gegen Schluckauf erteilt oder zum Entfernen störrischer Flecken. »Nur eines, worauf du dich konzentrierst. Etwas Körperliches«, beharrt sie, nimmt einen Bissen vom Kuchen und wartet darauf, dass ich mir meine eigene Medizin verabreiche. »Glaub mir, das hilft gegen die vielen *Hätte ich doch nur*.«

Es fällt mir nicht schwer, Jimmy vor mein inneres Auge zu rufen. Erinnerungen an ihn flackern ständig auf, Bild um Bild. Sein gefühlvoller Blick, sein quicklebendiger, purzelnder, abtauchender, springender, hüpfender Frohsinn, das Geklapper seiner Schreibmaschine und die Art, wie er sich mit den Fingern durchs Haar fährt. Ich sehe seine weißen Zähne, wie er mir damals, auf dem Tisch eine Handvoll Drachmen, vorgesungen und die Worte vertauscht hat: »*Nie findest du jemand anderen wie mich für dich*«, und ich weiß noch, wie ich damals den Fluch der Worte spürte, der sich jetzt wohl bewahrheitet, denn seit Jimmy fort ist, bin ich neben Tomas aufgewacht, neben Marty und dem attraktiven Angelos von der Marineschule, aber was mit ihnen war, hat sich nie so angefühlt wie mit Jimmy Jones.

Didy schaut mich erwartungsvoll an, den Kopf zur Seite gelegt. Ich sehe Jimmys Gesicht, wie es sich mir auf dem Kissen zudreht: dunkle Locken und Wimpern, die Lippen vom Schlaf geschwollen, der Daumen ins Grübchen seines Schlüsselbeins gepresst.

Didys Augen im mahagonigebräunten Gesicht sind von einem elektrisierenden Blau. Ich wende mich wieder Jimmy neben mir auf dem Kissen zu und spüre, dass er aufwacht, mein Blick konzentriert sich. Als er gähnt und sich streckt, ist seine Achselhöhle nur Zentimeter von meiner Nase entfernt. Er riecht würzig, vertraut – daran liegt es nicht, aber ich zucke zusammen, sobald das Bild scharf wird. Das Haar, das in seinen Achselhöhlen wächst, ist nicht so dunkel wie das Haar auf seinem Kopf, krautiger, gelblicher, wie etwas, das unter einem Stein wuchert, schweißverklebt, widerlich. Ich muss lachen, und Didy stößt mit mir an, als mir die richtigen Worte einfallen.

»Auf Jimmys eklige Achselhöhlen!«, sagt sie.

Sie erzählt von ihren Kindern, die alle sauer sind, weil sie nach Griechenland verschleppt wurden, nur die Jüngste nicht, Fiona, die findet es nämlich toll, auf Eseln zu reiten, und Didy hofft, dass sie sich mit dem kleinen Jason Johnston anfreundet. »Da ist er ja«, rufe ich, als Booli vorbeihüpft, Max dicht auf den Fersen. Wir sehen zu, wie er an Bord eines pfefferminzgrünen Kaiks springt und sich an Deck hinhockt, ein kleiner Mann, der einen Job zu erledigen hat, Sprotten aus den Netzen pflückt und in seinen Eimer wirft. Didy drückt die Daumen. »Ich hoffe nur, Fiona ist lustig genug für ihn«, sagt sie.

Die Uhr des Klosters schlägt die halbe Stunde, Tische füllen sich, hier, aber auch gegenüber, vor Katsikas. Eine Reihe Esel trottet vorbei, Freunde, die eher knapp bei Kasse oder liebeskrank sind, setzen sich, rauchen oder kauen ihre Fingernägel, während sie auf die Fähre warten. Costas schiebt seinen Eiswagen in Position. Bim und Demetri schlendern wie Jäger heran, die an Bord der einlaufenden *Nereida* Frischfleisch riechen.

Didy will die Geschichten von allen hören. Ich zeige ihr

Edie und Janey, die sich neue Bikinis aus Jimmys gelbem Lieblings-T-Shirt genäht haben, frech Polizeichef Manolis, Regeln ignorieren und sich kaum bedeckt an dem Tisch rekeln, an dem Marty und Charlie Heck Armdrücken machen. Die Schweden gegenüber reden alle durcheinander. Immer wieder fällt der Name Wittgenstein. Lena kippt einen Ouzo, schnappt sich ein Buch und beginnt, laut einen Absatz vorzulesen. Axel Jensen unterbricht sein Gespräch mit Leonard, um ihr langsam Beifall zu klatschen. David zieht einen Marktkarren mit einer Meute kleiner kreischender, wild durcheinandertobender Goschens hinter sich her, alle nackt und lockenumkränzt. Nur Göran beugt sich über sein Notizbuch, schreibt und ist für alles blind, den Himmel ausgenommen.

Einige ungestüme griechische Kinder klettern einen Mast hoch und springen ins Hafenbecken. Männer laden Gemüse aus ihren Kaiks auf die Strohmatten entlang des Kais. Katzen rekeln sich auf warmem Fels, den Blick auf die Mole und ein einfahrendes Fischerboot gerichtet.

»Aber wer ist dieses entzückende Geschöpf mit dem Baby und den langen Beinen?«, fragt Didy, als Marianne den Kinderwagen vor der Ladentür abstellt. Sie beugt sich zu ihrem Sohn herab, der Matrosenrock gerade lang genug, und gesellt sich dann zu Leonard und Axel, die sich lachend unterhalten. Leonard zieht einen Stuhl für sie vor, lauscht aber immer noch mit einem Ohr dem, was Axel zu sagen hat.

Axels Rucksack liegt ihm zu Füßen, weshalb ich annehme, dass er wieder abreist. Er ist zum ersten Mal nach Hydra zurückgekehrt, seit Leonard ihm ein Gedicht über einen Mann geschenkt hat, der das Haus in Brand setzt, das er liebt, um dann mit versengten, verstümmelten Flügeln in einem Boot Segel zu setzen. Dieses Gedicht und Leonards Besuch mit einer Rasierklinge, mehr war offenbar nicht nötig, das zitternde Wrack, das ich beim Schlachter gesehen habe, in diesen frisch rasierten, freien Mann zu verwandeln. Falls Axel sich schämt, nimmt er es jedenfalls nicht allzu schwer.

Didy schnappt nach Luft, als würde ich ihr einen Krimi erzählen, vor allem, als ich zu Patricias Unfall komme. Wir wagen beide nicht, Axel anzusehen, der immer noch zu sehr ins Gespräch vertieft ist, um auf Marianne oder seinen Sohn zu achten. Es ist Leonard, der Nikos zuruft, ihr einen Saft zu bringen, und es ist Leonard, der dem Baby Grimassen zieht.

»Was für ein zivilisierter und freundlicher junger Mann«, sagt Didy. Seufzend stimme ich zu, während ich beobachte, wie sich seine und Mariannes Hand unterm Tisch suchen und finden. Durch die Lücke in der Markise fällt Sonnenlicht, sie in ihrem weißen Kleid der helle Schein zu seinem Schatten. »Ach, Marianne lebt den Traum«, hätte ich fast laut geklagt. Sie erglüht unter Leonards Blick, die Augen funkeln, die Haut honigfarben, das Haar ein blassgoldener Schimmer. Sie lacht oft und gern. Leonard hat das Mädchen aus der heiligen, gemarterten Madonna hervorgelockt.

Manchmal schlägt sie über die Stränge. Fast als staute sich alles für jene Abende an, an denen sie einen Babysitter findet und bei Xenomania oder unten am Hafen zu uns stößt. Sie und Leonard hören nie auf, sich zu berühren, kleine Gesten: seine Hände, die über ihre vom Tanzen müden Sohlen streichen, seine Fingerspitzen, die ihr durchs Haar kämmen, Küsse, mit denen er ihre Stirn bedeckt, ihre Nasenspitze. Betrachtet er sie, wirkt seine Verehrung geradezu religiös. Im Lagoudera wirbelt sie über die Tanzfläche, und er schaut ihr mit einem Grinsen zu, als fände er seine eigene Rettung in ihrem Glück. Ihr Gesicht, hat er einmal gesagt, schenke ihm größere Freude als irgendein Gesicht, das er je zuvor gesehen habe. Und einmal gestand er mir, er sitze oft im Mondschein und sehe ihr beim Schlafen zu.

»Axel wünscht sich nur, dass Patricia wieder gesund wird und zu ihm zurückkommt. Er hat sich sogar bereit erklärt, Marianne das Haus zu überlassen, wenn sie in die Scheidung einwilligt«, sage ich und freue mich, da Didy unsere Inseldramen offenbar so interessant findet, dass sie mehr darüber wissen will.

Fünfundzwanzig

Zur Ouzo-Stunde, in der ein milchiger Dunst den Horizont verschleiert, treffen Didy und ich uns wieder. Ich komme direkt vom Strand unterhalb der Castello-Ruinen. Silbern glitzert das Meer, malvengrau und orangerot, Badende springen von den Felsen bei Avlaki und Spilia. Geschrei erfüllt die Luft, als eine wilde Kinderschar Esel durch den Hafen jagt, Katzen vertreibt, Tauben aufscheucht und Kapitän Yiannis' sorgsam aufgebaute Pyramide aus Orangen einstürzen lässt, von denen einige ins Meer rollen. Die Katzen scheinen sich über Nacht um ein Vielfaches vermehrt zu haben. Didy wird von den armseligsten Exemplaren umlagert: eingerissene Ohren, fehlende Augen, verschorfte Mäuler, die mit hängenden Schnurrhaaren maunzen, allesamt wahre Experten darin, weiche Herzen zu rühren. Mit vornehm übereinandergeschlagenen Beinen sitzt Didy da. Einen »Damensalon« hat sie es genannt, als ich mich zu ihnen geselle, fühle ich mich, salzüberkrustet im Badeanzug und in geflickten Shorts, allerdings eher etwas deplatziert.

Trotz ihrer vielen Probleme mit der Wasserpumpe und einer widerspenstigen Sickergrube oben im Spiti Heidsieck sieht Didy makellos aus. Neben ihr sitzt eine gleichermaßen adrette junge Frau mit einem Satinhaarband, bei der es sich, vermute ich, um ihre Tochter aus erster Ehe handelt.

»Annabel Asquith«, bestätigt die junge Frau in gelangweiltem Englisch, als sie mir die Hand hinhält. Tassos bringt Gabeln für den Kuchen – »wie entzückend bourgeois«, sagt

Charmian, die nicht die Mühe gescheut hat, eigens einen korallfarbenen Lippenstift aufzulegen und das Haar unter einem breitkrempigen Hut hochzustecken. Ihr linkes Handgelenk umschließt ein Armband, ebenso protzig wie das von Didy, doch während ihres aus Gold ist, besetzt mit klimpernden Anhängern, ist Charmians aus schwerer Bronze.

»Das war mal Teil einer tibetischen Gebetsmühle und wurde meinem ach so schneidigen Mann mit großem Pomp vom Dalai-Lama höchstpersönlich überreicht«, sagt sie, als Didy danach fragt. Sie hoffe, fährt sie fort, ihre Freundin Jane habe nicht nur über Armut und Zank hier auf der Insel getratscht.

»Vierundsechzig Länder, Kriege, Hungersnot; all das hat er ertragen, um der Welt davon zu berichten. Als wir heirateten, hatte er zwei- bis dreimal so viele Leser wie jeder andere Korrespondent in ganz Australien«, sagt sie und dreht die tibetischen Symbole an ihrem Gelenk. Sie will, dass Didy über den ungebrochenen George Bescheid weiß. »Er hat Nehru gekannt, Churchill, Mao und ging unter einem schwarzen Schirm mit Gandhi am Ganges spazieren.«

Während Charmian prahlt, zieht Annabel sich hinter ihre dunkle Brille zurück und nennt mich »Süße«, als wäre ich ein Kind.

Ich bin froh über meinen dicken Wälzer. Ich habe nämlich endlich angefangen, Simone de Beauvoir zu lesen, und ich sehe beide Frauen lächeln, als ich Charmians Exemplar von *Das andere Geschlecht* auf den Tisch lege.

»Seit Jimmy nicht mehr da ist, habe ich mehr Zeit«, erkläre ich und sage zu Charmian: »Hätte ich ihm damit doch nur eins über den Schädel gezogen. Wirklich schade, dass ich es nicht gleich gelesen habe, als du es mir gegeben hast.« Ich trage es schon so lange mit mir herum, dass es ganz zerschlissen und voller Eselsohren ist.

Charmian greift danach, schlägt es auf. »Mal sehen, was der Bücherengel zu bieten hat«, sagt sie und pocht mit dem Finger wahllos auf die aufgeschlagene Seite. »Ich halt ja nicht viel von Prophetie, aber de Beauvoir trifft den Nagel eigentlich immer auf den Kopf.« Laut liest sie die Stelle vor, auf die ihr Finger zeigt: »›Niemand ist den Frauen gegenüber aggressiver oder herablassender als ein Mann, der seiner Männlichkeit nicht ganz sicher ist …‹«, stockt, schlägt das Buch zu und vergräbt ihr Gesicht in den Händen. »Ach, ich bin so eine Heulsuse«, sagt sie und wischt sich über die Augen. »So ungeheuer blöd, hier vor mich hinzublubbern. Was müsst ihr nur von mir denken …«

Didy scheucht Annabel fort, sie soll ihre Geschwister suchen, und sie bestellt mehr Ouzo, auch einen für mich, was mich beruhigt, weil ich mir nicht sicher war, ob sie mich nicht auch verscheuchen wollte. O Gott, erst ich und dann Charmian, bei dem Geflenne wird Didy noch glauben, wir hätten hier alle eine Schraube locker.

»Dabei habe ich Grund zu feiern: George hat endlich seinen vermaledeiten Roman fertig, also bin ich frei, könnte vielleicht sogar selbst wieder schreiben, aber anders als bei Beauvoir hat meine Freiheit ihren Preis«, sagt Charmian, schnieft, schnappt sich den Ouzo von Tassos, Tablett und leert das Glas, noch ehe er es auf den Tisch stellen kann.

Didy lässt noch einen kommen. Meiner Meinung nach keine gute Idee.

»Ich würde lügen, würde ich behaupten, Jane hätte deine Probleme nicht erwähnt. Aber das macht sie ja gerade zu einer so guten Erzählerin, sie kann sich einfach nicht zügeln …«, sagt Didy, während Charmian sich die Augen abtupft und die Nase putzt.

»Manchmal denke ich, es wäre einfacher, wenn ich nicht so starke Triebe hätte«, sagt Charmian und fügt dann gleich mit einem verhuschten Lächeln hinzu: »Den Trieb zu schreiben, meine ich …« Ihre Hand fliegt an den Mund, dorthin, wo ihr ein Zahn fehlt.

»Ich weiß nicht, wie du das alles schaffst«, sagt Didy, »aber gib deinen Trieben nach, denn deine Bücher sind wunderbar.«

Charmian langt nach einer Zigarette. »Es wäre so viel erholsamer und für George auch viel besser, wenn ich mich damit abfinden könnte, ›griechischer‹ zu leben, wie ich es nenne, wenn ich es Marianne oder Carolyn oder Robyn oder sonst einer dieser liebreizenden jungen Frauen gleichtun könnte, die sich damit zufriedengeben, ihren brillanten Männern zu dienen. Ich beneide sie darum, wie sie sich in deren Ruhm sonnen und beide Augen zudrücken, wenn ihr Genie mal wieder vom Wege abweicht, was ich bei George nie über mich gebracht habe.« Sie leert ihr Glas und zeigt zum Buch auf dem Tisch. »Ich glaube, Simone de Beauvoir ist interessant für Frauen wie Marianne. Sagt sie nicht, die freiesten Frauen im alten Griechenland seien die *hetaeras* gewesen? Sie waren zwar Kurtisanen, doch mussten die nachrangigen *dicteriads* und *auletrides* zum Ficken herhalten, während die *hetaeras* dank ihrer Unabhängigkeit, Kultur und Bildung fast zu Gleichberechtigten wurden.«

Ich gebe Tassos einen Wink, eine stumme Bitte, keinen Ouzo mehr zu bringen.

»Nun, als ich Marianne heute Morgen sah, war sie todunglücklich«, werfe ich ein, als sie innehält, um sich die Zigarette anzuzünden.

»Tja, ist für sie bestimmt nicht einfach, wie Axel sich weigert, auf seinen Jungen zuzugehen …«

Ich schüttle den Kopf. Ausnahmsweise liegt es nicht an Axel.

»Ach, ich hoffe sehr, sie gesellt sich zu uns, Jane hat so

warmherzig über sie geschrieben, nicht zuletzt, was für eine wundervolle Köchin sie sei«, sagt Didy, während Charmian raucht und darauf wartet, dass ich ihr erzähle, was geschehen ist.

*

Es ließ sich nicht länger aufschieben, wir mussten Wasser holen, also folgte ich Bobby zur heißesten Stunde zum Brunnen. Meine Zeit mit meinem Bruder ist kostbar geworden, seit sie begrenzt ist. Natürlich freut es mich, dass Trudy die schrecklichen Komplikationen ihrer Operation überstanden hat, nur bedeutete dies auch, dass er mich bald verlassen wird. Ich gab mir Mühe, nicht zu jammern. »Aber warum? Warum muss es gleich Amerika sein?« Ich kannte die Antwort. Er hatte sich Trudys Genesung zur Aufgabe gemacht. Also besaß er doch ein Talent dafür, sich um andere zu kümmern. »An dem Abend, an dem sie am Fieber fast gestorben wäre, habe ich einen Pakt mit dem Universum geschlossen und mir geschworen, sie nie mehr zu verlassen«, erzählte er. Trudys Familienarzt wohnt in Boston, und da fahren sie hin. Aber was ist mit mir? Bobby kann nur mit den Achseln zucken. Vor seiner Abreise will ich so viel von ihm, wie ich nur kriegen kann. »Du hast immer gesagt, die Familie sei ein überholtes Konzept. Heißt das, wir sehen uns nie wieder?«, habe ich geklagt, während wir am Brunnen warteten und ich versuchte, aus ihm herauszuquetschen, was immer nur möglich war.

Im Staub und an Eselsmist vorbei bin ich dann allein weiter zu Marianne gegangen, um ihr einige Schallplatten zurückzubringen. Aus dem oberen Fenster hörte ich Leonard tippen, doch bis auf den plötzlich an- und abschwellenden Chor der Zikaden und das Tastengeklapper war weithin kein Laut zu vernehmen. Im Haus herrschte eine seltsam melancholische Stille, die Fensterläden geschlossen, der im Innern gefangene Weihrauchduft fast übelerregend.

Mir fiel auf, dass das Baby unter einem Netz in der Wiege schlief und dass der kleine weiße Hund zusammengerollt am Fuß der Treppe lag, das Kinn auf den gekreuzten Pfoten. Mit der Gitarre hing auch Leonards Mütze am Nagel. In einer Wasserlache lag zwischen verstreuten Stängeln von Schafgarbe eine zerbrochene ägyptische Vase auf den Fliesen. Und auf dem Tisch sah ich ein Blatt Papier mit ein paar hingekritzelten norwegischen Worten, viele durchgestrichen, eine kantige Schrift; daneben eine abgetrennte Brotkruste, ein leeres Glas, ein voller Aschenbecher, ein Messer. Ich bückte mich, um die Platten fortzuräumen, und fand Marianne zusammengerollt zwischen Schrank und Regal. Sie war ganz bleich vom Weinen, legte einen Finger an die Lippen und bat mich, still zu sein.

*

»Pssst«, sagt Charmian. »Da kommt Marianne ja.«

Sie wirkt so völlig unbekümmert, trägt jetzt einen gestreiften Rock und geht mit einem Schwung, wie man ihn nur von ihr kennt, wenn sie ohne Baby unterwegs ist. An der Ecke bleibt sie stehen, schwatzt mit Magda. Ich sehe beide lachen. Am Tisch neben uns hat eine Flugzeugcrew Platz genommen und kaltes Bier bestellt. Die Frauen tragen künstliche Wimpern und perlfarbenen Lippenstift sowie eng anliegende Uniformen, die hier am Hafenrand unpassend wirken. Die Piloten haben ihre Schirmmützen auf den Tisch gelegt, und ich sehe, wie sie sich umdrehen, um Marianne genauer in Augenschein zu nehmen. Sie spürt ihre Blicke, wendet sich zu ihnen um, bemerkt die vertrauten Abzeichen und lächelt. »Ach, Scandinavian Airlines«, sagt sie. »Was führt Sie denn nach Hydra?«

Nach nur einem Blick auf Marianne wird meine Geschichte von Didy und Charmian als bloßer Knatsch unter Liebenden abgetan, und die beiden vertiefen sich bis über die Ohren in Fragen um Martins weitere Bildung. »Jane behauptet, er komme eindeutig für Oxford oder Cambridge infrage. Ist das griechische Schulsystem gut genug für einen derart begabten Jungen?«, fragt Didy.

»Das ist noch so etwas, woran ich nicht denken mag«, erwidert Charmian. »Georges Buch muss einfach ein Bestseller werden, und ich sage das, obwohl ich weiß, wovon es handelt …« Natürlich fragt Didy gleich, was sie damit meint, und ich bezweifle, dass es jetzt noch lange dauert, bis die Tränenschleusen sich aufs Neue öffnen.

Ich sehe wieder zu Marianne hinüber. Eine der Stewardessen hat eine Hand auf ihren Arm gelegt. »Dann kennen Sie ihn. Sie kennen Axel?«

Marianne verzieht das Gesicht. Etwas Spitzbübisches blitzt in ihren Augen auf, als sie meinen Blick bemerkt. »Das kann man wohl sagen, ja.«

Die zweite Stewardess schaut sie triumphierend an. »Habe ich dir nicht gesagt, Nita, dass du deinen Loverboy auf Hydra findest?«

Die Nita Genannte schnieft. »Mann, der ist schon ziemlich seltsam. Verschwindet morgens einfach und lässt mir seinen Koffer da, und das ohne den geringsten Hinweis darauf, was ich damit anfangen soll.«

Marianne nickt. »Typisch Axel«, sagt sie und kaut auf ihrer Unterlippe. »Mein Mann ist echt verrückt.«

Entsetzt schlägt Nita die Hände vors Gesicht. »Oh, tut mir leid«, keucht sie. »Aber es ist nichts passiert. Ehrlich. Er war viel zu betrunken und blieb die ganze Nacht wach, um mir gruselige Geschichten über das zu erzählen, was die Nazis seinem Vater angetan haben. Ich glaube, das musste wirklich mal raus.«

Marianne nickt mitfühlend. »Axels Vater ist Besitzer einer Würstchenfabrik in Trondheim«, sagt sie. »Ich glaube nicht, dass er in seinem Leben je einen Nazi gesehen hat.«

Was für eine Erleichterung, sie lachen zu hören, und was für ein Unterschied zu vorhin, als sie noch davon redete, sterben zu wollen.

*

Ich glaube, nur weil sie fürchtete, ich könnte das Baby oder Leonard stören, ließ sie sich aus ihrem elenden Schlupfwinkel locken. Ich setzte sie in den Schaukelstuhl auf der Terrasse, und sie machte sich klein, zog die Knie ans Kinn und sprach durch vorgehaltene Hände. »Der Schmerz ist einfach zu groß. Ich halte das nicht noch mal aus.«

»Geht's dem Baby gut?«, fragte ich erschrocken.

»Bei meiner Mutter in Oslo ginge es ihm besser. Was nützt ihm schon so ein Klotz wie ich an einem Ort wie diesem?«

Unter frischen Tränen erzählte sie, Leonard habe die Nacht auf dem Berg Profitis Elias verbracht, um sich den Sonnenaufgang anzusehen. »Ich dachte, er sei mit Axel da, aber als Axel kam, um sich zu verabschieden, gestand er, ihn überhaupt nicht gesehen zu haben. ›Oje‹, sagte Axel, ›da bin ich wohl ins Fettnäpfchen getreten‹; und es stellte sich raus, dass Leonard sich den Tagesanbruch mit dieser Francine angesehen hat. Alles beginnt wieder von vorn, das spüre ich. Alle wollen mir meinen Mann wegnehmen. Und ich weiß nicht mehr, was ich machen soll. Vielleicht sollte ich ihn einsperren und den Schlüssel verschlucken«, sagte sie, während über uns die Symphonie für Walze und Tasten zu einem triumphalen Crescendo ansetzte.

*

Von Tränen ist jetzt nichts mehr zu sehen, und das Flugpersonal ist von Marianne bezaubert. So habe ich sie noch nie zuvor flirten sehen. »Ehrlich? Sie fliegen ein leeres Flugzeug ganz bis nach Oslo zurück?«, sagt sie, und in ihren Augen blitzt die Sonne.

Sechsundzwanzig

Das Sonnenlicht verfolgt uns. Es fesselt uns an die Felsen, gießt uns in Bronze. Es schärft die Schatten, entfacht die Berge, prallt von den weißen Mauern ab, sodass sie uns fast blenden. Wir stillen unseren Durst mit Retsina und Bier, leben von Obst, Salat und Brot. Allein der Gedanke an gekochtes Essen macht alle fiebrig. Unter Kiefern halten wir mit unseren vielen neuen Freunden lange Siesta, treiben im barmherzig blauen Meer und schmieden Pläne für Sonnenuntergang und Nachtanbruch. Wie die Flöhe hüpfen wir von Bett zu Bett. Und am meisten wird in die Betten jener Häuser gehüpft, zu denen vom Hafen die wenigsten Stufen hinaufführen.

Selbst die Diszipliniertesten unter uns geben nicht länger vor zu arbeiten. Revolutionäre Gedichte bleiben halb geschrieben, Pinsel werden in Gläsern mit vertrocknendem Spiritus steif, mein Notizbuch füllt sich mit Kritzeleien, die Einträge bleiben vage. Wie Hefe steigt der Mond aus seiner Bergschüssel auf. Der Fels unter uns bleibt von der Sonne warm. Bloße Ahnungen, aber auch der Geruch nach Nadelbäumen und Bergkräutern durchweben die Luft, und als ich mich tiefer in meine Felsmulde schmiege, riechen die klebrigen Blätter der Zistrose nach Kirche.

Fels und See gehören uns, sobald die Touristen mit der Sonne fertig sind und zurück auf ihre Jachten oder in ihre Hotels gehen. Wir haben uns alle dieser Freiheit verschworen, und es gibt nichts zu fürchten. Selbst der gemeine Polizeichef Manolis scheint vor der schieren Menge kapituliert zu haben. Junge Frauen in Bikinis tanzen auf der Straße vor dem Lagoudera, aus dem an manchen Abenden geradezu ohrenbetäubend laute Musik schallt.

Leonard hat sein Manuskript an demselben Tag abgesandt, an dem auch Mariannes Baby auf den Weg nach Norwegen gebracht wurde. Er sagt, es sei das einzige Exemplar auf der Welt, das jetzt von guten Gebeten begleitet auf dem Weg zu seinem Verleger in Kanada ist. Offenbar kann er an kaum etwas anderes denken als an brennende Schiffe und im Meer versunkene Post. Er sitzt auf seinem Lieblingsfels, sucht den Horizont ab und fädelt die *komboloi*-Perlen immer wieder durch seine Finger, das Gesicht so besorgt, dass ich annehme, es war das *I Ging*, das ihm riet, vorher keine Kopie zu machen.

Es hat den Anschein, als hätte Marianne sich vor uns versteckt, seit sie ohne Baby aus Athen zurückgekommen ist. Jetzt aber steigt sie mit Charmian aus dem Wasser und trocknet sich ab, beide rubbeln sich gegenseitig das Haar.

»Sie haben mir erlaubt, mit ihm an Bord zu gehen«, sagt Marianne, während ich am Rand stehe, mir das Kleid ausziehe, mich umsehe und mir sage, dass es niemanden kümmert, ob ich auch meinen Slip ausziehe.

»Es war eine fast leere Maschine, nur Nita, Suzie und drei Männer im Anzug. Fast wäre ich mitgeflogen. Nichts wäre einfacher gewesen, als mich hinzusetzen und anzuschnallen …«

Ich spüre, dass Leonard mich ansieht, drehe mich um und zeige ihm, dass ich es gemerkt habe. Er wendet den Blick nicht ab. Ich schaue zu Marianne hinüber, ihr ist nicht entgangen, wie er mich mustert. Etwas regt sich in mir.

Sanft nur schlappt das Meer an den warmen Fels. Ich werfe mich ins Wasser, lege mich auf den Rücken und lasse mich von den Wellen wiegen, während ich an dieses Etwas denke, das nun voll ausgewachsen ist und mit der Macht zu großem Unheil daherkommt. Ich blinzle zu ihnen hoch, wie sie da auf dem Felsvorsprung hocken, den Mond und die Berge im Rücken. Ich schwimme zurück zur Leiter. Der kleine Booli krabbelt über den nassrutschigen Stein, vom Meerwasser vollgesogen, hängt ihm die Unterhose wie eine Windel zwischen den Beinen. Charmians Badeanzug tut ihr keinen Gefallen und scheint fast durchsichtig zu sein, so abgetragen, wie er ist. Marianne erinnert in ihrem neuen gelben Bikini an eine silberne Sylphe. Sie bittet Charmian um ein Rezept für ein Curry und reicht mir rasch ein Handtuch, damit ich mich bedecken kann.

»Er meint, er möchte es scharf«, sagt sie, und ich versuche, sie nicht zu verurteilen, auch wenn mich schockiert, wie locker sie es nimmt, dass sie ihr Baby gerade buchstäblich fremden Menschen überlassen hat. Und *wie* es passiert ist, ist *das* Gesprächsthema auf der Insel. Er kam wie aus dem Nichts, ein plötzlicher feuriger Temperamentsausbruch.

Francine hatte die Zündschnur gelegt. An jenem Tag, an dem Marianne sich mit der Stewardess so angeregt über Axel unterhielt, sah ich sie über Mariannes Schulter hinweg näher kommen. *Oh merde*, habe ich bloß gedacht, das gibt Ärger, als Francine mit gelben Blüten im Haar herangeschlendert kam, ein offenes Buch in Händen, bei dem es sich, wie sich dann herausstellte, um Leonards Gedichtband handelte.

Anscheinend zu vertieft, um auch nur aufzuschauen, zog sie einen Stuhl zu sich heran und las weiter. Didy beugte sich vor und bewunderte die Schafgarbe, die sich in ihrem Haar verfangen hatte; Mariannes Gespräch mit der Stewardess über Axels Koffer fand ein abruptes Ende. »Ach, wirf sie nur ins Wasser«, sagte sie und lachte, als Francine über die Blüten strich.

»Du meine Güte, ich war die ganze Nacht auf dem Berg. Ich hatte ja keine Ahnung ...«

Francine senkte den Kopf, um das Band vom Pferdeschwanz zu lösen, beugte sich vor, schüttelte ihr Haar aus, und das rückenfreie Oberteil zeigte ihr schlankes, geschmeidiges Kreuz. Einige trockene Äste hingen noch in ihrem Haar, weshalb sie sich drehen und wenden musste, sodass genügend Zeit blieb, die Linie ihres Rückgrats zu bewundern und die frischen Kratzer an den Wirbeln zu bemerken.

Das hat gereicht. Die Lunte brannte wie Zunder. Alles wurde arrangiert. Das Baby sollte unter Obhut der Besatzung mit der leeren Maschine nach Paris fliegen, dann weiter nach Oslo. Zwar ein wenig erstaunt über Mariannes plötzliche Bitte, schienen Nita und Suzie ihr doch gern zu helfen; und Johan, der Flugkapitän, gab seinen Segen, auch wenn er in Gedanken offenbar woanders war, da Francine mit ihrem Haar immer noch einen auf Medusa machte.

»Ich schicke meiner Mama in Oslo ein Telegramm, damit sie ihn erwartet«, sagte Marianne, und es war eine Kerbe in ihrem Kinn, als Charmian sich vorbeugte und fragte: »Wirklich, Darling? Bist du dir sicher?«

*

Granatäpfel platzen, schütten Rubine auf die Stufen, heiße Feigen verströmen ihren Moschusduft. Ich schlafe jede Nacht auf der Terrasse, an irgendwen geschmiegt, wer auch immer sich neben mir ausgestreckt hat. Den Brief, den ich schließlich doch noch von Jimmy Jones erhielt, habe ich verbrannt. Ist mit eingekniffenem Schwanz zurück zu seinem Jurastudium, ein Jahr später als seine Kumpel, und irgendwie ist das meine Schuld, da ich ihn auf Abwege geführt habe. Ich hätte mir meine Tränen für jemand Besseren aufsparen sollen.

Ein amerikanischer Freund von Leonard namens Doc Sheldon macht zu ebenjener Zeit auf der Insel Urlaub, als Klümpchen von libanesischem Haschisch zum ersten Mal die Luft unserer spätabendlichen Hofversammlungen versüßen. Ich habe es probiert und gedacht, ich müsste vor Lachen sterben. Ich war mit Marianne zusammen, wir hielten uns an den Händen und sind gelaufen, bergab, den ganzen Weg von ihrem Haus bis zum Hafen, überdreht wie Schulmädchen. Am Ende konnten wir nicht mehr bremsen, selbst wenn wir es gewollt hätten, und Marianne jubelte: »Mensch, das ist wie Fliegen!«, und wir mussten uns an Marty und Leonard festhalten, um nicht zu fallen.

Wie Flitterwöchler gehen Leonard und Marianne Hand in Hand spazieren. Wir anderen sind schlicht nur neidisch, erst recht, seit bekannt wurde, dass Leonard von seiner Oma tausendfünfhundert Dollar geerbt und daraufhin gleich entschieden hat, ein Haus zu kaufen. Er glaubt, das richtige gefunden zu haben: drei Stockwerke und eine große Terrasse mit alten Zitronenbäumen, ein Haus direkt auf dem Pass zwischen Hafen und Kamini. Offenbar ein Haus mit guten Vibes. Die beiden wollen es nach und nach einrichten. Das *I Ging* ist ganz entschieden für den Kauf. Charmian hat auch ihren Segen gegeben und ihnen ein Bett mit schmiedeeisernen Blumenranken versprochen. George schickt Leonard ein schiefes Grinsen. »Jetzt, da du unter die Grundstücksbesitzer gegangen bist, hörst du ja vielleicht auf, uns was wegen irgendwelcher kanadischen Regierungsstipendien vorzujammern«, sagt er und kippt seinen Brandy.

Leonard und Marianne nehmen die Fähre nach Piräus und bringen Orientteppiche mit zurück, auch schönes altes Leinen und einen antiken vergoldeten, in Decken gehüllten Spiegel, den sie in den Flur hängen wollen. Sie sind reich an Liebe und reich an Büchern, die sie zu Paketen geschnürt heimbringen, zudem neue Schallplatten. Und vom Schiff folgt ihnen eine Schar von uns durch strömenden Regen den Berg hinauf, alle beladen mit Päckchen und Paketen. Außer Atem und nass bis auf die Haut kommen wir an. Marianne reicht uns Handtücher, und während wir uns aus den nassen Sachen schälen, bleibt sie auf der Terrasse und singt den jungen Marihuanapflanzen, die zwischen den Tomaten gedeihen, ermutigende Worte zu.

Wir trocknen uns ab, und sie schenkt Wein ein, drapiert Traubenbündel auf einen großen Kupferteller. Wir sitzen um einen niedrigen türkischen Tisch. Hinter den Fensterläden dampft und prasselt der Sommerregen, und ich kann dem Drang kaum widerstehen, nach draußen zu laufen und nackt im Regen zu tanzen. Ich betrachte uns, wie wir da in unseren Handtuchtogen auf Kissen ruhen. So golden und glänzend wie die alten Griechen beim Gastmahl. Die Trauben sind hell wie polierte Jade, und wir alle lächeln, glänzen vom Regen. Göran liest laut etwas aus einem herumliegenden Buch vor, *Ithaka* von Cavafy. Lena pflückt ihm eine Traube. Marty zieht mich an sich, und ich lasse es mir gefallen, bin froh, dass die Brust dieses glücklichen Riesen mein Kissen ist.

Marianne dreht einen Joint, während Leonard die Platte aus der Hülle gleiten lässt und sie mit der einem Sakrament gebührenden Sorgfalt auf den Plattenteller legt. Die Boxen knistern, als er sich bückt, um ein Staubkorn von der Nadel zu pusten, ehe er sie in die Rille setzt. Er nimmt den Joint von Marianne und macht es sich neben ihr auf dem Ziegenfell bequem. Mahalia Jackson singt Gospel, Marianne kuschelt sich an ihn, und beide bleiben sehr still liegen.

*

Es kommt ein Tag, da riecht es am ganzen Kai seltsam nach Ouzo, und die Gespräche drehen sich ums Abreisen. Am Hafenbecken werden die Eichenfässer mit Salzwasser ausgespritzt. Ein Priester steht neben dem Weinboot, besprenkelt es mit Weihwasser und betet um eine sichere Rückkehr der Fässer am Sankt-Demetrios-Tag, dann hoffentlich voll mit gutem Wein. Jedes leere Fass wird festlich mit Lorbeerblättern geschmückt, die beim Glockengeläut zum Abschied flattern. Die Kreise um die Cafétische werden kleiner.

»Dekadente Idioten, alle, ohne Ausnahme«, sagt George, als die Studenten sich mit ihren Schlafsäcken und Rucksäcken auf und davon machen.

Die großen Häuser werden geschlossen, die Staffeleien verschwinden aus den Gassen, Marias Touristenladen hat nur noch eine Stunde am Tag geöffnet, und manchmal bringt die Fähre keinen einzigen Gast. Im Hafen sind die bunt angestrichenen Holzboote zahlreicher als die Jachten, an der Pier dreht sich die Arbeit wieder vor allem ums Kalfatern und Netze flicken. Und am Kai liegen Berge von Schwämmen aus Benghazi, eine bescheidene Ausbeute, doch sind alle immerhin heil zurückgekehrt. Vom Dach der Kapitänshäuser wurden die Kanonen abgefeuert, und aus den Werkstätten dringt der Lärm von Männern, die an Motoren hantieren, der frische Harzgeruch von neu verfugten Planken. Die Berge seufzen vor Erleichterung, und Vögel sammeln sich auf den Drähten der Markise, um von Afrika zu singen. Es gibt tränenreiche Abschiede. Ich heule wie ein Schlosshund, als Bobby mit Trudy aufbricht, aber Charmian holt mich an ihren Tisch und fängt mich auf, indem sie mich an den unglücklichen Jungen erinnert, der Bobby bei seiner Ankunft war. Ich hänge an ihren Worten. Dadurch, dass er sich so gut um Trudy kümmert, sagt sie, hat er vielleicht den Geist des Versagens überwunden, der ihn plagte, seit er sich nur so ungenügend um unsere Mutter gekümmert hat.

George ist grässlicher Laune – was niemanden verwundert; so ist er schon seit Tagen. Er sitzt da und hustet und mosert in seiner Dunstwolke aus Blues und Brandy vor sich hin. Didy versucht, ihn aufzumuntern, während sie sich zugleich um die Kinder kümmert, um seine drei und ihre jüngeren zwei, die alle durcheinanderreden und Erdbeershakes schlürfen.

Leonard und Marianne teilen sich einen Teller winziger Shrimps. Marianne macht es nichts aus, dass Katzen um ihre Beine streichen, auch nicht die dreckige, einäugige rote Katze, die ihr auf den Schoß springt. Eine so innige Verehrung bringt Leonard zum Niesen, der daraufhin ein wenig von ihr abrückt und sich die Finger wischt, ehe er die Zeitung aufschlägt.

Die Fähre hat Bim heute einen Ablehnungsbescheid für die dritte Fassung seines Romans gebracht. »Jetzt seht euch das an«, sagt er, leckt sich die Finger und reibt über die Unterschrift. »Die ist nicht mal mehr echt, bloß gedruckt.«

Leonard schaut auf, aber nur kurz. Irgendwas in der *Herald Tribune* nimmt ihn gefangen. Er kritzelt ein paar Worte in sein Notizbuch. Marianne nimmt Bims Tasse, kippt sie um und dreht sie dreimal auf dem Unterteller, dann sagt sie, sie sehe ein Dollarzeichen im Kaffeesatz, und Robyn seufzt und erklärt sich einverstanden, einen neuen Vorrat an Papier und Schreibmaschinenband kommen zu lassen, damit er es noch einmal versuchen kann. Bims blutunterlaufene Augen verraten den verlotterten Geist hinter der attraktiven Stirn. Für George ist er das perfekte Opfer, also rückt er heran, um über ihn herzufallen, solange die Wunde noch frisch ist.

»Versteh mich richtig, ich will hier nicht das alte Arschloch Chronos markieren, aber glaub mir, Kumpel, auf Felsen hocken und saufen tut der Syntax nicht gut und stumpft die Sinne ab. Vielleicht ist es an der Zeit, dich zu fragen, was denn so verdammt wichtig ist, dass du es unbedingt zu Papier bringen musst.«

Bim will sich verteidigen, aber George redet einfach weiter und weist schließlich mit theatralischer Resignation auf seine Kinder, die die Katzen zu einem Kampf um Sardinenschwänze aufhetzen wollen.

»Seit ich für diese drei da und für meine unersättliche Frau aufkommen muss, bin ich nicht mehr frei. Die Zivilisation zockelt im Handkarren zum Teufel, und ihr jungen Schreiber, ihr solltet euch die Hände schmutzig machen und der Welt davon erzählen. Fahrt nach Kuba oder Korea, nach Ungarn oder Äthiopien ... Weißt du, ich habe aus über sechzig Ländern berichtet, bevor ich mich an diesen Fels ketten ließ. Was zur Hölle ist nur los mit eurer Generation? Wir stehen am Rand der nuklearen Vernichtung, und ihr? Ihr schwärmt nur davon, am Lotus zu nuckeln. Warum seid ihr nicht wütender?«

Leonard zuckt zusammen und blickt auf.

»Es gibt jede Menge Dinge, die mich wütend machen«, sagt er, tippt eine Zigarette aus der Schachtel und mustert George beim Anzünden mit zusammengekniffenen Augen. »Aber zerstören wir uns doch nicht selbst durch Feindseligkeiten, werden wir nicht paranoid. Falls es etwas gibt, gegen das es zu kämpfen gilt, sollten wir fit sein und bei Verstand. Ich will kein verrückter Dichter werden, sondern ein gesunder Mensch, der sich der Welt stellen kann.« Er lächelt Marianne an, dann wendet er sich wieder der Zeitung und dem Artikel zu, der ihn so sehr interessiert. Eichmanns schmales, überraschend gewöhnliches Gesicht starrt vom Blatt zurück.

»Gut gebrüllt«, sagt Bim, aber George wischt ihm das Grinsen aus dem Gesicht, indem er auf den vor ihm liegenden Ablehnungsbescheid des Verlegers zeigt. »Meine Rede, Kumpel.«

George hat gesagt, was er sagen wollte, und winkt nun einem alten Freund zu, der ihm vom Deck eines großen Holzbootes salutiert. Es ist die *Zwölf Apostel*, ein ehemaliges Schwammboot, das von seinem Platz an der westlichen Mole zu einer Ankerstelle direkt vor uns verlegt wurde. Kapitän Andreas reckt den Daumen. Martin zupft seinen Vater am Ärmel.

»Wisst ihr, mir kommt da plötzlich eine sehr gute Idee.« Mit einem spitzbübischen Lächeln dreht George sich zu Didy um. Unterm Tisch drückt Martin die Daumen. Uns ist unwohl, weil wir beide wissen, was immer George nun auch vorschlagen wird, es ist ihm ganz bestimmt nicht plötzlich eingefallen. Er zeigt auf den Hafen. Die *Zwölf Apostel* strahlt in neuen Farben: Rosa und Zitronengelb, ein blauer Kielgang. Kapitän Andreas hat sich den Schnurrbart gewichst und ähnelt mit seiner blauen Mütze einem Walross. Er sitzt an Deck, spielt Domino an einem Marmortisch.

»Wenn ihr wollt, dass die Kinder ein paar klassische Sehenswürdigkeiten kennenlernen, solltet ihr mich eine Chartertour mit meinem alten Freund da drüben aushandeln lassen, ein guter Mann und ausgezeichneter Matrose. Ich habe ihm ein bisschen Geld geliehen, um das Boot auf Vordermann zu bringen, jetzt, da die Zeit der Schwämme endgültig vorbei ist. Mercedes-Motor, bequeme Kojen«, sagt George, und Didy nickt unentwegt.

»Wie freundlich von dir.«

»Sieht vielleicht nicht so schnittig wie eines dieser Touristenboote aus, liegt aber gut im Wasser und schafft locker einen netten kleinen Törn nach Mykonos.« Er zerzaust Martin das Haar. »Und falls ein Dolmetscher gebraucht wird, könnte ich sogar unseren kleinen Professor hier erübrigen.«

Pete und Martin klatschen sich ab. Shanes Augen leuchten. »Und du kommst natürlich auch mit, Shany!«, sagt Didy.

Die kleine Fiona zeigt mit einem Finger auf Booli und flötet: »Aber der bitte nicht, Mummy, der ist so ein Ekel«, woraufhin Didy sie zurechtweist und meint, dass sei nun wirklich nicht nett.

Ich nehme nicht an, dass Charmian uns überhaupt bemerkt, so angeregt hört sie dem amerikanischen Maler zu, als sie aus der Gasse kommen und ins Licht treten. Ich glaube, er heißt Chip oder Chick. Er ist erst seit wenigen Tagen auf der Insel, und Charmian hat ihm geholfen, ein Haus zu finden und sich einzurichten. Chip ist fast so groß wie George, beim Reden muss sie zu ihm aufsehen. Vor dem Licht, das sie kurz blendet, hebt sich ihr törichtes Benehmen nur umso deutlicher ab. Sie sind sich zu nahe, selbst ich kann das sehen. Seine Hand an ihrer Hüfte, ihre Lippen fast an seinem Ohr. Zu spät rückt sie hastig von ihm ab, sorgt für einen schicklichen Abstand.

Shane schiebt ihren Stuhl zurück und wendet sich an ihren Vater. »Warum lässt du die beiden nicht einfach umbringen, Daddy?«

Didy keucht auf. »Ehrlich, George, höchste Zeit, dass ihr mal von hier wegkommt.« Um ihn zu beschwichtigen, legt sie eine Hand auf seinen Arm. »Ich möchte, dass ihr beide, du und Charmian, ernsthaft über mein Angebot nachdenkt. Anständige medizinische Betreuung und eine Auszeit in den Cotswolds werden euch sicher mächtig guttun.«

Siebenundzwanzig

Als wir aus dem Meer straucheln, geht die Sonne unter. Göran und Lena haben in den Bergen Reisig gesammelt und am Strand aufgeschichtet. Da kommt Marty, ein blonder Klotz, und bringt zusammen mit Edie und Janey eine mit Weidengeflecht überzogene *galloni*, eine Schachtel Kuchen von Eleni und eine Wassermelone, groß wie ein Baby. Heute ist Leonards Geburtstag, sein sechsundzwanzigster, und es ist über einen Monat her, seit er das Manuskript abgeschickt hat. Über seine Klampfe gebeugt sitzt er auf glattem Stein am Wasserrand. Marianne sagt, er habe vom Verleger noch kein Wort gehört, dass *I Ging* rate ihm aber weiterhin, die Hoffnung nicht aufzugeben. Falten, tief wie bei einer Bauchrednerpuppe, ziehen sich von der Nase zum Mund und lassen ihn älter aussehen. Er schrammelt einige Akkorde und knurrt dem Meer ein paar Worte zu.

Ich zittere leicht, war zu lange im Wasser. Charmian rubbelt mich ab und legt mir ihre Strickjacke um die Schultern. Wir haben beide Leonard zugesehen und versucht zu verstehen, was er da singt. Er dreht sich um und klimpert weiter, während er Marianne, in ein weißes Handtuch gehüllt, auf sich zukommen sieht. Er lächelt, ändert die Tonart, zupft ein paar Klänge. Seine Finger fischen die Melodie direkt aus der Luft. Marianne bringt ihm eine griechische Zigarette und einen brennenden Ast aus dem Feuer, schützt die Flamme mit gewölbter Hand.

Die *Zwölf Apostel* ankert an der Spitze der Shark Bay, im

Hintergrund die vertraute Inselkette – der schlafende Wal, die Pyramide, die hockende Kröte –, der Himmel wie Zuckerpapier, ein verwaschenes Mauve. Kapitän Andreas hat einen Kran aufgestellt, und Shane und Martin geben vor den übrigen Kids an, lassen sich oben auf dem Ausleger aufs Meer hinausschwenken. George sieht zu, lächelt und zieht den Pullover enger um seine hagere Gestalt. Sein Husten ist schlimm, ein Wunder, dass er es bis zum Strand geschafft hat. Didy ließ von ihrem Eselsjungen ein paar Stühle aus dem Spiti Heidsieck bringen und sitzt nun in ihrer Reitjacke neben George, eine Perlenkette um den Hals. Sie erzählt von England, während er raucht und seine prächtigen, gesunden Kinder bewundert.

Demetri und Bim sind fürs Feuer verantwortlich. Sie brauchen den alten George nicht, um zu wissen, dass sie sich hinknien und pusten müssen. Aus der Mühle haben sie Säcke mit Holzspänen hergeschleppt und für Mariannes Kochtopf große Steine im Kreis angeordnet. Carolyn und Robyn verteilen Webteppiche und Kissen, Göran klimpert auf Leonards Gitarre, Charlie Heck hat zwei Lagen Rippchen organisiert, die er auf ein Bett aus Rosmarinzweigen legt. Zwischen Charmian und George herrscht Waffenstillstand. Sie hat es sich zu seinen Füßen bequem gemacht. Wiederholt schnuppere ich an der Wolle ihrer Strickjacke, und wir sehen zu, wie das trockene Reisig knistert und einen Funkenregen in die Nacht schickt.

Unsere Vesper ist das Feuer, der Strand und Leonards Gitarre, das über die Wellen schallende Lachen der Kinder. Die Steine sind noch warm von der Sonne, die letzten Tage waren brütend heiß. »Der kleine Sommer des heiligen Demetrios«, so nennen es die Einheimischen. Charmian sieht zu den ersten funkelnden Sternen auf und beginnt im verträumten Widerspruch zu dem, was uns umgibt, ein Gedicht von Keats über den Herbst zu rezitieren. George hört auf, an den Nägeln zu knabbern, und auf seinem verlebten, verstörten Gesicht macht sich ein Ausdruck inniger Verehrung breit. Sie spricht, die Stimme warm und tief, von heiteren Vormittagen, der Rasen taufeucht, von englischen Kirchtürmen, die in den Nebel ragen, von Aufläufen und Brombeergelee, von regennassen Hunden und Gummistiefeln.

»Meine liebe, tapfere Cliftie«, sagt er, dem ihre Wehmut nicht entgeht, die Lippen an ihrer Stirn, »all das hier wird immer noch für uns da sein, wenn wir zurückkehren.«

Leonard greift wieder nach der Gitarre, und Charlie Heck singt von Gewerkschaftern am Fabriktor, von Güterzügen und davon, auf einem alten Schecken über die Prärie zu reiten. Lena flicht mit ihrer Flöte einige Silbertöne in die Melodie, Demetri trommelt auf einer Kiste den Takt. Die Kinder liegen bei Kapitän Andreas an Deck, und von der schaukelnden Silhouette des Bootes wehen manchmal ihre Stimmen herüber. Als Marianne seufzt und sagt: »Würde dieser Sommer doch nie vergehen«, spricht sie uns allen aus dem Herzen.

Ich glaube, sie hat das Frikadellenrezept ihrer Großmutter um eine Zutat ergänzt. Ihre Topfpflanzen gedeihen jedenfalls gut. Leonard dankt Demeter für ihre Freigiebigkeit, und Marianne kichert. »Ist ja auch ein besonderer Anlass«, aber dann verstummen wir, da Leonard zum ersten Song des Abends ansetzt.

Wie in einer Dunstglocke liege ich selig auf einem der Teppiche, schwebe zwischen Edie und Janey, lasse mich von ihnen bemuttern. Das Meer beschwichtigt das Ufer, meilenweit schimmert der gespenstische Widerschein des Mondes. Die Flammen eines auflodernden Feuers lecken hinauf in die Nacht, überall Eisensteinschatten, wirbelnde Funken, mondsilbrige Wellen und Sterne. Wie ein verschlafenes, milchsattes

Kind, das am Feuer den schwatzenden Erwachsenen lauscht, werde ich in diesem verträumten Kreis verhätschelt.

Eine melancholische Stimmung kommt auf, als sich das Gespräch erneut dem Herbst zuwendet.

»Ich hasse es, mich damit abfinden zu sollen, dass wir unseren Elan verloren haben«, sagt Charmian. »Vielleicht finden wir ihn auch nie wieder oder auch nur den Weg hierher zurück.« Didy will nichts davon hören und ermahnt sie schlicht, sich zusammenzureißen. »Eine Veränderung tut so gut wie ein Urlaub, und wenn ihr schon nach England müsst, könnt ihr euch kein märchenhafteres Haus als die Charity Farm wünschen. Ihr werdet schon sehen.«

Seit Didy ihnen das Angebot gemacht hat, ein Jahr lang die Häuser zu tauschen, habe ich Charmian im Haus am Brunnen oft weinen und die Hände ringen sehen. Eine Bauernkate in einem pittoresken Dorf in den Cotswolds, »jakobethanisch und keinen Tag jünger«, ein ausgezeichnetes, mit dem Bus leicht zu erreichendes Gymnasium, anständige medizinische Versorgung sowie schnelle Zugverbindungen nach London und zu den Schatztruhen der Fleet Street – natürlich wäre so ein Tausch sinnvoll.

»Ein verdammter Rettungsanker«, hatte George den Vorschlag genannt, während sie das Für und Wider abwägten und Charmian weinend auf und ab lief, bis eines Morgens Billy Collins, enthusiastische Einladung für eine Party zu Ehren von Georges Roman den Ausschlag gab.

Für mich ist ihre Abreise das, was immer auch das Gegenteil von einem Rettungsanker sein mag. Ankerlos treibe ich dahin. Ein Leben ohne sie kann ich mir auf dieser Insel so wenig vorstellen, wie ich einen Traum lenken kann. Ich fürchte, ohne die hektischen Mahlzeiten an ihrem Tisch, die Intrigen und das blitzgescheite Geplänkel, die plötzlichen Tränen und das plötzliche Lachen, die vertrauten Scherze und Familiendramen, ohne Charmians weise Ratschläge werde ich dahinwelken und eingehen. Sogar Georges Sticheleien werde ich vermissen. Ich schniefe in den Ärmel ihrer Strickjacke, und der rauchige Zimtgeruch überwältigt mich. Eine Welle spült über mich hinweg, groß wie die Trauer und so stark, dass ich Charmian fast anflehe, mich mitzunehmen, aber ich weiß, begriffe sie, wie groß mein Verlangen ist, würde ich sie nur verschrecken.

Didy ist sich sehr wohl bewusst, dass Charmian ihre Meinung jeden Augenblick wieder ändern könnte, also redet sie behutsam auf sie ein, tröstet sie mit Gründen.

»Von Georges Zustand einmal abgesehen ist dies genau der richtige Zeitpunkt, um herauszufinden, welche Schule für Martin am besten geeignet ist«, sagt sie. »Er wird mit Sicherheit jedes Stipendium bekommen, für das er sich bewirbt …«

»Ich weiß, ich weiß.«

Mit übergeschlagenen Beinen sitze ich da, den Kopf an Edies Schulter, so beobachte ich sie durch die Flammen mit tränenverschleiertem Blick. Als Charmian nach der Flasche greift, überrascht sie George mit einem flüchtigen Kuss auf die Wange. »Solange nur mein Mann von seinen Zeitungskumpeln nicht derart hofiert wird, dass sein Ego kaum mehr durch die Bauernhaustür passt«, sagt sie und füllt Didys Glas auf und ihr eigenes.

George schwenkt seinen leeren Becher. »Wenn du glaubst, Frau, dass es mir gefällt, mit der Bettelmütze in der Hand zu denen zurückzugehen, musst du verrückt sein.«

Sie gibt ihm die Flasche, sieht Didy an und rollt mit den Augen. »Billy Collins hat jede Menge hochfliegende Pläne und will ihn allen vorstellen, die in der Literatur Rang und Namen haben, stimmt doch, nicht, Darling? Da kann ich nur hoffen, er muss nicht zu viele Nächte in der Stadt bleiben, während ich daheim mit umgebundener Schürze und den Kindern auf ihn warte …«

Didy ist lang genug auf der Insel, um zu spüren, wenn gefährliche Strömungen drohen. Sie stößt mit Charmian an. »Aber, meine Liebe, erscheint dein eigener Roman diesen Herbst nicht auch in England?«

»Ach, der«, sagt Charmian. »›Eine spritzige kleine Geschichte‹ nennt ihn mein Verleger. Davon verspreche ich mir nicht viel. Nein, wir müssen alles tun, was in unserer Macht steht, um dafür zu sorgen, dass *Closer to the Sun* genau der Hit wird, den Billy Collins sich erhofft. Unsere Zukunft hängt davon ab, und George hat verdammt noch mal einen Bestseller verdient.«

Das Gerede von Bestsellern und Abreisen hat Leonards Interesse geweckt. Montreal ruft. »Ich schätze, irgendwann werde ich meine neurotische Verbundenheit mit dieser Stadt wieder auffrischen müssen«, sagt er und verschluckt den Schmerz in der Stimme. Eine auflodernde Flamme zeigt das Unbehagen in seinen dunklen Falten und Schatten. Marianne zieht die Knie an die Brust, stützt ihr Kinn auf. Sie weiß, sie könnte mitfahren. Sie zieht die Knie enger an sich, schaut in die Glut. Es ist, als hätte er vergessen, dass sie ein Kind hat.

Als Didy sie bedrängt und wissen will, wie lange sie noch bleibt, kann Marianne nicht verheimlichen, wie unglücklich sie der Gedanke macht. »Vor Jahresende muss ich Axels Wagen zurück nach Skandinavien bringen, weil ich einfach nicht genug Geld habe, die sonst fälligen Einfuhrsteuern zu bezahlen«, sagt sie.

Didy sieht aus, als würde sie Axel am liebsten auspeitschen, wenn er denn hier wäre. »Nicht mal das kriegt er allein hin? Dem Herrn sei's gedankt, dass er in Athen und heute Abend nicht hier ist.«

»Axel hat Fahrverbot. Er macht nichts nur halbherzig. Die

Polizei war erstaunt, dass er überhaupt noch geradeaus laufen konnte«, sagt Marianne, und Leonard runzelt die Stirn. Er rückt von ihr ab, näher ans Feuer. »Außerdem, wenn ich seinen blöden Wagen nicht nach Oslo zurückbringe und verkaufe, weiß ich nicht, wie wir das Geld für unsere Scheidung auftreiben wollen«, sagt sie, während Leonard mit einem langen Stock im Feuer stochert. »Und natürlich ist da noch Axel Joachim. Er soll schließlich nicht vergessen, dass er eine Mama hat«, setzt sie hinzu. Leonard brütet, raucht. Bim hockt sich neben ihn, nimmt einen Zug vom angebotenen Joint.

»Meine Frau verlässt mich, weil sie in London einen netten kleinen Job gefunden hat«, sagt Bim. »Aber solange mein verdammter Roman von keinem Verlag angenommen wird, rühr ich mich nicht vom Fleck.« Über die Schulter gewandt ruft er Didy zu: »Auf absehbare Zeit bleibe ich euch also erhalten.« Und Didy schüttelt ihren Armreif. »Wunderbar!« Allerdings kann ich nicht behaupten, dass sie diese Aussicht sonderlich zu freuen scheint, ebenso wenig wie mich.

Robyn wird bei *Reader's Digest* anfangen, wovon sie ganz begeistert erzählt, aber Bim redet über sie hinweg. »Ich meine, warum sollte eine halbwegs vernünftige Frau freiwillig hierbleiben und den Burggraben für meinen Turm abgeben wollen?«, fragt er und steht schwankend auf, um den Joint an Demetri weiterzureichen.

»Du redest so einen Schwachsinn«, sagt Robyn und fordert ihn auf, die Klappe zu halten.

»Oder, wenn wir schon dabei sind, warum bleiben und der Hahn für mein Fass sein?«, sagt Bim, schwankt, plumpst neben sie auf den Boden und zeigt auf seinen Schoß. »Der Schalldämpfer für mein Rohr?«

Ich sehe zu Charmian hinüber, und wir müssen beide grinsen. Bim lässt sich den Mund nicht verbieten.

Er legt eine Hand auf Robyns Bauch. »Wenn ich ihr kein

Kind mache, will meine Frau nicht bleiben. Aber sag mir, Leonard, wie soll das gehen, wenn ich zugleich den Worten treu bleiben will, die in mir brüllen und freigesetzt werden wollen?«

»Ach«, sagt George und kippt seinen Drink. »Wo fange ich an …«

Leonard kehrt dem Feuer den Rücken und sieht zu Marianne hinüber. Sie hält den Blick gesenkt, zieht die Knie fester an sich, macht sich noch kleiner. Das Feuer spiegelt sich auf ihren Schienbeinen, ihren Wangen, glitzert im Haar. Er reibt sich mit der Hand übers stoppelige Kinn, ehe er Bim antwortet.

»Wenn es etwas zu essen auf dem Tisch gibt, Ordnung im Haushalt und Harmonie, dann ist das der perfekte Augenblick, um mit ernsthafter Arbeit zu beginnen.« Es klingt wie eine Beschwörung, ernst, wohlüberlegt, und Leonard kehrt an Mariannes Seite zurück. »Wenn Essen auf dem Tisch steht, die Kerzen angezündet sind, wenn man gemeinsam das Geschirr spült und das Kind zu Bett bringt – das ist Ordnung, spirituelle Ordnung, und eine andere gibt es nicht.«

Als er das sagt, fühlt es sich ehrlich, echt und aufrichtig an. Marianne schaut zu ihm hoch, und beide lächeln.

Dann senkt sie wieder den Blick. Alle verstummen. Die Nacht hält den Atem an. Kurz darauf sagt Leonard fast beiläufig zu Marianne, dass er mitkomme, wenn sie den Wagen nach Oslo bringe. Ich schaue zu, wie er es sich bequem macht, die Gitarre auf dem Knie, und aufs Neue jene bittersüße Melodie anstimmt, die ich schon am Strand gehört habe. Während er spielt, kann er den Blick nicht von ihrem Gesicht lassen, was mich nicht erstaunt. Sie lächelt wie eine Heilige, der ein Aufschub des Vollzugs ihrer Todesstrafe gewährt wurde. In ihren Augen tanzt das Feuer, er spielt Gitarre. Warum also fühle ich mich so traurig?

Der Kauf von Leonards Haus verzögert ihre Abreise. Als sie schließlich einziehen, reißen die Arbeiter an manchen Stellen noch den Boden auf, und obwohl es laut und hektisch zugeht, sieht alles schon sehr frisch aus, die Wände getüncht, die kreidegrau gestrichenen Fensterläden repariert, und Bienenwachs, Leinöl und schweißtreibende Arbeit haben alten Holzdielen einen satten Glanz verliehen. Esel karren Möbel aus Axels Haus heran: den Korbsessel, das geschnitzte russische Bett, ein paar Teppiche, Töpfe und Pfannen. Tisch und Stühle kommen von George und Charmian, die auch ihr Versprechen halten und ein mit schmiedeeisernen Blumen verziertes Bett vorbeibringen, das sie mitternachtsblau angemalt haben, mit Kissen belegen und unter die Zitronenbäume auf die Terrasse stellen.

Die Insel leert sich; die meisten Tavernen haben bereits geschlossen. Abends versammeln wir uns neuerdings drinnen, rücken die Stühle im hinteren Laden näher an Sofias Grill. Der Kreis wird kleiner. Edie und Janey werden bald fahren, um einen Laden in der Carnaby Street zu übernehmen, den Janeys Onkel für sie gepachtet hat, Göran kann es kaum erwarten, seine Freundin in Stockholm wiederzusehen, und da die Geburt des Babys anstand, ist die Goschens-Schar schon abgereist; die Greers sind auf dem Weg nach Beirut.

Ich bleibe. Ich brüte und träume. Ich habe keine Angebote, keinen Grund, woanders zu sein. Von meinem Vater kam kein Brief. Ich habe kein Zuhause mehr, in das ich zurückkehren könnte. Die Tränen einer Waise passen zu dieser schroffen, stimmungsvollen Landschaft aus Fels, Meer und Wetter. Ich rede mir ein, meine Einsamkeit sei romantisch, gar heroisch. Die Berge halten mich. Ich sammle Safran in ihren Ausläufern, färbe meine Sachen gelb. Ich träume von meiner Mutter und erwache mit dem Gewicht ihrer Abwesenheit auf meiner Brust. Sie gab mir Zeit, sie zu vermissen, aber auch Zeit zu träumen. Und wenn ihr Geld zu Ende geht, werde ich zurückkehren zu Mietwohnung und Job, bis dahin aber muss ich mich um Cato kümmern, schließlich kann ich ihn kaum auf den Gassen verhungern lassen.

Die klaren Tage sind schön. Für jeden einzelnen danke ich meiner Mum. Die Hügel sind mit Alpenveilchen übersät, mit Krokussen und winzigen grünen Lilien. Noch ist es so warm, dass man schwimmen und abends auf der Terrasse sitzen kann, um im Mondschein zu lesen. Wenn es regnet, schreibe ich zur Musik des von den Hängen in die Zisterne herabrauschenden Wassers in mein Notizbuch.

*

Leonard und Marianne harren aus, einen weiteren Tag, eine weitere Woche, und schließlich reisen Charmian und George noch vor ihnen ab. Die Insel hat sich verschworen, ihnen den Abschied möglichst schwer zu machen. Der Morgen ist so strahlend blau-weiß wie die griechische Flagge.

Um sie zu verabschieden, treffen wir uns bei Katsikas, lindern den Kater von der gestrigen Party durch einen medizinischen *tsipouro* und einen speziellen Kuchen aus bestem Traubenmus, den Andonis mit dunklem, süßem Kaffee serviert. Charmian sitzt an ihrem üblichen Tisch und trägt ein Reisekostüm aus schwarzem Gabardine, so steif und formell, dass sie es auch zu einer Beerdigung tragen könnte. Schatten umrunden ihre vom Alkohol verhangenen Augen. George überlässt es Charmian, sich endgültig zu verabschieden, und sagt, er müsse ins Fährbüro, sich um irgendwelche Probleme mit den Tickets kümmern.

»Tut mir schrecklich leid, dass auf unserem Deckel noch was offen ist«, sagt Charmian zu Nikos Katsikas, der aber nur strahlt und ihr einen Brandy einschenkt, einen letzten für die Reise.

»Philoxenia ist was Urgriechiches. Sie müssen sich nicht entschuldigen. Sie sind Freunde. Mr George wird bezahlen, wenn wir uns wiedersehen. So wissen wir, dass Sie zurückkehren.«

Marianne kommt mit Leonard. Seit dem Siebenuhrgeläut ist sie auf, hat irgendwelche Töpfe auf der Terrasse mit blauen und ockerfarbenen Blumen bemalt, einem vom Geschirr ihrer Momo inspirierten Muster. Laut Marianne war der Morgen zu schön, um ihn zu verpassen, und sie sieht auch kein bisschen müde aus, dafür hat sie wirklich ein Talent, obwohl wir doch alle bis zum Morgengrauen in Douskos' Taverne gezecht haben. Ihr Anblick beschämt uns. Sie waren schon schwimmen, Farbe klebt an Mariannes Pony, ihren Händen, ein hinreißender blauer Fleck verziert ihre Wange. Leonards Haar ist von der Tünche weiß gesprenkelt. Charmian dankt ihm für die Songs am gestrigen Abend. »Einen schöneren Abschied hätten wir uns nicht wünschen können«, sagt sie und bricht in Tränen aus.

Jetzt, da Marianne bei Leonard eingezogen ist, kommt Axel häufiger auf die Insel, um seinen Roman zu beenden und auf die Rückkehr von Patricia zu warten. Bei seiner Ankunft an diesem Morgen läuft ein kleiner weißer Hund vor ihm her, jagt Tauben am Hafenrand und rennt, sobald er pfeift, ganz ungeniert zu ihm zurück.

Bim rekelt sich neben Leonard, und Axel beugt sich vor, um Marianne auf die Wange zu küssen.

»Mensch, Leute, das ist Zivilisation. Was haben Alternativen für einen Sinn, wenn einem nicht freisteht, sie zu wählen oder auszuschlagen, he?«, fragt Bim, während Axel den sich windenden Hund aufnimmt und ihn Marianne in die Arme legt, um in ihr Lachen einzustimmen, als er ihr über das Gesicht leckt. »Robyn kapiert das einfach nicht. Ich meine, welch eine Last für die Fantasie, einen Zaun um sie zu errichten, um den Kitzel, die Verlockung anderer Möglichkeiten auszugrenzen …« Mich schaudert, als er bei diesen Worten zu mir herübersieht.

Charmian ist das nicht entgangen, und sie weist ihn mit einem scharfen »na, na« zurecht, er aber blinzelt nur und sagt: »Na, na? Ehrlich? Und das von dir?«

Charmian reißt sich zusammen, und ich finde es traurig, dass ihr der letzte Morgen durch Bims Gehässigkeit verdorben wird. Leonard rettet die Situation, indem er erklärt, er wolle ihr rundheraus sagen, was er denke. Er beugt sich vor, nimmt ihre Hand und sieht ihr beschwichtigend in die Augen. Einen Moment lang ist es, als wäre sonst niemand da, und dann beginnt er zu reden, so bedächtig und ernst wie ein Priester, der seinen Segen erteilt.

»Wirklich alle anderen Möglichkeiten auszuschlagen, alle anderen Möglichkeiten der Erfahrung von Liebe, Leidenschaft und Ekstase, fest entschlossen, sein Glück in einer einzigen Umarmung zu suchen, das ist ein ehrenwertes, ein rechtschaffenes Ziel – das nur die Begabtesten unter uns und Menschen mit seltener Willenskraft erreichen.«

Sie gibt sich Mühe, nicht zu lachen, doch als er fortfährt, zucken ihre Schultern. »Ach, Leonard«, bringt sie ihn zum Schweigen und wischt sich über die Augen. »Ehrlich gesagt, ich finde, man macht um diese Dinge zu viel Aufhebens. Letzten Endes läuft es doch darauf hinaus, dass dem einen nur recht ist, was dem anderen billig ist.«

Um die Landzunge taucht die *Nereida* auf. Ich finde es lächerlich, dass ich so weinen muss, schließlich bin ich hier nicht die Einzige, die traurig ist.

»Mein Gott, wieso braucht George nur so lang?«, platzt es aus Charmian heraus, als wir in ihrem Gefolge zum Anlegeplatz der Fähre hasten. Zoe wartet dort mit dem Gepäck. Booli heult und verkriecht sich an ihrem Busen. Shane weint auch, macht ein paar letzte Polaroids von ihren Freunden, und Martin hockt am Boden, das Gesicht in Max' Fell vergraben. Ich wünsche mir, sie würden das Boot verpassen, ihre Meinung ändern, irgendwas; jedenfalls kann ich diesen schmerzlichen Abschied keinen Moment länger ertragen und biete an, zum Fährbüro zu rennen und George zu holen.

Die Tür steht offen. Er beugt sich über seinen Koffer, holt ein paar Bücher heraus, wuchtet sie auf den Tresen. Zwei ordentliche Stapel, der Einband in knalligem Orangerot.

Prustend, abgehetzt. »Kamen gerade noch rechtzeitig von der Druckerei. Ist mein neuestes. Das Ganze spielt hier auf der Insel. Ich denke, sie lassen sich gut verkaufen, und wir machen halbe-halbe.«

»George, die Fähre legt an.« Ich will ihn am Arm mit mir fortziehen, und Yiorgis versucht, ihm die Bücher über den Tresen wieder zuzuschieben.

»Pass auf, ich fahre nach England, ich kann die verdammt noch mal nicht alle mitnehmen.«

Ich greife nach seinem Koffer. »Du musst los!«, sage ich. »Wenn ihr denn wirklich unbedingt abreisen wollt.«

»Schnell, gib mir den Stift. Ich signiere eines für dich, Ricky.«

Ich brauche all meine Willenskraft, um ihm zu widerstehen, aber ich habe es Charmian versprochen. Er greift nach einem Exemplar. Yiorgis gibt ihm seinen Kuli.

»Nein, danke, dafür haben wir keine Zeit«, sage ich und hebe den Koffer hoch. Dann werfe ich einen Blick auf die Bücher. Fünfzehn Shilling das Stück. »Ich komme zurück und kaufe sie alle«, sage ich, während ich zur Tür hinausstürme.

»Willst du einen Buchladen aufmachen, Ricky?«, knurrt George, während ich laufe, so schnell ich kann, mir der schwere Koffer ans Schienbein schlägt und George keuchend mit mir Schritt zu halten versucht.

In der Mittagssonne schimmert der Hafen rosig wie eine Muschel. Und beim Einlauf der Fähre knarren die bunten Boote an ihren Ankerketten. Der Hafen ist mit Opalen übersät.

Das Taschentuch an die Augen gedrückt, steht sie in einem Meer von Freunden, die ihr alles Gute wünschen. Zuerst gehen die Kinder an Bord. Als ich an der Reihe bin, Charmian zu umarmen, lasse ich mir Zeit. »Ach, ich hasse es, dass du allein zurückbleibst. Pass gut auf dich auf, Erica«, sagt sie. »Und lass nicht zu, dass irgendwer deine Gutmütigkeit ausnutzt.«

Ich kann sie einfach nicht loslassen. »Bitte, geh nicht!«, würde ich am liebsten laut schreien, verschlucke aber meine Worte. Lang erwidert sie meine Umarmung. »Schreib mir«, sagt sie, aber das ist nicht genug.

»Viel Glück!«

»Bon voyage!«

»*Ha det bra! Ha det moro!* Habt Spaß! Genießt die Zeit!«

»*Kalo taxidi!*«

Leonard hat George mit dem Gepäck geholfen. Vorm Landungssteg greift er Charmian um die Hüfte. »Vergiss mich nicht und mein Schweigen«, sagt er, küsst sie, und sie lacht. »Du und mein Mann, ich glaube, ihr wart nie so lang still, dass ich zu Wort kommen konnte.«

Dinos ist aus Episkopi herabgekommen, und auch wenn ich ihn den ganzen Sommer kaum gesehen habe, bleibt er nun an meiner Seite und bietet mir seine gute, breite Schulter zum Ausweinen an.

Dicht zusammengedrängt steht die Familie auf dem Sonnendeck. Didy ruft, jeder solle eine Drachme ins Meer werfen, das bringe Glück. Das Signal der Fähre übertönt alle anderen Geräusche. »Mach schon! Dann kommt ihr auch bestimmt wieder zur Insel«, ruft sie, und als die Fähre ablegt, beugt Charmian sich über die Reling und wirft eine Handvoll glitzernder Münzen ins Hafenbecken.

Achtundzwanzig

Im folgenden Frühling traf ich Charmian wieder, ganz zufällig. Als sie überraschend aus dem Bus stieg, sprang mir fast das Herz aus der Brust, und ich rief: »*Kalimera!*«

Statt des verbeulten Strohhuts, an den ich mich auf Hydra so gewöhnt hatte, trug sie einen Männerhut aus Filz, die schrägen Augen darunter dunkel vom Make-up. Sie kam auf mich zu und strich sich dabei verlegen über den Flor ihres langen milchkaffeefarbenen Wildledermantels. »So herrlich unpraktisch. Keine Ahnung, was George sich dabei gedacht hat«, sagte sie, als hätten wir uns erst am Tag zuvor das letzte Mal gesprochen.

Wir umarmten uns, und die Menschenmenge vorm Eingang zur Paddington Station musste um uns herumlaufen. »Du siehst jünger aus«, sagte ich, was nicht ganz stimmte, obwohl sie sich die Zähne hatte machen lassen.

»Tja, Erica, und du siehst älter aus! Richtig erwachsen. Ist das eine Dauerwelle? Gottchen, was für eine wunderbare Überraschung!« Weil ihr Lippenstift Spuren in meinem Gesicht hinterließ, die sie nun mit dem Taschentuch abtupfte, und auch weil sie sich nicht mehr bei mir gemeldet hatte, sprudelte sie geradezu über vor lauter Entschuldigungen. »Deinen Brief habe ich bekommen, und ich wollte dich ja auch auf die Farm einladen, weil du so eine schlimme Zeit durchgemacht hast ...« Trotz Make-up und ihrer schicken Sachen verriet sie das Londoner Licht. Ohne die Sonnenbräune sah sie verhärmter aus als früher, hohlwangig und gehetzt, wie sie da mit dem Verschluss ihrer Handtasche spielte und auf ihren Lippen kaute.

»Ach, na ja, ich weiß doch, du hattest viel zu tun«, sagte ich mit bemüht leichtem Ton. Ich wollte sie nicht vertreiben. Einen Inselwinter lang hatte ich alles durchdenken können, und ich spürte, es war zu wenig Charmian übrig, um ihr zu zeigen, wie sehr sie mir fehlte.

»Und heute? Wie geht es dir jetzt? Darling, sag, wann bist du aus Griechenland abgereist?«

Eine Hand tauchte in ihre Tasche, die offen wie ein Maul in ihrer Armbeuge hing.

»Im Februar«, erwiderte ich, als sie ihre Zigaretten herausfischte. »Vor einer Ewigkeit.« Dabei war es erst wenige Wochen her, trotzdem fühlte sich die Insel für mich nur noch so real wie ein schöner Traum an. Eine Fantasie. »Ich bin an dem Tag abgefahren, an dem die Blüten an den Mandelbäumen aufgingen.«

Sie nahm mich am Arm und zog mich beiseite, um für eine Frau mit Kinderwagen Platz zu machen. »Die kommen so plötzlich, so luftig und rosig, diese herrlichen Vorboten des Frühlings.« Sie sah zum Himmel über den Dächern auf, dem es gelang, zugleich strahlend hell und grau auszusehen, runzelte die Stirn und sagte, sie könne es kaum erwarten, wieder zurückzufahren. »Ich glaube, ich kann mit Fug und Recht behaupten, dass der Haustausch ein Desaster war«, sagte sie. »Jetzt beten wir um ein Wunder, das uns nach Hydra zurückbringt. Auf der Fleet Street ist George überall mit dem alten Spruch ›Wir melden uns nächste Woche‹ abgespeist worden, was, wie du dir vorstellen kannst, ein ziemlicher Schlag für ihn war, vor allem, weil das von Leuten kam, denen er früher die Karriereleiter hinaufgeholfen hatte.« Sie kramte nach ihrem Feuerzeug. »Aber genug von meinen Problemen – erzähl mir von dir. Du hast eine angenehmere Bleibe gefunden?«

Sie klopfte eine Zigarette aus der Packung und steckte sie sich zwischen die Lippen. »Es wird dich freuen zu hören, dass ich kein Kakerlakenproblem mehr habe«, sagte ich. Bei dem Gedanken an das nächtliche Gehusche lief mir aufs Neue ein Schauder über den Rücken. »Und weißt du, in gewisser Weise habe ich das deinem Freund Greg Corso zu verdanken …«

»Wieso? Ist er Experte für Insektenvernichtung?«

Ich spürte, wie ich rot anlief und mir ein Kichern in die Kehle kroch. »Ich bin bei meinem Freund eingezogen«, prustete ich schließlich. »Und er hat mich genommen, weil ich gesagt habe, dass ich Corso kenne. Ich meine, es gab mehrere Bewerberinnen mit besseren Voraussetzungen, aber er hat viel für die Beats übrig, und das gab dann den Ausschlag.«

Sie blickte mich an, schnaubte. »Du hast dich für die Stelle seiner *Freundin* beworben?«

Ich hatte ihre Brauen ganz vergessen, das Grün ihrer Augen. Mein Gott, wie ich die Gespräche mit ihr vermisst hatte.

»Nein, für die Stelle als seine Assistentin!«, sagte ich. »Er leitet einen kleinen, im Vorderzimmer seiner Wohnung in Pimlico untergebrachten Verlag, hauptsächlich Lyrik. Sechs Pfund die Woche plus Kost und Logis, da wir die Finger sowieso nicht voneinander lassen können …« Irgendwie wollte es mir nicht gelingen, mein dummes Lachen abzustellen, während ich ihr von meinem galanten Ritter in zerknittertem Cord erzählte. Wie blöd ich auf sie gewirkt haben muss. Ihre Zigarette blieb unangezündet. Die Art, wie sie mich ansah, brachte meine Worte noch mehr durcheinander und weckte zugleich das überwältigende Verlangen, mich ihr anzuvertrauen, nur schämte ich mich zu sehr, ihr gestehen zu müssen, dass mir keine andere Wahl geblieben war und ich keinen Penny in der Tasche hatte.

»Ach, du bist wirklich noch so jung …«, sagte sie und runzelte dabei die Stirn auf eine Weise, die mich an die Charmian in ihrer Küche auf Hydra erinnerte, meine Hände mehlbestäubt. Brahms. Die Musik, wie sie sich aufschwang und uns die Tränen in die Augen trieb, während ich ihr versprechen musste, dass mir kein Mann je die Flügel stutzt.

Aber das war Hydra, nicht London. »Ach, und es hat mir wirklich leidgetan, von deinem Vater zu hören, seinem Nervenzusammenbruch«, sagte sie und drängte mich, ihr Taschentuch anzunehmen. Fast fuhr sie mir mit einem Finger über die Wange, riss dann aber die Hand wieder fort.

Ich nahm das angebotene Taschentuch, tupfte mir die Augen ab. »Irgendwer musste sich ja um ihn kümmern. Und Bobby wäre bestimmt nicht gleich aus Boston nach Hause geflogen, also blieb nur ich, und als ich aus Griechenland zurückkam, hatten die Gerichtsvollzieher sich schon alles unter den Nagel gerissen, sogar die Bilderrahmen; er selbst war katatonisch …« Es brach aus mir heraus, und ich sank in ihre Arme.

Die Insel tauchte vor mir auf, lag ausgebreitet im rosigen Schimmer meines letzten Morgens, hoch oben in Episkopi eine Kakophonie von Ziegenglocken, und Cato zusammengerollt zu meinen Füßen, während Dinos die Fensterläden aufwarf und mich zu sich rief. Ich setzte mich auf, hüllte mich ins Laken. Vor dem Lichtviereck hob sich Dinos' Silhouette ab. Ich ging zu ihm und fand es überraschend, wie normal es schien, dass er mich an sich zog, ich meinen Kopf an seine Schulter lehnte. Der Insel gelang es, jeden Abschied schmerzlicher als den vorhergehenden zu gestalten, und für mich gab sie sich ganz besondere Mühe. Dinos lächelte, als zauberte er ein Kaninchen aus dem Hut: Über Nacht waren die Mandelbäume erblüht, und es sah aus, als wären die Hügel mit rosiger Spitze überzogen.

Zu meinem Entsetzen sah ich, dass Rotz und Tränen eine

Spur auf Charmians Wildledermantel hinterlassen hatten. »Ach, das macht doch nichts«, sagte sie. »Ich bin nur froh, dass ich dich getroffen habe und weiß, dass es dir gut geht.« Sie zeigte zum Bahnhof. »Musst du zum Zug?«

Ich lächelte und schüttelte den Kopf. Das Schicksal hatte für unser Wiedersehen den perfekten Augenblick gewählt. »Ich will vor dem Hauptquartier der British Transport Police demonstrieren«, sagte ich und reckte eine rebellische Faust.

»Wie lobenswert«, sagte sie.

»Wir protestieren dagegen, dass die Plakate der Family Planning Association aus den U-Bahnhöfen verbannt wurden«, sagte ich und wusste nur zu gut, in welch positives Licht mich das rückte.

Ach ja. Sie hatte in den Nachrichten davon gehört.

»Wie kann man nur religiösen Wirrköpfen nachgeben; und außerdem, was soll das denn für ein Gott sein, der Frauen ungewollte Babys aufdrängt?«, fuhr ich fort, und sie warf mir den Blick zu, nach dem ich mich gesehnt hatte, jenen Blick, der besagte, ich sei eine wahre Tochter, wenn auch nur eine der Revolution.

Mein Herz hüpfte wie das eines verknallten Schulmädchens. Ich hätte alles getan, damit sie noch länger blieb. Ich zupfte an ihrem Ärmel. »Die Demo findet vor dem Hauptquartier statt, gar nicht weit von hier. Warum kommst du nicht mit?«

Sie warf einen Blick auf die Uhr. Und ich breitete meine Waren aus, reihte ein verlockendes Angebot ans andere. »Du hast mir noch gar nichts von den Kindern erzählt. Und wir könnten über Hydra reden. Und du hast das Drama mit Axel verpasst, als Patricia endlich zurückkam. An dem Tag war gerade die Stewardess bei ihm, ganz schlechtes Timing … Und hast du schon gehört, dass Magda ins Gefängnis gesteckt wurde, weil ihr Ex-Mann verschwunden ist, ohne seine

Steuern zu bezahlen …? Und Greg Corso war eine Zeit lang da und hat sich so besinnungslos besoffen, dass er ins Hafenbecken gefallen ist …«

Ich machte weiter, bis sie den Kopf schüttelte und mir sagte, ich sei einfach unverbesserlich. »Ich wollte den Zehnuhrzug nach Stanton nehmen, um für George das Mittagessen zu kochen, aber ich schätze, er kann ausnahmsweise auch mal ohne mich auskommen«, sagte sie und nahm meinen Arm, als wir über die Straße liefen. Seufzend hingen wir Erinnerungen an Hydra nach, an die Frühlingsblumen, die dieses Jahr ohne uns blühten, und an den Tratsch am Hafen, während der 27er zur Baker Street die Haltestelle anfuhr.

»Allerdings muss ich sagen, dass es sich auf der Charity Farm recht friedlich lebt. Das Dorf ist ganz aus goldenem Stein, fast als wäre es aus Käse geschnitzt, und ich gebe die Lady des Hofes, wenn auch eine, die mit anpackt, die Ärmel aufkrempelt und beim Lammen hilft …« Sie schlüpfte in die Rolle der vergnügten Landfrau, erzählte amüsante Geschichten über Dorfbewohner, einen Fuchs, den sie im Holzschuppen vor der Fuchsjagd versteckt hielt, ein verwaistes Lamm, das sie mit der Flasche großzogen hatte, über Didys dicken Labrador. Wir saßen vorn im Bus. Ich wusste schon, dass ihre Augen traurig blickten, denn ihr Ton war viel zu aufgekratzt. »Ich habe ein schönes großes Arbeitszimmer ganz für mich allein, mit Blick übers Tal auf breite Schneisen Narzissen …«, sagte sie, während ich den Schaffner bezahlte.

Was Hydras Dramen anging, war sie besser auf dem Laufenden als ich. Sie hatte erst kürzlich einen »wunderbaren Klatschbrief« von Didy erhalten, die schrieb, Marianne plane, zurück auf die Insel zu kommen. »Alle warten gespannt darauf, was dann passiert. Du weißt schon, für welches Haus sie sich entscheidet, für Axels oder Leonards.«

Ich dachte an Mariannes liebes Lächeln, die Hingabe in

Leonards Blick, daran, wie er ihr zu Ehren die Sabbatkerzen anzündete, dachte an seinen kompakten braun gebrannten Körper, seine warmen Hände, sein schönes Haus, an Hydra. »Cohen ist verrückt nach ihr. Wie all das gelaufen ist, kommt mir wie ein Märchen vor.« Unwillkürlich musste ich seufzen.

»Wenn es ein Märchen ist, dann ein düsteres, und ich bin mir gar nicht sicher, ob sie das Schlimmste schon hinter sich hat«, sagte Charmian. »Marianne hockt mit dem Baby in Oslo, wartet auf die Scheidung, unser kanadischer Freund aber hat sich nach Kuba abgesetzt. Falls sie also wieder nach Hydra fährt, dann kommt sie allein und einzig in der Hoffnung, dass er zu ihr zurückkehrt und vor ihr auf die Knie fällt. Eines aber weiß ich genau, Leonard gibt kein Versprechen, das er nicht halten kann. Ihre Chancen dürften also ziemlich gering sein, würde ich mal sagen.«

Ich musste an das Haus denken, an das Zimmer oben, frisch gestrichen fürs Baby, und trotz allem, was Charmian sagte, brannte in mir die Sehnsucht.

»Sam Barclay hat seine liebeskranke Korrespondenz mit Marianne aufrechterhalten. Er denkt, dass sie immer noch was für Axel empfindet. Und sie hat ihm geschrieben, dass es für sie vielleicht am besten wäre, sie würde es noch mal mit dem Vater ihres Kindes versuchen. Dummes Mädchen, sie klammert sich an ihn, obwohl es keinen Funken Hoffnung gibt.« Charmian musterte mich mit hochgezogenen Brauen. »Du weißt, dass sie immer geglaubt hat, dass zwischen dir und Leonard was läuft?«

»Aber nein, da ist nie was gewesen«, stotterte ich, während mir das Blut ins Gesicht schoss. »Ehrlich! Rein gar nichts!«

»Ach, ewig diese Intrigen auf Hydra. Wie ich sie vermisse! So viele Monate schon fort, da sollte man doch annehmen, es hätte sich Zeit genug zum Schreiben gefunden, aber ich habe mich in meinem ganzen Leben noch nie so wenig inspiriert gefühlt.« Sie drehte den Kopf zum Fenster, sah hinaus auf die grauen, schmuddeligen Straßen, auf die Passanten, die Geschäftsleute, die alle dorthin eilten, wo sie nicht sein wollten.

»Das Einzige, was ich dieser Tage schreibe, sind Briefe an die Schulen der Kinder. Es ist echt zum Verzweifeln. Man hat die Kleinen zu den Schwachköpfen gesteckt, weil uns kein Mensch über die Grundschulprüfung aufgeklärt hat, worauf sie vom griechischen System natürlich auch nicht vorbereitet worden sind. Also schreibe ich wie ein geknechteter Cyrano de Bergerac und bitte George dann, seine männliche Unterschrift drunterzusetzen. Und das bringt mich wirklich auf die Palme, dass ein Brief vom Vater ernster genommen wird …«

»Einfach ungeheuerlich.« Ich war froh über diesen Themenwechsel und erzählte ihr, dass mir die Bank einen Kredit verweigert hatte, weil ich keinen Ehemann oder Vater vorweisen konnte, der für mich unterschrieb. Dabei wollte ich gar kein Vermögen, nur genug, um eine Anzahlung für eine Bruchbude leisten zu können. Sie streckte einen Arm aus, und als ich den Kopf an sie lehnte, strich sie mir übers Haar und sagte, wie sehr es ihr gefalle, dass ich nicht länger in den Tag hineinlebte, sondern Feuer gefangen hatte und mich dem Kampf anschloss.

*

Nina, die Schwester meines Freundes, wartete mit ihren Flugblättern an der Absperrung, geschäftig und gebieterisch. Sie arbeitete für die Family Planning Association und hatte am Vormittag angerufen und mich genervt, bis ich meine Teilnahme zusagte. So beiläufig wie möglich stellte ich Charmian vor, hätte ich Nina doch lieber vor einen Bus gestoßen, als bei Charmian den Eindruck zu erwecken, dass meine

Anwesenheit sich anderem als dem Eifer einer Aktivistin verdankte. Man gab uns je ein Plakat an einem Holzstock: KEIN VERBOT. In Großbuchstaben. Und ich steuerte Charmian eilig von Nina fort, hin zu einem babygesichtigen Cop, der sich erbot, ihr die Zigarette anzuzünden. Wir haben keine Sprüche gebrüllt, nur an der Absperrung gestanden, eine Gruppe von vielleicht hundert Leuten, Männern wie Frauen, haben wütend dreingeblickt und unsere Plakate hochgehalten, während die Pressefritzen ihre Fotos schossen. Charmians schicker Mantel wirkte keineswegs fehl am Platze, gab es doch viele Frauen, die sogar Nerz trugen.

Wegen der Kälte stampften wir mit den Füßen und redeten dabei über das Recht der Frauen auf Verhütung. Die Ironie entgeht mir heute keineswegs, teilten sich in mir doch, auch wenn ich es damals noch nicht wusste, bereits eifrig die Zellen meines Sohnes.

Ich erinnere mich, dass Charmian sagte: »Nur wenn die Wissenschaftler endlich diese Pille entwickeln, die sie uns schon seit Jahren versprechen, wird die Befreiung der Frau möglich.«

Sobald die Fotos gemacht waren, gingen wir im Star and Garter auf die Toilette. Es war noch früh, das Damenzimmer im Pub noch leer. Wir setzten uns in eine mit karmesinrotem Plüsch ausgeschlagene Ecke, und Charmian bot mir eine Capstan Full Strength an.

»Denk nicht mal ans Bezahlen«, sagte ich, als sie meinte, der Wind sei so kalt gewesen, da wäre ein kleiner Cognac doch die reinste Medizin.

»Aber lieber nur einen. Wenn ich nicht den nächsten Zug nehme, kriegt George noch einen Tobsuchtsanfall bei dem Gedanken daran, was ich hier alles treiben könnte«, sagte sie, und mir fiel auf, wie sehr ihre Hand zitterte, als sie sich die Zigarette ansteckte. »Und ich will wirklich nicht, dass er wieder krank wird. Der Arme hat fast den ganzen Winter eine Lungenentzündung gehabt.«

Die Brandys waren klein, ich hätte Doppelte bestellen sollen. »Da wir schon von Georges überhitzter Fantasie reden«, sagte ich und spürte ein unbändiges Verlangen, mich mit meinem Spott dafür zu rächen, dass er sie mir so früh wieder entriss, »war der gefürchtete Roman denn wenigstens ein Erfolg? Das allgemeine Stadtgespräch?«

Mehr als alles andere aber wollte ich ihr von meiner glorreichen Tat erzählen, wollte ausführen, was mit all den Exemplaren passiert war, die er auf der Insel zurückgelassen hatte, um ihrem Ruf zu schaden. Sie aber zuckte nur zusammen und trank in einem Schluck den Brandy aus. Allein die Erwähnung des Buches machte sie unglücklich.

»Ich weiß nicht, was mich mehr aufregt: Wenn Leute es lesen oder wenn sie es nicht lesen. Es ist für mich beschämend, wenn sie es tun, und es ist beschämend für George, wenn sie es nicht tun.« Mit einem traurigen Achselzucken blickte sie ins leere Glas und bestellte sich beim Kellner einen neuen Drink. »Das Einzige, wovor mir graut, ist, dass die Kinder *Closer to the Sun* in die Hände kriegen könnten.«

»Nun, falls es dich tröstet: Ich habe mein Versprechen gehalten. Ich habe kein Wort davon gelesen«, sagte ich, und es kostete mich enorme Kraft, nicht damit herauszuplatzen, was ich mit seinen Büchern getan hatte.

Sie schnaubte. »Aber Erica, warum sollte es mich auch nur die Bohne interessieren, ob du es gelesen hast oder nicht?«

Ich glaube nicht, dass ihr auffiel, wie einsam mich ihre Worte machten, wie sie mich verletzten. Während sie weiterredete, griff ich nach meinem Glas, das seltsamerweise aber leer war. Dann erinnerte ich mich daran, mit welchem Hochgefühl ich die Bücher vom Fels geworfen hatte, wie ich sie schreiend in die Luft geschleudert hatte, eines nach dem anderen, flammendes Orange vor blauem Himmel, um dann zuzusehen, wie sie aufgeweicht und aufgequollen von den Wellen fortgetragen wurden. Ich hatte es für sie getan.

Der Kellner brachte uns frische Drinks, doppelte. »Es war das Schlimmste, was George machen konnte, mich unter Druck zu setzen, mir Vorwürfe zu machen und mich mit solcher Wut schreiben zu lassen. Hinterher fiel mir auf, dass ich jedes Mal, wenn ich Jean-Claude mit einer seiner willigen Musen traf, geradezu empört reagierte. Es war, als wäre diese unglaublich romantische Sache, die George mich zu schreiben zwang, tatsächlich passiert. Als es dann passierte, war es überhaupt nicht so, wie ich es beschrieben hatte. Keine Verführung in der Windmühle, kein wie in einer Flasche gefangenes Sonnenlicht, kein Bett aus süß duftendem Heu, kein Schmetterling, der seine leuchtenden Flügel öffnete. Es war so demütigend, aber weißt du, was? Ich bin immer wieder mit einem Krug Retsina hingegangen. Das verwahrloste Zimmer hat stets nach seiner Pisse gerochen, die er zu lange im Pisspott ließ ...«

Sie lachte und wirkte zugleich bedrückt. »Dabei hat der Mistkerl nie auch nur so getan, als ob er mich malen wollte«, sagte sie und zog einen wütenden Ich-armes-kleines-Ding-Schmollmund. Ich überlegte, ihr zu erzählen, dass Trudy in Boston gesagt worden war, sie könne wegen ihrer verkorksten Abtreibung in Athen niemals Kinder gebären. Charmian drückte ihre Zigarette aus. »Ach, jetzt komm schon, Erica, hör auf, mich so anzusehen. Fürs Verbrechen wurde ich schon bestraft, da dachte ich, ich leiste mir wenigstens auch den Spaß, es zu begehen«, sagte sie.

Sie blickte auf ihre Uhr, schüttelte sie, als würde sie lügen. »Verdammt, ich muss jetzt wirklich zum Zug.«

Brandy und ihre Hast, von mir fortzukommen, diese Kombination schürte meine Wut. »Und hatte George auch mit Greg Corso recht? All diese Anspielungen, eine Katze aus dem Sack zu lassen?«, sagte ich. »Das war an dem Tag, an dem ich Cato fand, und hat mich immer gewundert. Corso war da. Jetzt sieh dich einer an! Du wirst ja rot!«

»Ach Erica, was bist du neugierig. Weißt du, was? Ich habe dich gesehen, wie du auf Hydra immer alle beobachtet hast, und mir dabei gedacht: Da sitzt eine Schriftstellerin. Ich hoffe, du führst immer noch dein Tagebuch ...«

Ich nickte, obwohl es nicht stimmte. »Und? Corso?« Ich ließ nicht locker und genoss es, dass sich bei seinem Namen ihre Wangen rot färbten.

Sie gluckste und wich meinem Blick aus. »Du erinnerst dich an den Abend bei Chuck und Gordon?« Ich nickte, um sie zu ermutigen.

»Nachdem Kyria Polymnia uns das Haus gezeigt hatte, traf ich ihn, als er aus der Garderobe kam. Er riss mich an sich, schaute mir tief in die Augen und nahm meine Hand. »Ich bin deinetwegen gekommen«, sagte er, und als er mich losließ, war meine Hand ganz klebrig.« Sie biss sich auf die Lippen und ließ das Haar über ihr Gesicht fallen.

»Igitt«, quiekte ich. »Und was hast du getan?«

»Ich schäme mich, es zu sagen, aber ich habe zugelassen, dass er mich küsst«, stieß sie hinter vorgehaltenen Händen hervor.

»Weißt du, ich habe George immer für paranoid gehalten. Ich habe ihm kein Wort von dem geglaubt, was er über dich erzählt hat«, sagte ich und spürte einen Kloß im Hals, brennende Tränen in den Augen.

»Ach, jetzt hör schon auf, Erica. Mittlerweile solltest du meine Ansichten über Monogamie kennen. Ich sag immer, alles ist erlaubt, solange die Soße für Gans und Ganter gleich ist. Sag, welches Gesetz bindet mich noch an meinen Mann, wo er doch derjenige war, der unsere Bindung schon vor

Jahren gelöst hat?« Schwankend stand sie am Tisch, Glas in der Hand. Ich griff danach, damit es nicht überschwappte. Es war, als wären wir wieder am Hafen. »Eigentlich war es ja deine Mutter, die sie erwischt hat, als sie sich ins Haus schlichen. Patricia Simeone. Seine Sekretärin. Geht's noch abgeschmackter?« Sie hatte ihren Zug vergessen und fing an zu lallen, bestellte noch eine Runde und erzählte mir von meiner Mutter, von Connie, die ihr über das Schlimmste hinweggeholfen hatte mit ihrer Freundlichkeit und damit, dass sie ihr die Schlaftabletten wegnahm. Jeden Abend, sagte sie, sei meine Mutter nach oben gekommen und habe ihr mit einer Tasse heißer Milch eine Tablette verabreicht.

»Und das war gut so, denn sonst hätte ich bestimmt alle auf einmal geschluckt. Damals wäre mir fast der Schädel geplatzt, eingesperrt in dieser Wohnung in Bayswater mit zwei Babys und meinem gebrochenen Herzen. Unser Arzt, Joe Leitz, ein Freund, konnte mir eine Weile helfen, aber dann wurde George eifersüchtig und sorgte dafür, dass ich ihn nicht wiedersah ... Dass Joe L. so verdammt attraktiv war, hat es auch nicht gerade einfacher gemacht ...« Mit einem kleinen Seufzer hielt sie inne, und ich sprang auf und packte sie bei den Schultern, als ob sie jeden Moment davonlaufen wollte.

»Joel?«

Sie sah mir in die Augen und nickte. »Ja, Joe L. Der Freund deiner Mutter und für kurze Zeit mein Arzt.«

»Der Freund, der ihr insgeheim den Wagen gekauft hat?«, fragte ich, nur um sicherzugehen, und Charmian nickte erneut, sagte, er habe ihn gekauft, damit Connie zu ihrem Liebesnest fahren konnte. Ich kippte meinen Brandy, als könnte ich damit meine Wut ersäufen. Dann wollte ich wissen, warum sie mir das nicht schon früher erzählt hatte. Warum sie so sehr darauf bestanden hatte, mich anzulügen.

»Erica, bitte, versteh doch«, flehte sie mich an. »All die Male, da du mich auf Hydra danach gefragt hast, habe ich mich wirklich bemüht, dir nichts davon zu verraten, denn weißt du ...«, sie griff nach meiner Hand, hielt sie an ihre Wange, »... sie war meine Freundin.« Ich wollte die Hand fortnehmen, nur brachte ich das irgendwie nicht fertig.

»Aber sie war meine Mutter«, wimmerte ich, während sie fortfuhr.

»Sie erschien mir in meinen Träumen ... Und ich wollte dich unbedingt beschützen ...« Charmian versuchte zu erklären. »Du warst so naiv, die Augen weit aufgerissen wie etwas frisch Geschlüpftes, und so schrecklich verletzlich inmitten dieser wilden Meute. Ich hatte ein Auge auf dich und habe versucht, dich nicht allzu oft zu belehren, als ob mich die Jungen, mit denen du geschlafen hast, irgendwas angingen ...«

»Ach, hör schon auf!«, unterbrach ich sie mit einem Schniefen, und wir rangen uns beide ein klägliches Lachen ab.

Sie gab mir ihr Taschentuch. »Da habe ich dich mit Verhütung genervt, mit Lesetipps und Aberhundert verschiedenen Linsenrezepten. Ich wollte einfach nicht, dass du glaubst, ich würde versuchen, Connies Platz einzunehmen. Du musstest schon mit so vielem fertigwerden, nicht zuletzt mit der Lücke, die sie in deinem Leben hinterließ. Und mit Bobbys Launen. Und mit diesem grässlichen Jungen, in den du so verknallt warst. Irgendwie fand sich nie der richtige Moment, dir zu sagen, dass deine Mutter keine Heilige war. Aber jetzt sieh dich einer an! Du bist viel stärker geworden, und du hast ein Recht darauf zu erfahren, wie deine Mutter ihr Leben gelebt hat.«

Ich nickte dem Kellner zu: zwei Große, bitte. Bilder von meiner Mutter stürmten auf mich ein. Wie sie meinem Vater zu Füßen kniete und geronnenen Bratensaft vom Boden kratzte. Wie sie sich vor den Mann stellte, den ich im Spiegel gesehen hatte. Wie wir nachts über einen knorrigen Pfad durch den Wald liefen. Wie ihre Hände zitterten, wenn sie meinem Vater die Abrechnungen vorlegte. In den Strümpfen eine Laufmasche, ihr Atem, der nach Sherry roch.

Meine Mutter, die sich behauptete und vom Boden wieder aufstand, die heimlich mit dem Wagen zu ihrem geliebten Arzt in den Wald fuhr.

»Eigentlich hatte sie es an jenem Abend auf unseren Freund Peter Finch abgesehen«, sagte Charmian. »Aber Finchy brachte Joe L. auf einen Cocktail mit, und da ist es passiert. ›Joe L.‹, um ihn von Finchys anderem Freund zu unterscheiden, von ›Joe O.‹, dem Dramatiker.«

Ich quetschte sie nach Einzelheiten aus. »Und das war die ›zweite Chance‹, die sie deiner Meinung nach noch hatte, als du ihr geschrieben hast?«, fragte ich, und sie nickte.

»Warum hat sie die nicht genutzt? Warum ist sie bei meinem Vater geblieben, wenn sie doch diesen anderen Mann geliebt hat?«

Wieder versuchte Charmian, die Zeit auf ihrer Uhr abzulesen. »Connie war davon überzeugt – und das nicht ganz ohne Grund, wie ich glaube –, dass dein Dad, wäre sie davongelaufen, ihr per Gerichtsbeschluss das Sorgerecht für dich entzogen hätte. Und den Gedanken, dich zu verlieren, konnte sie nicht ertragen.«

Unsere Zeit war um. »Tut mir leid, dich so durcheinander verlassen zu müssen, aber ich fürchte, mein letzter Zug fährt zur vollen Stunde, und ich muss jetzt wirklich los«, sagte sie, als wir uns schwankend erhoben. »Wenn du mich auf der Farm besuchen kommst, erzähle ich dir alles, woran ich mich noch erinnern kann.«

Es hatte zu nieseln begonnen, als sich unsere Wege trennten. Ich kehrte zu Nina und den Plakaten zurück, und Charmian lief zu ihrem Zug, doch in meinem Kopf drehte sich alles. »Ein Kind aufzugeben ist ein Schmerz, den nicht viele Frauen ertragen können«, hatte sie zum Schluss noch gesagt. Und das blieb mir in Erinnerung, ein quälender Gedanke, auch heute noch.

Damals habe ich sie zum letzten Mal gesehen. Ich sah, wie der Regen auf ihren schönen Wildledermantel tröpfelte, und ich bedaure, dass ich sie nie auf der Charity Farm besuchte, aber mich haben andere Dinge beschäftigt – nicht zuletzt das Heranwachsen meines Sohnes und die heikle Ehe mit seinem Vater.

Neunundzwanzig

Es sollten zehn Jahre vergehen, ehe ich zur Insel zurückkehrte. Ich kam allein, ließ meinen Sohn bei seinem Vater, unsere erste längere Trennung, ein Test und der Anfang vom Ende. Bewaffnet mit einem Bündel Notizbüchern, nahm ich in Piräus die Fähre und sehnte mich nach Hydras breiten Schultern, wünschte mir den Mond.

Im Taxi vom Flughafen lief im Radio ein Lied von Leonard Cohen. »Bird on the Wire«. Ich hielt es für ein gutes Omen und fragte mich, ob er nicht vielleicht auch auf der Insel war, trotz der Militärjunta, ob sich sein Mitternachtschor aus Fischern und Matrosen noch immer in dreistimmiger Harmonie durch die Gasse wand. Aus irgendeinem Zeitungsartikel wusste ich, dass es ihm auf seine Weise nicht gelungen war, Marianne treu zu bleiben, aber vielleicht würde sie ja immer noch auf ihn warten.

Ich hatte den Kontakt zu allen verloren, war einfach zu viel umhergezogen und wusste nicht, ob ich irgendwen, den ich kannte, auf der Insel antreffen würde. Innerlich bereitete ich mich auf die Abwesenheit von George und Charmian vor, die sich endgültig von Hydra verabschiedet hatten und seit fünf, sechs Jahren zurück in Australien waren. George hatte doch noch seinen inzwischen auch verfilmten Bestseller geschrieben und bedeutende literarische Preise erhalten. Der Gedanke, dass eine andere Familie in ihrem Haus am Brunnen wohnte, verstörte mich allerdings dermaßen, dass ich auf der Überfahrt mehrere Ouzo trank, um mich zu beruhigen.

Als ich das letzte Mal von Charmian hörte, schrieb sie, sie verfasse für die Zeitung jetzt jede Woche einen Essay und erreiche damit eine große Leserschaft, weshalb sie unglaublich viel Post erhalte. Danach brach der Kontakt ab. Ich hatte keine Lust, zu ihrer Brieflast beizutragen.

Auf der Fähre waren Militärpolizisten, der einzige Hinweis darauf, dass Griechenland jetzt von Obristen regiert wurde, aber sie tranken ihren Kaffee am Tresen, mischten sich lächelnd unter die Touristen.

Die *Nereida* bordete über von Erinnerungen: Jimmy, mein Bruder, Trudy, Jean-Claude Maurice, eine nach der anderen drängten sie in mein vom Ouzo vernebeltes Hirn. Stumpfsinn überkam mich, eine willkommene Erholung nach den vielen Nächten schlaflosen Kleinkriegs mit meinem Mann; und dann wurde ich vom Geläut der Glocken von Poros geweckt. Irgendwer auf dem Kai schrie etwas. Ich ging an Deck, und der Dieselqualm roch so streng, wie ich ihn in Erinnerung hatte.

Es war Juli, und ich war froh über meine Sonnenbrille, spürte die sengenden Strahlen, das Salz auf den bloßen Armen. Ich wurde immer aufgeregter und ängstlicher, und der Magen rebellierte, als Hydras erste Felsenschulter in Sicht kam. Ich klammerte mich an die Reling, auf halber Höhe zwischen glitzerndem Meer und ungebrochen blauem Himmel. Das Schiff wendete, und da lag sie! Trara, wie mit einem Tusch, von der Sonne entflammt und von den Göttern aus kahlem Stein heraufbeschworen. Ein Theater für Träumer. Der Trick funktionierte jedes Mal. Die weißen Häuser, der halbmondförmige Hafen: Man brauchte einen Moment, um zu glauben, dass es real war. Mir ging das Herz auf, und ich wünschte mir Flügel, wollte den verbleibenden Weg fliegen.

Ich schwang mich hinauf zu den Bergen aus steilem Fels, hinab zur Stadt, die sie in ihrem Schoß verwahrten. Mein achtzehnjähriges Ich war noch da, und ich ließ meinen Blick seinem Weg durch die Kiefern zum Kloster folgen und weiter hinauf zum Gipfel des Eros, kalten Nachtschweiß auf der Haut. Und Charmians ohrenbetäubendes Schweigen. Ich glitt über die Hügel, über silberne Olivenhaine, hin zur Senke zwischen den Felsen seines Lieblingstals, suchte, um mich zu orientieren, nach dem Haus des Künstlers Ghikas und fand nur Trümmer. Was um alles in der Welt war geschehen? Von Ghikas verkohltem Gewölbe einmal abgesehen war alles, wie ich es in Erinnerung hatte. Türme, Kuppeln, Windmühlen, die schönen Ruinen, Sonne und Meer, die den grauen Stein der Herrenhäuser mit Goldmünzen betupften, die besten Plätze im Theater. Ich konnte Leute im Seitentrakt sehen, in der Marineschule und auf dem Fels bei Spilia, sah sie ins Wasser platschen, sah bunte Boote, entlang der Mauern aufgereihte Kanonen. Ich sah einen Jungen vom Höhlenrand springen und vermisste meinen Sohn.

Während sich das Schiff dem Hafen näherte, hüpfte ich die Stiegen hinunter und konnte es kaum erwarten, an Land zu springen. Die Fischerboote an der Mole, Fahnen am Kai, am Hafenrand blaue und weiße Wimpel, Cafétische, Markisen, bimmelnde Glöckchen, Esel, Männer mit Holzkarren. Ich saugte es in mich auf, ertrank fast darin.

Wie vor zehn Jahren wollte ich als Erste meinen Fuß auf die Insel setzen, doch wurde ich von zwei Militärpolizisten zurückgehalten, die mir sagten, ich müsse mich in die Warteschlange einreihen. Einer der beiden griff nach einem Klemmbrett und fragte nach meinem Namen, was den Augenblick verdarb.

Fast krank vor Bühnenangst schaffte ich es auf zittrigen Beinen über den Landungssteg, während sich um mich herum neue Dramen in mehreren Sprachen entfalteten: Familien wurden wieder vereint, Gruppen von Rucksacktouristen begrüßten sich, einer der Jungen küsste sein Mädchen, und mich erfasste eine so heftige Woge der Nostalgie und Einsamkeit, dass mir fast die Tränen kamen. Die Polizisten notierten sich die Namen aller Passagiere, Eselsjungen bedrängten uns, der Geruch von Eselsmist, und die Steinplatten schimmerten nicht so rosig, wie ich sie in Erinnerung hatte. Eine Meute blonder Schlingel flog vorbei, ein Junge, der zwei kleine Mädchen und einen noch kleineren Knirps verfolgte, alle mit gezückten Holzschwertern. Sie schrien und lärmten, behangen mit einer Rüstung aus flach geklopften Blechdosen. Der blondeste Junge, offenbar kaum älter als mein Sohn, wich den anderen aus und krachte in die Warteschlange. Einer der Polizisten fuhr herum, wollte ihn zurechtweisen, aber der Junge, ein leichtfüßiger Kobold, war auf fliegenden braunen Beinen längst davongerannt. Die Rüstungen der anderen Kinder schepperten, sie waren außer Puste, und der Jüngste rief: »Axel! Bleib stehen! Warte auf uns, Axel!«

Ich ließ das Kind in seinem glänzenden Panzer nicht aus den Augen. Es lief zurück über den Marktplatz, und auf halbem Weg die Promenade hinunter stellte es sich keuchend an, um ein Eis zu kaufen. Ich rang nach Luft. Bei dem Gedanken an Costas' cremigen *foulis*-Geschmack lief mir das Wasser im Mund zusammen, doch statt aus Costas' Holzkarren kam das Eis aus einer brummenden Kühltruhe, die in jenem Laden stand, der früher Bienenwachskerzen verkauft hatte und heute Zigaretten und vergilbte Postkarten anbot.

Der Junge stand mit dem Rücken zu mir und stierte mit einem der Mädchen durch den beschlagenen Deckel der Truhe. Ich ließ meine Tasche fallen und kam wieder zu Atem. Als ich seinen Namen nannte, drehte er sich um, und ich entdeckte unter dem blonden Haarschopf ein fragendes kleines Kindergesicht, doch war er schön, leuchtete, unverkennbar ihr Sohn.

»Als ich dich das letzte Mal gesehen habe, warst du ein allerliebstes Baby«, sagte ich, sein Blick aber blieb ernst und voller Misstrauen. »Axel? Mariannes Sohn?« Er nickte und hielt den Kopf gesenkt, weshalb ich nur noch auf sein Haar hinabsah. Ich erzählte ihm, wer ich war, und öffnete mein Portemonnaie. »Kommt, ich lade euch ein.«

Er sah immer noch nicht auf, lächelte auch nicht. »Wenn Sie wollen, können Sie uns gern ein Eis am Stiel kaufen, aber ich habe immer noch nicht den leisesten Schimmer, wer Sie eigentlich sind«, sagte er, woraufhin ihn das Mädchen mit dem Schwert anstupste, ja bitte sagte, und er solle doch nicht so unhöflich sein. Die Kleine, ein reizendes Kind mit Sommersprossen und klugen grauen Augen, zeigte über die Gasse auf die schwatzenden Gäste unter der karamellfarbenen Markise von Tassos, Kafeneo.

»Seine Mum ist da drüben. Den ganzen Morgen reden sie schon darüber, ob es einen Gottesdienst für ihren alten Freund geben soll, der gestorben ist.« Sie senkte die Lider und wölbte die Unterlippe vor.

»Oje, wie traurig. War es jemand von Hydra?«, fragte ich.

Sie nickte. »Er hat hier gewohnt, aber er hat nicht an Gott geglaubt.« Ihre Lippen begannen zu zittern. »Ich bin auch traurig, weil er nämlich lustig war, aber ich war noch sehr klein, als sie weggezogen sind.«

»Lügnerin«, sagte Axel. »Ich bin älter als du, und ich kann mich überhaupt nicht an ihn erinnern.«

Ich drückte jedem eine Drachme in die Hand, ließ sie weiterzanken und ging dorthin, wohin das Mädchen gezeigt hatte, zu Marianne, die bei zwei Frauen hockte, umringt von Katzen. Sie trug ein Sommerkleid mit Ananasmotiven, dazu ein passendes Kopftuch.

Ich rief ihren Namen. Die Frauen drehten sich um, wollten

sehen, wer gerufen hatte. Wein stand auf dem Tisch. Ihre Sonnenbrille war groß, sie rauchte eine griechische Zigarette.

Sie senkte die Sonnenbrille, ich sah Tränensäcke unter ihren Augen.

»Weißt du nicht mehr? Sommer 1960?« Ich musste sie an meinen Namen erinnern.

»Die liebe, hübsche Erica aus London?« Endlich lächelte sie und sprang auf, um mich zu umarmen. Wir wiegten uns in unseren Armen. Ein kräftiges Parfüm – wie irgendwas aus einem Hanfladen, dachte ich, kein Duft, den ich mit Marianne verband. Wir saßen einander gegenüber, hielten uns an den Händen, fanden aber keine Worte und seufzten nur, während wir beide versuchten, die Geschichte des anderen in Erfahrung zu bringen.

»Ich habe nicht mal dran gedacht, dir zu schreiben, jetzt, wo Leonard so berühmt ist. Wolltest du nicht nach New York ziehen?«, fragte ich.

Sie zuckte die Achseln und lächelte. »Pfft. Ich habe hier und da und überall gelebt, aber jetzt ist Sommer, und im Sommer fühle ich mich nirgendwo so zu Hause wie auf Hydra.«

Sie stellte Lily und Olivia vor, die Mütter der Schlingel, mit denen Axel zusammen war. Lily war Russin und trug große Ohrringe. Olivia war jünger, trug ein Hippiekleid und viele Armreife.

»Wegen denen da habe ich gar nicht geglaubt, dass es hier überhaupt noch Ausländer gibt«, sagte ich und musterte zwei uniformierte Beamte, die mit Waffen im Gürtel durch den Hafen liefen.

»Ach, halb so wild«, tat Marianne sie achselzuckend ab. »Wenigstens sind die Fähren pünktlich, und der Müll wird abgeholt. Auf einer Insel geht es anders zu, hier müssen sich alle vertragen, und die Touristen kommen ja auch weiterhin.«

»Stimmt schon, trotzdem ist es lästig, sich immer wieder auf dem Polizeirevier melden zu müssen«, sagte Olivia, und ihre Reife klimperten, als sie den Arm um Mariannes Rückenlehne legte. Marianne beugte sich vor und schenkte mir Wein ein. Lily trank den letzten Rest aus ihrem Glas und sagte, sie sei an der Reihe, die Kleinen einzusammeln und zu füttern. Zwei junge Männer gesellten sich zu uns, zogen sich Stühle heran. Bill hatte einen Bart und funkelnde Augen, Jean-Marc klebte eine frische Selbstgedrehte zwischen den Lippen, die beim Reden wippte.

»Mann, ist das heiß. Lasst uns schwimmen gehen«, sagte Olivia, während die Männer Bier bestellten und Spielsteine auf ein Backgammon-Brett platzierten. Sie legte die Füße auf den Stuhl, den Lily gerade frei gemacht hatte, saß klimpernd da und fächerte sich Luft zu, während Marianne und ich uns unterhielten. Als ich zufällig nach unten blickte, sah ich, dass Marianne einen ähnlichen Reif mit silbernen Glöckchen um einen ihrer Fußknöchel trug. Ich erzählte von meinem Sohn. Vor lauter Freude darüber, dass ich ein Kind hatte, klatschte Marianne in die Hände und fragte nach dem Vater. Olivia sagte, sie sei eine Heilerin und würde mich gern mal behandeln. Ich schaute an ihr vorbei zur Mole, verfolgte das vertraute Hafengeschehen, den Kahn und die Männer, die Ware aus Ermioni brachten, die klaglosen Esel, Paare, die Arm in Arm nach Kamini spazierten, und mein Blick wanderte zurück zu Mariannes liebem, freundlichem Gesicht.

»Mir ging das Herz auf, sobald all das hier in Blickweite kam, so oft habe ich davon geträumt, seit meiner Abreise eigentlich jeden Tag. Und wenn nicht mein Junge in London wäre, ich glaube, ich würde für immer bleiben.«

Marianne zuckte die Achseln und musterte mich mit einem traurigen Lächeln. »Es war besser, als du das letzte Mal hier warst. Ist nicht mehr so. Damals waren wir noch unschuldige Kinder. Und die Drogen hatten nicht allen Leuten den Verstand vernebelt …« Wieder liefen die Polizisten vorbei. Marianne sah ihnen nach und grinste. »Aber was soll's, wir haben immer noch unseren Spaß. Der Unterschied ist nur, dass wir unser Dope heute verstecken müssen und dass wir nur selten Partys in aller Öffentlichkeit feiern. Ach, Erica, und denk nicht mal dran, nackt zu baden, so wie du es früher gern getan hast.«

Olivia erzählte, sie habe gesehen, wie einem jungen Deutschen bei Spilia deswegen ins Gesicht geschlagen worden war. »Selbst bei dieser Hitze dürfen wir nur in der Privatsphäre unserer Häuser nackt sein – ist doch so, nicht, Marianne?«, sagte sie und schlang den Arm um den Hals ihrer Freundin.

Olivia war entweder sehr betrunken oder sehr bekifft. Sie strich Marianne die Träger ihres Sommerkleides beiseite und massierte ihre Schultern, während Marianne wissen wollte, wieso es mit meinem Mann nicht geklappt hatte. Ich gab ihr die kurze Version. Ich war schwanger geworden und hatte meinen Boss geheiratet. Er war begabt. Das Gleichgewicht der Macht aber fiel von Anfang an zu meinen Ungunsten aus. »Ich glaube, ich habe zehn Jahre gebraucht, um zu begreifen, dass ich nicht die Sorte Frau bin, die ihrem Mann ein Sandwich neben die frische Gardenie auf den Tisch legt«, gestand ich etwas umständlich, da ich es hasste, über mich selbst zu reden, und das Gespräch lieber auf sie und Leonard zurücklenken wollte.

Sie entzog sich Olivia und rückte die Träger wieder zurecht. »Ach, Erica. Was hatten wir für einen Sommer, die reinste Achterbahnfahrt. Ich war von Leonard wie hypnotisiert, und du weißt ja, für ihn hätte ich alles getan …«

»Baby, du hast mehr Augen zugedrückt, als es Augen auf einem Pfauenschweif gibt«, sagte Olivia, aber Marianne redete weiter.

»Nachdem ich unser Baby verloren hatte, ging alles ein bisschen chaotisch zu, und wir wurden es leid, miteinander zu streiten. Aber sag, glaubst du, er ist damals mit mir glücklich gewesen? Manchmal meine ich, ich bilde mir das nur ein.«

Olivia stöhnte, presste die Hände auf die Ohren. »Genug, mein kleiner nordischer Troll, ich fürchte, noch einen Monolog über Leonard ertrag ich nicht.« Sie schnappte sich ihren Korb und sagte, sie warte am Strand auf uns.

»Ihr wart so wunderbar, alles um euch herum leuchtete golden«, sagte ich, um Marianne zum Lächeln zu bringen und weil es stimmte. »Was war ich eifersüchtig! Ich musste immer an die vielen Kerzen denken, die er für dich angezündet hat, und daran, wie er dich ansah, wie zärtlich er mit dem kleinen Axel umging. Nach meiner Abreise von Hydra habe ich oft an dich gedacht, daran, wie ihr zusammengelebt habt. So hatte ich es auch für mich erträumt.«

Olivia wandte sich wieder mir zu und tat, als müsste sie sich übergeben. »Was immer du auch vorhast, bring sie bloß nicht dazu, von diesem verdammten Song zu reden«, sagte sie und gab ihrer Freundin einen liebevollen Stups auf die Nase, während Marianne sie mit den Händen fortzuwedeln versuchte.

Natürlich wusste ich, welchen Song sie meinte. Ich hatte ihn mir viele Mal angehört, aber wenn Leonard etwas war, dann rätselhaft. »Na ja, gegen Ende klingt er schon ein wenig verbittert …«, fing ich an.

Immer noch mit den Händen wedelnd, brachte Marianne mich zum Schweigen. »Ehrlich gesagt, ich glaube, in dem Lied geht's gar nicht um mich. Er hat es schon jahrelang gespielt, und früher hieß es ›*Come on*, Marianne‹, was dem Text eine ganz andere Bedeutung gibt, wenn man denn auf die Worte achtet, aber von irgendwem gab es schon eine

Platte mit dem Titel, also musste er ihn ändern. Pfft«, sagte sie, »›Bird on the Wire‹ ist das beste Lied, das er für mich geschrieben hat, weil es ehrlicher ist.« Ich sah Tränen in ihren Augen. »Pfft«, sagte sie erneut, als ob all das bedeutungslos wäre. »Leonard will keine Kinder mit mir, und mehr gibt's dazu nicht zu sagen.«

Ich schüttelte den Kopf. »Ach Marianne, das tut mir leid.«

Sie kämpfte gegen ihre Tränen an, versuchte ein Lächeln. »Ist schon okay. Wenn ich dich so sehe, muss ich einfach daran denken, wie schön es früher war. Zu schade. Er hat sich übrigens eine hübsche jüdische Stute zugelegt …« Sie riss sich zusammen, entschuldigte sich dafür, so verbittert zu klingen. »Als ich ihn das letzte Mal gesehen habe, bin ich fürchterlich erschrocken.«

Sie zog einen kleinen goldenen Schlüssel hervor, den sie an einer Kette um den Hals trug, und ließ ihn beim Reden baumeln. Ein Geschenk von Leonard. Der Schlüssel zu seinem Herzen, erzählte sie schniefend.

»Wieso erschrocken?«, fragte ich.

»Er hatte die Frau schon in unser Haus gebracht, doch mein Gott, wer bin ich, dass ich mich deshalb beklage. An jenem Tag aber war es, als würde ich ein Gespenst sehen«, sagte sie. »Über die Jahre hatte ich ihn schon öfter ziemlich ausgelaugt erlebt, erschöpft, leer, halluzinierend. All das traf damals auch zu, aber einen solchen Schrecken hatte er mir noch nie eingejagt. Als er von der Fähre kam, sah ich ihm in die Augen, und sie waren so tot wie die von dem Fisch drüben in der Kiste«, sagte sie, und ihre Hände flogen an den Mund. »Entschuldige, aber wir sind heute Morgen alle ein bisschen beschwipst wegen dieser fürchterlichen Neuigkeit. George ist tot, der arme Kerl«, und jetzt liefen die Tränen, die bereits in ihren Augenwinkeln gezittert hatten.

»George Johnston?« Das war absurd, sicher würde er jeden Augenblick kommen. Ich sah über die Gasse zu Katsikas und sehnte mich zehn Jahre zurück, rechnete damit, dass er gleich da sein würde, um einen Brandy zu kippen, vor Lachen über seine eigenen Worte zu brüllen und einen Toast auszubringen; ein Scheck in der Post heilsamer als alles, was man in der Apotheke besorgen konnte, die Augen zärtlich vor Liebe. »Cliftie« hatte er sie genannt. Mit ihr angestoßen.

Marianne aber nickte und trocknete sich die Augen. »Die Tb hat ihn am Ende doch noch erwischt«, sagte sie. »Seit Lily den Anruf erhielt, sind wir hier. Und ich finde, es ist nur angemessen, dass wir uns zu seinem Gedenken besaufen.«

Ich dachte an sein prahlerisches Revolverheldgrinsen. »Ach Gott, die arme Charmian. Hat irgendwer mit ihr geredet?«

Marianne wurde blass. Hob die Hände. »O Gott, soll das heißen, du weißt es nicht?« Ihr klappte der Mund auf.

Ich schüttelte den Kopf. »Was?«

Sie griff nach der Flasche, füllte mein Glas. »Trink«, sagte sie.

»Mein Gott, wieso denn?«

Wieder die Geste, die mich aufforderte zu trinken. Ich nahm einen Schluck.

»Charmian ist tot«, sagte sie. »Sie hat sich letzten Sommer umgebracht.«

*

Da war das Hotel, die Rezeption, einchecken, die morsche Treppe hoch auf mein Zimmer. Ich hielt ein Glas Wasser in der Hand. Es war drückend heiß. Ich konnte meinen Schweiß riechen, stieß die Fensterläden zum Balkon auf, warf mich aufs Bett und ließ mich von der großen Woge der Fassungslosigkeit überrollen.

Ich wollte es mir vorstellen, zwang mich, es mir möglichst

genau auszumalen. Charmian in den Wechseljahren, einsam, verzweifelt, Georges Hass unerträglich. Betrunken, natürlich. Eine Flasche auf dem Tisch, das Glas in der Hand halb leer. Ich konnte sie lachen hören, trostlos, während sie die Worte von Keats niederschrieb. Marianne zufolge hatte sie Georges Schlaftabletten geschluckt. Die ganze Packung, und der Arzt meinte, sie sei Schlag Mitternacht ohne Schmerzen verschieden, genau wie in ihrem Abschiedsbrief vorhergesagt.

Ich packte meine Reisetasche aus, stellte eine Fotografie von meinem Sohn aufs Nachtschränkchen und starrte ihn an, ich weiß nicht, wie lang. Ich erinnerte mich daran, wie ich Charmian zuletzt gesehen hatte, beschwor sie aufs Neue herauf, damals vorm Star and Garter, auf dem Bürgersteig, als es gerade zu regnen begann. Ein Kind aufzugeben ist ein Schmerz, den nicht viele Frauen ertragen können, hatte sie gesagt, betrunken und unsicher auf den Beinen, und wir umarmten uns ein letztes Mal. Konnte sie sich nicht vorstellen, dass es umgekehrt genauso schlimm sein würde? Kaum zu fassen, dass sie ihren Kindern solch unerträglichen Schmerz zugemutet hatte. Ich ging über den Flur ins Bad, um mir Wasser ins Gesicht zu spritzen, plötzlich von Wut gepackt und von dem Verlangen zu fliehen.

Ich sah Scharen von Touristen, Läden verkauften Schmuck, Sandalen, Schwämme. Der Geruch nach gebratenem Fisch war zu viel für mich. Die Füße fanden von allein ihren Weg in die Voulgaris-Gasse und die Stufen hinauf zu meinem alten Haus, während ich mich der morbiden Faszination hingab, wie schmerzhaft ich dies hier für mich gestalten konnte. Ich war außer Atem, als ich um die letzte Kehre bog, und da lag es, die Fenster verriegelt und verrammelt, die Wipfel der Mandelbäume gerade noch über die Terrassenmauer hinweg zu sehen. Ich konnte kaum glauben, dass ich früher mehrmals am Tag über diese Stufen gelaufen war. Ich drehte mich um, genoss die vertraute Aussicht, mittlerweile von kreuz und quer gespannten, vom Hafen bis hier hoch laufenden Kabelsträngen verschandelt, die mich ansprangen wie Graffiti. Ich setzte mich und vergrub das Gesicht in den Händen. Überall auf den Stufen lag Katzenkot. Ich hörte Fliegen surren und sah die Überreste einer wie gekreuzigt daliegenden Ratte zwischen den Wurzeln eines Feigenbaums, fortgeworfene Dosen in den staubigen Oleanderbüschen.

Jetzt fiel es mir wieder ein. Marianne hatte mich ins Hotel gebracht, hatte am Empfang mit Sofia verhandelt, mich aufs Zimmer geführt und mir Wasser eingeschenkt. Sie hatte mich aufs Bett gesetzt, als wäre ich ein gänzlich verwirrtes Kind, hatte sich vor mich hingekniet und mir die Turnschuhe aufgebunden. Zu Charmians Selbstmord, erzählte sie, sei es am Vorabend der Veröffentlichung von Georges neuem Roman gekommen. Wieder einmal hatte er ihr Vorwürfe gemacht, hatte die Schuld an seinem nahenden Tod dieses Mal aber dem Stress seiner Liebe zu ihr angelastet.

»Gegen Ende wurde es mit den beiden ziemlich unschön«, sagte Marianne. »Offenbar kann auf Hydra keine Ehe halten. Ehrlich gesagt, damals konnte es die ganze Insel kaum mehr erwarten, die Johnstons endlich gehen zu sehen. George war nur noch ein Skelett, und Charmian erzählte jedem, der ihr zuhörte, dass er sie nicht mehr vögeln konnte. Eine Weile war sie wahnsinnig in meinen Freund Toby verknallt. Die beiden waren ständig betrunken, stritten sich in aller Öffentlichkeit, und Leonard und Demetri mussten George immer wieder nach Hause tragen.« Sie zeigte mir eine Narbe, einen kleinen Halbmond auf ihrer Oberlippe. »Das ist von dem Tag, an dem er eine Schale Joghurt nach Charmian geworfen hat und mir ein Splitter ins Gesicht flog.«

»Sie sind zu lang geblieben«, sagte Marianne, und wie benommen saß ich da, während sie mir erzählte, was sie über die Kinder wusste. Martin lebte in Sydney und schrieb für die Zeitung. Und du wirst es kaum glauben, aber Shane ist verheiratet. Jason wohnt mit seinen Vettern auf dem Land. Dass ein so leuchtendes Licht wie Charmian sich einfach auslöschen konnte, schien mir unfassbar. Marianne ließ mich weinen und sagte, sie treffe mich am Strand. Kaum aber war sie fort, musste ich lachen, denn was für ein erbärmlicher, trostloser kosmischer Witz, dass ich von Charmians Tod im Nachklapp zu Georges Tod hören sollte, und dies auch noch an ebendem Tag, an dem ich es endlich zurück auf die Insel meiner Träume geschafft hatte.

Ich war eine Närrin, eine Rückkehr auch nur zu erwägen. Die Sonne brannte, und ich brauchte Wasser, doch Sklavin einer seit zehn Jahren überholten Gewohnheit stieg ich weiter den Berg hinauf. Stufe um Stufe, vorbei an Ruinen mit wackligen Gerüsten, an bohrenden, hämmernden Arbeitern, an Reihen von Eseln, beladen mit Paletten voller Steine; vom Durst gerann mir die Spucke zu Kleister.

Ich lief weiter, an der Schlucht vorbei zum Gipfelweg, dorthin, wo die Ruinen von Ghikas' Haus nun den Berg krönten, schwarz angelaufene Gewölbebogen wie gotische Aquädukte über gebrochenen, verkohlten Balken und eingesackten Böden. Schwarze Körner pfefferten den Pfad, verbrannte Fensterläden lagen auf eingesackten Terrassenstufen und versengtem Gebüsch.

Ich ging schnurstracks daran vorbei, fast als brächte es Unglück, länger zu verweilen. Mit einem Schauder musste ich daran denken, wie Leonard mir erzählte, er habe dieses Haus verflucht.

Es war niemand zu sehen. Weit unter mir das Meer blau wie Emaille, die Sonne so tief am Himmel, dass sie die Felsen bronzen färbte. Sie brachte die Gerste in meinem Tal zum

Leuchten und verwandelte die Luft in Goldstaub. Zwischen den Büschen ferner Terrassen warfen Esel lange Schatten, und die Hähne krähten, als ich mich auf meinen vertrauten Grat setzte. Ein Eselstreiber klapperte vorüber, nichts als Hufe und Staub, ein stolzer Macho, Schnurrbart, Wams. Beidseits vom Sattel hingen zwei verschnürte Schafböcke mit spiraligem Gehörn und blökten, Hirtenhunde kläfften, Esel trompeteten im Protest. Kaum verklang das Getöse, kehrte die Stille zurück, nach der Störung mächtiger als zuvor. Ich sah winzige wie Juwelen schimmernde Käfer im Staub zu meinen Füßen und musste über das Ende meiner Ehe weinen, sog tief die duftende Luft ein.

Ich hatte mich ausgeweint, als ich ihn am Bug des Berges sah. Er war mit dem Hund unterwegs, und dank seines federnden Gangs und der starken Schultern erkannte ich ihn, wenige Schritte bevor er abrupt stehen blieb und seine Mütze zog.

Ich sprang auf. Er hätte nicht erstaunter dreinblicken können. »Bist du es wirklich?«

»O nein, du nicht auch noch. Marianne hat mich schon nicht erkannt«, sagte ich, als wir uns lachend in die Arme fielen.

»Zehn Jahre!« Ich konnte es immer noch nicht fassen. Erst glaubte ich, ich hätte ihn mir nur eingebildet, hätte ihn vielleicht heraufbeschworen, da ich in genau diesem Moment an ihn denken musste und mich gefragt hatte, ob er im Sommer immer noch mit seinem Beutel ägäischem Ton heraufkam.

Die letzte Nacht auf der Insel hatte ich in meiner Erinnerung so oft abgespielt, dass ihre Bilder verschwommen wie in einem Traum geworden waren. Zu Dinos' Haus hoch war es ein atemberaubender Weg. Ich hatte nie zuvor den Gipfel des Mount Episkopi bestiegen, und mich überraschte das Tal, in dem Ginster und Gebüsch Mandelbäumen und Olivenhainen wichen, Feldern mit Gerste und Kiefernwäldern mit ihrem unsichtbaren Orchester aus lauter Ziegenglöckchen. Cato hatte ich in einem Korb den ganzen Weg heraufgetragen. Das Haus lag so hoch, dass man in beiden Richtungen das Meer sehen konnte.

Dinos war Bobbys Freund. Ich dagegen kannte ihn kaum, trotzdem fühlte ich mich in seiner Nähe keinen Moment lang schüchtern. Er führte mich durchs Haus, auch zum Schuppen mit dem Brennofen, wo er mir zeigte, woran Bobby gearbeitet hatte. Zwischen murmelgroßen Steinen lagen kleine Figuren, manche in entspannter Haltung, Kinn in die Hände gestützt, andere mit gesenktem Gesicht; wieder andere hatten Flügel und schienen zu jubeln. Was Charmian einst zu Bobby gesagt hatte, erzählte mir nun Dinos, nämlich dass Menschen entweder Dädalus oder Ikarus seien.

Ich nahm Cato aus dem Korb und sagte ihm, er würde es hier oben gut haben. Dinos und ich konnten gar nicht aufhören zu reden, nicht am Abend, auch keine Minute am nächsten Morgen und auch nicht den ganzen Weg hinab, an blühenden Mandelbäumen vorbei zur Fähre, mit der ich zurück nach England fuhr. Er gab mir eine Schale, die er für mich gemacht hatte, und es stimmt mich traurig, dass ich nicht weiß, was aus ihr geworden ist.

Und hier war er nun wieder, Dinos, stand direkt vor mir mit seinem Rucksack und seinem Hund, ein Jahrzehnt vergangen, dabei sah er keinen Tag älter aus. Er grinste und bot mir Wasser aus seiner Flasche an. Fast musste ich mich kneifen, um mich zu vergewissern, dass ich nicht träumte. Er sagte, Cato würde noch immer hier oben auf Episkopi Hof halten. Er streckte mir seine Hand hin, als ich sagte, ich würde ihn gern besuchen kommen. Diese Gegend hat etwas Magisches, das mich schon immer anzog, wenn auch noch nie so sehr wie in diesem Moment. An genau der Stelle, an der ich sie gefunden hatte, schenkte meine kleine schwarze Katze mir das Glück zurück.

Dreißig

Ich verändere mich. Ich bleibe gleich. Ich verändere mich. Ich bleibe gleich. Ich verändere mich. Ich bleibe gleich. Leonard hatte es in Gold rund um den Spiegel in seinem Flur gemalt. Bestimmt hängt er heute noch dort.

Es hat da einen Abend gegeben, an dem hätte er mich beinahe verzaubert. Mir war leicht schwindlig, als wir aufhörten zu tanzen und er mich herumdrehte, sodass ich mich in besagtem Spiegel sehen konnte. Ein wenig dreht sich mir der Kopf, Erinnerungen trüben den Blick. Er musste die Hände auf meinen Schultern liegen lassen, damit ich mich ihm nicht entwand, doch alles, was ich sehen konnte, wie er mich so hielt, war die in seinen kakigrünen Augen gespiegelte Zwillingsflamme der Kerze – alles, nur mich selbst sah ich nicht. Er war ziemlich bekifft, das Weiß seiner Augen rosa, und er stand so nah, dass ich ihn schlucken hörte. Seine Hand glitt von meiner Schulter zum Schlüsselbein, glitt weiter hinab, und ich ließ ihn gewähren. Sein Atem an meinem Hals wurde heiß, und die schuldbewusste Erregung, die sich auf den Felsen in mir zu regen begonnen hatte, schwoll mächtig an, bis Marianne mit einem Windstoß hereinkam und den Zauber brach. Sie trug ihre Lampe, ein Bündel Anmachholz, und sie weigerte sich wochenlang, mich auch nur anzusehen. Er veränderte sich, er blieb gleich. Die rund um den Spiegel gemalten Worte waren ehrlich und wahr.

Sie gelten auch für mich. Ich trage mein Alter wie einen Mantel und bin froh über die Stufen, die dafür sorgen, dass ich beinahe so behänd wie jene junge Frau bleibe, die noch irgendwo in seinen lästigen Falten steckt. Trotzig recke ich die Faust zum Himmel, als mir Regentropfen ins Gesicht spritzen. Das Meer liegt flach wie gehämmertes Eisen. Es braucht mehr als ein paar Tropfen, um mich vom Schwimmen abzubringen, falls mir später danach sein sollte. Ich denke an die Bohnen, die daheim mit dem Eisbein köcheln, an meinen Sohn und die Kleinen, die zu Weihnachten kommen, an unser gemütliches Haus mit seinem Vorrat an Winterholz. Bei den Gedanken an meinen Sohn und an die Enkelkinder spüre ich eine Energie, mächtiger als jede Trauer oder sonst ein Kummer, den die Jahre mir zumuten wollen.

Der Regen im Gesicht schmeckt nach Salz. Vor einer Häuserlücke bleibe ich stehen und sehe, wie Sonnenstrahlen durch einen Riss in den Wolken brechen und aufs Meer fallen. Dann steige ich weiter bergan. Offenbar kann ich gar nicht aufhören, an Leonard und Marianne zu denken, jetzt, wo beide tot sind.

Mit den Jahren sah ich Marianne immer seltener. In Oslo hat sie ihren Boss geheiratet, hat sich Stieftöchter zugelegt und einen buddhistischen Guru. Als sie starb, habe ich mich gefragt, ob sich ihr Mann in den Hintergrund gedrängt fühlte, sobald der Brief, den Leonard an die Sterbende schrieb, der Welt bekannt wurde.

Charmian hatte recht, was Mariannes blinden Optimismus betraf. Sie klammerte sich selbst dann noch an Leonard, als auch die letzte Hoffnung sich längst davongeschlichen hatte. Leonard ließ sie jahrelang warten.

Sie wohnte in seinem Haus in jenem ersten Sommer, als ich mit meinem Sohn auf die Insel kam. Axel Joachim war nur wenige Jahre älter als mein Junge, und ich hoffte, sie würden Freunde werden. Ich hatte bei Hamleys extra das Brettspiel *Risiko* gekauft, das weiß ich noch. Und den ganzen

Weg hinab von Dinos' Haus redete ich auf meinen Sohn ein, erzählte ihm von dem strahlenden älteren Jungen alles, woran ich mich erinnern konnte. Ich erwähnte Angeln, ich erwähnte Maske und Schnorchel, Eselsrennen und Flugdrachen. Axel Joachim war auf einem Internat in England gewesen, es sollte also kein Sprachproblem geben. Ich war davon überzeugt, dass sie viel Spaß zusammen haben würden.

Leonards Haus war unverändert: Seine Worte rund um den Spiegel im Flur, der Tisch mit seinen Schätzen und der gesprungenen Klosterglocke, die Webteppiche, die weißen Wände. In der Küche bereiteten einige skandinavische Studenten Frühstück zu, ein junger Mann in Badehose und zwei junge Frauen mit Sonnenbrand auf Nase und Schultern. Victoria war die, die am besten Englisch sprach. Sie entschuldigte sich für die Unordnung und erklärte, Marianne sei nicht zu Hause. Sie schenkte sich Kaffee ein und gab mehrere Löffel Zucker in den Becher.

»Ich war in jenem Sommer hier, in dem Marianne und Leonard sich kennenlernten«, sagte ich und erhaschte einen Blick auf mich im Spiegel, auf das Lächeln, das um meine Mundwinkel spielte. »Kommt mir vor, als wäre es erst gestern gewesen.«

Sie drängten sich an den Tisch, löffelten ihr Müsli. Es lief eine von Leonards alten Chuck-Berry-Platten, und mit einem plötzlichen heftigen Stich erinnerte mich ihre träge Choreografie an die Freiheit, die ich vor über einem Jahrzehnt gekostet hatte. Victoria sagte, Marianne habe sich in den letzten Tagen kaum blicken lassen. Sie wirkte verärgert, drückte meinem unwilligen Sohn einen Becher mit Kaffee in die Hand und bestand darauf, dass er nach oben laufe, um Axel Joachim, diesem faulen Hornochsen, zu sagen, dass er aus den Federn müsse, wenn er Frühstück haben wolle.

Nach dem, was dann geschah, musste ich jedes Mal, wenn

ich Marianne traf, mein Missfallen unterdrücken, das dennoch grollend, düster und unausgesprochen stets im Hintergrund lauerte, als hätte die Begegnung unserer Söhne in jenem Sommer jede Hoffnung darauf zuschanden gemacht, dass wir Freundinnen sein könnten. Dieses Missfallen hing auch zwischen uns, als wir uns das letzte Mal begegneten, an einem windigen Oktobertag, viele Jahre später. Wir hatten uns zufällig vor dem Postamt getroffen, gingen in die Pirate Bar und tranken eine heiße Schokolade, beide schockiert von Martin Johnstons Tod. Shanes Selbstmord, drei Jahre nach dem von Charmian, war schon unfassbar gewesen, und jetzt hatte Martin es auch getan. Er hatte nur etwas länger gebraucht, und Alkohol war das Gift seiner Wahl gewesen. Wir gingen die Straße hoch zum Australia House und blieben in ungläubigem Schweigen am Brunnen stehen.

Ein paar letzte Blüten klammerten sich an Charmians Bougainvillea, die so gewachsen war, dass sie ihren Topf gesprengt hatte. Von irgendwem war ein Anker aus Beton neben die Haustür gelegt worden. Das Haus gehörte heute einer Amerikanerin, das wusste ich, und doch konnte ich mich nicht dazu bringen, gänzlich den Vorhang über die Johnstons fallen zu lassen. Ich hoffte, sie würden ihr Haus auf immer heimsuchen. Und wenn ich nur mit dem Weinen aufhören und mich mit aller Macht konzentrieren könnte, dann würden sie dieses Haus wieder mit Leben füllen, Martin, der mit zusammengekniffenen Augen von seinem Mikroskop zu mir aufblickte, Shane mit wirbelndem Rock, George, der Charmian auf seinen Schoß zog. Und ich, ich brauchte nur noch durch diese Tür zu gehen und mich nützlich zu machen. Ich erinnerte mich noch genau daran, wie sehr ich unbedingt dazugehören wollte, wie ich mich singend und stepptanzend für jede freie Rolle in ihrer Familie beworben hatte.

»Tot, und alle durch eigene Hand«, sagte Marianne, und

ich erzählte ihr, dass meine Mutter in London schon Jahre zuvor vermutet hatte, Charmian könnte sich umbringen, weshalb sie ihr die Schlaftabletten fortnahm.

»Erst Shane und jetzt Martin, das ist einfach zu viel. Ich glaube, die Kinder haben den Preis für unsere Freiheit bezahlt, das glaube ich wirklich«, sagte Marianne, als wir durch die Straßen zurückgingen. Ich dachte an die relativ langweilige Sicherheit meiner Kindheit und daran, mit welchem Opfer meine Mutter sie möglich gemacht hatte. Inzwischen hatte ich ihren Geliebten kennengelernt, den Arzt Joe Leitz. In einem Club mit abgedunkeltem Licht, starkem Whisky MacDonald und tiefen Lederfauteuils. Ich schminkte und frisierte mich wie sie, sodass er sich ans Herz griff, als ich den Raum betrat. Sein Annäherungsversuch war galant und verlief deprimierenderweise exakt so, wie ich es erwartet hatte.

Marianne redete von Axel Joachim. »Du weißt ja, was für ein sensibler Junge er war, so intelligent. Vielleicht hätte ich ihm doch eine beständigere Kindheit bieten müssen.« Sie sprach in ruhigem, bekümmertem Ton und griff nach meiner Hand. »Hast du schon gehört? Seit seinem Rückfall letztes Jahr sagen die Ärzte, dass er niemals wieder ein normales Leben führen kann.«

Es hatte Gerüchte gegeben, doch hatte ich von ganzem Herzen gehofft, dass sie nicht wahr waren. Ich wollte nicht, dass Marianne glaubte, hinter ihrem Rücken würde über sie geredet.

Mit den Jahren war dieser Rücken krumm geworden, und ihr Atem ging schnaufend. Sie zog den Schal um sich, als wollte sie sich dahinter verkriechen. »Auf jeder Schule, zu der ich ihn schickte, war er so schrecklich unglücklich. Nach Summerhill, New York und dann der Schweiz konnte er sich nirgendwo mehr einleben, also ließ ich den Fünfzehnjährigen mit seinem Vater nach Indien fahren. Das hätte ich niemals machen dürfen. Ich meine, sein Vater war für ihn im Grunde ein Fremder. Und ich war nicht da, als Axel, dieser verrückte Idiot, ihm LSD gab …«

»Ach Marianne, das tut mir so leid …«

»Und jetzt verbringt unser außergewöhnlicher Junge den Rest seines Lebens in der einen oder anderen Klinik. Ich finde, alle Eltern sollten das wissen, Erica«, sagte sie, und ihre Augen flehten mich an. »Du solltest in der Zeitung darüber schreiben, dass für empfindsame Seelen ein einziger Trip zu einer Sackgasse in die Hölle werden kann.«

Ich dachte an Axel Joachim, an den Tag, an dem ich meinen Sohn in ihrem Haus ließ, und ich fragte mich, ob er nicht schon damals diesen Weg eingeschlagen hatte. Victoria, die junge Frau, war ziemlich herrisch gewesen, und kaum hatte sie meinen Jungen mit dem Becher Kaffee nach oben geschickt, sagte sie, es sei wohl das Beste, wenn ich ginge und ihn gegen Abend wieder abholte, da dann die Chance bestehe, dass Marianne zurück sei.

Ich ließ eine Ausgabe von *Der weibliche Eunuch* da, ein Buch, das als Geschenk für Marianne gedacht war. Ob sie es je gelesen hat, weiß ich nicht, weil es mir gelungen ist, ihr den Rest des Sommers aus dem Weg zu gehen.

Marianne war noch nicht wieder da, als Dinos und ich zurückkehrten, um meinen Sohn abzuholen. Victoria wirkte leicht benommen, und ich glaube, erst als sie uns vor sich stehen sah, fiel ihr wieder ein, dass Kinder im Haus waren.

»Weißt du, ich bin nicht nach Griechenland gekommen, um Mariannes Babysitter zu sein. Manchmal denke ich, sie hat so eine Art Tunnelblick. Ihren Sohn nimmt sie gar nicht wahr, merkt nicht mal, wenn er hungrig ist. Sie hat nur Augen für diesen französischen Fotografen, dem sie im lustigen Cha-Cha-Cha rund um die Insel folgt.«

Ich fand meinen Sohn bei Axel Joachim in dessen Zimmer

im oberen Stock. Die Luft schwer vom Geruch nach Haschisch, die Fensterläden geschlossen, die *Risiko*-Schachtel noch in Plastik gehüllt. Musik dröhnte aus dem Radio, jaulende Gitarren, die Aschenbecher quollen über. Einzig in Unterhose und mit einer Glasperlenkette um den Hals hockte der spindeldürre Axel Joachim mit überkreuzten Beinen auf dem Bett, einen fetten Joint zwischen den Fingern. Er spielte Luftgitarre, warf den Kopf in den Nacken und amüsierte sich offenbar prächtig. Dass mein Sohn besinnungslos auf dem Boden lag, war ihm völlig entgangen.

Noch Jahre später sind Dinos und ich wieder und wieder auf diesen Moment zurückgekommen. Jedes Mal wenn ich ihn verließ, schmerzte es mehr als das Mal zuvor, aber mein Sohn gehörte uns beiden, mir und seinem Vater in London. Ich trat einer Wohnungsbaugesellschaft in Notting Hill bei und schärfte meinen Verstand und meinen Stil durch Jobs bei Zeitschriften wie *Spare Rib* und *Time Out*. Daheim, wo ich meine eigenen Seiten füllte, legte ich mir jeden Tag ein kleines Sandwich zu einer frischen Gardenie auf den Tisch, und so verging noch ein Jahrzehnt, in dem es Dinos und die Insel vorwiegend nur in meinen Träumen gab.

Heutzutage, wenn ich allein oben in meinem Tal bin, weine ich nicht mehr oft. Wie am ersten Tag, an dem ich herkam, lädt es immer noch zum Nachdenken ein. Es gibt keinen friedlicheren Ausblick, und ein Ort für Tränen ist es längst nicht mehr. Ein baufälliger Stall mit Hühnern und Fischernetzen auf halber Höhe am Hang gegenüber ist das Einzige, was neu hinzugekommen ist. Böen kräuseln noch immer den silbernen See der Olivenbäume in der Senke. Die Sonne strahlt hinter Wolken hervor, und ich kann die Erde riechen, spüre die Wärme im Gesicht.

Mir tut es um jede Träne leid, die ich um Jimmy Jones geweint habe, um die blinde Verzweiflung meines jüngeren

Ichs, dann aber muss ich auch kichern, wenn ich daran denke, wie beängstigend es für ihn gewesen sein muss, dass ich ihn unbedingt vor den Traualtar schleifen wollte. Wie aber hätte eine orientierungslose, mutterlose junge Frau 1960, im Grunde also noch ein halbes Jahrzehnt vor Beginn der Sechziger, Lust von Liebe unterscheiden sollen – oder, wie Marianne einmal meinte, Liebe von Knechtschaft?

Marianne mag nicht gerade das beste Vorbild gewesen sein, aber Charmian war für mich tatsächlich eine Zeit lang genau die Mutter, die ich brauchte. Ich weiß noch, wie sie an jenem Abend zu mir kam, an dem Jimmy Jones getürmt war und ich glaubte, die ganze Insel in meinen Tränen zu ertränken.

Ich war kraftlos vor Kummer und Schock. Die Dämmerung brach an. Sie hatte Whisky und Feigen mitgebracht und setzte sich zu mir, schlang die Arme um die Beine. Meine Augen waren verquollen und taten weh. Ihre Sorge um mich tat mir besser als irgendeine der Pillen, die Bobby mich schlucken ließ.

Als ich sie fragte, wieso sie wusste, wo ich zu finden war, schraubte sie den Verschluss der Whiskyflasche auf und nahm einen Schluck, ehe sie antwortete. »Ist schon seltsam, oder? Mir kommt es fast so vor, als gäbe es da so etwas wie einen Faden zu dir, der an mir zieht. Ich wünschte, ich könnte es erklären.« Und sie nahm noch einen Schluck und warf mir einen so beunruhigten wie beunruhigenden Blick zu.

Ich sagte, ich hätte vor, Jimmy nach London zu folgen und ihn zur Rede zu stellen, sie aber schnaubte nur verächtlich. Schluchzend und schniefend hörte ich ihr zu, wie sie mir mein Leben als Jimmys Frau ausmalte und sagte, was für ein Segen es sei, dass ich gerade noch rechtzeitig mitbekommen hätte, wie er wirklich war.

»Erinnere dich nur daran, wie deine Mutter in dieser Küche in Bayswater festsaß. Darling, ich weiß, sie hat sich etwas weniger Triviales als vom Putzen aufgeschürfte Knie für dich gewünscht …«

Das letzte Sonnenlicht blutete ins Meer, die purpurne Dämmerung war Balsam für meine Seele. »Ehe George krank wurde, sind wir zum Abendrot oft mit einer Flasche Wein hier raufgegangen, um genau an diesem Platz zu sitzen und uns zu überlegen, wie es mit dem Schreiben am nächsten Tag weitergehen soll …« Sie musterte mich mit einem traurigen Lächeln. »Ich wünschte, ich könnte diese Verzauberung noch einmal spüren, alles golden, Gerste und Distelwolle, Fels und Staub, das Leben, das wir uns geschaffen hatten …«, und sie seufzte, als wären sämtliche Träume bereits ausgeträumt.

Sie schüttelte die Stimmung ab, zog mich enger an sich und drückte mir einen Kuss ins Haar. »Darling, verschwende keine Tränen für diesen ganz gewöhnlichen Jungen«, sagte sie, und ihr warmer Geruch zusammen mit dem Whisky im Atem ließ mich vergessen, dass ich allein war. Sie wiegte mich in den Armen, während am Himmel ein Stern nach dem anderen aufleuchtete.

Ich habe immer geglaubt, meine Sehnsucht nach Charmian sei einseitig gewesen. Seit Bobby mir in den Kopf gesetzt hatte, ich sei eine nervige Mücke, beobachtete ich mich aufmerksam. Ich versuchte, nicht allzu gierig zu wirken, dabei war sie so großmütig. Sie fing mich auf, als Jimmy mich fortwarf, half mir durch schlimme Zeiten mit Bobby, kam mit einem in weißes Leder gebundenen Notizbuch aus Piräus zurück und bestand darauf, dass ich jeden Tag schrieb. Sie fütterte mich mit Brahms und Krabbensandwiches, nörgelte zugleich über Empfängnisverhütung und nahm mich immer wieder unter ihre Fittiche. Erschöpft, verkatert, müde oder nur hungrig, für mich war das Haus am Brunnen stets eine Zuflucht gewesen.

Ich spüre sie noch an meiner Seite, wenn mir in der Küche das Geschirrtuch über der Schulter hängt oder wenn ich mir mit einem Schuhriemen das Haar hochbinde. Sie ist bei mir, wenn ich koche, und auf jeder Seite, die ich mir abringe.

*

Einige Jahre nach Martins Tod schickte ein Freund von Dinos einen Zeitungsausschnitt aus Australien, bei dessen Lektüre mir so schwummerig wurde, dass ich mich hinlegen musste. *Jennifer*. Bildete ich mir das nur ein, oder hatte sie mich bei Gelegenheit tatsächlich so genannt? Ich bin mir nicht sicher, trotzdem glaube ich, da ist was dran.

Das Bild auf dem Zeitungsausschnitt verriet schon alles. Die dunkelhaarige Frau mit dem markanten Gesicht und den üppigen Lippen glich ihrer Mutter bis aufs Haar. Sie hieß Suzanne Chick, und sie hatte ein Buch geschrieben. Sie war genauso alt wie ich.

Die gefühlvoll blickenden Augen der Tochter auf so vertraute Weise schräg gestellt, dass mir gleich die Tränen kamen und ich nicht weiterlesen konnte. Charmians Gesicht sprang mich an, aschfarben vor Entsetzen. Wir saßen vor Johnny Lulu, und sie fiel über George her, der mit erhobenen Händen vor ihr zurückwich, als fürchtete er, sie könnte ihn schlagen.

Jennifer hieß die Katze, die er aus dem Sack zu lassen drohte, da bin ich mir heute sicher. Das war an jenem Tag, an dem ich Cato fand, am Tag des Festes. George hatte den ganzen Tag getrunken. Und Charmian flirtete mit Corso, der sie zum Lachen brachte, woraufhin Big Grace ätzte, seine Frau habe wohl nur Zeit für Männer. Stimmt doch gar nicht, hob ich an … und peng, die öffentliche Show. George mit ausgetrecktem Finger, der sich an die Menge richtet: »Tja, aber es gibt einen besonderen Grund, weshalb sie so viel Zeit für die kleine Ricky hier hat – das stimmt doch, Charm, oder nicht?‹«

Ich las weiter, und es brach mir das Herz. Der Tochter hatte man erzählt, die Mutter sei bei ihrer Geburt gestorben. Und in gewisser Weise stimmte das ja vielleicht auch. Charmian hatte sie Jennifer genannt. Und sie war drei Wochen alt, als sie zusammen mit ihrem Namen fortgegeben wurde. Der geliebte Bruder der Mutter Oberin und dessen Frau hatten keine Kinder. Charmian war neunzehn, unverheiratet, und ihr blieb nichts weiter übrig, als an die Wohltätigkeit des Krankenhauses zu appellieren. Sie war ungewöhnlich schön, robust und gesund, sie sprach mit kultivierter Stimme. Sie hatte nicht die geringste Chance.

»Diese hier ist was Besonderes«, sagte die Oberin und legte das in ein hübsches Spitzentuch gewickelte Kind ihrer Schwägerin in die Arme. Ich schätze, Charmian blieb keine Zeit, ihre Meinung noch zu ändern. Und kaum war ihre Erstgeborene fort, wurde ihr Leben davon bestimmt, dass sie Dinge verlor. Danach gehörte nicht mehr viel dazu, sich vorzustellen, wie sie es billigte, dass George allen Sauerstoff im Schreibzimmer für sich beanspruchte, oder sie ihr Leben außer Kontrolle geraten ließ. Ein Kind aufzugeben ist ein Schmerz, den nicht viele Frauen ertragen können.

Ich schaue über das Tal aufs Meer und begreife, dass ich heute so lebe, wie sie es für sich erträumt hat.

Dinos und ich haben uns übrigens an Charmians Tisch kennengelernt, und mir ist das Funkeln in ihren Augen nicht entgangen: Bim musste beiseiterücken, damit Dinos neben mir Platz nehmen konnte, und allein wie sie ihn darauf hinwies, dass die Dolmades von mir waren. Danke! Danke!, rufe ich laut, ganz die verrückte alte Inselfrau, die ich geworden bin. Und danke für das Buch, das mich hergeführt hat, auch wenn mir heute die schreckliche Verzweiflung auf seinen Seiten nicht entgeht. Trotz der vielen Male, die ich hier saß und um das weinte, was ich verloren hatte, habe ich doch nie jenen Biss der Einsamkeit gespürt, den sie so unerträglich lang erdulden musste. Ich kann mir so wenig vorstellen, ein Kind aufzugeben, wie ich mir ausmalen mag, auf diesen winzigen Fleck wirbelnden astralen Staubs zu verzichten. Kein Wunder, dass sie Trost in den Sternen fand und losließ.

Ich behalte sie an meiner Seite wie eine kluge, imaginäre Freundin, ihre Stimme mein Orakel. Ich lasse die Zeit vergehen. Träumen tut gut.

Sie sind so lebendig, die Akteure jenes ersten Sommers; da in allen Mondphasen, als wäre mein achtzehnjähriges Ich stets unter der hauchdünnen Deckschicht der Gegenwart zu sehen. Ich verändere mich. Ich bleibe gleich.

Zusammen mit einer aparten Einladung zu seiner und Trudys goldenen Hochzeitsfeier in Boston schickte Bobby mir nicht lang nach Mariannes Tod eine Zeitschrift. Ich schlug den entsprechenden Artikel auf. Der Titel war nicht gerade originell: SO LONG, MARIANNE; die Bilder zeigten Hydra um 1960. Ich versuchte, mich an den Fotografen zu erinnern, der immer mal wieder aus Athen rübergekommen war. Jim hieß er, ein alter Zeitungskumpel von George. Sie hatten allerhand zusammen durchgemacht, George konnte ihm in Tibet sogar mal das Leben retten. Wir hatten die Geschichte oft genug gehört …

Mit einem Pfeil hatte Trudy markiert, was unverkennbar mein Hinterkopf war, der glänzende Pferdeschwanz, ich, wie ich mich in die Runde beuge, Leonard spielt Gitarre. Charmian sitzt neben ihm, so dicht, dass man meinen könnte, sie sei seine Frau, ein Lichtkranz umgibt ihr Haar. Hinter ihnen der Mond, prall wie ein in den Ästen der alten Pinie vor

Douskos' Taverne gefangener Silberballon. Leonard hält die Gitarre, als wäre sie ein Teil von ihm, sitzt mit überkreuzten Beinen vor der Wand, lehnt mit dem Rücken am weiß getünchten Stamm. Charmians Haar ist frisch gewaschen, und sie trägt einen weiß gemusterten Norwegerpullover aus weinroter Wolle, den Marianne ihr gegen die Kälte in England geschenkt hat.

Wir halten uns alle an die Vereinbarung, aus diesem Abend noch den letzten Tropfen Vergnügen zu pressen und nicht an die morgige Abreise zu denken. Es gibt Reden, viele Trinksprüche, eine Stimmung wie auf einer Hochzeit. Morgen werden George und Charmian die Insel für eine Weile verlassen, heute Abend aber sind wir mit Spaghetti abgefüllt, und Stavros Douskos lässt die Krüge mit Retsina kreisen.

Leonard singt »Red River Valley«, und wie immer stimmen wir alle ein, doch sind es Charmians leuchtende Augen und ihr Lächeln, das wir ab morgen vermissen werden. Axel sitzt zu Leonards Füßen und schaut wie ein Jünger zu ihm auf. Er will »Dont't Fence Me In« hören, hat aber den Text vergessen und wird von Charlie Hecks schönem Bariton gerettet. Der Rest von uns singt den Refrain. Marianne fängt Axels Blick auf, und er beugt sich vor und sagt etwas auf Norwegisch, woraufhin sie lächelt und so tut, als wollte sie ihm ins Gesicht schlagen.

Alle strahlen. Leonard stimmt seine Gitarre. Er wirkt jetzt etwas selbstbewusster, ernster, korrigiert seine Haltung. Schon an den ersten Klängen erkennen wir einen seiner Songs. Nur George und Didy reden weiter, was ich ein wenig unhöflich finde, schließlich war es George, der vorschlug, dass Leonard ein paar von seinen eigenen Liedern spielen soll.

Für diesen Song hat Leonard schon den ganzen Sommer Verse geschmiedet, und kaum singt er, lächelt Charmian selig, den Kopf an seiner Schulter.

Er setzt zu einer neuen Strophe an, Küsse kommen drin vor, eine Hochzeit und all die Frauen, die je den Tagesanbruch mit ihm erlebt haben. Charmian hebt den Kopf und blickt zu ihm auf.

»Weißt du, Leonard, ich war nie in dich verliebt«, sagt sie, und ohne sein Spiel zu unterbrechen, erwidert er: »Naja, ich auch nicht«, und beide lachen.

Danksagungen

Danke, Lola Bubbosh, dass du so eine Ahnung hattest, aber auch noch vieles mehr. Ohne deine Begeisterung und Unterstützung hätte dieses Buch nie geschrieben werden können.

Ich werde Charmian Clift ewig dafür dankbar sein, dass sie mir mit ihrer Autobiografie *Peel Me A Lotus* die Augen für Hydra geöffnet hat, und mein Dank gilt auch ihren Nachlassverwaltern und Jane Novak, die mich aus ihren Schriften zitieren ließ. Danke Nadia Wheatley, die auf die Legenden und üblen Nachreden mit einer derart ausgezeichneten Biografie geantwortet hat und die ihre Essays sammelte, herausgab und mich darauf aufmerksam machte. Während ich dies schreibe, sind Charmian Clifts Bücher nicht länger in Druck, und ich bedanke mich im Voraus bei jedem Verleger, der den guten Geschmack und die Ressourcen hat, sie wieder aufzulegen.

Glückliche Zufälle waren mir bei der Arbeit an diesem Buch immer wieder hold, und es war mir ein Privileg und eine Freude, einige Zeit mit Jason Johnston verbringen zu dürfen. Besonderer Dank gilt ihm für die Schildkröten und für das Wort *crapulous*, vor allem aber dafür, dass er dieses Buch mit solchem Wohlwollen aufgenommen hat.

Es war für mich unschätzbar, Zugriff auf James Burkes gesammelte Fotos von Hydra im Jahr 1960 zu haben, und ich danke Charles Merullo und Bob Ahern von Getty Images New York, die mir Kontaktabzüge zur Verfügung stellen konnten.

Dank an Leonard Cohen und den Leonard Cohen Estate für die in diesem Buch gesprochenen Worte © Leonard Cohen, hier wiedergegeben mit Erlaubnis der Wylie Agency LLC, und Dank an Ira B. Nadel, Jeff Berger, Helle Vaagland, Rob O'Connor, Ray Connolly, Bård Oses, Sandra Djwa, Malka Marom, Jed Adams und Donald Brittain, die diese Worte aufgenommen haben.

Annabel Merullo war eine stete Quelle der Ermutigung und Inspiration, ebenso Rosie Boycott, der ich auch dafür danke, dass sie mir eine Geschichte über Gregory Corso anvertraute, die ich auf diesen Seiten in veränderter Form wiedergegeben habe. Nicola Marchant hat ihr Soll der Pflicht übererfüllt, meinen besonderen Dank an sie und an Jaz Rowland. Ich danke dir, Kathy Lette, für deine grenzenlose Begeisterung, aber auch für zahlreiche Bloody Marys und manch australisches Wort, für viele *mates* und *crikeys* und dafür, mich Thomas Keneally vorgestellt zu haben, der großzügig seine Erinnerungen an Charmian Clift und George Johnston mit mir teilte.

Für Geschichten über Hydra ein *efcharistó* an Michael Pelikanos, Manos Loudaros, Natasha Heidsieck, Katyuli Lloyd, Bill Pownall, Phainie Xydis, George Xydis, Gay Angelis, Vangelis Rafalias, Myrto Liatis, Dimitros Papacharalampous, Linus Tunstrom, Alice Arkell, Fiona Cameron, Kip Asquith, Mariora Goschen, Sula Goschen und Victoria Lund. Einblick in die späteren Jahre gewann ich durch Sam Barclays Briefe an Marianne Ihlen sowie durch Essays diverser Autoren, gesammelt von Helle V. Goldman in dem Buch *When We Were Almost Young*. Von George Johnstons Roman waren mir besonders *Closer to the Sun* und *Clean Straw for Nothing* von Nutzen, und auch seinem Biografen Gary Kinnane bin ich zu Dank verpflichtet.

Dem Internet bin ich dankbar für Allan Showalters brillante, heute allerdings nicht länger zugängliche Website *Cohencentric* und für Jarkko Arjatsalos exzellente *Leonard Cohen Files*. Die Website *Hydra Once Upon A Time* von Yianni und Micky Papapetros war überaus inspirierend; Kari Hesthamars Interviews mit Marianne Ihlen und Leonard Cohen, die ich zuerst über die BBC gehört habe, fand ich von unschätzbarem Wert, ebenso Karis Biografie *So Long Marianne*. ABC Radio danke ich dafür, dass es die *Verbatim*-Interviews mit Charmian Clift und George Johnston aufbewahrt hat, ebenso danke ich der National Library of Australia in Canberra, wo beider Nachlass liegt. Ein Essay von Tanya Dalziell und Paul Genoni hat mich auf das Archiv von Redmond (»Bim«) Wallis aufmerksam gemacht, das in der Alexander Turnbull Library in Wellington, Neuseeland, liegt, und ihr Buch *Half the Perfect World* kann ich nur jedem empfehlen, der mehr über die damals auf Hydra lebenden Künstler erfahren möchte. Susan A. Perine danke ich für ihre Übersetzung aus dem Norwegischen von Axel Jensens Buch *Joachim*, erschienen 1964, heute in den Archiven der Columbia University; und der Princeton University Library danke ich für die Texte und Fotografien der Sammlung Gordon Merrick. Danke, Jana Krekic, für die Übersetzungen der Werke von Göran Tunström aus dem Schwedischen. Ich habe mich auf Briefe von Gregory Corso aus dem faszinierenden Buch *An Accidental Autobiography* bezogen, herausgegeben von Bill Morgan, und immer wieder in *I'm Your Man* nachgeschlagen, Sylvie Simmons' herausragender Biografie von Leonard Cohen.

Leser früherer Fassungen haben alle einen enormen Beitrag geleistet. Dank an Cressida Connolly, Damian Barr, Charlie Gilmour, Ester Samson, Sarah Lee und John Sutherland. Romany Gilmour hat eine gute Marianne gespielt, während ich an diesem Buch schrieb, danke für die vielen Tees zur rechten Zeit, die Toasts mit Bohnen; Dank auch an Janina Pedan, Olinka, Gabriel, Joe und Barbounia Gilmour.

Ich danke Sofka Zinovieff dafür, dass sie mich vor Fehlern im Griechischen bewahrt hat, Dank auch an Clare Convill, Darren Biabowe Barnes, Kate Burton, Paul Loasby, Chris Salmon, Alexandra Pringle, Sarah-Jane Forder, Lauren Whybrow, Ros Ellis, Rachel Wilkie, Allegra Le Fanu. Für euch alle frische Gardenien und kleine Sandwiches auf euren Schreibtischen.

Und wie immer fände ich keinen Raum für meine Worte ohne David Gilmour, meinen Partner im Schreiben wie im Leben.

»Never Be Anyone Else But You«

Text von Baker Knight

»Boy on a Dolphin«

Text von Paul Francis Webster

Das Gedicht von P. B. Shelley, zitiert auf Seite 255, trägt den Titel: »Fragment. Supposed to be an Epithalamium of François Ravaillac and Charlotte Corday.«

Leonard Cohens Roman *Beauty at Close Quarters* wurde unter dem Titel *The Favourite Game* (dt. *Das Lieblingsspiel*) veröffentlicht. Das Ziel, damals wie heute, bleibt unerreicht. *The goal falling short of the reach*.